Tramways, bombes
et caramel

Catalogage avant publication de Bibliothèque et Archives nationales du Québec et Bibliothèque et Archives Canada

Carthy Corbin, Francine, 1942-
Tramways, bombes et caramel
Sommaire : t. 1. Les années du tourment
ISBN 978-2-89585-548-4 (vol. 1)
I. Carthy Corbin, Francine. Années du tourment. II. Titre.
PS8605. A866T72 2015   C843'.6   C2014-942741-7
PS9605.A866T72 2015

Les Éditeurs réunis bénéficient du soutien financier de la SODEC
et du Programme de crédits d'impôt du gouvernement du Québec.
Nous remercions le Conseil des Arts du Canada
de l'aide accordée à notre programme de publication.
Nous reconnaissons l'aide financière du gouvernement du Canada
par l'entremise du Fonds du livre du Canada pour nos activités d'édition.

Édition :
LES ÉDITEURS RÉUNIS
www.lesediteursreunis.com

Distribution au Canada :
PROLOGUE
www.prologue.ca

Distribution en Europe :
DNM
www.librairieduquebec.fr

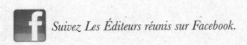 *Suivez Les Éditeurs réunis sur Facebook.*

Imprimé au Canada
Dépôt légal : 2015
Bibliothèque et Archives nationales du Québec
Bibliothèque nationale du Canada
Bibliothèque nationale de France

FRANCINE CARTHY CORBIN

Tramways, bombes
et caramel

★

LES ANNÉES DU TOURMENT

LES ÉDITEURS RÉUNIS

À la mémoire de ma grande sœur Jocelyne,
qui m'a soutenue alors que Tramways, bombes et caramel
n'était qu'au stade de balbutiements.
J'aurais souhaité lui offrir de son vivant ce premier roman.

À mon époux Conrad, soutien de tous les instants.

À mon indispensable sœur Sylvie,
qui a lu les premières pages de mon manuscrit
et m'a convaincue de poursuivre le projet.

À mes enfants : Pierre, Nathalie, Éric et Isabelle Boutet.
Et aux enfants de ma vie : Martin, Christine et Dominique Johnson.

Puis au reste de la famille : Charles, Caroline, Antoine, Ophélie, Miriam et Léah,
ainsi que Maxime, Marie, Antoine, Laurent, Marc-Antoine et Charles.

Chapitre 1

Les mains bien calées au fond des poches, Joseph se promenait à la place Jacques-Cartier, à quelques pas de la Pension Donovan où il logeait lorsqu'il était de passage à Québec.

La journée était splendide. Le cœur joyeux, il sifflotait un air à la mode. Il avait, à quelques reprises, parcouru ce coin de la Basse-Ville et observé les beaux brins de filles qui y circulaient. Après avoir consulté sa montre, il s'approcha de la manufacture de chaussures John Ritchie Co. et attendit, l'œil rivé sur la porte, le sifflet qui annoncerait la sortie des ouvriers. Adossé à un lampadaire, il en était à griller sa seconde cigarette lorsque les portes s'ouvrirent et que les premiers travailleurs s'évadèrent du bâtiment. Les hommes, pour la plupart, enfourchaient leurs bicyclettes alors que les femmes se pressaient pour prendre le tramway qui les ramènerait chez elles. D'autres rentraient à pied.

Joseph caressait l'espoir d'entrevoir de nouveau cette jeune femme d'allure altière, à la beauté éclatante et à la magnifique chevelure auburn qui avait su attirer son regard admiratif. Pour ce fin connaisseur, la belle inconnue, avec son teint diaphane, sa bouche désirable et ses yeux sombres et perçants, n'avait rien à envier aux plus célèbres actrices américaines, celles-là mêmes qui figuraient sur les grandes affiches placardées dans les vitrines des cinémas de la rue Saint-Joseph et du carré d'Youville.

Carmel, car c'était son prénom, travaillait dans cette manufacture en tant que piqueuse d'empeigne, à l'instar de sa sœur Mathilde et de sa tante Élise. Sa tâche consistait à piquer le dessus d'une chaussure, de la pointe au cou-de-pied. La John Ritchie Co. était le principal manufacturier de chaussures ayant pignon sur rue dans la ville de Québec et, à ce titre, représentait une source d'emploi importante pour les habitants des quartiers environnants.

En effet, une centaine de travailleurs sans formation trimaient dur dans cette fabrique dont l'édifice en briques rouges occupait une grande portion de terrain entre les rues Sainte-Hélène et Saint-Vallier. Simples exécutants, ils effectuaient une seule des cent cinquante opérations qui menaient au produit fini ; ils agissaient en automates, au rythme de machines bruyantes et harassantes.

Tante Élise était la première à avoir obtenu un poste à la manufacture. Elle avait ensuite réussi à y faire embaucher ses deux nièces, Mathilde et Carmel Moisan, pour lesquelles elle espérait un bel avenir en dépit de conditions de travail difficiles. Elle s'était promis de défendre les deux filles de sa sœur Eugénie, qu'elle affectionnait particulièrement, contre les *foremen*, en majorité anglophones et machos, qui exerçaient une autorité démesurée sur les employés de sexe féminin. Certains d'entre eux ne témoignaient d'ailleurs aucun respect à l'endroit des travailleuses, et chacun avait ses préférées.

Les ouvriers n'avaient aucune liberté d'organiser le travail à leur façon. Ils se voyaient confinés à une tâche astreignante et monotone et s'y soumettaient dans le seul but de rapporter à la maison la pension qui leur garantissait gîte et couvert. Payées à la pièce, les deux sœurs devaient augmenter leur rythme de travail pour réussir à s'offrir des petits luxes, soit du matériel pour la fabrication de leurs cigarettes ou les tissus et accessoires nécessaires à des travaux de couture. Pour le manufacturier, ce mode de rémunération était avantageux parce qu'il augmentait la productivité et réduisait la masse salariale en la rendant proportionnelle à l'effort fourni, mais il était vraiment désavantageux pour l'ouvrier. Avant d'établir le taux à la pièce, les patrons faisaient faire des tests pour connaître la rapidité de chacun. Les travailleurs se plaignaient du fait que les plus habiles étaient choisis pour les effectuer. Les moins adroits devaient donc se surpasser pour gagner un salaire décent. On maugréait contre les contremaîtres qui tardaient à distribuer l'ouvrage. Les employés savaient que certaines tâches étaient plus lucratives que d'autres. Certains contremaîtres étaient parfois accusés d'avoir des préférences, car ils donnaient supposément plus de travail à certaines filles en échange de faveurs intimes.

C'est ainsi que Carmel et Mathilde Moisan s'épuisaient soixante heures par semaine, l'échine courbée devant leur machine à coudre, à piquer et repiquer ce cuir rebelle qui refusait souvent de céder à l'action de l'aiguille. Elles étaient coquettes et s'inspiraient des vedettes de cinéma pour dessiner les croquis servant à confectionner leurs vêtements. Elles étaient adroites et talentueuses.

Demeurant à peu de distance de marche de la manufacture, les sœurs Moisan pouvaient souvent aller dîner à la maison, mais elles se préparaient, à l'occasion, un lunch qu'elles mangeaient à la caféréria. Il ne leur restait qu'à s'acheter un thé chaud pour accompagner leur repas. Elles avaient aussi le temps de fumer une bonne cigarette avant de retourner à la salle des machines à piquer. À la fabrique de chaussures, on les avait à l'œil. Elles obtenaient le meilleur rendement de production, ce qui en faisait des ennemies jurées pour les travailleuses les plus lentes. Un seul coup de coude pouvait ralentir leur cadence. Les travailleuses envieuses désignaient parmi les plus vicieuses celle qui allait commettre le geste, au nom de toutes.

Dans le grand local impersonnel dépourvu de fenêtres qui servait de cafétéria aux employés, le précieux temps de repas était malheureusement pollué par des récriminations de tout ordre. Quand l'heure du dîner sonnait, on voyait les filles, surtout, s'y diriger à la hâte et choisir une place. Attablées par cliques, elles tramaient, fomentaient l'attaque destinée à modérer le rythme des abeilles Moisan. Il n'était pas rare qu'elles réussissent leur coup, c'est pourquoi les deux sœurs devaient être constamment sur leurs gardes. Certaines employées s'épanchaient avec leurs collègues, jouaient des coudes et ne se gênaient pas pour être méprisantes les unes envers les autres. Toutefois, les plus jalouses gardaient pour elles les ruses qu'elles avaient peaufinées afin d'augmenter leur quota journalier. Il en résulterait conséquemment une paie un peu plus intéressante qui leur laisserait de l'argent de poche, après le versement de la pension hebdomadaire à leur famille.

Le temps du repas écoulé, de retour derrière leurs machines infernales, les travailleurs devaient être plus attentifs tout le reste de la journée afin d'éviter les mauvaises manœuvres. Le contre-maître qui circulait dans les rangées n'était pas doux.

— On arrête ce placotage, les filles, hurlait-il, c'est la dernière fois que je te vois lever la tête pour examiner ta voisine et ferme ta grande trappe, si je t'y reprends, tu te chercheras une *job* ailleurs.

Vers les trois heures, la pause réglementaire de quinze minutes qui leur était accordée leur permettait de reprendre leur souffle. La douleur irradiant leur dos, les travailleurs avaient aussi besoin de se reposer les oreilles du martèlement des piqueuses. L'odeur animale des pièces de cuir et de la nuée d'huile qui flottait dans l'air malsain donnait des haut-le-cœur aux plus fragiles. Les sandwichs à la viande en boîte Kam que Carmel avait partagés avec sa sœur lui remontaient à la gorge. Le thé qui les avait accompagnés n'arrivait même pas à activer sa digestion.

Heureuses de ne pas avoir été prises en défaut, les deux sœurs rentraient malgré tout à la maison avec l'estomac dérangé. Il fallait presser le pas pour regagner le domicile familial sans s'attarder à admirer ne serait-ce que le coucher du soleil au fond d'une ruelle. Elles devaient aider leur mère, Eugénie, à préparer le repas des hommes de la maison. Elles étaient vaillantes, les sœurs Moisan.

Carmel et Mathilde subissaient les interdictions de leur mère, qui voyait le péché partout. Elle se montrait d'une sévérité injustifiée. Ayant atteint l'âge de la majorité, les sœurs nourrissaient le désir de quitter cette famille si oppressante où l'amour n'était pas distribué équitablement.

«Maman devrait cesser de nous mener par le bout du nez, nous sommes des adultes responsables», se disaient les filles.

La complicité de Carmel et Mathilde irritait leur mère. Obsédée par la peur que ses filles perdent leur virginité, elle les avait mises en garde.

— Si jamais vous vous retrouvez grosses, vous chercherez une pension ailleurs, leur avait-elle dit.

La peur des sévices les éloignait des tentations charnelles. Elles évitaient la camaraderie mixte qui, selon Eugénie, pourrait leur jouer de mauvais tours.

* * *

Ce soir-là, Carmel s'était sentie faiblir lorsque Joseph posa ses yeux sur elle. Elle avait soutenu ce regard bleu acier le temps de reprendre ses esprits. Elle avait alors vu ses lèvres bouger et entendu une voix chaude articuler :

— Bonjour, mesdemoiselles.

Aucune des deux sœurs n'avait répondu. Bras dessus, bras dessous, les filles Moisan étaient rentrées à la maison. Joseph aurait aimé connaître cette belle fille de qui il ne savait rien.

Le jour suivant, lorsque les deux sœurs le croisèrent de nouveau, il osa leur faire un salut de la main. Carmel l'avait entrevu, elle le trouvait élégant, différent des gars qu'elle côtoyait dans le quartier, les amis de ses frères, mais l'avait ignoré.

* * *

Une fois à la maison, lorsque ses filles discutaient des conditions de travail et de la méchanceté de certaines de leurs collègues, Eugénie avait les oreilles dans le crin.

— Arrangez-vous pas pour vous faire mettre à la porte, assénait-elle, car vous allez avoir affaire à moi.

La robuste Eugénie ne plaisantait pas. Accoudée sur le bord du comptoir, courte sur pattes, les bas ravalés sur ses jambes boudinées, le tablier maculé de taches bigarrées autour de sa large taille, elle pointait l'index vers Carmel. Celle-ci avait eu le malheur de parler du jeune homme qu'elle avait croisé à la sortie de la manufacture.

— Toi, enlève-toi les gars de la tête, écervelée.

Elle voyait le mal partout, sauf sous son propre toit. Même si ses deux filles n'étaient pas si jeunes, elle les dominait et ne leur donnerait pas plus de corde. Mathilde et Carmel avaient vite compris que leur dur labeur ne servait à nulle autre fin que celle d'aider à la subsistance de la famille. Cela faisait trop longtemps que ça durait, Mathilde était découragée. Le rêve n'était pas permis pour elle. Elle avait un tempérament beaucoup moins fort que celui de Carmel.

Peu de temps après avoir avalé leur souper, elles devaient toutes les deux laver puis essuyer la vaisselle.

Ce soir-là, en jetant son torchon sur son épaule, Mathilde chuchota à l'oreille de sa sœur :

— On se retire dans notre chambre.

Carmel branla furieusement la tête. Un peu plus tard, couchée sur son lit, elle fixa le plafond et échafauda des rêves. Ses idées vagabondaient. Le regard admiratif du bel inconnu qu'elle avait aperçu la hantait. Une étincelle avait jailli en elle lorsque ses yeux avaient croisé les siens. Il était posté à l'intersection des rues Dorchester et Sainte-Hélène, aux abords de l'édifice de la John Ritchie Co., d'où elle venait de sortir. Pouvait-elle se permettre de s'attarder sur cet étranger et espérer un avenir meilleur, ou se racontait-elle des chimères ? Elle écourta cette soirée enfermée dans le cagibi qui servait de chambre.

Un rire gras résonna du salon où leur mère, allongée de tout son poids sur le canapé, bavardait avec Alfred, son fils adoré. Elle le contemplait, les yeux pleins d'admiration ; elle n'avait jamais aucun reproche à lui faire.

Le père de Carmel, Arthur Moisan, était *foreman* à la brasserie Boswell. Plombier de métier, il avait rapidement accédé à ce poste et y excellait. Il savait se montrer ferme et exigeant envers les hommes qui travaillaient sous sa gouverne, et se faisait un devoir de désigner chacun des manœuvres par son nom.

Le fondateur de la brasserie, Joseph Knight Boswell, était l'un des plus importants brasseurs du XIXe siècle au Québec. Très populaire dans la capitale, l'établissement avait été le premier du genre en Nouvelle-France. La brasserie occupait un emplacement historique, celui de la résidence de l'intendant Bigot. Les caves de l'ancien palais de l'intendant servaient à emmagasiner les produits de la brasserie. La brasserie Boswell and Brother Limited fut ensuite vendue à une entreprise nommée The National Breweries Limited. Le nom de Boswell ne s'éteignit pas pour autant, cette appellation ayant été utilisée depuis de trop nombreuses années. Par contre, l'adaptation des employés au changement de propriétaire fut difficile. À cette époque, Joseph Knight Boswell possédait à lui seul une douzaine de bâtiments produisant annuellement plus de 655 000 gallons de bière. La brasserie était sans contredit l'une des plus prospères et des mieux outillées au Canada. C'était connu : à Québec, les grands employeurs étaient Boswell, Bell Téléphone, Quebec Power, Anglo Pulp et John Ritchie Co.

Les employés de la brasserie travaillaient fort, leurs longues journées dépassaient souvent les douze heures de travail, mais ils obtenaient, en échange, une rémunération intéressante. Boswell avait la réputation de payer généreusement ses employés. Les ouvriers devaient se présenter au travail six jours par semaine. Ils débutaient à six heures du matin et ne terminaient régulièrement qu'à sept heures du soir. Arthur ne s'en plaignait pas. Il lui arrivait même très souvent de prolonger de quelques heures son quart de travail. Deux ans après son entrée dans l'entreprise, il put profiter d'une belle hausse de salaire en accédant au poste de *foreman*. Les employés avaient le droit de déguster gratuitement une certaine quantité de bière sur place, en dehors des heures de travail, et pouvaient s'en procurer au prix coûtant, ce qui constituait un avantage très particulier réservé aux travailleurs de ce genre d'entreprise. Cependant, supposément plus portés à boire un coup que les travailleurs des autres métiers, ils étaient mal vus. Il régnait, dans ce monde de la brasserie, une atmosphère spéciale : un véritable esprit de famille que l'on ne retrouvait pas dans d'autres entreprises d'importance comparable.

C'était là qu'Arthur Moisan exerçait son autorité alors qu'à la maison il se laissait manger la laine sur le dos par sa femme, Eugénie. Il était de ceux qui se plient aux exigences de leur épouse de peur de faire jaillir des colères acerbes et sans limites au sein de la famille. Arthur brûlait son désarroi dans la boucane de sa pipe. C'était un homme de peu de mots qui se soumettait à sa femme pour toutes les questions d'argent et de contrôle parental. La chevelure abondante, malgré une légère calvitie, le dos un peu voûté, il était plutôt mince, de taille moyenne, mais petit en comparaison de sa femme : il semblait rapetisser lorsqu'il était à ses côtés. Il arborait avec orgueil une fine moustache en brosse, qu'il entretenait méticuleusement. C'était un bon diable, affable mais réservé avec les siens. Il en était tout autrement lorsqu'il mettait les pieds à la brasserie Boswell ; il prenait du volume et de l'assurance.

La semaine terminée, il remettait son enveloppe de paie à sa femme et ne posait aucune question sur la gestion du budget. Les enfants, ainsi que tante Élise, payaient une pension. Il n'était pas question de s'y soustraire. Arthur passait le peu de temps libre dont il disposait à hacher son tabac en feuilles. Il sirotait sa bière, léchant le col de mousse dorée retenu dans les poils de sa moustache, mais ne s'enivrait jamais.

Contrairement à la modération avec laquelle leur père consommait la bière, trois des cinq fils Moisan, soit Louis, Marcel et Alfred, que l'on surnommait «les trois mousquetaires», ne réussissaient pas à conserver un travail. Ils commençaient à festoyer tôt le matin ; ils se servaient à même les nombreuses caisses qui encombraient l'humble logis des Moisan, boulevard Langelier, ce qui avait pour effet de les faire ronfler tout l'après-midi. Les bouteilles vides dégageaient des effluves musqués de houblon qui empestaient l'air. Dans le tambour de la maison, le long des murs de la cuisine et dans l'étroit corridor, les caisses de bière séjournaient en quantité industrielle. Il n'était pas rare d'apercevoir quelques gros rats, attirés par l'odeur. Souvent, les trois gars ne se présentaient même pas à table pour le souper, mais le soir venu ils reprenaient vie et se souvenaient d'une seule chose : ils avaient soif… très soif. Leurs journées se terminaient vers minuit lorsqu'Eugénie, furieuse, leur faisait comprendre qu'ils devaient laisser dormir les travailleurs de la maison. Ils devaient filer doux, sinon…

Louis, le jumeau de Mathilde, passait ses journées dans un laxisme total et travaillait rarement. Quoique continuellement ivre, il ne faisait pas de bruit. Il se balançait et somnolait au rythme du bruit de sa berçante. Louis était certes paresseux, mais il était aussi trop chétif pour accomplir les tâches exigeant un effort physique. À la brasserie, on recrutait les travailleurs parmi ceux qui étaient recommandés par les membres du personnel. Louis n'aurait même pas pu être engagé, il était trop maigrichon. Arthur avait réussi à faire embaucher Alfred, mais ce dernier était régulièrement *slaqué* pour cause d'absentéisme, de retard, de refus de faire des heures supplémentaires ou de se plier à un changement de poste. Il avait souvent reçu des avertissements écrits. Malgré les mises en garde contre les dangers d'incendies causés par l'entreposage de grains, il lui arrivait aussi de fumer au travail. Il buvait, même, et l'on fermait souvent les yeux, dans son cas, puisqu'il était le fils du *foreman*. Lorsqu'il était soûl, on le renvoyait chez lui jusqu'au lendemain. Un jour qu'il se fit prendre et que sa mère fut mise au courant, elle protesta :

— T'as le droit de prendre de la bière à l'ouvrage, mais pas de te faire *pogner*.

Alfred ajouta :

— Et de te faire flanquer à la porte.

Il ingurgitait les minces paies qu'il lui arrivait de gagner. C'était un ivrogne invétéré.

Marcel, pour sa part, était lui aussi régulièrement sans travail. Parfois, il rencontrait un *chum* qui l'embauchait pour faire des déménagements, mais il ne se présentait pas toujours sur les lieux convenus, retenu à la maison par une bonne cuite. Lorsqu'on lui demandait quel était son métier, il répondait immanquablement qu'il était journalier.

Eugénie pardonnait trop souvent à ses trois gars leur irresponsabilité et leur vice, mais elle n'aurait jamais accepté qu'ils ne payent pas leur pension hebdomadaire s'ils avaient des revenus. «Qu'on se le tienne pour dit!» Ils essayaient quand même de trouver des raisons pour se soustraire à cette obligation, et le manque de travail était une ritournelle souvent évoquée. Eugénie vouait un amour démesuré à Alfred, son fils cadet. Elle le chouchoutait de manière exagérée, lui pardonnait ses renvois et acceptait ses excuses sans protester. Alfred, beau temps, mauvais temps, attendait sa sœur Mathilde, l'aînée des filles, au sortir de la manufacture John Ritchie Co. Il la suivait d'assez loin pour qu'elle ne le voie pas l'épier et était prêt à intervenir si jamais un gars osait l'aborder. Il en avait d'ailleurs découragé quelques-uns. La rumeur selon laquelle il était préférable de ne pas approcher Mathilde Moisan circulait dans le quartier, car on aurait affaire à son frère Alfred. Cette surprotection pour sa sœur créait un malaise dont personne n'osait parler.

Pendant ce temps, partout au pays, des millions de Canadiens et de Terre-Neuviens s'étaient enrôlés dans les Forces armées et travaillaient notamment pour la Croix-Rouge ou l'Ambulance Saint-Jean. Dans la famille Moisan, personne ne l'avait fait.

***

Deux longues semaines s'écoulèrent avant que le mystérieux personnage ne réapparaisse dans le paysage de la John Ritchie Co. En cette fin de journée, à proximité de la porte des employés, il s'approcha. Lorsque Carmel sentit ses yeux admiratifs se poser sur elle, ses joues s'empourprèrent. Elle leva sur lui un regard interrogateur, surprise de le trouver là. Il lui fit une légère révérence. Mathilde s'éloigna quelque peu, ayant saisi la complicité s'établir entre l'étranger et sa sœur. Elle voulait faciliter l'échange entre eux. Carmel savait qu'elle n'était pas censée se trouver seule en présence d'un homme, encore moins un pur inconnu ; elle se dandinait comme une fillette, scrutant les alentours pour s'assurer que ses frères ne l'épiaient pas. Elle craignait de les voir poireauter au coin de la rue comme ils en avaient l'habitude. L'homme remarqua aussitôt le malaise de la jeune femme. De peur de la faire fuir, il mentit et lui dit d'une voix qu'il voulait rassurante :

— Je passais par ici.

Elle entendit cette voix chaude, pimentée d'un charmant accent, sonner mélodieusement à ses oreilles.

Il continua sur le même ton.

— Je suis content de vous revoir.

Un peu naïve malgré ses vingt-deux ans, elle l'interrogea :

— Mais pourquoi vous attardez-vous à moi ?

Il lui répondit sur un ton qui devint suppliant :

— J'aimerais vous connaître !

Incapable de bouger, Carmel, prude et timide, resta muette. Elle eut du mal à taire l'appel de son cœur.

Mathilde, de peur d'être sermonnée par leur mère si elles entraient à la maison en retard, fit signe à sa sœur.

— Nous devons rentrer maintenant !

Carmel, le rouge au visage telle une collégienne, esquissa à l'individu un petit signe d'au revoir d'une main hésitante.

* * *

Bien que prisonnière de l'emprise de cette mère vindicative, Carmel n'était nullement résignée à contracter un mariage ténébreux. Les gars des alentours ne l'attiraient pas du tout, ils étaient de la même étoffe que trois de ses frères ; elle aurait préféré mourir vieille fille plutôt que de perdre son temps à fréquenter cette engeance malsaine. Jamais elle ne consacrerait sa vie à éponger un pochard de ce genre. Cet inconnu était-il revenu pour elle, seulement pour elle ? Elle n'osait y croire. Cette nuit-là, elle n'arriva pas à fermer l'œil.

Les semaines passèrent. Carmel, s'interdisant de souhaiter le revoir, avait tout de même la tête dans les nuages. Au travail, le contremaître ne mit pas longtemps avant de la ramener à l'ordre.

— *Hey*, toi ! Sors donc de la lune, ton quota a diminué depuis quelques jours, reviens sur terre sinon ta paie va s'en ressentir.

Elle s'attela donc à la tâche, sachant qu'à la minute où l'on s'arrêtait de travailler le salaire baissait aussitôt. La réalité des propos du contremaître eut pour effet de lui remettre les esprits en place. Dodelinant de la tête, le pied ancré sur la pédale de sa machine à coudre, elle accéléra le rythme. La fin de sa semaine éreintante vint mettre un baume sur son dos meurtri. Les traits tirés, les yeux battus par le travail, elle rentra à la maison avec Mathilde.

* * *

Carmel, catholique pratiquante assistant régulièrement à l'office dominical, fut toute surprise lorsqu'elle croisa l'inconnu sur le parvis de l'église, au sortir de la messe. Prétextant un bonjour de politesse, il s'approcha d'elle. Eugénie, les yeux rivés sur sa fille, barra le chemin pour les écarter l'un de l'autre. Audacieux, ne sachant à qui il avait affaire, l'homme releva le rebord de son chapeau du bout du doigt en guise de salutation. Eugénie pinça le coude de Carmel et lui chuchota entre les dents :

— On rentre à la maison, et ça presse.

Carmel aurait voulu protester, mais, trop gênée par la conduite de sa mère, elle se retint. Eugénie avait érigé un mur entre cet homme et elle. La connaissant, elle ne voulut pas la contrarier de peur qu'elle fasse une scène. Elle savait qu'il valait mieux lui obéir au doigt et à l'œil. Se voir traitée de la sorte devant cet étranger l'humilia au plus profond de son être. Elle prit le chemin du retour sans adresser la parole à sa mère. Mathilde la rattrapa.

Carmel regagna la demeure familiale, traînée maladroitement par sa sœur, la tête comme une girouette, la poitrine palpitante. Elle se morfondit tout le reste de la journée, mangeant des yeux les barreaux de la fenêtre du salon. L'homme l'avait peut-être suivie. Si oui, sachant où elle demeurait, il oserait peut-être frapper à sa porte. L'audace qu'il avait manifestée lui permettait d'espérer. Même si l'accueillir dans cette misérable demeure l'aurait gênée, elle préférait cette humiliation à l'idée de ne jamais le revoir. Louis, Alfred et Marcel, soûls comme des bottes, asticotaient leur sœur. Ils avaient commencé à boire vers l'âge de douze ans. Ils avalaient leurs bières à même le goulot. Exaspérée, elle se résigna à quitter son point d'observation pour aller rêvasser dans sa chambre. Elle ne se sentait pas d'humeur à endurer leurs sarcasmes.

La semaine qui suivit s'étira, interminable. Le jour du Seigneur enfin arrivé, Carmel ne se sentit jamais aussi dévote en attendant la messe dominicale que ce matin-là. Le cœur battant, elle dévala les quelques marches de l'entrée et se retrouva sur le trottoir du boulevard Langelier avant sa mère et Mathilde, endimanchée, parée pour l'office.

Pendant la messe, Carmel risqua un regard circulaire dans l'enceinte de l'église. Joseph se trouvait à quelques bancs d'elle. Il la fixait et se répétait intérieurement: «Tourne la tête, tourne la tête!», comme pour l'hypnotiser. Elle se tourna dans sa direction et le vit qui l'observait. Une légère fièvre l'envahit tout entière lorsqu'elle l'aperçut. Elle cligna des paupières puis baissa légèrement la tête. Après l'*ite missa est*, Mathilde, sa complice de toujours, la tira par le bras sur le parvis de l'église. Elle avait vu l'homme, à quelques pas, qui semblait les attendre.

— Prétextons une commission et allons le rejoindre, lui dit-elle.

— Maman va nous tuer !

— Cela vaut la peine de risquer sa vie pour le grand amour… À notre âge, on devrait cesser d'avoir peur d'elle.

La machination de Mathilde fonctionna à merveille.

Joseph, les ayant suivies à distance jusqu'à la porte d'entrée du magasin général, leur dit d'une voix un peu chevrotante :

— Permettez que je me présente, mon nom est Joseph.

Il fit un petit salut et compléta :

— Joseph Courtin, et le vôtre ?

— Moi, c'est Carmel, et voici ma sœur, Mathilde.

Mathilde précisa en souriant.

— Mathilde et Carmel Moisan. Nous sommes les deux sœurs inséparables.

— *Pleased to meet you.*

Les sourcils en accent circonflexe de Carmel obligèrent Joseph à traduire cette formule de politesse.

— Oh, je veux dire : je suis content de vous rencontrer.

L'air ensorceleur, Joseph bavarda de tout et de rien avec les sœurs. Le temps passa trop vite. Il prit congé lorsque Mathilde mentionna que leur mère serait inquiète si elles ne rentraient pas bientôt. Joseph risqua le tout pour le tout, un sourire enjôleur sur les lèvres :

— Accepteriez-vous de me revoir, Caramel?

Carmel s'esclaffa et rétorqua :

— Mon nom est Carmel et non pas Caramel.

Sa manière de prononcer son prénom, en raison de son accent anglais, la fit rire. Elle le trouva mignon. «Il casse son français, que c'est charmant!» se dit-elle.

Il insista avec audace :

— Pour moi, vous serez Caramel.

Embarrassée par cette manifestation familière, Carmel admira tout de même son sens de l'humour. Elle tomba sous le charme de ce bel homme, un grand de six pieds, à la tenue impeccable. Séduisant, droit comme un chêne, l'arête du nez bien dessinée. Et une bouche!

— Vous êtes anglais, à ce que je comprends!

Joseph ne voulut pas entrer dans les détails de son arbre généalogique, mais il lui répondit :

— Non, écossais.

Elle se sentit gauche lorsqu'elle lui répondit :

— Je vais tout essayer afin de persuader ma mère de me permettre de sortir.

Elle avait buté sur les mots en prononçant cette phrase. Comme si une permission était encore nécessaire à son âge! Elle se reprit :

— J'aimerais, moi aussi, vous revoir.

Lorsque les deux sœurs s'apprêtèrent à partir, Joseph dévisagea Carmel.

— *I'll see you*, nous nous reverrons!

Ils se quittèrent sur ces paroles prometteuses, Mathilde prise à témoin. Joseph s'ancra alors souverainement dans les pensées de Carmel. La bataille qui s'engagea entre la mère et la fille afin d'obtenir la permission de sortir ne découragea pas Carmel, qui insista dans sa requête. Ses frustrations avaient assez duré.

— J'ai vingt-deux ans, je peux choisir les garçons que je veux fréquenter, ça fait assez d'années que je suis encabanée, il n'y a pas que des voyous sur cette terre.

Eugénie commença à s'énerver. Elle sentit un besoin soudain de se tenir la poitrine.

— Ne monte pas sur tes grands chevaux, ma fille, c'est moi, le *boss* ici.

Elle rougit, puis blêmit, et murmura :

— Tu vas faire mourir ta pauvre mère !

Elle se laissa tomber sur la première chaise libre.

Carmel ne se découragea pas pour autant. Elle suggéra :

— Mathilde pourrait nous accompagner.

— Elle et toi, c'est du pareil au même.

Carmel était frustrée, l'inquiétude de ne plus revoir cet homme la taraudait.

— Vous n'allez tout de même pas nous enfermer toute notre vie, Mathilde et moi !

Elle en avait assez de ces restrictions sous prétexte que des temps difficiles sévissaient depuis le krach de 1929 ; on était maintenant en juin 1939. Elle en avait marre de cette vie, des mariages à répétition de ceux qui voulaient éviter de participer à l'éventuelle guerre outre-mer et l'incertitude qui régnait sur toute la ville. Elle était prête à tout pour revoir Joseph. Luttant obstinément pour obtenir la permission tant convoitée, Carmel se hasarda du côté de son père. En désespoir de cause, elle le supplia d'intercéder pour elle auprès de sa mère.

Arthur, trop mou pour entretenir une telle discussion, se mit à fixer un motif sur le papier peint effiloché qui recouvrait les murs du modeste salon. Carmel espérait que, pour une fois, il n'allait pas se dérober.

— Remuez-vous, papa, je vous parle !

Arpentant l'étroite distance menant du salon à la cuisine, évitant au passage une bouteille de bière vide, Arthur réagit. Une idée lui vint.

— Va donc demander à ta sœur Céline, elle pourrait la convaincre, maman. Elle réussit à tout obtenir d'elle.

Il avait dit «maman» au lieu de nommer Eugénie, car les hommes, à cette époque, appelaient ainsi leur femme afin de donner l'exemple à leurs enfants. Arthur, encore une fois, n'endossa aucune responsabilité de peur d'irriter sa femme.

Carmel n'avait pas beaucoup d'affinités avec sa sœur cadette, elle n'allait pas s'abaisser à lui demander quoi que ce soit. Elle se remémora combien elle détestait la voir, lorsqu'à l'âge de douze ans, les grandes jambes pendantes, elle se faisait encore bercer par sa mère. Céline, studieuse, plus intellectuelle que manuelle, la fille chérie d'Eugénie, avait poursuivi des études jusqu'à la septième année. Elle avait facilement obtenu la permission de sortir avec un jeune enseignant qu'elle avait rencontré à l'école où elle étudiait.

Tante Élise, au rythme du grincement de la berçante sur le linoléum, cigarette pendue entre deux longs doigts jaunis par la nicotine, avait perçu la discorde qui régnait dans la maison. C'était une vieille fille futée, encore très belle et élancée, au regard pervenche, mais à la bouche désabusée. Elle avait toujours vécu avec la famille d'Eugénie. Les deux femmes s'aimaient énormément, leur enfance misérable et beaucoup d'autres malheurs avaient tissé des liens indissolubles entre elles. Eugénie avait posé une condition lorsqu'elle avait épousé Arthur : Élise habiterait avec eux. Eugénie se sentait redevable envers sa sœur qui avait renoncé au mariage afin de soutenir financièrement leur famille.

Élise connaissait le caractère de chaque enfant Moisan. La pension qu'elle payait rubis sur l'ongle à sa sœur lui donnait le droit, prétendait-elle, de s'immiscer dans les affaires de la famille. Le comportement et les agissements de sa nièce Carmel la remuaient. Le trouble de la jeune femme réveilla en elle quelque chose de familier, une impression de déjà-vu.

Élise, les souvenirs chavirés, caressait du bout des doigts les superbes cadeaux reçus de son amant, palpant ces précieux bijoux rangés dans son coffret de cuir posé sur ses genoux. Elle le tenait verrouillé par un petit cadenas doré dont elle seule possédait la clé. Elle revint au moment présent.

— Qu'est-ce donc qui te tracasse, jeune fille ? lui demanda-t-elle.

Carmel soupira d'agacement.

— C'est encore maman !

Élise savait très bien de quoi il s'agissait, mais continua pourtant à l'interroger.

— Qu'est-ce qu'elle a fait, Eugénie ?

— Rien… seulement elle ne me permet pas de sortir, je suis une adulte, c'est ridicule, vous ne croyez pas, ma tante ?

Cette dernière connaissait l'objet de ses tourments.

— Tu veux parler de sortir avec ce jeune homme qui t'a interceptée après la messe, l'autre dimanche ? Ta mère m'en a glissé un mot.

Élise n'allait plus à la messe, elle avait perdu la foi en perdant son fiancé.

Carmel ne retint pas sa surprise.

— Qu'est-ce qu'elle a dit, maman? Je suis pourtant depuis longtemps en âge de fréquenter les cavaliers de mon choix.

Elle exprima sa colère.

— Je ne vais rien te dévoiler des confidences d'Eugénie, mais tu peux te fier à moi, je m'en occupe. Je vais plaider ta cause et celle de ton galant.

Elle le ferait, car elle était navrée de cette situation. Eugénie avait raconté à sa sœur comment elle avait arrêté le geste de cet effronté sur le parvis de l'église. Élise avait tempéré les propos de sa sœur, lui suggérant d'accorder une chance à ce soupirant.

— Ne gâche donc pas la vie de ta fille, je crois que sa conduite prouve jusqu'à maintenant que tu peux lui faire confiance. Lui souhaites-tu le même sort que celui de Mathilde, qui approche la trentaine, toujours célibataire, et on sait pourquoi?

Eugénie avait été à court d'arguments lorsqu'Élise avait évoqué la vie de Mathilde, et elle s'était montrée hargneuse. Elle essaya d'éluder la situation de sa fille aînée en ramenant la conversation à «l'homme du parvis de l'église», comme elle surnommait cet inconnu.

— On ne sait rien de lui.

— Invitons-le donc ici, on va voir ce qu'il a dans le ventre.

Quelle ne fut pas la surprise de Carmel lorsque, chez John Ritchie Co., le lundi suivant, à l'heure du dîner, sa tante la prit à part et lui chuchota:

— J'ai à te parler.

Fébrile, Carmel écouta avec intérêt les propos de celle en qui elle avait mis tous ses espoirs.

— Tu peux inviter à la maison ce jeune homme qui fait tant briller tes yeux, tout est arrangé avec ta mère.

Élise ne fit pas mention des arguments qu'elle avait employés pour convaincre Eugénie ; peu importait, la fin justifiait les moyens. Elle avait réussi et ferait tout son possible pour que Carmel ne subisse pas le même sort que Mathilde ; elle invoquerait la fibre familiale s'il le fallait. Elle avait préféré lui annoncer cela hors de la maison afin de ne pas déclencher l'hilarité chez ses trois frères.

Carmel ne posa pas de question, le premier pas était franchi, c'était déjà beaucoup. Elle gratifia sa tante d'un soupir de satisfaction.

Incrédule et heureuse à la fois, elle ne savait comment s'y prendre pour inviter Joseph, elle ne connaissait rien de lui. Les mœurs de l'époque interdisaient aux jeunes filles de faire les premiers pas ; même si elle avait su où il demeurait, il aurait été plus qu'inconvenant de le relancer. Elle vivait peut-être dans une famille modeste, mais elle avait des principes et elle en était fière. Elle n'aurait pas voulu être mal jugée ou encore passer pour une fille de petite vertu. L'église lui servait de seul repère. Elle se mit à espérer le rencontrer le dimanche suivant afin de lui faire part de la décision. Elle s'attendait à le voir dans l'assemblée des fidèles.

* * *

Tante Élise avait plaidé la cause de sa nièce, car elle lui souhaitait un meilleur sort que le sien. Elle gardait ouverte cette déchirure au cœur depuis que son fiancé, le médecin, n'avait eu ni la patience ni le courage de l'attendre. Il n'était pas vraiment bel homme, mais avait une personnalité rayonnante. Il possédait cette aura à laquelle n'importe quelle jeune fille aurait succombé. Il n'était pas très grand, mais émanaient de lui une intelligence et une vivacité d'esprit qui ne passaient jamais inaperçues. Son attention était entièrement concentrée sur la personne avec laquelle il s'entretenait. Ses belles mains blanches manucurées offraient une poignée de main sincère.

Mais une autre jeune fille plus sophistiquée, voire un peu snob, avait croisé son chemin. Il avait rencontré une infirmière assignée au même hôpital que lui. Ils étaient issus du même milieu culturel. Ils partageaient les mêmes ambitions, évoluaient dans le même monde.

L'âme du docteur avait alors déserté celle d'Élise ; elle n'était peut-être pas assez convenable pour lui, qui sait ! Le docteur comprenait que les différences culturelles de son amante, qui était issue de la classe ouvrière et habitait avec sa sœur et son étrange famille, feraient jaser dans son cercle d'amis et de collègues, tous des professionnels et des universitaires. Élise vivait très mal cette rupture qui laissait dans tout son être une empreinte indélébile qui ne guérirait jamais. La poitrine marquée au fer rouge, elle s'était juré de ne plus fréquenter d'hommes. Elle aimerait le médecin en silence pour le reste de ses jours et le verrait en cachette : elle serait dorénavant sa maîtresse. Il n'était pas nécessaire d'être de la haute bourgeoisie pour jouer ce rôle ingrat. Elle revenait pantelante à la maison après leurs ébats amoureux.

* * *

Angèle, la mère d'Élise, Eugénie et Bernard, était devenue veuve très jeune. Son mari, François Grenier, tanneur, avait succombé à des infections respiratoires causées par des « opérations de tanneries ». Ces opérations étaient source de poussières chimiques produites par certains processus, notamment le ponçage. Les poussières pouvaient être chargées de poils, de particules de moisissures et d'excréments. Aucune ventilation adéquate n'était prévue à l'époque. La grande diversité d'acides, d'alcalis, de tanins, de solvants, de désinfectants et d'autres substances pouvait provoquer des bronchites chroniques.

François y perdit sa jeune vie. Il laissa dans le deuil et dans le besoin sa femme avec ses trois enfants en bas âge. Le curé de la paroisse Sainte-Rose-du-Nord prit Angèle en pitié. Il était peiné de la façon dont la vie lui avait fauché son mari. «Il est mort les poumons brûlés, ce pauvre homme, ce n'était pas dans les desseins de l'Éternel!» disait-il à qui voulait bien l'entendre.

Le curé avait donc engagé la jeune veuve éplorée comme ménagère. La famille vivait dans une petite maison blanche qu'on appelait «la maison du bon Dieu». L'humble chaumière avait été surnommée ainsi parce que les paroissiens les plus nantis venaient y porter de la nourriture. Angèle répétait à ses enfants que c'était le bon Dieu qui envoyait ces généreux donateurs. Malgré son épreuve, elle était demeurée fervente croyante. La bonté de monsieur le curé l'avait encouragée à persévérer dans la religion.

Élise Grenier, l'aînée de la famille, devint une jeune fille désirable. À l'âge de seize ans à peine, elle partit pour Québec dans le but d'y trouver un emploi. Elle n'eut aucun mal à se faire embaucher par la grande manufacture de chaussures John Ritchie Co. Le hasard mit sur sa route un jeune et brillant médecin qui tomba amoureux d'elle à la première rencontre. Elle hésita à répondre à la demande en mariage de cet homme qui l'appelait sa «gazelle», parce qu'elle se faisait un devoir de continuer de soutenir les membres de sa famille, sachant que son mariage priverait les siens d'une part importante de revenus, elle qui leur envoyait régulièrement la majeure partie de ses gains. Elle avait demandé à son prétendant de lui donner du temps.

***

Carmel, contente de pouvoir fréquenter Joseph, et prévoyant lui en faire part à l'église, s'était parée avant l'heure habituelle de départ pour la messe.

— Es-tu prête, Mathilde? On va être en retard.

Carmel, endimanchée, chapeautée, chaussée de talons aiguilles, son sac sur les genoux, assise comme une statue sur le banc de l'église, épaule contre épaule avec Mathilde, eut de la difficulté à suivre l'office.

— Évangile selon saint Luc, chapitre 5, versets 1 à 11.

« En ce temps-là, comme Jésus se trouvait un jour sur les rivages du lac de Génésareth, la foule se pressait autour de lui pour entendre la parole de Dieu. Apercevant au bord du lac deux barques, d'où les pêcheurs étaient descendus pour nettoyer leurs filets, il monta dans l'une d'elles, qui appartenait à Simon, et le pria de s'éloigner un peu du rivage. »

Le curé monta en chaire et commença le sermon qu'il avait préparé avec soin. D'une voix de stentor, il s'adressa aux fidèles. L'homélie de l'ecclésiastique n'atteignit pas la jeune femme, son ton de prédicateur n'arriva pas à apaiser son âme. Saisissant le moment de la collecte des aumônes, moment d'agitation durant lequel les fidèles fouillaient dans leurs poches, elle osa tourner la tête, profitant de ce que certains s'étaient retournés vers le jubé pour contempler les enfants chanter dans la chorale accompagnée des sons harmonieux de l'orgue Casavant. Il était facile de distinguer les parents qui cherchaient leur enfant parmi les choristes ; leurs yeux étaient pétillants de fierté et d'amour. Carmel dut se ressaisir et attendre la fin de la messe pour quérir le regard de Joseph ; elle faisait semblant de prier.

— Saint, saint, saint, le Seigneur… Levez-vous !

Les trois clochettes la ramenèrent à la prière. Le prêtre psalmodia.

— Nous vous demandons, Seigneur, que vos mystères sacrés nous rendent purs et que par leurs bienfaits ils servent à notre protection. Par notre Seigneur, Jésus-Christ…

— *Ite missa est.*

Carmel se signa rapidement. Elle referma son missel. L'image de saint Jude, protecteur des causes désespérées, glissa sur le sol. C'était le saint qu'elle préférait et qu'elle implorait dans ses moments de détresse. Il était reconnu comme étant le saint de l'espoir. Elle se pencha pour ramasser l'image. La tête légèrement inclinée, elle lut la prière au dos et ajouta sa propre demande :

— Ô glorieux apôtre saint Jude, je vous en supplie, faites que je revoie Joseph, je vous en implore.

Elle se redressa. La tête haute sur ses cinq pieds et cinq pouces, le nez en l'air, scrutant l'assistance, sa vision se brouilla à l'ouverture des grandes portes. Aveuglée par le soleil déjà à son zénith qui nimbait l'enceinte, elle chercha Joseph, mais ne le vit pas. Était-il parti avant la fin de la messe ? Elle était certaine de ne pas l'avoir loupé. S'il avait été dans l'assistance, elle l'aurait reconnu.

Carmel continuait à s'interroger :

« Était-il malade ? »

Mathilde remarqua la distraction de sa sœur.

— Qui cherches-tu comme ça ?

Carmel plongea le bout de ses doigts dans l'eau du bénitier et, distraitement, se signa de nouveau.

— Mais personne, voyons !

Sur le parvis, endroit privilégié pour mettre leurs commérages à jour, les punaises de sacristie en profitaient pour cancaner. La déception se lisait sur le visage de Carmel. Son bel écossais ne lui avait rien promis, certes, mais elle espérait tant le rencontrer afin de lui faire part de la décision de sa mère. Elle s'était peut-être bercée d'illusions. Pourtant, il lui avait dit qu'il souhaitait la revoir, et elle était certaine d'avoir bien compris « *I'll see you* », même si elle ne savait pas un traître mot d'anglais. De toute façon, il avait traduit : « Nous nous reverrons. » Cette phrase, il l'avait prononcée sur un ton convaincant. Il ne lui avait cependant pas donné de rendez-vous l'autre dimanche, mais, selon elle, c'était tout comme.

Eugénie, témoin du désarroi de sa fille, ne fit rien pour la réconforter. Intérieurement, elle éprouvait une certaine satisfaction, sachant Carmel à l'abri.

— On ne traîne pas dans les rues après la messe, les filles!

Carmel et Mathilde rentrèrent directement à la maison, à pas lents.

La semaine s'annonçait monotone pour Carmel. En s'acharnant sur sa piqueuse, elle croyait pouvoir canaliser ses pensées sur son quota quotidien. Chaque soir, au sortir du travail, elle espérait voir Joseph. Bras dessus, bras dessous, les deux sœurs répétaient leur rituel jusqu'à la maison. Mathilde essayait inutilement de l'encourager.

— Ne t'inquiète pas, il va tenter de te revoir, la façon dont il t'a contemplée ne laisse aucun doute.

L'aller-retour ennuyeux sur ces trottoirs trop de fois piétinés exaspérait Carmel. Elle écrasait sous ses pas tous ses espoirs déchus. Les moqueries qu'elle entendait sur son passage la décourageaient.

— Et puis, ton Anglais, on ne le voit plus dans les parages!

Elle avait osé en parler au travail. Exubérante, elle en avait probablement trop dit, sûrement plus que le peu qu'elle savait de lui. Ses collègues se moquaient d'elle. Certaines avaient remarqué cet homme à l'allure distinguée et doutaient qu'il puisse s'intéresser à l'une des petites travailleuses de la manufacture.

La tête baissée, elle tentait de les ignorer.

Elle accéléra le pas.

Carmel voulait s'enfermer, disparaître, fuir les taquineries des filles, mais il lui fallait affronter la réalité, elle ne reverrait peut-être jamais Joseph. Pourquoi occupait-il toutes ses pensées ? Elle avait sans doute visé trop haut. Il cherchait peut-être une proie facile parmi les travailleuses manuelles. Faisait-il partie de cette race d'hommes qui disent n'importe quoi aux filles pour se rendre intéressants ? Était-il un braconnier des cœurs, ce bel homme au regard énigmatique ? La morosité l'envahit peu à peu. Elle avait refusé à plusieurs occasions les invitations de jeunes hommes de son entourage de peur de tomber dans ce piège dont sa mère lui rebattait les oreilles. Un isolement s'était créé autour d'elle.

Mais pourquoi lui avait-il fait miroiter de possibles fréquentations ? À la maison, elle se carra dans le Chesterfield. Sa fidèle chienne Manouche aux grands yeux langoureux posa la tête sur ses genoux ; elle sympathisait avec sa maîtresse et semblait comprendre son désarroi. Carmel glissa les doigts derrière ses oreilles, Manouche agita la queue en signe de satisfaction. La soirée se termina, comme d'habitude, par un bâillement contagieux.

La chienne ressemblait à s'y méprendre à un berger anglais avec sa queue courte et son poil long qui volait au vent quand elle marchait.

Chapitre 2

Mathilde et Carmel, fourbues après une semaine épuisante, erraient sans but lorsqu'un ronronnement lent, tel celui d'une voiture en filature, les obligea à décélérer le pas. Peu habituées à croiser des individus possédant une automobile, elles étaient inquiètes, mais non moins curieuses de savoir si quelqu'un les suivait. À la dérobée, elles examinèrent la rutilante Ford de luxe rouge feu, maintenant arrivée à leur hauteur. Elles admirèrent la belle carrosserie, les flancs blancs, les deux gros phares qui semblaient les narguer. Les deux jeunes femmes furent impression-nées. L'homme derrière le volant les surprit :

— *Hi!*

S'approchant timidement du véhicule, Carmel fut troublée en apercevant la silhouette de celui qui hantait son esprit depuis une éternité.

— Bonsoir, comment allez-vous ?

Prise de court, elle rougit et sourit en ne trouvant rien de plus intelligent à répondre que :

— Bonsoir, Joseph.

Scrutant sa sœur du regard, une grosse boule dans la gorge, Carmel balbutia en serrant plus fort le bras de Mathilde.

— Nous rentrons à la maison.

Joseph renchérit :

— Il est encore tôt, Caramel, voulez-vous venir faire un tour avec moi ? J'aimerais vous emmener en balade dans ma voiture.

Mathilde, sans réfléchir, mais ne voulant à aucun prix que Carmel rate une telle occasion de mieux connaître celui qui la perturbait, proposa aussitôt :

— J'irai rendre visite à mon amie Charlotte que je n'ai pas vue depuis longtemps. Je vous retrouverai ici dans une heure afin que nous rentrions ensemble, Carmel et moi. Une heure, ni plus ni moins !

Carmel dévoila son embarras. Elle aurait voulu garder ses distances, mais l'attente angoissante, l'anxiété et l'envie de passer un moment avec Joseph pour en savoir plus sur lui la chamboulaient. Luttant contre ce regard suppliant qui la pénétrait jusqu'aux entrailles, elle fit un pas vers la voiture. La portière grande ouverte l'invitait vers l'inconnu, son destin s'étalait devant elle.

Carmel prit place à l'intérieur de cette belle voiture dont le luxe supplantait celui du salon familial. Le moteur vrombit. Le corps collé contre la portière, les deux mains fermement croisées sur ses genoux soudés, elle fut prise au dépourvu par l'accélération du véhicule. Elle n'était pas du tout rassurée, étant seule en présence de cet homme qu'elle ne connaissait ni d'Ève ni d'Adam. Un léger tremblement s'empara d'elle.

D'une voix chevrotante, elle prit la parole :

— Vous avez une belle auto, Joseph !

Elle venait de toucher sa corde sensible. Vraisemblablement, il aimait les voitures. Il répondit avec une pointe de fierté dans la voix en voulant l'impressionner :

— C'est le modèle de l'année.

Il décrivit les avantages et les caractéristiques de l'automobile de manière à mettre en évidence cette passion. Il était satisfait de l'intérêt qu'il croyait percevoir chez Carmel.

— Vous êtes déjà montée dans une voiture comme celle-là ? lui demanda-t-il.

— Non, c'est la première fois que j'accepte une telle invitation. De toute façon, je ne connais personne qui possède une automobile.

Il ne savait pas comment l'aborder, il voulait savoir si elle était libre.

— Une belle fille comme vous n'a pas encore de prétendant ?

— Je suis célibataire.

Elle lui avait répondu sur un ton affecté ; son cœur battait la chamade.

Joseph monta le volume de la radio lorsqu'il entendit les belles paroles de la chanson populaire *Over the Rainbow* qu'interprétait la star Judy Garland.

Someday I'll wish upon a star
And wake up where the clouds are far behind me,
Where troubles melt like lemon drops.
Away above the chimney tops
That's where you'll find me.

D'une voix de ténor un peu fausse, Joseph accompagna la chanteuse.

If happy little bluebirds fly
Beyond the rainbow.

Il haussa la voix à la dernière phrase de la chanson. *Why, oh, why can't I ?*

Carmel n'osa pas chanter avec lui ; elle était mal à l'aise. D'ailleurs, elle ne comprenait pas un mot de cette chanson. Joseph zigzagua légèrement pour l'épater en empruntant le pont Lavigueur qui enjambait la rivière Saint-Charles. Se prenant pour un historien, il voulait l'éblouir. Il parlait maintenant en intensifiant son accent anglais. Il prit un air pincé et, d'une voix d'annonceur de radio, se mit à phraser :

— Nous traversons le pont Lavigueur, qui fut nommé ainsi en 1912 en l'honneur du maire de Québec, Henri Edgar Lavigueur, fils de musicien et homme d'affaires qui avait été échevin avant d'être élu maire de Québec.

Il s'improvisait guide touristique, décrivant ce qu'il connaissait ou inventant au fur et à mesure des descriptions de son cru, au gré des sites qu'ils croisaient. Il était à l'aise dans cette ville qu'il connaissait passablement bien, car il venait y rencontrer les autorités pour faire la promotion des souffleuses à neige construites par Arthur Sicard, son employeur. Ses commentaires étaient entrecoupés d'un rire cristallin, ce qui était rare chez les Moisan. Carmel était impressionnée. Le paysage défilait sous ses yeux expressifs. Ne manquant aucune de ses paroles, elle acquiesçait de la tête à chacune des descriptions. Tout chez cet homme lui plaisait. Elle lui dit avec un petit rire :

— Vous semblez connaître la ville !

Encouragé par cette réaction, Joseph lui parla de son métier avec ardeur. Tout ce qui émanait de ses lèvres charnues ensorcelait Carmel, qui savourait cette rafale de mots. Dieu qu'elle le trouvait beau, cet homme.

Il lui raconta qu'il avait quitté sa ville natale à l'âge de dix-huit ans pour poursuivre des études à New York. Dès l'obtention de son diplôme en ingénierie, il avait entendu dire que la compagnie Sicard traitait correctement son personnel. Il y avait donc sollicité un emploi.

Il avait été embauché par cette importante entreprise dont le principal actionnaire n'était nul autre qu'un Canadien, Arthur Sicard, qui avait inventé, en 1925, les souffleuses à neige à ventilateur autopropulsé, qu'il avait commercialisées. Cette invention permettait à l'opérateur de projeter la neige à plus de cent pieds de la souffleuse ou directement à l'arrière, dans un camion. Joseph avait trimé dur pour en arriver là. Ses conditions d'embauche lui avaient été accordées sans discussion. Maîtrisant parfaitement la langue anglaise, il faisait montre d'une détermination à toute épreuve. Le rêve de Joseph semblait enfin se réaliser.

Joseph lui dit d'un ton qu'elle ne put interpréter qu'il logeait dans un appartement qui était la propriété de la compagnie, rue Sicard, à l'intersection de la rue Sainte-Catherine, dans l'est de l'île de Montréal. Situé au troisième étage de l'immeuble, le logement était modeste mais de belle dimension.

Joseph manifestait une telle assurance que Carmel tomba sous le charme. Ralentissant l'allure de sa voiture, il bifurqua et s'engagea dans une petite rue peu éclairée ; il rangea le véhicule le long du chemin et l'immobilisa. Cela surprit Carmel. Sa mine s'assombrit.

— Pourquoi nous arrêtons-nous ?

Les sentiments qui l'habitaient étaient pêle-mêle ; elle avait peur de désappointer cet homme qui la faisait frissonner dans ses pensées, le soir, lorsqu'elle imaginait toutes sortes de scénarios plus fous les uns que les autres. Elle se voyait fiancée, puis mariée. Elle pensait aux heures enchantées qu'elle passerait dans les bras de cet homme, nus tous les deux. Elle souhaitait faire l'amour toute la nuit, ne plus dormir, ne jamais se lever, en faire son otage. Elle rêvait des caresses qu'ils se feraient et des longs baisers sensuels qui les mettraient hors d'haleine. Elle reprit ses esprits en clignant des yeux, pour s'extirper de sa rêverie érotique.

L'historien en herbe passa le bras de vitesse en position *Parking*, tourna la clé pour couper le contact et retira son pied du frein. Libre de tout mouvement, il allongea délicatement le bras et effleura celui de Carmel. Elle frémit malgré elle à ce premier contact, tout en se montrant un peu rétive. Il poursuivit le geste et rejoignit la paume de sa main délicate. Ne sachant comment interpréter l'attitude effarouchée de Carmel, ni le léger frisson qu'il avait saisi au moment de la toucher, il tenta de dénouer ses doigts crispés, emboîtés les uns dans les autres. Il hésita un instant, espérant une réaction de sa part, un encouragement à cette légère et naïve caresse. Carmel était devenue très mal à l'aise, elle se raidit, ses traits se figèrent. Malgré tout, Joseph se rapprocha d'elle, magnétisé.

Il avait tant espéré ce moment d'intimité. Les semaines pendant lesquelles il s'était absenté de Québec pour faire un rapport à son employeur du progrès de ses démarches pour l'obtention d'un contrat potentiel avec les autorités de la Ville, il avait pensé à elle et s'était arrangé pour la revoir. Arthur Sicard, lors de l'embauche de Joseph, avait planifié tirer avantage de son bilinguisme pour développer le marché des équipements dans cette ville majoritai-rement francophone. Lorsque Joseph avait vu Carmel la première fois, il avait trouvé qu'elle se démarquait des autres. Il la trouvait adorable, désirable, plus que belle. Il s'était interrogé. Était-elle libre à l'âge qu'elle semblait avoir ? Cela aurait été surprenant... Était-elle une femme frivole qui préférait le libertinage à la vie de famille ? Elle était distinguée avec son port de tête altier. Cachait-elle quelque chose sous ses airs raffinés ?

Il voulait en savoir davantage sur cette belle femme. Il l'avait surveillée de loin avant de se décider à l'aborder.

Carmel ricanait maintenant nerveusement, embarrassée par la familiarité de Joseph. Lorsqu'il poussa l'audace jusqu'à lui passer son bras autour du cou et à l'attirer vers lui, elle voulut partir et saisit la poignée de la portière. Dans la pénombre, sous sa main tremblante, le bec-de-cane lui glissa des doigts.

Joseph recula légèrement, fiévreux, il avait le goût de l'embras-ser, de la goûter, toutefois il ne voulait pas l'affoler davantage. À Montréal, les filles qu'il avait fréquentées ne manifestaient aucune fausse pudeur à son égard. Il avait prodigué à quelques occasions, sur la banquette arrière de cette même voiture, des caresses assez compromettantes. Il était tellement sûr de lui. Les amourettes qu'il avait connues s'étaient toutefois soldées par des ruptures. Les femmes le disaient instable, les trois quarts du temps en voyage d'affaires entre Québec et Montréal.

Pressant l'étreinte, il effleura de son souffle le cou de sa passagère. Il avait osé plonger son regard dans son léger décolleté puis étirer sa main agile un peu plus bas pour y glisser ses grands doigts. Ces caresses, chaudes sur sa peau, effleurant ses seins, firent monter en Carmel un désir qu'elle voulut repousser sans toutefois pouvoir l'identifier.

Les avertissements de sa mère la refroidissaient, elle les entendait retentir dans son crâne tel un martèlement ahurissant; une phrase en particulier, fréquemment entendue dans les sermons du curé de la paroisse, lui revint aussi en mémoire : «Jeunes filles, gardez votre âme chaste et pure, ne succombez pas à l'œuvre de chair avant le mariage.»

D'un geste déterminé, elle repoussa Joseph, prête à s'enfuir de peur qu'il aille plus loin. Elle réussit à enclencher la poignée de la portière et l'ouvrit brusquement. Elle loupa le marchepied en descendant de la voiture.

Surpris, Joseph réagit vivement :

— Ne soyez pas si farouche, je ne ferai rien qui puisse vous blesser ou vous heurter.

Elle ne dit mot, tenta de reprendre son équilibre et marcha d'un pas incertain dans cette rue inconnue, mal éclairée par peu de réverbères. Joseph sortit en trombe du véhicule et la rattrapa. Il voulut lui prendre la main pour la ramener à la voiture, mais elle le repoussa. Il se ressaisit, comprenant qu'elle n'était pas une proie facile. Son comportement et sa pudeur lui plurent. Il se trouvait maintenant ridicule.

— Ne craignez rien, je ne vais pas vous prendre de force.

Carmel fulminait en silence. Joseph ne tenait pas à aller plus loin.

— Remontez dans la voiture, je vais vous reconduire.

D'une voix à peine audible, elle osa dire :

— Sachez que je ne suis pas une dévergondée qui succombe à la première occasion. Vous avez admirablement planifié votre coup en m'offrant une balade dans votre belle voiture, mais je ne suis pas aussi naïve que vous le croyez. Apprenez que je ne me laisse pas impressionner aussi facilement, j'ai parfaitement compris votre petit jeu.

Sa réticence n'était pas feinte et elle ne se prêtait nullement au jeu des jeunes ingénues.

Joseph avait été trop loin, il le savait. Ses mains vagabondes et son air un peu arrogant l'avaient effarouchée. Il faudrait amadouer cette femme à la peau si douce, et il s'y appliquerait. D'un autre côté, son orgueil de mâle en avait pris un bon coup.

— Allez, je vous ramène chez vous, lui dit-il d'un ton soutenu.

Ne sachant où elle se trouvait exactement, Carmel accepta de remonter dans la voiture de peur de s'égarer et de rentrer trop tard à la maison. Elle repiqua quelques mèches de cheveux à son chignon un peu décoiffé. Elle prit place dans le véhicule, muette, l'estomac noué.

Joseph, le frondeur, avait voulu savoir jusqu'où il pouvait aller avec elle. Il n'osa pas essayer de la calmer ni de s'expliquer. Il redémarra la voiture, mit le pied sur l'accélérateur et reprit la route dans un grincement de pneus. Le retour vers le point de départ se fit dans un silence pesant. Joseph serrait le volant si fortement qu'il dut le lâcher un peu et s'étirer les doigts pour les détendre. Son comportement avait été odieux, il le savait.

Carmel, crispée contre la portière, évitait de le regarder. L'habitacle devint trop étroit pour contenir ces deux êtres blessés qui avaient du mal à respirer. Joseph déposa sa passagère à l'endroit même où il l'avait cueillie. Il était conscient d'avoir dépassé les limites de la bonne éducation. Il avait été grossier. Il aurait voulu se racheter, mais il était trop fier pour s'excuser de sa conduite. Il n'avait pas le repentir facile. Il dit du bout des lèvres :

— *I am sorry.*

Il s'inquiétait du résultat de sa manœuvre, mais il était malgré tout passablement satisfait de la réaction de Carmel. Il avait été trop audacieux, mais il savait maintenant à qui il avait affaire. Il s'interrogeait néanmoins sur l'attitude de cette femme, concernant cette façon assez saugrenue qu'il avait adoptée pour mieux la connaître. Dorénavant, il ne désirait plus perdre son temps en fréquentations incertaines. Il ne cherchait pas une femme frivole, il en avait passé l'âge, il souhaitait une compagne pour la vie. Il l'avait peut-être trouvée, mais il ne concevait pas encore comment il allait s'y prendre pour la conquérir.

Carmel ne répondit pas, trop humiliée. Elle claqua la portière derrière elle et ne se laissa pas émouvoir par ces mots prononcés en anglais qu'elle ne comprenait pas. Elle arriva un peu avant l'heure fixée par Mathilde. Tête baissée, l'esprit chaviré, les yeux humides, elle fit les cent pas. Elle errait sur l'étroit trottoir, en longeant les bâtiments de peur de croiser des connaissances. Mathilde, en la rejoignant, constata tout de suite sa mine défaite et, sans poser de questions, ramena cet oiseau blessé au bercail. Elle la serra contre elle tout en séchant ses yeux noyés dans une mer houleuse.

Carmel fut envahie de doutes et d'interrogations pendant les jours qui suivirent cette malencontreuse soirée, traînant les pieds d'un endroit à l'autre. Aurait-elle provoqué Joseph en acceptant, dès la première invitation, de monter dans sa voiture sans retenue ni contrainte ? Faisait-elle partie de ces filles légères qui devaient quitter la manufacture, emportant dans leur sein le fruit de leur dévergondage et dont elle avait tant pitié ? Chez John Ritchie Co., les règlements étaient clairs : si une fille attendait un enfant, mariée ou non, elle était congédiée. Certaines de son entourage, trop pressées de se caser, se laissaient séduire pour se voir ensuite délaisser pour une autre proie aussi facile. Carmel se demandait si, pour plaire à Joseph, elle aurait dû céder à ses avances. À son âge, presque toutes ses amies avaient déjà eu une aventure ou étaient mariées, sauf sa sœur Mathilde. Elle avait agi sagement, elle tenait à ce que Joseph la respecte. S'était-elle jetée innocemment dans la gueule du loup ? Et lui, était-il homme à séduire les filles dès la première occasion, sans vergogne, un coureur de jupon ? Joseph, qui voyageait souvent entre Montréal et Québec, avait-il, dans chaque ville, une fille qui l'attendait, qui tentait de le conquérir ? Le cœur meurtri et l'orgueil à fleur de peau, Carmel passa les semaines suivantes sans le revoir ni entendre parler de lui.

***

Un bon samedi après-midi, à la fin de son *shift* et de sa semaine de travail, Carmel décida de prendre le tramway et d'aller faire un tour dans la rue Saint-Jean. Elle avait le goût de s'isoler dans la foule. Elle marcha une bonne heure nonchalamment en faisant du lèche-vitrine. Elle n'avait aucun but ni aucun achat à faire, pas d'argent à dépenser non plus, elle voulait simplement tuer le temps. Sa promenade terminée, elle décida de reprendre le tramway de la Haute-Ville pour descendre chez elle. Elle y monta et dut demeurer debout, la main agrippée à une courroie de cuir pour maintenir son équilibre, les places assises étant toutes occupées. C'était l'heure de fermeture des magasins, le tramway était bondé de travailleurs qui rentraient chez eux, de *magasineux* ou de promeneurs, comme elle. Carmel voyait défiler devant elle la façade des grands magasins et des restaurants. Elle aimait l'ambiance animée qui régnait dans la rue Saint-Jean.

Son attention fut soudainement attirée par la démarche d'un homme près du magasin Kresge. Elle le voyait de dos, son allure lui semblait familière. Lorsque le tramway redémarra après avoir effectué un arrêt et s'être délesté de quelques passagers, elle faillit perdre pied. Elle avait les yeux aimantés à cet homme. Plus le tramway s'en rapprochait, plus elle était certaine que c'était Joseph. Des piétons le dépassaient et d'autres venaient en sens inverse. Elle avait peur de le perdre de vue. À mesure que le tramway avançait, elle était de plus en plus convaincue qu'à l'évidence c'était lui. Elle le vit se faire bousculer par un jeune courant après la vie, il se retourna alors légèrement. Il était encore trop loin pour qu'elle puisse discerner les traits de son visage. Elle voulut descendre à l'arrêt suivant pour marcher vers lui, mais ses jambes étaient devenues molles. Les quelques secondes qui la séparaient de celui qui hantait ses nuits devinrent insupportables. Elle étira le cou, avança la tête en poussant une jeune fille à sa droite afin de mieux voir à travers la vitre. Quand elle arriva à sa hauteur, juste à côté de lui, directement dans son champ de vision, un piéton marcha du même pas et lui obstrua la vue. Elle s'étira le cou davantage. Lorsque le tramway le dépassa, elle put le distinguer facilement et, à sa grande stupéfaction, elle constata que ce n'était pas lui. Ce n'était pas Joseph, elle l'avait confondu avec un individu qui, de face, ne lui ressemblait même pas. Elle se redressa et se tourna de l'autre côté. Elle craignait que sa voisine ait perçu son malaise. Elle était obsédée par Joseph. Elle le voyait partout.

Elle effectua le reste du trajet toute à ses pensées. Elle aurait souhaité que ce soit lui, mais comment l'aurait-elle abordé ? C'était ridicule, elle était décidée à le chasser de sa tête. Elle se trouvait naïve et un peu trop émotive pour son âge. Chaque jour était une méprise de plus.

* * *

Carmel n'était pas la seule à vivre une situation difficile ; Mathilde, en effet, ne ressentait que hargne et dédain pour son frère Alfred qui ne cessait de la harceler. Elle en avait assez de se voir dévisagée constamment, elle voulait échapper à son regard qui la déshabillait des pieds à la tête. Elle avait, à de nombreuses reprises, emmené des amis à la maison, mais Alfred les avait tous démontés par son attitude effrontée envers elle. Il la dépréciait, prétendait qu'elle avait déjà un amoureux, qu'ils ne gagneraient rien à sortir avec elle. Il inventait toutes sortes de mensonges pour les décourager, et ça fonctionnait. Il lui faisait une réputation telle, que plus personne ne voulait s'aventurer à la courtiser. Il usait de tous les stratagèmes pour la garder pour lui seul. Elle saisissait toutes les occasions pour s'éloigner de la maison. Elle n'avait plus aucun espoir d'être un jour bouleversée par les attentions d'un amoureux.

Le lendemain, Mathilde, qui avait compris que sa sœur se morfondait à attendre des nouvelles de Joseph, décida de l'emmener voir leur frère aîné, Alexandre, un musicien qui menait une brillante carrière : il était membre du Royal 22e Régiment et participait à la cérémonie de la Relève de la garde en tant que joueur de trompette à sourdine. Il serait beau à voir dans son uniforme.

Après avoir gravi l'escalier Colbert, l'un des très beaux moyens de se rendre à la Haute-Ville, Carmel et Mathilde atteignirent la Citadelle, un peu essoufflées, et se retrouvèrent dans une foule assez impressionnante. Depuis qu'il était en résidence à la Citadelle, le Royal 22e Régiment avait tenu à conserver cette tradition et, chaque été, le bataillon tenait la cérémonie de la Relève de la garde.

La cérémonie commençait lorsque la garde montante, celle qui prenait la relève, se rassemblait sur le terrain d'exercice pour être inspectée par l'officier et le sergent-major de la garde. Ces derniers, ayant examiné respectivement les armes et la tenue, choisissaient le meilleur soldat et le suppléant pour servir d'officiers d'ordonnance au commandant. La musique de la garde, qu'Alexandre était fier d'interpréter, rehaussait le tout grâce aux marches militaires également riches en traditions.

Les musiciens et les tambours portaient les traditionnels bonnets de poil et tuniques écarlates bordées de tissu blanc et garnies de sept boutons. Le haut du collet bleu foncé était liséré de blanc. Le pantalon, de la même couleur, à passepoil écarlate, se portait par-dessus des bottines noires. Les sous-officiers portaient des gants blancs. Ils faisaient grande impression dans leurs beaux uniformes. Les recrues volontaires de ce régiment venaient surtout de la région de Québec. Ils joignaient les rangs autant pour l'aventure et le patriotisme que par devoir et besoin de travailler. Le Royal 22ᵉ Régiment représentait presque une famille pour Alexandre.

Carmel regardait de gauche à droite, ne parvenant pas à se concentrer sur ce magnifique spectacle. Elle crut encore apercevoir Joseph parmi la foule, cependant elle tenta de devenir plus alerte. Son imagination un peu trop fertile ne lui jouerait plus de tours.

Alexandre, doué pour la musique, se surpassa. Il remarqua Carmel et Mathilde, qui assistaient à la cérémonie avec fierté ; il les avait vues à travers les poils de son casque qui tombait plus bas que ses sourcils. Il était très satisfait de sa performance. Contrairement à ses trois autres frères qui poireautaient toute la journée, Alexandre avait un bel avenir devant lui.

Se retirant de l'attroupement, les sœurs ne tarirent pas d'éloges envers celui qui faisait l'orgueil de la famille. Elles saluèrent Maureen, l'épouse d'Alexandre, qui attendait avec les femmes des autres musiciens en jouant du coude pour les approcher.

Sur le chemin, les passants n'avaient à la bouche que l'imminence d'une foutue guerre et ces jeunes qui ne serviraient que de chair à canon. Tous les Canadiens français savaient que le premier ministre du Canada, Mackenzie King, avait promis qu'en cas de conflit il n'y aurait pas de conscription, donc pas d'enrôlement obligatoire de soldats. Il reculerait son endossement le plus tard possible, craignant de déclencher une crise aussi grave que celle qui était survenue lors de la Première Guerre mondiale. Les spectateurs se doutaient que ce cérémonial militaire de 1939 pouvait être le dernier. Sur les plaines d'Abraham se trouvaient un grand nombre de jeunes hommes en uniforme kaki, des soldats qui s'entraînaient soit à la Citadelle, soit à Valcartier. Leur tenue les démarquait de la foule. On ne savait s'il fallait les admirer ou les plaindre. Les jeunes qui n'avaient pas l'étoffe du combattant ou la fibre patriotique assez épaisse tremblaient à l'idée de devoir un jour ou l'autre porter l'uniforme. En cas de conscription, les personnes mariées étaient exemptées. Il y avait, en cette période, tant de demandes en mariage que l'on en célébrait presque jour et nuit. La jeunesse s'étiolait, privée de divertissements, inquiète pour son avenir. Les jeunes gens étaient libres pour le moment, mais cela ne voulait rien dire.

De retour chez elles, les filles se retranchèrent dans leur chambre afin de retirer leurs vêtements du dimanche réservés aux occasions spéciales. Il fallait les ménager, car elles n'en avaient que quelques-uns.

Élise aussi avait assisté à la cérémonie avec des amies et était revenue à la maison la tête encore envoûtée des sons de trompette. Elle était extrêmement fière de son neveu Alexandre.

Une voisine lui avait demandé au passage :

— Comment allez-vous, ma chère Élise ? Vous vous rendez régulièrement au cabinet du Dr Béliveau, y a-t-il quelque chose qui ne va pas ?

L'amie qui accompagnait la voisine insista :

— Si on peut vous aider, il ne faut pas hésiter, vous savez.

Les deux commères auraient voulu savoir quel était le mal qui amenait Élise Grenier chez le médecin. Élise, secouée par ces questions, s'empressa de répondre :

— Ne vous inquiétez pas, tout est maintenant réglé, juste un petit rhume, rassurez-vous, rien de contagieux.

Il y avait tellement de commérages dans le quartier ! Elle devrait être plus prudente à l'avenir et, à son grand malheur, peut-être espacer ses visites chez son cher médecin.

Dès qu'elle eut franchi le seuil de l'appartement encombré, Élise surprit Alfred à genoux devant la porte de la chambre des filles, à les observer par le trou de la serrure. Les deux sœurs, revenues avant leur tante, étaient en train d'enlever leurs beaux vêtements. Élise fut stupéfaite et scandalisée par le comportement de ses neveux ; celui d'Alfred, particulièrement, mais aussi celui de Louis, qui attendait son tour pour zieuter. Il était facile d'imaginer ce qui les excitait de l'autre côté de la porte. Elle poussa un cri d'indignation.

— Allez, ouste, espèces de vauriens !

Cela fit sursauter les frères qui se croyaient à l'abri des regards. Ils étaient finalement démasqués. Choquée et indignée par la conduite de ces poltrons, Élise s'empressa d'en informer Eugénie dès que cette dernière mit les pieds dans l'appartement. Incrédule, la mère fulmina et, de sa main charnue, administra une colossale taloche derrière la tête de Louis, qui se tenait dans l'embrasure de la porte. Elle le plaqua contre le mur et son regard noir lui creva les yeux. L'effet fut instantané. À son corps défendant, Louis regagna péniblement sa chambre en grommelant des paroles insaisissables. Dans l'intervalle, Alfred avait déguerpi.

Eugénie n'avait pas voulu croire ses filles lorsqu'elles s'étaient plaintes à maintes reprises des comportements inacceptables de ses fils. Aujourd'hui, les accusations d'Élise lui semblèrent crédibles. Elle avait confiance en sa sœur, qui n'aurait jamais inventé une pareille calomnie. Secouée par cette révélation, elle redoubla de domination auprès de Louis, ce grand paresseux à qui elle attribuait tous les torts. Elle l'aurait à l'œil, lui imposerait sa discipline, le corrigerait de ce vilain vice.

« Des voyeurs, mes fils ? Non. Ce n'est sûrement pas Alfred l'instigateur de cette manigance. » Selon elle, Louis aurait entraîné Alfred, car son fils chéri n'aurait jamais agi de lui-même. Louis ne travaillait toujours pas, elle commençait à en avoir assez de le voir ne rien faire. Elle devrait le mater. Elle s'acharnerait sur lui. Au moins, son Alfred essayait de se trouver du travail ; le pauvre, il était constamment renvoyé pour manquements divers, mais ce n'était jamais sa faute. Pour Eugénie, elle seule le comprenait. Elle avait absolument besoin de lui, et il y avait un prix à payer pour cela, c'était donnant, donnant. Elle apostropha Louis et Marcel lorsqu'ils se présentèrent à table pour le souper.

— Vous deux, tâchez donc de vous trouver une *job* !

Elle fit une pause.

— Et toi, mon Alfred, essaie donc de garder celle que ton père t'a fait avoir. À l'âge que vous avez, espèces de grands fainéants, vous nous faites honte, à votre père et à moi.

Marcel, qui n'était pas impliqué dans l'histoire d'espionnage des filles, gardait le silence, préférant ne pas s'en mêler. D'ailleurs, il tentait de se tenir loin de ses deux frères lorsqu'ils agissaient de la sorte. Certes, il ne leur en disait rien, mais il n'acceptait pas ce genre de comportement si déviant. Eugénie ne put en dire davantage contre Alfred, son fils chouchou. Elle l'avait corrigé légèrement, pour la forme, car elle avait désespérément besoin de lui.

Carmel, offensée dans sa dignité par l'attitude inacceptable de Joseph, était convaincue que les hommes étaient tous pareils. Elle avait le cafard. Eugénie avait remarqué depuis quelques jours que sa fille picorait dans son assiette ébréchée. Elle posa une main potelée sur son bras.

— Mange donc, ma fille, dit-elle, t'as besoin de forces pour entreprendre ta journée, demain.

— Oui, oui, maman.

Elle avait répondu avec un zeste de conviction pour clore la discussion. Il était insensé de gaspiller la nourriture, surtout en cette période de grandes privations. Aussitôt que Carmel déposait son assiette sur le comptoir, sa mère s'empressait d'en manger les restes. C'était une assiette léchée, presque immaculée, qui se retrouvait dans le *sink*, empilée avec les autres ayant subi le même sort après que Manouche se fût pourléché les babines des miettes qu'elle pouvait encore y trouver. Carmel avait perdu l'appétit.

La voix aux accents de velours et le regard bleu perçant de Joseph scintillaient dans sa tête. Il l'avait ébranlée, certes, mais elle allait retrouver son aplomb. Il fallait qu'elle l'oublie. Selon elle, il ne l'avait pas respectée. Le sifflement de la bouilloire la fit sursauter.

En ce début de soirée, moment solennel où la nature semble prendre son repos et se préparer à s'endormir, Carmel, sous l'infime lueur du réverbère lunaire, décida d'aller marcher ; elle avait soudain besoin d'air. Elle sortit de l'appartement et scruta le ciel. Trouverait-elle au moins une bonne étoile pour l'accompagner ? Elle n'en vit point, il était trop tôt. Elle tenait Manouche en laisse, la chienne docile de la famille, sa compagne d'infortune. L'animal réclamait une promenade afin de se dégourdir les pattes, mais franchit difficilement le perron. Carmel lui fit un petit gratouillis derrière les oreilles, encourageant la bête à lui emboîter le pas. Le surplus pondéral de la chienne ralentit la cadence de sa maîtresse. Elle la stimula :

— Grouille-toi, Manouche !

Le bout de queue battant de gauche à droite sur le postérieur de l'animal encouragea sa maîtresse à poursuivre la promenade. La bête traînait de la patte, forçant Carmel à ajuster son pas au sien.

Tout à coup, la chienne, dressée péniblement sur ses pattes arrière, se mit à japper. Carmel se pencha pour la calmer en lui grattant le dos. Distraite, en se relevant, elle buta contre un piéton venant en sens inverse. Préoccupée par les aboiements de Manouche, elle ne l'avait pas vu venir, et le heurta. Au même moment, des bras l'enlacèrent frénétiquement. Elle eut peur un bref instant. Emprisonnée comme dans un étau, étonnée, elle leva le visage.

Campé sur ses longues jambes, Joseph ne dénoua pas son étreinte avant de lui parler. D'une voix contrite, il tenta de l'amadouer. Il avait mis son orgueil de côté, il avait l'air gêné d'un enfant qui veut se faire pardonner d'avoir fait un mauvais coup. Il se lança :

— *Sorry !* Je suis venu pour m'excuser, je vous en prie, recommençons à zéro, prenons un nouveau départ, vous et moi.

Puisque Carmel ne répondait pas, il voulut tenter une autre manœuvre : il la retint par le bras, mais elle demeura sur place sans broncher, soutint son regard, puis recula d'un pas. Joseph crut qu'elle allait partir. À cet instant, ses yeux inquisiteurs se posèrent sur lui, elle ne savait pas si elle l'aimait ou le haïssait. Ces deux sentiments se confondaient. Ressaisie, elle tenta de le repousser maladroitement, mais son corps, attiré par le sien, ne voulait pas la suivre. C'était plus fort qu'elle. Elle essaya de retrouver ses esprits, saisie d'étonnement, mais aucune parole ne sortit de sa bouche.

Joseph l'implora en la retenant contre lui.

— *Please*, je vous en supplie. Je me suis mal comporté envers vous, je suis venu vous demander de me donner une chance.

Joseph avait l'air moins arrogant en faisant ce mea culpa que le soir où il l'avait quittée après l'humiliation qu'il lui avait fait subir. Le repentir, qu'elle crut déceler au fond de ses yeux, lui semblait sincère. Le cerveau de Carmel ne fonctionnait plus, cette étreinte, ce regard suppliant, en plus de la chaleur de son corps, tout l'invitait à accorder son pardon. Elle écoutait Joseph avec une attention soutenue. Elle finit par perdre ses moyens. Envahie par une vague de clémence, elle lui répondit :

— Je vous accorde mon pardon si vous promettez de me respecter.

— Je ne recommencerai plus jamais, je vous le promets. J'en prends le ciel à témoin.

Il croisa les bras sur sa poitrine.

— *Cross my heart.*

Le sourire aux lèvres, il se signa. Cela fit rire Carmel. Joseph la gratifia d'un clin d'œil et reprit :

— Je croyais vous avoir perdue.

Carmel était touchée. Lorsqu'elle recouvra ses esprits, elle constata qu'elle avait oublié Manouche. Elle la chercha et l'aperçut couchée à quelques pas. Pointant l'animal du doigt, elle dit :

— C'est notre chienne, elle s'appelle Manouche.

Joseph siffla l'animal, qui trottina vers lui en dodelinant de l'arrière-train et se mit sur ses pattes arrière pour lui lécher les mains. Ils poursuivirent la promenade, Manouche traînant sur leurs talons. Ils marchèrent coude à coude, hésitant à se prendre par la main.

— Je tiens beaucoup à vous revoir, Caramel !

Elle sourit en l'entendant prononcer son nouveau prénom, elle s'y habituerait. Elle lui répondit d'un ton neutre, tentant de ne pas lui révéler son excitation.

— Moi aussi, Joseph.

Ils se quittèrent sur le perron, Manouche comme témoin. En s'en allant, Joseph lui jeta un dernier coup d'œil par-dessus son épaule. Carmel tira la porte, elle était au septième ciel. Joseph ne lui avait pas avoué qu'il avait pensé à elle et que, s'il ne l'avait pas jointe, c'était de peur d'être repoussé. D'ailleurs, il était reparti pour Montréal quelques jours après leur dernière rencontre et n'était pas revenu à Québec depuis.

Ils se laissèrent remplis d'espoir. Lorsqu'elle mit les pieds dans l'appartement, Carmel remarqua son frère Alfred flemmardant dans le fauteuil, les pieds sur la table basse du salon. Elle constata qu'il avait les yeux veinés de rouge et qu'il fixait sans vergogne sa sœur Mathilde, tout en caressant sa bouteille de bière. Carmel perçut quelque chose de malsain qui brasillait dans son regard.

Eugénie, qui ne réalisait pas ce qui se passait sous son toit, trop occupée à écornifler derrière les rideaux du salon noircis de fumée, vit un jeune homme s'éloigner.

Carmel crut bon de préciser :

— Il s'appelle Joseph.

— S'il veut sortir avec toi, ma fille, il devra passer te chercher. Il faut qu'on le connaisse, cet homme-là, avant de lui permettre de te fréquenter.

Eugénie, qui n'avait pas discuté avec sa fille de la conversation qu'elle avait eue avec Élise, lui accordait officiellement la permission de sortir avec lui.

— Merci, maman, vous êtes bien fine.

Carmel préférait avoir sa mère de son côté. Elle lui avait répondu en petite fille sage.

Dès le lendemain, Joseph l'attendait devant la porte de la manufacture pour lui fixer un rendez-vous. Elle n'avait pas eu à se faire de bile à son sujet. Pour leur première sortie, Joseph lui offrit de l'emmener aux vues.

Carmel était à la fois nerveuse de se retrouver seule avec lui et encouragée par la promesse qu'il lui avait faite de la respecter. Elle se réjouissait à l'idée de présenter Joseph à sa famille, mais inquiète de l'attitude méprisante que ses frères pourraient avoir envers lui. Un élan de courage la transporta.

— Vous devez passer me chercher chez mes parents, c'est la condition que nous impose ma mère, ne m'en voulez pas. À mon âge, vous devez trouver cela ridicule.

Joseph ne fit pas de commentaire à ce sujet et lui dit de ne pas s'inquiéter. Elle en fut ravie.

Chapitre 3

Le soir du rendez-vous, tiré à quatre épingles, Joseph se présenta chez Carmel à l'heure convenue. Audacieux, cravate au cou et col empesé, n'ayant pas eu le temps de se départir de son habillement de travail, Joseph activa la sonnette de l'appartement.

Au son du timbre, Eugénie souleva son corpulent corps et alla ouvrir en barrant le chemin à Carmel. Elle comblait le portique de sa personne presque à elle seule ; elle toisa le beau jeune homme des pieds à la tête. Il se tenait dans l'embrasure de la porte. Il retira son chapeau. Elle l'avait vu l'autre jour à l'église, mais sa vision était alors voilée de suspicion. Elle l'avait maintenant sous les yeux. Avant qu'il ouvre la bouche, elle marqua son territoire.

— Bonsoir, Joseph, car c'est votre nom ! Entrez donc, que je vous présente la famille de ma Carmel.

Il franchit la porte derrière laquelle l'attendaient des visages inconnus, soulagé de ne pas avoir eu à serrer la main d'Eugénie, ce qui l'indisposait chaque fois. Il pénétra dans l'humble demeure. L'odeur de houblon le saisit à la gorge. Le nuage de volutes de fumée lourde le fit tiquer. Arthur était, comme il en avait l'habitude, installé dans sa berçante. Il fumait sa pipe. Eugénie pointa son mari du doigt.

— Mon mari, il est *foreman* chez Boswell.

Arthur se leva et serra la main de Joseph, sans plus. Puis elle désigna sa sœur.

— Ma sœur Élise, elle fait partie de la famille, elle travaille elle aussi chez John Ritchie Co. avec Mathilde et Carmel.

Élise, qui avait intercédé pour sa nièce auprès d'Eugénie, le salua chaleureusement, mais préféra demeurer en retrait pour cette première rencontre.

Eugénie leva les yeux vers Mathilde.

— Elle, vous la connaissez déjà.

Mathilde pavoisait, un sourire coquin aux lèvres. Louis et Alfred, appuyés contre le chambranle de la porte d'arche servant de division entre le salon et la cuisine, cigarette aux doigts, bouteille de bière en main, dévisagèrent Joseph.

Le regard torve, la démarche chaloupée, Alfred avança.

— Salut, l'Anglais, moi, c'est Alfred.

Les deux hommes se jaugèrent.

Louis leva sa bouteille d'une main tremblante.

— Moi, c'est Louis.

Joseph scruta ces nouveaux visages.

Mal à l'aise devant cette scène peu gracieuse, Carmel tira le bout de la manche de son cavalier. Il venait à peine d'arriver et elle souhaitait déjà qu'il reparte. L'insinuation perfide d'Alfred l'avait choquée. Elle l'avait souvent entendu faire des commentaires désobligeants et insidieux aux cavaliers de Mathilde, qui s'étaient découragés, elle ne tenait pas à ce qu'il recommence son stratagème auprès de Joseph, elle lui mettrait les points sur les *i*. Traiter son invité d'anglais n'avait aucun sens.

— Allons-y, Joseph, on va être en retard, insista-t-elle.

Joseph opina et remit son chapeau, content de s'en sortir si commodément. Carmel dévala les marches. Joseph se retira de cette famille qu'il allait peut-être fréquenter. Il les salua brièvement.

— À bientôt, *maybe*.

Passé le seuil de la porte, il emplit ses poumons d'air frais. Carmel poussa un soupir de soulagement.

Joseph l'avait invitée à assister à la projection du film dont l'affiche l'avait tant fascinée. Lorsqu'il lui avait suggéré d'aller au cinéma, elle n'avait pas hésité à lui demander d'aller voir *Gone with the Wind* présenté au cinéma Pigalle. Enfin, elle le verrait sur le grand écran, le beau Clark Gable.

«Mais moins beau que mon cavalier», se dit-elle en admirant la prestance de Joseph lorsqu'ils marchèrent côte à côte. Son éclat éclipsait, sans contredit, celui de l'acteur. Elle était sur un nuage.

En arrivant au cinéma, ils admirèrent les photos de vedettes encadrées dans des vitrines. Les propriétaires de salles de cinéma devaient protéger ces photos, car elles étaient vandalisées par des contestataires qui trouvaient cet affichage provocant. Ces révoltés étaient encouragés par le clergé qui jugeait les images osées et compromettantes pour la vertu et voulait les soustraire à la vue des âmes facilement influençables.

Une ribambelle de jeunes gens s'entassaient devant l'entrée. Frénétiquement, main dans la main, ils attendaient que les portes du guichet coulissent afin d'acheter leur billet d'entrée. Cette dépense grugerait, pour la plupart, une bonne partie de leur mince revenu. La jeunesse avait par contre un criant besoin de distraction en cette période de turbulence mondiale, d'oublier cette menace de guerre qui hantait la population tout entière. Cette peur leur donnait mal au ventre.

Bien malin qui aurait pu dire si c'était la présentation du film ou l'idée de se retrouver seuls avec leur amoureux ou leur amoureuse, à la noirceur, qui les excitait. Parmi les gens en attente, il y avait aussi des couples dont l'union battait de l'aile, et cela se voyait facilement : ils se tenaient moins près l'un de l'autre. Quelques personnes seules, voulant s'échapper du quotidien de leur vie de veuf ou de célibataire, se tenaient un peu en retrait des autres, admirant les belles affiches pour éviter de croiser des inconnus, peut-être par peur ou par gêne. Il y avait, certes, un grand choix de cinémas à Québec, dans la Basse-Ville ou dans la Haute-Ville, notamment le cinéma de Paris du carré D'Youville, plus fréquenté par les habitants de ce secteur. Ce soir-là, on aurait dit que seul le cinéma Pigalle offrait une représentation, car les cinéphiles étaient en grand nombre.

Joseph saisit doucement Carmel par la taille, sans arrière-pensée, et la guida dans la file d'attente.

— Hé, là, au bout de la file ! entendirent-ils crier.

Joseph était un gentleman, tout le contraire de ces jeunes voyous qui cherchaient partout la bagarre afin d'épater leur petite amie. Il ne désirait impressionner personne, sauf Carmel.

— Venez, Caramel, allons faire la queue, nous entrerons quand même.

Leur tour venu, Joseph s'avança, paya pour les deux places et remit la monnaie dans sa poche. En passant près du restaurant, il demanda à Carmel :

— Désirez-vous quelque chose ?

Elle chuchota :

— Non, merci.

Elle se dit qu'elle n'avait besoin de rien d'autre, Joseph étant près d'elle.

Joseph entraîna sa compagne dans la vaste salle tout éclairée. Il tenta de trouver une place intime, mais ce fut impossible, les rangées se remplissant rapidement. Il dut donc se résigner à diriger sa cavalière vers le centre. Au moins, ils avaient de bonnes places. Carmel était en grande admiration devant le décor féerique et magique de ce cinéma. Même avant que les préposés éteignent les lumières, elle ressentit un bien-être l'envahir. Elle était confortablement assise, Joseph à ses côtés. Elle était comblée et prévoyait passer une bonne soirée. Un beau sourire illuminait à ce moment son visage ravissant.

Joseph était aux anges de lui faire plaisir et il le lui dit :

— Je suis heureux que vous puissiez vous détendre.

Juste avant la présentation du film, la projection de courts métrages provoqua beaucoup d'émotions. Le Canada avait depuis longtemps implanté des services de propagande visuelle afin de promouvoir l'immigration vers ses espaces immenses et sous-peuplés. De plus, des images de la guerre qui se profilait en Europe étaient projetées.

Les spectateurs étaient silencieux, les yeux rivés sur le grand écran, on aurait pu entendre une mouche voler. Toutes ces rumeurs d'une guerre imminente sur l'Ancien Continent les bouleversaient.

Joseph avait attendu patiemment que la salle ne soit éclairée que par la lueur des panneaux indiquant les sorties pour prendre la main de Carmel dans la sienne. Électrisée par ce contact chaud et tendre à la fois, la jeune femme ne le repoussa pas. Elle sentit un léger courant passer entre eux. Elle était transportée.

C'était peut-être en raison de l'ambiance enveloppante, dans la pénombre, après avoir tenu la main de sa compagne au moins une heure durant, que Joseph se glissa sur son siège pour se rapprocher de Carmel et saisit le moment magique où elle se tourna vers lui pour lui voler un baiser. Il ne put résister. Il n'en revenait pas, il ne se reconnaissait plus, lui qui avait déjà connu l'extase de relations sexuelles, le voilà qui s'excitait dans une salle de cinéma en savourant le goût fruité des lèvres de Carmel. Il se sentait comme un adolescent et se délectait de ce plaisir. Joseph était content qu'elle accepte ses avances. Malgré la promesse qu'il lui avait faite de ne pas tenter de la prendre de force, il avait osé l'embrasser, il était trop tard pour se poser des questions sur sa réaction. Il avait eu sa réponse sur les lèvres réceptives de sa cavalière.

Carmel savait qu'elle ne risquait rien dans cet endroit public ; impulsivement elle avait avancé son visage vers celui de Joseph, ensorcelée par cette bouche si gourmande. Elle goûta ses lèvres pour la première fois, elle se sentit foudroyée, mue par un fort sentiment. Elle eut de la difficulté à se concentrer sur les répliques de cette fresque américaine, sur ce grand tombeur de femmes, Clark Gable, et sur Vivian Leigh, la chipie par excellence de cette histoire d'amour. *Gone with the Wind* recréait admirablement la guerre de Sécession et le climat tendu de cette époque. La jeune Sudiste à la recherche de pouvoir et d'amour rendait bien cette atmosphère. Cette histoire très poignante, jouée par des acteurs impressionnants, émouvait tout de même Carmel, particulièrement l'interprétation de la jeune Scarlett O'Hara qui, lors d'une fête d'anniversaire, rencontra le beau Rhett Butler.

Cependant, Carmel parvint difficilement à suivre l'histoire, trop grisée par le baiser ardent de Joseph. Ce fut précisément à cet instant fatidique que le destin de Joseph et de Carmel se scella.

Joseph osa un autre baiser tendre. La spectatrice assise derrière Carmel, scandalisée, donna un coup de genou dans le dossier du siège de la jeune femme, qui sursauta, reprit ses esprits et tenta de se concentrer sur le film. Ils se collèrent l'un à l'autre durant plus de trois heures, la soirée passa en un clin d'œil. Étaient-ils en train d'ébaucher le scénario de leur propre vie ? Pendant la scène du bombardement et de l'incendie d'Atlanta, entre Carmel et Joseph se nouèrent des liens qu'elle souhaitait tissés à jamais. Joseph l'avait séduite, bien plus que Clark Gable. Ce qui devait arriver arriva. Ils tombèrent amoureux l'un de l'autre.

Aussitôt que les lumières s'allumèrent, Carmel se souvint de la recommandation de sa mère de rentrer immédiatement après la fin des vues, avant minuit. Joseph et elle quittèrent le cinéma, les joues en feu et le cœur embrasé. Ils sortirent parmi la foule qui se dispersait et revinrent à pied, d'un pas allègre. Carmel prit le bras de Joseph et se colla contre lui. Elle appréciait ce contact. Ravie et fière, elle rentrait chez elle au bras de son bien-aimé, elle était au comble de la joie. Cela lui seyait superbement.

Sur le chemin du retour, Joseph s'immobilisa et prit les mains de Carmel dans les siennes pour lui annoncer, penaud :

— Je dois repartir pour Montréal la semaine prochaine.

Il lut de la tristesse dans son regard. Pour la consoler, il lui avoua :

— Vous allez me manquer.

Des larmes amères picotèrent les yeux de Carmel lorsqu'elle comprit qu'elle venait tout juste de retrouver Joseph et qu'elle le perdait déjà. Elle bredouilla des mots d'amertume. Il ne lui laissa pas le temps de terminer sa phrase. En guise d'au revoir, elle reçut sur la bouche, sans pudeur, ses lèvres chaudes et sensuelles tel un baume venant apaiser son inquiétude. Le couple d'amoureux revint, selon les recommandations d'Eugénie, avant minuit.

Carmel vacillait en grimpant sur le perron, elle allait savourer jalousement ce baiser enflammé. L'odeur de Joseph, le goût de ses lèvres, la plénitude de son être, tout en lui l'enivrait. Son esprit était imbibé de lui. Ce corps qui l'avait enlacée, presque jusqu'à lui briser les os, s'était fondu dans le sien. Elle était ivre de lui. Elle se sentit coupable et se dit qu'elle irait se confesser. Elle était amoureuse !

Après avoir pénétré dans l'appartement, sans tarder, elle gagna sa chambre. Elle n'enleva que ses chaussures et ses bas neufs et ne retira pas ses vêtements. Elle se coucha avec sa robe du dimanche imprégnée de l'odeur de Joseph, saisie d'un désespoir muet. Recroquevillée sur son lit, la couverture remontée jusqu'au menton, elle laissa les ténèbres de la nuit s'emparer de son âme. Elle somnola en s'imaginant dormir dans les bras de Joseph.

Mathilde la sortit de son cocon au petit matin. Se penchant vers elle, elle lui chuchota tout bas à l'oreille

— Enlève ta belle robe, tu vas la friper.

Carmel marmonna d'une voix enrouée par le sommeil :

— Je suis au septième ciel, il est merveilleux, le beau Joseph, mais…

Elle s'endormit pour les quelques heures qu'il lui restait pour rêver de lui, pour rêver d'eux.

Lorsque Carmel se leva et mit la pointe des pieds nus sur la catalogne élimée posée le long de son lit, la mélancolie s'empara d'elle. Le désarroi se lisait sur son visage lorsqu'elle entra dans la cuisine.

Eugénie, la première levée, tasse de thé en main, avait déjà placé les bols de gruau sur la table. En voyant la mine défaite de Carmel, elle l'apostropha :

— As-tu perdu un pain de ta fournée, ma fille ?

— Mais non, maman, voyons donc, pourquoi dites-vous ça ?

Carmel tenta de lui résumer le film qu'elle avait vu. Elle voulait de cette façon prendre un peu de temps avant de lui parler de Joseph ; il lui fallait se ressaisir et reprendre le contrôle de ses émotions.

— Si vous aviez vu ça hier… lorsque Scarlett O'Hara…

Elle avait à peine commencé son récit qu'Eugénie, encore sous l'effet de la rencontre avec le cavalier de sa fille, brûlait d'envie de savoir comment s'était passée la soirée. Elle n'avait aucun intérêt pour cette Scarlett O'Hara et avait été déçue que sa fille se soit faite aussi discrète en rentrant du cinéma la veille au soir. Eugénie tenait à en savoir plus, tout de suite.

— Et ta soirée, comment ça s'est passé ?

Carmel répondit brièvement, une question lui brûlant les lèvres.

— Très agréable, maman. Que pensez-vous de Joseph?

Sa mère dissimula son trouble. Ce n'était pas la rencontre éclair de la veille qui la bouleversait, mais davantage l'impression qu'elle avait eue de ce jeune homme lorsqu'elle s'était interposée entre lui et Carmel, un certain dimanche à la sortie de l'église. Elle avait trouvé qu'il avait de l'allure et de l'audace, poli malgré l'interruption qu'elle lui avait imposée ce matin-là.

Elle tarda à répondre à sa fille puisqu'au même moment des passages de sa propre vie s'imposaient en accéléré dans sa tête. Cette femme acariâtre espérait pour ses filles une existence confortable, plus aisée que la sienne. Elle n'avait pas eu la vie facile. Depuis qu'Eugénie s'était mariée avec Arthur Moisan, la famille avait dû déménager ses pénates régulièrement et humblement chaque fois qu'un propriétaire venait réclamer son dû, les versements du loyer étant constamment en retard. Elle était diabétique et s'injectait de l'insuline, ce médicament si précieux découvert en 1921 par les Canadiens Frederick Grant Banting et Charles Best. Malgré son diabète, elle se sucrait le bec avec ces petits bonbons durs à la cannelle en forme de poisson rouge. Elle les laissait fondre contre le palais pour faire durer le plaisir.

De plus, elle s'administrait de la morphine en cachette; le coût exorbitant de ce produit grugeait une grande partie du budget qu'elle gérait. L'argent qui restait du mince revenu de la famille suffisait à peine à mettre du pain blanc sur la table.

Elle était devenue dépendante et se procurait la drogue en multipliant les ruses. Ses injections de morphine demeuraient cachées, personne dans la maison ne pouvait d'ailleurs faire la différence entre les deux seringues, sauf son fils Alfred, qui connaissait son grand secret.

Même avec la réduction qu'accordait la brasserie Boswell à ses employés pour l'achat de ses produits, la dépense occasionnée par la bière que consommaient les fils de la maison engloutissait une bonne part de leurs gains. Eugénie devait les nourrir régulièrement de pâtes nappées de sauce, sa spécialité composée d'une boîte de crème de tomates à laquelle elle ajoutait des oignons rôtis, pour donner du goût. Si le prix du céleri était abordable, elle en mettait un peu. Elle se permettait rarement d'y ajouter de la viande, qui coûtait trop cher. Elle mangeait ce qui restait dans les assiettes, ce qui était assez rare, car elle disait toujours:

— Je préfère vous servir peu, quitte à vous en redonner.

Elle était obèse, abusant d'aliments farinés, de pâtes et de sucre. Elle se servait la dernière. Les viandes Klik et Kam, bon marché, et les mets plus substantiels étaient réservés aux travailleurs de la maison, aux pourvoyeurs.

Elle secoua la tête comme pour chasser ses pensées. Finalement, d'un ton plein de suppositions et d'appréhension, elle répondit:

— Il est pas mal, mais es-tu certaine de ce Joseph? Comment sais-tu qu'il ne cherche pas une femme à marier pour éviter l'enrôlement si jamais la guerre était déclenchée? Ah, si jamais ça arrivait, cette guerre!

Carmel fut outrée d'entendre de telles insinuations de la bouche de sa mère. Elle tenta de réprimer la panique qui montait en elle.

— Voyons donc, maman, qui a pu vous mettre ces idées folles dans la tête?

Carmel resta songeuse. Sa mère venait de semer le doute dans son esprit, d'étendre un voile sur son bonheur naissant. Eugénie n'avait pas son pareil pour assombrir sa joie.

— On verra, maman, se contenta-t-elle de répondre en plissant les lèvres.

***

Avec ses neuf bouches à nourrir, Eugénie comptait sur le salaire de son mari et sur les pensions de Mathilde et de Carmel pour alimenter tout ce beau monde. Heureusement que sa sœur Élise était vaillante et versait assidûment la sienne sans discuter.

Un autre enfant était venu s'ajouter à cette famille déjà nombreuse. Un charmant petit garçon blessé dans tous les sens du terme. Un enfant prénommé Gilbert. Il portait les marques de la cruauté humaine gravées au haut de son dos. Élise avait eu vent de toute cette histoire et avait organisé aussitôt un conciliabule avec Eugénie. En sortant de la chambre où elles s'étaient isolées pour discuter, Eugénie avait dit à Élise d'une voix étranglée par l'émotion :

— Je suis d'accord, nous le prendrons ici, cet enfant. Il va demeurer avec nous.

La semaine qui avait précédé cette discussion, Eugénie et Élise avaient parlé en catimini et s'étaient souvent absentées de la maison.

Propre, les yeux bleus fuyants, la casquette enfoncée sur sa blonde chevelure, sa petite main tremblante vissée dans celle de sa protectrice, Gilbert avait franchi pour la première fois, d'un pas mal assuré, le seuil du logement des Moisan en faisant la lippe. En le voyant, Eugénie avait été conquise et, telle une bonne grosse *mamma* italienne, elle lui avait tendu les bras et l'avait serré contre sa chaude poitrine pour le réconforter. Avec l'arrivée de ce garçon, les murs de l'appartement allaient rapetisser. Arthur, le paternel, s'était inquiété.

— Une bouche de plus à nourrir, y as-tu pensé, ma femme ?

Eugénie n'avait pas renoncé.

— Tes gars ingurgiteront moins de bière et puis on va y arriver. Ne crains pas, son père, s'il y a de la nourriture pour neuf, il y en aura certainement pour dix.

Avait-elle le cœur plus gros que le ventre, cette mère autoritaire qui avait la main haute sur la maisonnée ?

Lorsque le garçon avait enlevé maladroitement sa casquette, Arthur lui avait ébouriffé les cheveux en signe de bienvenue. Il avait lui aussi été conquis, Gilbert faisait désormais partie de la famille. Élise, Mathilde et Carmel avaient redoublé d'ardeur au travail. Elles étaient tout de même heureuses de contribuer à adoucir la vie de cet enfant. Elles voulaient tenter de lui faire oublier les six années de calvaire qui avaient commencé à la naissance de sa petite sœur, Solange. C'était du moins ce qu'Eugénie avait déclaré, de connivence avec Élise. Mais les trois mousquetaires, Alfred en particulier, s'étaient vertement opposés à l'entrée de Gilbert dans la famille.

— On tire déjà le diable par la queue, on vit comme dans une boîte à sardines, où va-t-on le coucher, cet enfant-là ?

Eugénie avait une réponse toute prête :

— Élise va mettre un paravent dans sa chambre, il y a de la place pour y installer un lit jumeau, et un tiroir de commode sera libéré pour déposer ses effets.

Les trois gars avaient cédé à leur mère en disant :

— O.K., s'il ne couche pas dans notre chambre.

Élise avait passé un scapulaire autour du cou du jeune Gilbert en lui disant :

— Ne t'en sépare jamais, porte-le toujours sur toi, il te protégera.

L'enfant avait accepté. Elle l'avait embrassé sur la joue.

***

Chaque lundi, journée consacrée à la lessive, appuyée contre le garde-fou qui courait d'une galerie à l'autre, épingles à linge dans sa main crevassée, Eugénie, tout en étendant les vêtements prêts à sécher au grand air sur la corde à linge, unique division entre les cours voisines, écoutait les commères jacasser et commentait leurs propos au rythme du grincement des poulies. Sa voisine immédiate s'était renseignée.

— La conscription… il paraît même que Camillien Houde n'est pas d'accord. En plus, il est député, il connaît ça, lui, la politique. Il dit qu'il ne veut pas voir nos enfants aller se faire tuer de l'autre bord, dans les vieux pays, si jamais il y avait une guerre. Il a bien dit : « Si jamais ! »

La voisine en remettait :

— Il paraît que le fils des Bergeron vient juste de se marier, il est peureux, il ne veut pas y aller, à la guerre, lui, ça fait qu'il ne court pas de risque, au cas où… On n'est certain de rien !

Eugénie ne lisait pas les journaux, ne possédait que peu de connaissances en matière de politique et ignorait tout concernant les lois en vigueur en temps de guerre. Elle se contentait de répondre :

— Maudite guerre, s'il fallait que ça arrive !

Une voisine plus audacieuse que les autres avait lancé tout à fait hors contexte :

— C'est à qui, ce beau garçon qui va et vient chez vous, Eugénie ?

Eugénie avait pris son panier à linge et était entrée en disant :

— C'est Gilbert.

Elle n'ajouta rien.

* * *

Carmel vivotait en espérant le retour de Joseph, qui occupait toutes ses pensées. La remarque ironique de sa mère avait semé le doute dans son esprit et l'obsédait. Elle cogita un moment et se souvint des remarques méprisantes qu'elle avait entendues à la manufacture, toutes sortes d'histoires concernant les ruses que certains hommes utilisaient pour échouer à l'examen médical en cas de conscription ; d'autres allaient même jusqu'à s'expatrier. Tout cela était à peine croyable.

Joseph n'avait toujours pas donné de ses nouvelles. Une peur, raisonnée ou non, s'était infiltrée en elle au fil des jours. Elle sentait un vide se creuser petit à petit dans sa poitrine. Elle passait ses soirées enfermée dans sa chambre, relisant pour la énième fois les revues qu'elle partageait avec Mathilde et Élise. Elle s'ennuyait atrocement de lui. Elle était totalement désillusionnée. Ce soir-là, elle était assise sur le bord de son lit, elle rêvait et fumait en silence lorsque son regard fut attiré par un point noir sur le mur.

— Mais qu'est-ce que c'est que ça ?

Intriguée, elle bondit sur ses pieds. Son œil avait repéré un trou dans le mur un peu plus gros qu'une balle de fusil. Elle inspecta l'entaille pratiquée à la hauteur des yeux. Stupéfaite, elle découvrit que l'ouverture percée au travers de la cloison permettait de voir dans la chambre des trois mousquetaires, et vice versa. Elle poussa un cri d'indignation :

— Maman, maman, venez donc voir ça !

Eugénie, d'un pas lourd, guidée par le hurlement, se pointa. Elle poussa sa fille pour mieux voir et s'exclama :

— Seigneur, doux Jésus, c'est quoi ça ?

Eugénie mit peu de temps à comprendre qu'un trou avait été percé dans le mur séparant la chambre des filles de celle des garçons. Elle pivota sur elle-même, se racla la gorge et s'égosilla :

— Où est-ce qu'il est, ce maudit vicieux ?

Son premier réflexe avait été de désigner Louis en tant que coupable. Carmel aurait aimé lui donner son avis sur le fautif, mais n'en eut pas le temps ; en entendant crier Eugénie et Carmel, les deux frères, étendus sur leur lit, comprirent, malgré leur état d'ivresse avancé, que quelqu'un avait découvert le méfait. Se sachant démasqués, ils prirent la poudre d'escampette. Ils déguerpirent avant qu'Eugénie leur mette la main au collet. Alfred partit le premier, son frère Louis sur les talons. Eugénie ne vit pas Alfred, mais aperçut Louis et le tint pour responsable de ce coup pendable.

C'était Alfred qui avait percé la cloison pour espionner sa sœur Mathilde. Louis avait vu son frère jour après jour *gosser* avec un canif la première feuille du papier peint et rogner l'épaisseur du plâtre pour arriver finalement dans le vide. L'espace entre les murs étant plus large que son canif, il avait alors utilisé un long tournevis pour continuer à rogner le plâtre jusqu'à le percer de l'autre côté. Il avait ordonné à son frère Louis de se la fermer.

Cette mauviette de Louis ne dirait rien, car il craignait son frère Alfred. Marcel, qui s'absentait régulièrement de la maison, n'avait rien vu, ou avait préféré ne rien voir. Carmel, déjà sur les nerfs à cause de l'attente et du silence de Joseph, ne pouvait en tolérer davantage. Elle se savait incapable de tolérer tant de perversité. Elle dit à sa mère avec une moue de mépris :

— Maman, si vous ne faites pas quelque chose pour dompter ces deux vicieux, je m'en vais. Je me cherche une chambre ailleurs. Je n'en peux plus.

Carmel tenait à ce que ses frères la respectent. Or elle était violée dans son intimité. Elle ne supporterait pas cette situation plus longtemps.

Eugénie aurait maille à partir avec elle. Depuis sa rencontre avec Joseph, le climat malsain qui régnait dans la maison se révélait à Carmel de façon évidente et intolérable. De plus, la manière dont Alfred avait apostrophé Joseph lors de leurs présentations l'avait embarrassée. Son œil enflammé lorsqu'il observait sa sœur Mathilde ne lui échappait pas non plus.

Elle se moucha puis s'assit sur son lit, perdue dans ses pensées. Il fallait prévenir sa sœur, la mettre en garde, elles devaient se serrer les coudes, se prémunir contre ces vicieux. Elle était bouleversée par cette situation.

Carmel se rendait compte que sa mère couvait trop son frère Alfred, qu'elle excusait constamment. Elle passait trop souvent l'éponge et rejetait toujours la faute sur Louis. Eugénie vouait à ce fils pervers un amour maternel exclusif, et cela faisait partie de sa personnalité. Lorsqu'elle aimait quelqu'un, en effet, rien ne pouvait l'en détourner, elle se consacrait à la personne aimée pour la vie. Tel était le cas pour Alfred. Dans l'aveuglement d'Eugénie, Alfred était la victime, et elle ne percevait pas les fantasmes vicieux de son fils. Manifestement, elle jugeait Mathilde trop provocatrice et lui reprochait d'être aguichante.

Carmel craignait que Joseph ne la délaisse s'il venait à apprendre tous les travers de sa famille, dont la dépravation qui y régnait. Sa mère lui promit du bout des lèvres de mettre de l'ordre dans tout cela.

— Je les attends avec une brique et un fanal, ne t'inquiète pas, je vais les punir, je t'en passe un papier.

Elle avait dit «les punir» et non pas «le punir», pour la forme. Alfred ne recevrait qu'une légère réprimande, elle le savait. Apparemment, Eugénie avait l'intention de leur donner une bonne leçon et de les obliger à réparer le mur, elle était inquiète de ce que penserait le propriétaire du logement. Elle semblait se soucier davantage des réactions de ce dernier que des retombées psychologiques que ce comportement avait sur ses filles.

Carmel, élevée dans sa modeste famille, supposait qu'il en était tout autrement pour Joseph. Du moins, c'était l'impression qu'il lui avait donnée. Il avait fière allure et maniait ce langage des gens cultivés. Il lui donnait envie de changer de peau. Elle aurait voulu vivre dans une famille plus élevée socialement, plus distinguée. Peut-être que, dans ces conditions, il lui serait revenu. Par contre, elle était extrêmement attachée à sa mère, à qui elle vouait un amour indéfectible, et elle la plaignait.

« Pauvre maman, vivre dans cette misère, et malade par-dessus le marché. »

Elle affectionnait aussi certains autres membres de sa famille.

L'absence prolongée de Joseph lui paraissait inexplicable. Son silence la désespérait. Elle avait perdu l'espoir de le revoir, mais n'arrivait pas à s'y résigner. Était-elle allée trop loin en succombant à ses baisers ? Était-ce tout ce qu'il cherchait, tout ce qui l'intéressait chez une fille : des rapports superficiels ? S'il lui avait donné son adresse, elle aurait pu lui écrire, ce qui l'aurait peut-être obligé à lui répondre, ne serait-ce que par politesse. Écrire une lettre à un ami était chose faisable sans passer pour une fille facile. Oui, ça, elle aurait pu se le permettre. D'ailleurs, elle l'avait souvent fait : des lettres, elle lui en écrivait une presque tous les soirs, mais elles finissaient en boules au fond de son sac à main, et jamais dans la corbeille à papier de sa chambre ni dans la poubelle de la cuisine ; il y avait trop de monde dans le logement. Elle n'aurait jamais voulu que l'une d'entre elles tombe entre les mains de ses frères, il lui fallait être vigilante. Les connaissant si bien, elle pouvait facilement imaginer leurs moqueries et elle pouvait s'en passer.

Elle racontait à Joseph les événements de son quotidien, les aléas de sa vie, sans jamais faire mention des actes pervers de son frère Alfred. Elle pouvait se permettre d'autres confidences osées concernant son attirance pour lui, sachant que jamais il ne lirait ces lignes enflammées. Toutes ces lettres dans lesquelles elle lui avouait jusqu'à quel point son absence lui pesait, Joseph ne risquait pas de les recevoir. Le matin, en arrivant au travail, elle les retirait de son sac à main, les défroissait et les déchirait en petits morceaux qu'elle jetait dans les toilettes chez John Ritchie Co. Le même rituel se répétait chaque jour, mais Carmel cessa cette correspondance secrète le 1er septembre 1939 très exactement.

Chapitre 4

Le 1er septembre 1939, l'Allemagne d'Adolf Hitler envahit la Pologne. Le monde entier était sous le choc et se posait d'innombrables questions sans réponse. Les Canadiens étaient inquiets. Une anxiété et une peur viscérale s'emparèrent de tous.

Le lendemain matin, lorsque Mathilde, Carmel et Élise s'installèrent derrière leurs machines à coudre, les commentaires circulaient déjà le long des rangées. À la surprise générale, les *foremen*, d'habitude si rigides, se montrèrent plus tolérants. Ils semblaient être devenus humains. Le bavardage des travailleurs à leur poste était toléré. La panique était tangible. Tout un chacun avait des raisons de craindre que la guerre se propage dans toute l'Europe. Si tel était le cas, que leur réservait l'avenir ? L'animosité entre les travailleurs avait disparu comme par enchantement. L'amélioration de l'atmosphère de travail était palpable.

Tous avaient des visions lugubres d'un tel conflit. La plupart avaient entendu leurs parents ou leurs grands-parents raconter les horreurs de la Première Guerre mondiale. Personne n'aurait cru que les hommes étaient assez fous pour faire revivre aux êtres humains les atrocités engendrées des années 1914 à 1918. On croyait que la leçon avait servi. Les plus naïfs étaient persuadés de ne jamais revivre une autre guerre.

À la fin de leur journée, les ouvriers n'avaient pas envie de traîner dans les rues, mais plutôt hâte de se retrouver autour du poste de radio pour en savoir plus sur cette atroce nouvelle. Les jours qui suivirent ne rassurèrent point la population. On s'arrachait les journaux et on se nourrissait de renseignements glanés çà et là. Exceptionnellement, Arthur rentra du travail plus tôt, nerveux. Tous se turent lorsqu'il s'exprima avec angoisse.

— Ça va mal dans l'Ancien Continent, ça va mal tourner, je vous le dis, croyez-moi.

Le paternel était inquiet. Les gars de chez Boswell aussi. La journée avait été difficile pour Arthur. Ses hommes étaient distraits, il avait dû les ramener à l'ordre à de nombreuses reprises, mais, à l'instar d'autres dirigeants, il avait été plus tolérant. Il était arrivé chez lui les traits tirés, l'air fatigué et songeur. Même les trois mousquetaires dégrisèrent aux propos de leur père.

— Vous exagérez, son père, lui dit Céline, la cadette de la famille Moisan, en entendant ses propos.

Puisque son père ne répondait pas, elle répéta :

— Vous exagérez, son père !

Puis elle se dirigea vers la chambre qu'elle occupait avec ses parents en réprimant un bâillement. Elle avait la naïveté de son âge. Les plus vieux, plus près de la réalité des travailleurs et des nouvelles en provenance du monde entier, pensaient tout autrement. Eugénie dit très fort :

— Il faut toucher du bois pour qu'une telle catastrophe ne nous tombe pas sur la tête.

Elle chercha où poser la main et frappa sur une table de bois. Elle, de même que d'autres, employait l'expression «toucher du bois». Pour conjurer le sort, il fallait toucher quelque chose fait de bois véritable.

Carmel sentit son estomac se nouer devant la menace de la guerre.

* * *

Le dimanche 3 septembre 1939, les postes de radio émettaient tous la même atroce nouvelle : «La guerre est déclarée !»

Le 10 septembre 1939, sept jours après la déclaration de la Grande-Bretagne, les autorités annonçaient officiellement l'état de guerre entre le Canada et l'Allemagne. La décision du Parlement avait été prise presque unanimement, selon les nouvelles rapportées par les médias. Non! Cela ne pouvait être possible! Cette nouvelle créa un effarement général qui n'allait pas s'arrêter là.

Les médias diffusaient à profusion et en continu des comptes rendus de ce grand bouleversement touchant de nombreux êtres humains impuissants devant tous les ravages qu'allait créer cette guerre. La population entière était en émoi. De l'autre côté de l'océan se déchaînait un conflit dont les Canadiens souhaitaient être épargnés.

« Existe-t-il, dans ce bas monde, atrocité plus terrible que la guerre ? » se demandaient un grand nombre de personnes.

Les vieux pays pouvaient s'entredéchirer, au Canada, les plus téméraires se croyaient à l'abri.

Les femmes s'intéressaient moins à la politique étrangère, et Carmel, pour sa part, avait à l'esprit son lourd chagrin. Elle avait très peur pour Joseph. Pourquoi ne donnait-il pas de ses nouvelles ? Lui était-il arrivé quelque chose ? Elle se terrait dans l'appartement en grillant cigarette sur cigarette, anxieuse ; le cendrier débordait de mégots. Se cachait-il comme le faisaient tous ceux qui craignaient l'éventualité de la conscription, pour éviter d'être convoqués ? C'était la confusion totale pour Carmel. Un vent de panique semblait déferler sur elle. Sa mère ne cessait de la tarabuster :

— Cesse de l'attendre, puisqu'il te fait poireauter de la sorte, il n'en vaut pas la peine.

Carmel ne l'entendait plus, elle lui avait pourtant dit et répété que personne d'autre ne l'intéressait, qu'elle préférait demeurer vieille fille plutôt que d'accepter les avances de vauriens semblables à ses frères. Elle avait parlé à sa sœur Mathilde du trou dans le mur de leur chambre ; celle-ci, terriblement affectée, était devenue plus craintive encore. Elle avait exprimé sa façon de penser :

— C'est Alfred qui l'a percé, ce trou. Louis l'a dénoncé, je les ai entendu discuter, mais c'est à peine si maman l'a cru. Moi, je suis certaine que c'est bien Alfred le coupable. Tu connais maman, toujours en train de protéger son chouchou.

Mathilde était angoissée. Elle prenait les mégots de Carmel dans le cendrier et les fumait jusqu'au bout.

— Il va trouver le moyen de continuer à m'épier, j'en suis certaine.

Les deux sœurs avaient collé un morceau de papier pour couvrir le trou en attendant que le coupable le répare, ce qu'avait tout au moins promis Eugénie à ses filles. Elles seraient plus sur leurs gardes maintenant qu'elles savaient jusqu'où pouvait aller leur frère. Carmel, qui n'avait pas envie de sortir, se disait que cela tombait bien, qu'elle serait à la maison pour le surveiller de près.

Depuis la déclaration de la guerre, tout semblait plus calme chez les Moisan. Le conflit avait fait diversion à l'événement troublant qu'avaient vécu Mathilde et Carmel. Lorsque Carmel avait demandé à sa mère ce qu'elle comptait faire pour corriger Alfred de ses mauvais penchants, celle-ci lui avait répondu :

— Oublie donc ça, ma fille, rien ne prouve que ce soit vraiment lui. Tu ne crois pas que nous avons assez de chats à fouetter pour le moment avec cette guerre qui me rend malade ? Imagine qu'on nous impose des rationnements, qu'adviendra-t-il de mon insuline pour traiter mon diabète ? C'est dangereux, tu sais, une personne diabétique non traitée, je pourrais être atteinte de paralysie, perdre un membre ou, pire encore, perdre la vue, y as-tu pensé ?

Carmel tiqua. Eugénie avait prononcé ces paroles sans ciller. En fait, elle s'inquiétait surtout pour la morphine qu'il lui serait difficile de se procurer.

Le mois de septembre de cette année 1939 avait été le mois le plus malheureux de toute la vie de Carmel. Cette guerre qui faisait rage en Europe la perturbait bien plus qu'elle ne l'aurait pensé. Elle s'inquiétait pour Joseph, elle ne se possédait plus. Ce silence, toujours ce silence insupportable ! Et si un malheur l'avait frappé ? Personne n'aurait pu l'en prévenir : elle ne connaissait rien de sa vie personnelle, elle ignorait tout de ses relations.

En ce samedi après-midi, son père, Arthur, l'oreille collée à la radio, répétait à voix haute les informations sur les combats en Europe. Cette ambiance bruyante, la radio qui grinçait, les commentaires de ses frères, tout tapait sur les nerfs de Carmel.

Ailleurs que dans sa chambre à coucher, il lui était difficile de s'isoler dans ce petit logis. La promiscuité était devenue invivable. Carmel se leva du canapé sur lequel elle avait réussi à se trouver une place et, en se dirigeant vers sa chambre, elle faillit trébucher sur une bouteille de bière aux trois quarts vide.

— Ne pourriez-vous pas au moins ramasser vos bouteilles, les gars ? C'est le bordel dans cette maison !

Ses frères émirent un rire tonitruant. Louis chuchota à l'oreille d'Alfred.

— Mais quelle mouche l'a piquée, la sœur, aujourd'hui ?

La sonnerie de la porte d'entrée retentit au passage de Carmel vers sa chambre. Le volume de la radio était si fort que personne d'autre ne l'entendit.

Elle cria tout de même :

— Je vais ouvrir !

Carmel avait élevé la voix plus qu'à l'accoutumée pour faire comprendre à tous jusqu'à quel point cette cacophonie de nouvelles à la radio, de commentaires lancés à tue-tête et de répliques d'Eugénie était assourdissante. Personne n'y prêta attention.

Elle se demanda qui cela pouvait être. Certainement pas Paul-Émile, le deuxième fils de la famille, qui venait rarement leur rendre visite la fin de semaine, à moins que ce soit…

Ses suppositions restèrent en suspens. Elle alla donc ouvrir négligemment, cigarette à la main.

Il était là, devant elle, comme un revenant. C'était lui. Il s'était présenté chez elle sans la prévenir. Carmel resta bouche bée, si surprise de le voir réapparaître qu'elle ne savait pas quoi lui dire. Par ce bel après-midi, en cette fin de saison où l'été s'éclipse pour céder sa place à l'automne, il était revenu, lui, Joseph.

— Bonjour, Caramel, lui dit-il, la gratifiant d'un immense sourire.

Carmel restait là, sur le pas de la porte, sans lui répondre.

— Bonjour, Caramel, répéta-t-il, comment allez-vous?

Elle était clouée sur place, telle une statue, n'osant bouger de peur qu'il disparaisse. Elle ferma les yeux et les rouvrit pour s'assurer qu'elle ne rêvait pas. Oui, c'était lui qui était devant elle, tout naturellement, comme s'il l'avait quittée la veille. Il semblait se porter comme un charme, il avait une mine radieuse. Il avait su la faire languir. Mais comment le lui dire sans le blesser et le faire fuir de nouveau? Elle ouvrit enfin la bouche pour lui répondre bêtement.

— Bonjour, Joseph, je vais bien, et vous?

Les mots: «Tu m'es revenu!» ne franchirent pas ses lèvres. Le choc de le revoir ne s'était pas encore dissipé en elle. Elle s'efforça de dissimuler son excitation, mais c'était plus fort qu'elle. Elle passa du rire aux larmes et se mit à lui débiter des mots, que des mots.

— Vous êtes à Québec, vous êtes revenu de Montréal, vous savez, la guerre est déclarée en Europe, papa croit que cette guerre sera longue et puis, et puis…

Il posa sur elle ses yeux moqueurs et se mit à rire. Elle en fut offusquée. Elle baissa la tête, son regard pathétique se posa sur ses vieux souliers et sa simple jupe. Elle ne se sentit pas présentable. Ses joues s'empourprèrent, ses yeux se mouillèrent. Joseph comprit qu'elle était mal à l'aise, il cessa de rire. Sur un ton mi-sérieux, il lui dit :

— Oui, en effet, je suis à Québec.

Il aurait voulu ajouter : « Comme vous pouvez le constater. » Mais il se rendit compte que l'heure n'était pas à la plaisanterie, que Carmel n'était peut-être pas habituée à sa tournure d'esprit. Sur un ton plus sérieux, il lui demanda :

— Auriez-vous le temps de faire une promenade avec moi ? Le ciel est magnifique, nous pourrions aller nous balader sur les plaines d'Abraham. J'arrive tout juste de Montréal, j'ai le reste de la journée devant moi. Si vous n'avez pas d'autres projets pour aujourd'hui, bien entendu !

Des projets pour aujourd'hui, eh non, elle n'en avait pas, elle n'en avait pas eu non plus depuis son départ. Évidemment qu'elle était libre, elle l'attendait. Sans lui dans sa vie, elle n'avait aucun but. Mais elle se garda de le lui dire. Elle mourait d'envie de lui sauter au cou, de l'embrasser, mais se retint. Elle avait tant de questions à lui poser ; cette promenade lui en fournirait l'occasion. Elle devait absolument connaître ses intentions à son égard, les raisons de cette absence cruelle et de ce silence interminable. Avec une seyante simplicité, elle lui dit :

— Donnez-moi le temps de me changer, je reviens.

Elle ne l'invita même pas à entrer. Était-ce parce qu'elle était trop excitée et n'y avait pas pensé, ou parce qu'elle ne tenait pas à ce qu'il rencontre à nouveau ses frères ? La maisonnée étant concentrée sur le poste de radio, personne ne lui demanda qui était à la porte. Elle ne mit pas trop de temps à décider de sa tenue et se changea discrètement. Il n'y avait de toute façon pas un grand choix dans sa garde-robe. Elle noua rapidement ses cheveux en chignon et, du bout de son bâton de rouge, colora ses lèvres. Elle vérifia l'effet dans son miroir, se disant que cela irait. Elle réapparut quelques minutes plus tard en fermant délicatement la porte afin qu'aucun membre de la famille ne la voie. Carmel portait maintenant ses belles chaussures du dimanche et avait enfilé un chandail chaud qu'elle gardait pour sortir. Elle voulait éviter les moqueries de ses frères et les réserves de sa mère ; elle aurait tout de même aimé que Mathilde et Élise sachent que Joseph était revenu, mais pas maintenant ; rien n'était certain dans ce retour.

Ils partirent tous deux à pied par ce temps d'automne frisquet et limpide, prélude à la saison froide. Joseph aimait se promener dans les rues de Québec. Il avait garé sa voiture le long du boulevard Langelier. L'histoire de cette ville l'intéressait. Elle était, depuis le 1er juillet 1867, la capitale de la province. Québec était l'une des principales villes industrielles du Canada, comptant des centaines de manufactures et d'ateliers. Joseph aimait y croiser les travailleurs des secteurs des chaussures, des corsets et des meubles. L'industrie du tabac, en plus du tourisme, contribuait à la renommée de la ville. En tant qu'ingénieur, Joseph s'intéressait aussi aux activités de l'usine Anglo Canadian Pulp and Paper. Les quartiers Saint-Roch et Saint-Sauveur regroupaient les deux tiers de la population de la ville de Québec, dont la vaste majorité des citoyens étaient francophones. La rue Saint-Joseph, avec ses grands magasins, notamment la Compagnie Paquet ltée, J. B. Laliberté ltée, Pollack puis le Syndicat de Québec, constituait le cœur commercial de la ville. La présence du tramway électrique et de la gare de trains de voyageurs attirait des milliers de personnes dans les boutiques, mais aussi dans les cinémas, les restaurants et les salles de spectacle du quartier.

Carmel marchait aux côtés de Joseph sans oser trop s'approcher de lui. Elle attendait qu'il fasse le premier geste. Lorsqu'ils passèrent à la hauteur de sa voiture, Joseph en ouvrit la portière. Carmel réagit, un mauvais souvenir lui revint en mémoire :

— Ne devions-nous pas y aller à pied ?

Joseph prit son imperméable beige. Il referma la portière et s'assura que toutes les portes étaient verrouillées.

— Devrais-je prendre aussi mon imperméable ? demanda-t-elle, embarrassée.

Le temps était clair, rien dans le ciel de Québec ne laissait présager un orage.

— Si vous voulez, lui répondit-il.

— Non, finalement je n'en aurai pas besoin, je ne crois pas qu'il va pleuvoir, le ciel est dégagé, je ne vois aucun nuage à l'horizon.

Elle ne savait pas s'il allait pleuvoir ou non, mais la vraie raison était qu'elle ne désirait pas retourner à l'appartement. Joseph portait un beau chandail à motif *argyle*, une combinaison de diamants en arrangement hexagonal, et tenait son manteau drapé sur son bras. Il l'avait apporté davantage pour se tenir au chaud que pour se préserver de la pluie. Carmel ne put s'empêcher de remarquer son élégance. Elle l'examinait de la tête aux pieds. Elle le trouvait séduisant et très beau. Elle admirait aussi son port de tête. Ils parlaient de tout et de rien : lui s'informait d'elle et elle de lui. Un bavardage banal. Carmel ne savait pas trop quoi lui dire. Elle avait l'impression de le rencontrer pour la première fois, qu'un fossé s'était creusé entre eux, car son absence avait été doulou-reuse. Le monde traversait un grand bouleversement, ce qui la rendait plus réservée, plus craintive.

Ils atteignirent lentement la Haute-Ville. Joseph, sans lui donner de justification sur sa longue absence, lui parlait de son travail à Montréal, de la réaction de la population à l'annonce de la guerre en Europe et de son emploi du temps extrêmement occupé par ses longues heures de travail chez Sicard. La situation mondiale avait dérapé.

À aucun moment il ne s'excusa de ne pas lui avoir donné de ses nouvelles. Il n'avait apparemment rien à se reprocher. Il n'était pas revenu à Québec depuis leur dernière rencontre, ce qui expliquait qu'il n'était pas entré en contact avec elle.

La brise était fraîche, la couleur éclatante des arbres ressemblait à une flamme colorée de cuivre. Ils marchaient sur un tapis de feuilles d'automne rouille et or, les oiseaux piaillaient d'impatience : derniers rendez-vous avant de s'envoler vers des pays plus chauds.

— La vie est un perpétuel équilibre, les arbres se dépouillent de leurs feuilles pour s'en parer de nouveau au prochain printemps, dit Joseph en observant autour de lui.

Ni le décor bucolique ni les paroles de Joseph ne tirèrent Carmel de ses tribulations. Elle était très préoccupée par les propos rapportés par sa mère. Le bavardage des mauvaises langues avait porté ses fruits. Elle se tourmentait : Joseph était-il revenu pour elle ? Pourquoi ce retour après une si longue absence ? Avait-il l'intention de la fréquenter pour éventuellement échapper à cette maudite guerre en Europe, comme c'était très souvent le cas ? Son absence cruelle l'avait profondément affectée, mais son retour la troublait tout autant. Elle éprouvait donc des sentiments contradictoires.

La marche à partir de la Basse-Ville avait été longue et fatigante. D'un commun accord, ils décidèrent de ralentir la cadence en arrivant au jardin Jeanne-d'Arc. Ce magnifique parc avait été créé en 1938 par l'artiste paysagiste Louis Perron, autour de la statue de l'héroïne canonisée en 1920. Formé de deux paliers de végétation soutenus par une structure de pierre, le jardin était appelé «jardin en contrebas». L'organisation végétale se composait de plates-bandes mixtes à l'anglaise, où les vivaces herbacées dominaient, quoique la structure géométrique du jardin s'inspirait de la tradition française. Carmel et Joseph s'attardèrent devant différentes espèces, tentant de différencier les fleurs annuelles des plantes bulbeuses et des vivaces. Ils reprirent leur chemin, revigorés mais peu loquaces. En arrivant sur les plaines d'Abraham, Joseph invita sa compagne à s'asseoir sur un banc afin d'admirer le Saint-Laurent. Carmel prit place et bascula la tête pour laisser le vent jouer dans ses cheveux tandis qu'elle contemplait la splendeur du décor. Elle ne put s'empêcher de s'exclamer :

— Ah ! La vue est imprenable d'ici.

Dans cet environnement romantique, d'une beauté sublime, à la vue de jeunes hommes en uniforme qui déambulaient, l'allure fière, elle crut le moment opportun pour entamer la conversation sur le sujet épineux qui l'obsédait, sans toutefois questionner Joseph de façon directe. Elle craignait d'aborder le sujet avec maladresse, mais il lui fallait malgré tout régler cette question. Elle tenta d'observer ses réactions en le provoquant, en quelque sorte.

— Il paraît qu'un des fils de nos voisins s'est marié…

Joseph répondit d'un ton neutre :

— Ah oui ?

Carmel poursuivit :

— Les mauvaises langues disent que beaucoup de jeunes gens fréquentent les filles et les demandent en mariage pour ne pas aller se battre, pour éviter d'être appelés, pour être dispensés ! Quel affront pour ces filles !

Nullement surpris d'une telle révélation, Joseph réfléchit avant de répliquer :

— Est-ce mon opinion que vous tentez d'obtenir ? Il semble y avoir des sous-entendus dans vos propos, n'est-ce pas ?

Sa réaction, même tardive, était plus spontanée qu'elle ne s'y attendait. Elle bégaya.

— Non, non, oui, oui.

Joseph plongea son regard d'acier droit dans ses yeux de biche. Carmel en resta médusée. Serait-elle allée trop loin ? Joseph allait-il encaisser le coup ?

— *Don't worry, my dear !* Je suis certain d'éviter de me livrer à cette charcuterie humaine.

Il n'en dit pas davantage. L'amertume affleurait à chacun de ses mots. Il était déçu qu'elle ait prêté crédit à de tels commérages, même s'il savait la chose possible et non dénuée de bon sens. Les joues de Carmel s'empourprèrent. Elle resta sur son appétit : finie la discussion à ce sujet, le ton avait été tranchant, sans équivoque.

Ils reprirent le chemin vers la Basse-Ville ; tous deux progressaient d'un pas monotone, les mots n'étaient plus nécessaires pour le moment. Au bout de plusieurs minutes, Joseph annonça avec une certaine hésitation dans la voix :

— L'hiver approche, je devrai restreindre mes voyages à Québec. La saison des bordées de neige va bientôt commencer, ce qui m'oblige à être plus présent à Montréal. Vous savez, les souffleuses à neige construites par Arthur Sicard sont solides, mais pas à toute épreuve. Il faut les réparer, ça se brise aussi, ces moteurs-là. Mes déplacements pour en faire la promotion sont, en pratique, terminés, du moins pour cet automne.

Carmel sentit qu'elle l'avait vexé, elle eut l'impression que la conversation changeait de ton. Inquiète, elle essaya vainement d'ajuster son pas au sien. Ne connaissant absolument rien du domaine des équipements lourds, elle ne savait quoi répondre. Elle se préoccupait davantage de l'épreuve qu'elle aurait à subir en étant loin de lui que de l'état des souffleuses à neige. La guerre la rendait très anxieuse, comme tout le monde, qui ne parlait plus que de cela. Mais la flamme de la passion brûlait constamment dans ses veines. Savoir Joseph loin d'elle durant cette période de grands bouleversements la troublait. À bout de souffle, elle rompit le silence :

— Quand croyez-vous revenir à Québec ?

Il lui répondit d'un trait :

— Pas avant la période des fêtes.

Elle reçut cette nouvelle telle une gifle, car il ne lui avait fait aucune promesse et n'avait pas prononcé les mots qu'elle aurait voulu entendre.

Il enfila son manteau, en releva le col, mit les mains dans ses poches et ramena Carmel dans son quartier en marchant à distance. Elle aurait voulu se rapprocher, se presser contre lui. Ils se firent des adieux assez ternes, puis il repartit dans sa belle voiture. Elle lui avait dit qu'il n'était pas nécessaire de la reconduire jusqu'à la porte de chez elle ; il avait respecté sa demande et avait disparu, aussi intrigant que lorsqu'il était arrivé. Elle aurait aimé que son retour se fasse dans un éclat de joie. Pourquoi les relations entre un homme et une femme étaient-elles si difficiles ? Était-ce toujours ainsi ?

L'appréhension de cette longue séparation la désarmait. Elle savait que sa petite vie allait être lourde à supporter. Le crépuscule tombait lorsque Carmel rentra après avoir déambulé dans le quartier, sans se rendre compte que le temps passait.

* * *

Au début du mois de décembre, Eugénie accueillit sa fille, au retour du travail, avec des points d'interrogation dans les yeux. La curiosité l'avait quasiment entraînée à ouvrir la lettre reçue le matin même et à en lire le contenu, mais elle s'était retenue à la dernière minute.

— Il y a de la *malle* pour toi, j'ai mis l'enveloppe sur ton lit.

Carmel se précipita dans sa chambre. Elle saisit l'enveloppe adressée à Mlle Caramel Moisan. Il n'y avait pas d'adresse d'expéditeur, mais qui d'autre que Joseph aurait pu écrire son prénom de cette façon ?

Elle palpa la mince enveloppe blanche, hésita à la décacheter de peur d'y trouver une mauvaise nouvelle ; elle ne se sentait pas d'humeur optimiste depuis le déclenchement de la guerre. L'absence prolongée de Joseph la faisait souffrir plus qu'elle ne l'aurait imaginé. Les mains tremblantes, elle se décida finalement et l'ouvrit. Elle déplia la feuille de papier et la parcourut du regard. Elle avait l'impression de ne rien voir, les mots semblaient danser, elle était si nerveuse. Elle contempla l'écriture soignée en suivant les mots du bout du doigt. Elle vérifia la signature : c'était celle de Joseph.

Montréal, le 7 décembre 1939

Bonjour Caramel,

J'espère que tout va bien pour vous. Je travaille comme un fou, mais vous êtes toujours dans mes pensées. Si les chemins sont praticables, je pourrai me rendre à Québec pour la période des fêtes. Je souhaite passer un moment avec vous. Je crois pouvoir y être le 23, je me rendrai chez vous vers la fin de l'après-midi.

J'ai hâte de vous revoir.

Joseph

Cette lettre, même si elle était très brève, lui gonfla le cœur. Elle représentait un message d'amour, une invitation à le revoir. Certes, il n'avait pas exprimé un tel sentiment, mais la teneur des propos était romantique. Pressant la lettre contre sa poitrine, elle sourit. Elle huma le papier. Cette enveloppe qu'il avait collée avec sa langue, elle la goûtait presque. Lui, si loin, mais l'encre avait coulé de sa plume, de ses mains… Elle fantasmait. Dieu qu'elle l'aimait, il lui manquait atrocement. Elle vivait constamment dans la crainte de ne plus le rencontrer. Ses mains conservaient le souvenir amer des siennes, si froides lors du dernier au revoir. Elle avait tenté d'en savoir plus sur ses intentions envers elle, mais la phrase qu'il avait prononcée ne l'avait pas rassurée. Trop euphorique, dans l'expectative de son retour, elle s'était jurée de ne plus l'embêter avec de tels racontars déguisés en questions. Les pensées se bousculaient dans sa tête.

Les longues absences répétées de Joseph obligeaient Carmel à l'excuser auprès des siens, même si expliquer ses déplacements lui semblait ridicule. Alfred ne cessait de lui lancer des piques.

— Ça fait longtemps qu'on ne l'a pas vu dans les parages, ton bel Anglais !

— La ville de Montréal est assez grande pour qu'il se soit perdu, ton ingénieur ! À moins qu'il se soit enrôlé, avait enchaîné Louis.

Même si elle était sur le qui-vive, elle restait impassible.

Ainsi allaient les taquineries de ses frères, celles d'Alfred en particulier, et ce, dès que leur mère avait le dos tourné. Mathilde prenait la défense de Joseph chaque fois qu'elle le pouvait. Elle qui était privée de rencontres galantes souhaitait l'évasion pour sa sœur.

— Mêlez-vous donc de vos affaires, espèces de grands dadais !

Alfred ne fréquentait aucune jeune fille, même si certaines le relançaient constamment. Il était attirant. Il avait tout pour plaire : la chevelure abondante et foncée, les yeux bruns perçants, un physique d'athlète. Peu intéressé par leurs avances, il espionnait Mathilde par le trou de la serrure. Il avait jeté son dévolu sur elle. C'était bien lui qui avait percé le mur de sa chambre pour admirer les formes délicieuses de sa sœur. Il était certain d'être à l'abri des accusations et des insinuations de Mathilde, la sachant consciente de l'amour aveugle que sa mère éprouvait pour lui. Eugénie n'aurait jamais cru son fils préféré capable de telles bassesses. Elle se plaisait à tout nier et elle tenait à le protéger, car, sans son aide, elle se savait perdue. C'était affligeant.

Ces méchancetés, ajoutées aux allusions qui circulaient dans son entourage, faisaient retomber Carmel dans l'incertitude. Lorsqu'il lui arrivait d'être seule dans la chambre, elle relisait sa lettre, soupe-sait et analysait chaque mot; Joseph pensait à elle, il lui revien-drait, elle n'avait donc pas attendu vainement. Cette lettre lui avait donné des ailes. Elle attendait Joseph impatiemment. Elle avait décidé de se murer dans le silence, n'évoquant plus son nom afin de ne pas déclencher l'hilarité de ses frères.

Profitant du temps dont elle disposait avant l'arrivée de son soupirant pour se confectionner une nouvelle toilette, elle s'était procuré, au Syndicat de Québec, une pièce de serge, dans laquelle elle voulait tailler et coudre une belle jupe. Son oncle Bernard travaillait dans le rayon des tissus de ce grand magasin de la rue Saint-Joseph.

Carmel avait emprunté l'escalier mécanique pour se rendre à l'étage. Dès que Bernard l'avait aperçue, ses grands yeux pleins de tendresse et d'admiration s'étaient fixés sur elle.

— Bonjour, mon oncle, comment vous portez-vous aujourd'hui?

— À merveille, ma chère. Et toi, tu me sembles dans un état d'excitation peu coutumier!

Carmel avait rougi. Son oncle Bernard, homme d'expérience avec les femmes, avait deviné son embarras. La voyant dérouler nerveusement un rouleau de tissu léger, il s'était empressé de lui venir en aide.

— C'est de la serge de première qualité, elle est en solde à part ça, une vraie aubaine pour un tel tissu. Ne va surtout pas voir chez J. B. Laliberté, ils n'en gardent pas, ma chère.

Il plaisantait, car le frère de Carmel, Paul-Émile, y travaillait. Carmel avait eu du mal à garder longtemps l'attention de son oncle, distrait par les autres jeunes femmes qui l'interpellaient. Elles étaient comme des abeilles autour d'une ruche.

— Vous êtes un vrai don Juan, mon oncle.

Carmel aimait le frère de sa mère, ce veuf aux allures de Casanova. Homme d'expérience et de bon goût, il avait su la guider dans son choix. Après lui avoir donné des nouvelles de sa famille, Carmel s'était présentée à la caisse, le rouleau de tissu sous le bras. Elle avait aussi acheté un patron qu'elle conserverait en vue d'en confectionner des variantes si elle réussissait son premier modèle. Elle était devenue experte dans l'art de modifier les patrons. Elle passait les trois quarts de ses journées à coudre dans le cuir à chaussure chez John Ritchie Co., mais consacrait ses soirées à sa couture personnelle, dans du tissu plus facile à manipuler.

De retour chez elle, après avoir déplié délicatement toutes les pièces de papier ultramince du patron de la jupe Butterick numéroté 3272, elle déplia les pièces *Front* et *Back* avec précaution et les étendit sur la table de la cuisine, la seule table de l'appartement. Elle s'assura de placer le tissu côté *Fold*, envers contre envers, laissant suffisamment d'espace pour les coutures, mais pas trop, car il ne fallait pas gaspiller de tissu. Le tout épinglé, elle pourrait tailler en prenant soin de ne pas passer tout droit sur les crans. Cette étape exigeait une grande concentration pour ne pas faire de coches mal taillées. Il fallait ensuite, entre autres, faufiler le *zipper* au bon endroit.

La tête repliée sur elle-même dans son meuble de merisier, la machine à coudre Singer y passerait la nuit. Elle en sortirait le lendemain soir, au retour du travail de Carmel. Il fallait aussi tout ranger, empiler convenablement les pièces afin de les retrouver le lendemain en faisant attention de ne pas se piquer sur les aiguilles épinglées temporairement sur certaines pièces de tissu. Cette machine à coudre, c'est Paul-Émile qui la lui avait offerte en cadeau quelques années auparavant.

Pour le remercier, Carmel lui avait donné un gros bec sur la joue en lui disant :

— Merci pour la machine à coudre, je te dis que je vais m'en servir. Dis bonjour à Marguerite pour moi.

Tante Élise avait complété le tout d'un ensemble d'aiguilles après s'être piqué le bout du doigt avec l'une d'elles, selon la coutume. Devant l'air amusé de sa nièce, elle lui avait expliqué qu'il fallait se piquer immédiatement après les avoir données, autrement une brouille risquait de se produire.

Carmel avait ri, tout en remerciant chaleureusement sa tante.

* * *

Paul-Émile avait pris l'habitude de rendre visite aux Moisan de temps à autre, en rentrant chez lui après le travail. Sa femme Marguerite ne l'accompagnait qu'en de très rares occasions, prétextant être trop occupée. Elle avait développé de l'animosité envers les trois mousquetaires. Paul-Émile et son épouse habitaient la maison de trois étages de la mère de Marguerite, à Saint-Pascal, à une distance raisonnable pour faire le trajet à pied jusque chez J. B. Laliberté, où il travaillait. Le magasin était situé à l'intersection des rues Saint-Joseph et de la Chapelle. Paul-Émile était fier de travailler pour cette entreprise fondée par le jeune Jean-Baptiste Laliberté, fils de tanneur, qui avait débuté dans le métier en exploitant un modeste atelier de fourrure en mai 1867. En 1884, il avait fait construire un vaste édifice de cinq étages, surmonté d'une coupole argentée. À l'avant-garde des tendances de son époque, il se rendait lui-même en Europe pour sélectionner les fourrures destinées à sa distinguée clientèle. À sa mort, en 1926, son fils John avait pris la relève et aménagé un atelier de chapellerie ainsi qu'une section consacrée à la confection de vêtements et d'accessoires pour hommes, où Paul-Émile fut embauché en tant que commis-vendeur. Au cours des années suivantes, un rayon de vêtements pour dames et enfants se greffa aux autres.

Paul-Émile était un personnage attachant, bon enfant. Il se mêlait de ses affaires, ne disait jamais un mot plus haut que l'autre. Côté tempérament, il tenait de son père. Mais son embonpoint, il l'avait hérité de sa mère. Physiquement, c'était Eugénie toute crachée.

Chapitre 5

En cette journée du 23 décembre, Carmel était prête pour l'arrivée de Joseph depuis au moins deux heures. Elle était sur les nerfs, une cigarette n'attendait pas l'autre. Il lui fallait maintenant se détendre. Elle lissait constamment, du bout de ses doigts humides, les plis creux de la jupe qu'elle s'était escrimée à terminer à temps pour ce retour. Après avoir écarté mille fois les rideaux de dentelle effilochés à la fenêtre du salon donnant sur la rue, Carmel le vit enfin. Elle jeta un bref regard dans le petit miroir ovale accroché près de la porte d'entrée, s'assura que les *bobby pins* qui retenaient les mèches rebelles de son abondante chevelure maintenue en chignon étaient correctement en place. Elle interrogea Mathilde.

— Ça va tenir, tu crois ?

Le timbre de la sonnerie retentit.

— Oui, et puis t'es belle comme tout. Ouvre-lui donc vite la porte avant qu'il gèle.

Après ces paroles encourageantes, Carmel se montra à Joseph. Elle étrennait sa jupe, qu'elle estimait réussie, assortie d'un cardigan d'un ton plus clair. Sa taille était emprisonnée dans une étroite ceinture de cuir *patent* de la même teinte que ses chaussures à talons hauts. Elle était plutôt satisfaite de sa tenue et espérait plaire à Joseph.

Dans l'embrasure de la porte d'entrée grande ouverte, en plein hiver, ils étaient tous les deux indécis. Pas un mot ne fut prononcé. Le soleil déclinait vers le crépuscule, le jour durait moins longtemps en cette saison. En se frottant nerveusement les mains, Carmel brisa le silence :

— Entrez vite, il fait tellement froid.

Au premier regard, Joseph constata à quel point elle était élégante ; encore plus belle que dans ses pensées. Sa tenue était impeccable, sobre, mais de bon goût, exactement le genre qu'il aimait. Quand il posa ses yeux admiratifs sur elle, elle rayonna. Elle dégageait un petit je-ne-sais-quoi de charmant qui le bouleversa.

— Ah ! Ma Caramel aux yeux de biche, j'avais hâte de vous revoir.

Il s'était langui d'elle. Son excitation se lisait sur son visage. Après cette longue absence, il avait envie de la serrer contre lui, mais il se contenta de déposer un bref baiser sur sa joue brûlante. Elle le lui rendit en tant que jeune fille convenable, ni plus ni moins. Joseph s'informa poliment de la santé de chacun après avoir salué Eugénie, venue à sa rencontre. Dans sa hâte de se retrouver en tête à tête avec Carmel, il mit rapidement fin aux salutations.

— Puis-je vous inviter à souper, Caramel ?

Elle se tourna vers sa mère.

— Surtout, ne rentrez pas trop tard.

Eugénie lui parlait comme à une collégienne. Carmel en fut humiliée devant Joseph.

— Et mets-toi donc un chapeau sur la tête, il fait un froid à ne pas laisser coucher un chien dehors.

En un temps record, Carmel fut prête à partir.

Revenue à pas de tortue dans sa cuisine, le visage grognon, Eugénie devint sarcastique.

— Il n'est pas resté longtemps ici, le beau Joseph, *coudonc*, a-t-il quelque chose à cacher, lui ?

Encore une fois, Mathilde prit la défense du jeune homme :

— Inquiétez-vous donc pas, maman, c'est normal qu'ils veuillent être seuls, ça fait longtemps qu'ils ne se sont pas vus.

Eugénie grogna.

— Il vaut mieux être sur nos gardes, avec tous ces coureurs de jupon qui se cherchent une femme à marier pour fuir la guerre, dit-elle. On sait plus à qui se fier.

La porte s'était refermée sur ce couple dans un froid pénétrant. Joseph serra les hanches de Carmel, épaissies par le gros manteau de feutre. Il aurait aimé la tâter de plus près, enlacer sa fine taille. D'un pas accéléré, ils se rendirent au restaurant le plus près en narguant le froid mordant, le nez gelé. L'atmosphère était plutôt bruyante, il y avait plus de monde qu'à l'ordinaire malgré cette période de grande agitation mondiale, sans doute en raison des retrouvailles de la période des fêtes. L'endroit était très animé et l'on y discutait avec vivacité. Quelques jeunes revêtus d'uniformes parlaient fort. Les voix, les bruits de la vaisselle s'entrechoquant et les cris des serveuses donnant leurs commandes aux cuisiniers, qui les épinglaient sur une corde séparant la cuisine du restaurant, provoquaient une joyeuse cacophonie. À tour de rôle, les cuisiniers prenaient les commandes et les exécutaient en criant à la serveuse le numéro du client :

— Le douze est prêt !

Dès qu'ils furent installés, Joseph ne tarda pas à saisir les mains frissonnantes de Carmel. Il se mit à parler sans retenue, il voulait tout dire en même temps, il parlait de la guerre, de la tempéra-ture… et, surtout, il s'informait d'elle.

— Comment se sont passés ces derniers mois pour vous ? Chez John Ritchie Co., y a-t-il suffisamment d'ouvrage ? En tout cas, à Montréal, on ne chôme pas. Vous n'êtes jamais allée à Montréal, Caramel ? Aimeriez-vous y aller ? Je pourrais vous emmener marcher sur le mont Royal et dans les grands magasins de la rue Sainte-Catherine.

Carmel tenta subtilement de dégager ses doigts afin de le ramener à la réalité, mais Joseph ne céda pas. Il savourait ce contact. La jeune serveuse qui se tenait près de leur table depuis un petit moment se manifesta :

— Vous prenez quoi ? Le plat du jour, c'est...

Les amoureux n'avaient pas encore consulté le menu. Joseph, tenant les mains de Carmel emprisonnées dans les siennes, répondit d'un air taquin à la serveuse plantée à côté de la table, carnet de commandes en main. Elle était pressée de les servir afin qu'ils cèdent leur place à de nouveaux clients.

— J'ai tout ce dont j'ai besoin dans les mains, à ce que vous pouvez voir !

Joseph pouffa d'un rire émerveillé. Puis Carmel commanda le menu du jour, un *hot chicken* accompagné d'une salade de chou. Lui préféra un steak frites. Ils discutèrent, sans savourer leur repas, trop imprégnés l'un de l'autre.

Au milieu du va-et-vient et des clins d'œil glacés jetés par l'entre-bâillement de la porte vitrée, la discussion prit une tournure que Carmel n'avait pas prévu. Joseph bombardait la jeune femme de questions, sondant son goût et son intérêt pour la ville de Montréal. Il lui dit que, dès les années 1820, cette ville était devenue, grâce au commerce et à l'industrie, le centre d'acheminement des marchandises à destination de Kingston, de Toronto et des autres villes qui se construisaient vers l'ouest. La haute finance, l'industrie et les transports en avaient fait la métropole du pays. La rue Saint-Jacques, dans le Vieux-Montréal, en était le centre financier. Joseph continuait d'essayer de l'impressionner, quand Carmel, qui avait le tournis, l'interrompit :

— Où voulez-vous en venir, Joseph, avec tous ces renseignements formulés sous forme de questions ?

— Nulle part, ce n'est que par curiosité. Oui, c'est vrai, je tiens à vous faire connaître cette ville.

— Vous savez que je ne parle pas anglais !

— *No problem.*

— Qu'est-ce que je pourrais faire dans une ville où personne ne me comprendrait, je ne pourrais même pas aller m'acheter toute seule un paquet de cigarettes !

Elle éclata de rire.

— Il y a plus de monde qui parle français qu'anglais maintenant à Montréal, *my dear*, je vous l'assure.

Joseph se sentait à l'aise à Montréal ; ce carrefour des affaires où l'on trouvait beaucoup d'anglophones.

— Je ne suis pas certaine de cela !

Le ton de sa voix le rassura, elle n'avait pas d'emblée dénigré cette ville, il y avait de l'espoir.

— Mais je parle sans cesse, à votre tour, Caramel.

Il ne voulait pas trop l'ennuyer, ni la brusquer, mais il s'était laissé emporter par son enthousiasme.

Il paya l'addition et dut bousculer quelques personnes massées près de la caisse en attente de leurs places. Ils quittèrent le restaurant main dans la main. Il la reconduisit chez elle, décidé à la revoir avant son départ après les fêtes de Noël et du Nouvel An. Il remettrait sur le tapis le sujet de Montréal avant de repartir. Il lui vendrait cette ville dans laquelle il aimait vivre. Sur le chemin du retour, le vent glacial faisait danser les branches frêles des arbres dénudés. L'obscurité et le givre étaient maîtres de cette saison dite blanche. Brusquement, il lui annonça :

— J'ai promis à mon père d'aller chez lui pour Noël.

Accrochée à son bras, Carmel voulait prolonger la soirée. Elle saisit cette occasion rêvée pour le questionner sur sa famille.

Sur un ton neutre, il résuma ainsi :

— Mon père, George James, a épousé Emma Gauthier en secondes noces, l'année même où ma mère, Minny, est décédée. Il tient à réunir leurs enfants quand cela est possible. Ils habitent à Montmorency, municipalité située juste en face de l'île d'Orléans.

Joseph ajouta que son père avait insisté auprès des siens pour que ceux qui pouvaient se déplacer célèbrent la fête de la nativité en compagnie de leur belle-mère et de leurs demi-frères, Julien et Jacques. Joseph précisa qu'Emma avait eu quatre enfants de son premier mariage. Son aînée, Magella, était mariée et travaillait à Valcartier dans les Forces canadiennes. Sa deuxième fille, Juliette, était serveuse à l'hôtel Victoria sur la rue Saint-Jean, à Québec, où elle habitait avec son frère Michel. Joseph s'enthousiasma en lui vantant les mérites de Michel, cet artiste réputé dans l'art ancien et complexe du vitrail. Il impressionnait par la technique consistant à assembler des pièces de verre coloré, transparent ou opalescent, auxquelles il donnait des formes particulières. Cet art était méconnu de la plupart des gens, sauf des Européens, habitués à admirer les beaux vitraux qui ornaient leurs célèbres cathédrales.

Carmel n'osa interrompre l'envolée de Joseph. Il poursuivit en mentionnant que Georgette, la cadette d'Emma, avait épousé Eugène Villeneuve, maître de poste à Château-Richer, où ils habitaient une belle demeure héritée de son père, agriculteur. Avec beaucoup d'énergie, il décrivit leur maison afin de prolonger ce moment d'intimité avec Carmel.

— C'est une belle maison de ferme de style anglo-normand coiffée d'un toit à quatre versants avec des fenêtres à meneaux, et ceinturée d'une grande galerie. La maison est si vaste que Georgette y exploite un service de traiteur. Elle offre des repas pour de grands événements, notamment les repas de noces. La salle à manger à elle seule peut accueillir une quarantaine de convives et occupe presque toute la longueur de la maison. Cette pièce est située à l'étage et offre une vue imprenable sur un vaste terrain donnant sur le majestueux fleuve Saint-Laurent. La maison principale compte une vingtaine de pièces réparties sur ses trois étages pouvant accueillir les grandes familles d'autrefois. Des animaux de ferme sont abrités dans une immense grange située à proximité de la demeure. Mon père et Emma les visitent régulièrement, car ils vivent tout près. Ils s'y rendent avec leurs deux fils, qui adorent s'amuser avec le chien de la maison et approcher les beaux chevaux dociles. Les enfants jouent à faire étriver leurs parents en se cachant dans différentes pièces de la propriété lors de ces fréquentes visites.

Ouf ! Carmel poussa un énorme soupir, levant les bras au ciel :

— Est-ce possible, une si grande demeure ?

— Il y en a pas mal de ce genre dans cette région.

Puis Joseph lui apprit que son frère Darren et sa femme Lucienne ne seraient sans doute pas présents, ne pouvant affronter les routes devenues impraticables en hiver, car ils habitaient en Abitibi, mais que sa sœur Fiona et son mari Siméon Dupuis y seraient. Il sourit en évoquant le fait que son père passait sûrement ses soirées à frotter l'argenterie, car Emma tenait à ce que tout brille de mille feux.

Carmel essayait de se démêler avec tous ces personnages.

— Vous en avez combien, de frères et sœurs ? s'enquit-elle.

— Ne vous en faites pas, je prendrai le temps, une autre fois, de vous déchiffrer tout ça, ma belle-mère et ses enfants, mon frère, ma sœur, mes demi-frères. *Never mind*, dit-il en fronçant les sourcils, *too complicated !*

***

Joseph, né à Stanstead, une municipalité limitrophe de l'État du Vermont, parlait anglais et malmenait un peu la langue de Molière, mais ce léger accent anglais lui conférait un certain charme. De descendance écossaise du côté de sa mère, Mary Carter, que tous appelaient Minny, et française du côté de son père, George James Courtin, Joseph était fasciné par les deux cultures, mais quant aux langues, il préférait l'anglais, que l'on parlait à la maison. Dans ce petit village, les deux langues étaient utilisées couramment.

Dès le début du XVIIe siècle, l'Écosse avait perdu une grande partie de sa population au profit de l'Irlande, puis du Canada. Lors de la révolution agraire, vers 1790, on introduisit l'élevage du mouton cheviot. On découvrit tôt qu'un seul berger pouvait faire le travail de plus de soixante fermiers. La viande et la laine de ces moutons devinrent la mine d'or des Highlands et des îles. En cinq ans, un cheptel augmentait sa valeur de huit livres sterling à quatre-vingt mille livres sterling par mouton. Les fermiers les plus pauvres devinrent vite encombrants puisqu'ils ne pouvaient supporter l'augmentation du loyer de leurs terres et empêchaient du même coup l'expansion des pâturages destinés aux troupeaux de moutons. De 1800 à 1803, dix mille Highlanders furent évincés de leurs terres. Cette éviction continua jusque vers 1880. Les Écossais des Highlands ne représentaient plus que cinq pour cent de la population totale de l'Écosse à ce moment-là.

À l'instar des Highlands, plusieurs îles d'Écosse connurent un exode de leur population de 1820 à 1840. Quelques propriétaires terriens furent cruels dans leurs manières, brûlant les maisons et forçant les familles à prendre la mer au milieu de la nuit. En général, les habitants quittaient leur pays avec peu de biens et d'argent, et certainement beaucoup de tristesse et d'amertume.

Le comté de Mégantic reçut un contingent d'Écossais en provenance des îles d'Aran. Ils avaient eu plus de chance que d'autres puisque leur propriétaire terrien, le duc de Hamilton, avait assumé la moitié du coût du voyage aventureux vers le Canada et négocié avec les autorités coloniales du Bas-Canada afin de leur fournir des terres. Ainsi, tout homme âgé de plus de vingt et un ans recevait cent acres de terre dès son arrivée. En tout, cinq cents familles furent chassées des terres du duc et envoyées au Canada.

Après le décès de leur mère, Fiona, la sœur aînée de Joseph, lui parla de leurs grands-parents.

«Tu sais, Joseph, que les Carter sont des Écossais, mais que les Courtin venaient sûrement de Normandie. Je crois qu'ils sont de souche française.»

Les renseignements précis lui manquant, Joseph voulut faire des recherches approfondies pour corroborer le tout et il se promit d'aller en France un jour. Il était animé d'un désir profond d'en connaître davantage sur le pays de ses ancêtres. Voir la France, fouler sa terre, la piétiner, la scruter jusqu'à ses entrailles le faisait rêver. L'Écosse avait également pour lui une grande importance et il se jura de s'y rendre. Quand? Il se gardait ce plaisir pour plus tard.

* * *

Faisant fi de l'humiliation et de la gêne qu'elle ressentait à l'égard de son propre milieu de vie, Carmel brûlait tout de même d'envie d'inviter Joseph chez elle durant la période des fêtes. Le sachant occupé à Noël, elle se risqua tout de même à lui demander :

— Viendriez-vous dîner chez nous le jour de l'An? Je suis certaine que maman serait d'accord. Un vrai dîner de famille ; vous pourrez rencontrer Alexandre, mon grand frère le musicien, qui joue dans le Royal 22e Régiment, sa femme Maureen et leur fillette Cathleen. Il a quitté la maison lorsqu'il a épousé cette Irlandaise. Mon frère Paul-Émile, qui travaille chez J. B. Laliberté, et sa femme Marguerite. Ma sœur Céline est un peu snob depuis qu'elle sort avec Léon, un maître d'école, mais ils sont fins.

Presque à bout de souffle, elle ajouta :

— Vous pourrez aussi connaître Gilbert, que mes parents ont adopté il y a deux ans, un jeune garçon qui était maltraité par ses parents.

Sondant sa réaction, elle termina :

— Mathilde et Louis, son jumeau, vont être là, ainsi qu'Alfred et Marcel.

Elle lui avait rendu la pareille pour les présentations.

— *My God !*

Il se tourna vers l'appartement.

— Ça va faire beaucoup de monde chez vous ! Aurez-vous assez de place pour moi ?

Il avait tenté de faire une blague, mais il avait manqué son coup, celle-là étant de mauvais goût. Il sentit qu'il venait de froisser Carmel en faisant allusion à la promiscuité dans laquelle elle vivait. Dans son ton badin se cachait un fond de vérité, certes, mais il aimait plaisanter. Il parlait souvent en sous-entendus, mais Carmel ne le prit pas ainsi. Elle se sentit petite, très petite.

Devant le logis qu'il venait de critiquer à mots couverts, Joseph fit quelques pas pour partir puis se ravisa. Il enlaça amoureusement la jeune femme humiliée.

— Je me trouverai de la place. *Don't worry*, j'accepte votre invitation avec plaisir.

Carmel n'avait pas terminé l'énumération fastidieuse des noms de toute la maisonnée, mais elle en resta là. Elle ne put s'empêcher de passer ses bras autour du cou de Joseph, puis de glisser une caresse gantée le long de sa joue. Elle se réjouissait qu'il rencontre les autres membres de sa famille, plus présentables que ceux qu'il connaissait déjà. Elle espérait qu'il se lie d'amitié avec Alexandre et Maureen. Il aurait la chance de converser en anglais avec l'Irlandaise, ce dont elle raffolait. D'ailleurs, cette différence de langue, selon ce qu'Eugénie leur rapportait, créait des frictions au sein du couple. Maureen parlait suffisamment français pour se faire comprendre, mais avait de la difficulté à soutenir une conversation. Elle ne faisait pas d'effort, selon Eugénie qui n'aimait pas beaucoup sa belle-fille, qui lui avait dérobé son fils aîné et qui parlait anglais, en plus.

— Ne vous inquiétez donc pas, j'y vais pour vous avant tout. Commencer l'année 1940 en votre compagnie me comblera de joie.

À ces mots, Carmel eut l'impression que chaque fibre de son corps vibrait, un pur bonheur se lisait dans ses prunelles, elle qui ne demandait qu'à être rassurée. Elle avait oublié de lui parler de sa tante Élise.

***

Joseph, comme prévu, passa une bonne partie de la journée de Noël chez son père. Il avait de l'estime pour sa belle-mère, Emma, et affectionnait Julien et Jacques, les deux garçons nés de ce mariage. Ces jeunes voulaient tout savoir de sa vie à Montréal. Une belle complicité se développait dans ce foyer reconstitué.

George James et Emma reçurent leurs enfants à bras ouverts, qui leur en furent, comme d'habitude, reconnaissants. Les mercis et les compliments fusaient de toutes parts.

Inévitablement, les discussions tournèrent autour des conflits qui se déroulaient en Europe. Chacun formulait des commentaires et faisait valoir son opinion concernant des articles lus dans *La Patrie* et dans *Le Soleil*, en plus des nouvelles diffusées à la radio. L'inquiétude était palpable.

Joseph écoutait plus qu'il ne parlait, curieux de connaître l'opinion des autres. Dès son jeune âge, sa mère, Minny, lui avait répété que l'on apprenait davantage à écouter qu'à parler. Depuis, il avait mis ce conseil en application et constaté à différentes occasions qu'elle avait raison. Il avait développé une capacité d'écoute dont il tirait profit.

— Que penses-tu de cette guerre, Jos, sera-t-elle longue à ton avis ? lui demanda son père sur ce débat si souvent lancé.

Joseph, qui vivait à Montréal, ville cosmopolite, avait accès à l'information provenant de différents pays. Il s'était fait une idée sur la durée du conflit, mais répondit prudemment. Les échanges et opinions des habitants d'une grande ville telle que Montréal différaient de ceux des gens qui habitaient Québec ou qui vivaient à la campagne.

— Qui aurait pu prédire que ce Hitler et son parti nazi envahiraient la Pologne et déclencheraient cette guerre ?

Emma, qui s'inquiétait pour son repas, convia ses invités à passer à table. Toutefois, la discussion ne s'arrêta pas là, bien que Joseph s'abstint de parler de Carmel.

La maîtresse de maison était dotée d'un goût raffiné ; elle avait décoré son intérieur pour la période des fêtes avec beaucoup de style. Sur la table du salon, elle avait disposé de petits bouquets composés de feuilles de gui et de bouts de branches de sapin. L'arbre de Noël trônait majestueusement devant la fenêtre ; de cet endroit, les lumières multicolores se voyaient également de l'extérieur. Joseph l'avait complimentée sur son décor.

Emma prit place à côté de son époux. Elle portait une robe fuseau gris perle, des chaussures à talons aiguilles, des bas de soie fins lignés à l'arrière de la jambe. Joseph, en observant ce portrait de famille, se dit que cette femme avait une allure superbe, mais sa mère demeurait présente dans son esprit. Même de là-haut, au paradis, il la sentait constamment avec lui.

Après avoir passé une journée agréable, il fit ses adieux en espérant ne pas avoir à leur dire où et avec qui il allait célébrer le jour de l'An. Heureusement, il n'eut pas à mentir, personne ne lui demanda rien.

* * *

En ce premier jour de 1940, Joseph s'apprêtait à commencer l'année parmi des inconnus. Il voulait faire plaisir à Carmel, certes, mais il savait pertinemment que le rapprochement avec sa famille l'engageait, le liait, en quelque sorte, et officialiserait leurs fréquentations.

En se rendant chez Carmel, Joseph ne put s'empêcher d'arrêter, chemin faisant, à l'appartement de sa sœur Fiona pour admirer les beaux décors de Noël qu'elle perfectionnait d'année en année avec l'aide de son mari, Siméon. Ce dernier construisait des maisonnettes en carton épais et Fiona les peignait et les décorait avec habileté. Elle collait de la ouate sur les toits en guise de neige. Son mari introduisait des ampoules électriques miniatures par un trou qu'il avait découpé à l'arrière des maisonnettes. Les deux artistes amateurs avaient déposé, sur des boîtes vides de formes diverses, un grand papier à motifs de rochers pour donner l'effet d'une montagne. Ils avaient placé çà et là de petits arbres faits de carton fort peints en vert. Ils avaient reconstitué un beau village et étaient très fiers du résultat de l'étable de Bethléem fabriquée à partir de gros carton brun ondulé. De la paille avait été collée sur la toiture. D'année en année s'ajoutaient, entre autres, des moutons et des personnages. Les rois mages et les bergers étaient en cours de fabrication, le couple n'ayant pas trouvé le temps de les terminer. Ce serait un bel ajout pour l'année suivante.

Lorsque Fiona lui demanda de rester pour célébrer la nouvelle année avec eux, Joseph lui sourit d'un air espiègle. Ce regard coquin, elle le reconnaissait parfaitement.

— Tu me caches quelque chose, toi, lui dit-elle en le prenant par le bras.

Elle profita de ce moment intime où son frère était seul avec elle pour lui soutirer des confidences.

— Tu as un rendez-vous galant, c'est cela, j'ai deviné !

Joseph se sentait comme un collégien qui s'apprête à faire une gaffe.

— Une simple invitation, sans plus ! lui répondit-il sans trop de conviction.

— Et on peut savoir avec qui ?

Joseph demeura évasif.

— Avec une amie.

Fiona n'allait pas en rester là, elle voulait savoir qui avait pu faire scintiller des prismes au fond des beaux yeux de son frère.

— Ah, ah ! Avec une amie, ce doit être une bonne amie pour que tu passes le Nouvel An avec elle ! Une très bonne amie, je pense même !

En voyant l'embarras de Joseph, elle leva les yeux au ciel. Elle se retint de ne pas éclater de rire. Elle adorait son jeune frère et s'ennuyait de lui. Cependant, elle se garda de lui reprocher son éloignement et de ne pas venir lui rendre visite plus souvent.

— Elle s'appelle Caramel et elle n'habite pas très loin d'ici.

— Caramel ! Mais quel drôle de prénom, s'exclama Fiona, tu te moques de moi, on dirait !

Joseph ressentit le besoin de se confier. Il raconta à Fiona comment il avait fait la rencontre de sa Caramel. Cela lui faisait du bien de parler d'elle. Il la lui décrivit avec plus de passion qu'il ne le voulait, ce qui amusa sa sœur.

— Tu es amoureux de cette fille ! lui dit-elle sur le ton le plus sérieux du monde.

Joseph s'en défendit.

— Que vas-tu chercher là? Vous, les femmes, vous êtes trop romantiques. *My God*, impossible de parler d'une fille sans que vous y voyiez de la romance, et puis, disons plutôt que je suis attiré…

Joseph s'interrompit. Il pensait intensément à Caramel et ses pensées semblaient s'extérioriser. Il consulta sa montre de gousset et indiqua à sa sœur qu'il était temps pour lui de partir.

— Franchement, dit-elle, elle te fait beaucoup d'effet !

Il quitta Fiona en lui souhaitant *Happy New Year* et en l'embrassant affectueusement. Puis il lui demanda de transmettre ses bons vœux à son mari.

Chapitre 6

Durant le court trajet pour se rendre au boulevard Langelier, Joseph jeta un coup d'œil à la belle boîte-cadeau qu'il avait posée sur le siège avant de sa voiture. Il avait hâte d'offrir à Carmel le châle qu'il avait déniché spécialement pour elle chez Ogilvy, à Montréal. Il appréciait les beaux vêtements et avait développé un goût raffiné lorsque, étudiant, il travaillait au grand magasin Macy's.

Il gara sa voiture non loin de l'appartement des Moisan. Il hésitait à descendre. Il renversa la tête sur le dossier de son siège, ferma les yeux et remonta dans le temps. Il se souvenait très clairement qu'il lui avait été facile de trouver du travail à New York. À son embauche, le directeur du personnel et actionnaire du magasin lui avait fait comprendre que la prestance des préposés aux ascenseurs représentait le symbole de distinction de la maison. Joseph répondait à tous les critères. Ses manières raffinées et son physique avenant avaient su plaire. Il faisait tourner des têtes lorsqu'il prenait son poste vêtu de son bel uniforme, tenue exigée en vertu des règlements du magasin. Les hommes habillés de la sorte impressionnaient la gent féminine, et Joseph en était conscient.

— *Up.*

Les gens entassés dans la cabine devaient avoir sous les yeux l'image même de la classe de marchandise que la maison offrait à sa clientèle exigeante. Le magasin recevait un nombre impressionnant de visiteurs chaque jour, puisqu'il était considéré comme le plus grand magasin de la ville.

— *First floor…*

Joseph décrivait alors la marchandise avec soin au fur et à mesure que l'ascenseur s'arrêtait aux différents étages et que les portes coulissaient.

— *Second floor. Watch your step.*

De sa main gantée de cuir de chevreau blanc crème, il faisait glisser élégamment le grillage de cuivre; les passagers s'échappaient en direction des divers rayons, selon leurs caprices ou pour répondre à leurs besoins. Sa main gauche manipulait adroitement les commandes. Il lui arrivait de siffler un air populaire lorsqu'il n'y avait personne dans l'ascenseur.

En jetant un regard furtif sur ce beau jeune homme, les demoiselles quittaient la cabine à la recherche de l'objet rare. Joseph les observait à la dérobée, certaines l'attiraient. Il lui arrivait quelquefois de les revoir, la mine ravie, serrant dans leurs mains un beau sac griffé de Macy's contenant l'accessoire ou le vêtement convoité.

Dès son arrivée à New York, loin des siens, ébranlé par la mort de sa mère et le remariage subit de son père, Joseph fut emballé par cette grande ville animée, aux multiples facettes et aux proportions démesurées; il fut impressionné par les gratte-ciel gigantesques. Il ne savait plus où poser les yeux, il levait la tête en l'air pour évaluer la hauteur des édifices qui pointaient dignement vers le ciel. Lorsqu'il arpenta les grandes avenues, et se retrouva face à l'Empire State Building, il en eut le souffle coupé. Après avoir découvert Central Park, un si bel espace de verdure en pleine ville, et s'être imprégné de sa fraîcheur, sa décision fut prise : ce serait ici qu'il ferait ses études. Il voulait s'y façonner un monde nouveau parmi toute cette frénésie et prendre son propre départ dans la vie.

Son attention s'arrêta un jour sur une jeune fille qui prenait régulièrement l'ascenseur. Après l'avoir aperçue la première fois, il n'avait pu la chasser de ses pensées. Elle était superbe, sophistiquée, exactement le genre de personne qu'il cherchait, d'une élégance et d'un raffinement qu'il n'avait jamais vus dans sa province natale. À vingt ans, il se sentait comme un enfant qui découvre un nouveau jouet.

La première fois qu'elle lui avait parlé… En réalité, elle ne lui avait rien dit de personnel, elle avait simplement prononcé ces mots :

— *Ninth floor, please.*

Il avait alors deviné que ses beaux yeux étaient vert marin. Cependant, il malmena la commande, la cabine glissa un peu trop bas et faillit rater son atterrissage. Il dit alors d'une voix de velours :

— *Watch your step, please.*

Il pouvait presque distinguer les traits de la jeune fille dans l'encadrement cuivré de la porte qui réfléchissait, tel un miroir. Il devinait ses contours parfaits. Il l'observait furtivement, ne voyait qu'elle. Mais comment l'aborder ? Que faisait-elle au neuvième étage exclusivement réservé au personnel de direction ? Elle y travaillait peut-être ou y rejoignait une personne de sa connaissance.

À peine une heure après l'avoir déposée, il fut surpris de la voir réapparaître devant les grandes portes cuivrées de son ascenseur. Elle lui apparut telle une fée volant d'un étage à l'autre. Il n'osa lui demander à quel étage la déposer. Avant qu'il se ressaisisse et ouvre la bouche, elle avait déjà indiqué son choix :

— *First floor, please.*

La tête légèrement penchée, sans oser la regarder directement, il lui sembla glisser dans le vide durant la descente. Les neuf étages semblèrent débouler plus rapidement que d'habitude.

Dès qu'il atteignit le premier plancher, il ouvrit lentement la grille et la jeune fille sortit. Il la suivit des yeux sans se rendre compte que la cabine s'était encombrée de nouveaux passagers impatients de dépenser sans compter. Durant le reste de la journée, il effectua les remontées et les descentes la tête envahie de cette belle personne.

Le jour suivant, il se présenta au travail en tentant de juguler son imagination. Personne en particulier n'attira son attention. Il aimait ce qu'il faisait. Ses journées se déroulaient selon un rythme assez bien établi : travail chez Macy's, cours à l'Institut d'ingénierie et soirées à étudier et à se promener à pied dans les rues et avenues de la ville. Parfois, il prenait un repas à la sauvette dans Central Park, son endroit préféré. Il ne connaissait personne, ce qui l'éloignait des sorties dans les boîtes de nuit affolantes. Il n'aimait pas fréquenter de tels endroits et préférait découvrir les multiples facettes de la ville, soit à pied, soit en utilisant le métro, avec lequel il s'était rapidement familiarisé. De plus, il ne consommait pas d'alcool : passer une soirée à siroter une bière lui semblait du temps perdu ; il n'en avait de toute façon pas les moyens.

Ce jeudi, peu de temps après que Joseph eut pris son poste, la porte s'ouvrit de nouveau sur cette magnifique jeune fille qu'il avait déposée, la semaine précédente, au neuvième étage. Il s'en souvenait parfaitement. Qui aurait pu l'oublier ? Il la revit avec émotion. Elle s'avança à la manière d'un mannequin paradant sur son estrade. Sans se retourner, elle franchit la distance entre la grille de la cabine et le grand miroir du mur opposé et elle demanda d'une voix qui sembla à Joseph un peu faible :

— *Ninth floor, please.*

Il était étonné de la revoir. Sa voix un peu éraillée n'était plus la même, elle lui semblait troublée. La jeune fille était néanmoins aussi élégante et attirante. Il la détailla sans oser lui adresser la parole. Les conditions d'embauche chez Macy's étaient très claires : aucune familiarité avec les clients, ni avec les membres du personnel. La cabine s'éleva, Joseph déposa ses passagers aux étages demandés. Brisant quelque peu ses conditions d'embauche, il demanda à la belle inconnue si le neuvième étage était celui qu'elle avait demandé. Il s'en doutait, car c'était là qu'il l'avait déposée la semaine précédente.

— *Yes, ninth floor, please.*

Dès que la cabine se fut immobilisée au neuvième étage, la jeune fille sortit. Subrepticement, il la regarda se diriger vers sa destination. Il la trouvait aussi belle de dos que de face, déambulant d'un pas aérien ; elle ne marchait pas, elle volait. Cette démarche princière l'envoûta.

Joseph continua son travail la main sur la poignée pour actionner les commandes en position *up* et *down* ; les clients s'éparpillaient en rafale pendant ce qui lui parut une grosse heure. Lorsqu'il vit le bouton du neuvième étage s'allumer, il espéra que ce soit la jeune fille. Il conduisit son ascenseur directement sans arrêter aux autres étages dont les numéros scintillaient. En faisant glisser la grille, puis la grosse porte de bronze, il la vit. Droite comme une statue, la tête légèrement penchée, elle agitait ses doigts en l'air. Ses joues lui parurent un peu rosies. Il lui demanda, sachant parfaitement quelle serait sa réponse :

— *Which floor, please ?*

Elle releva la tête et lui répondit sur un ton qu'il ne put définir.

— *You should know !*

Joseph était hébété. Aurait-il manifesté son attirance pour elle ?

— *Of course I know ! You have already taken my elevator.*

La jeune fille sourit en entendant « *my elevator* ».

Joseph, naïvement, avait dit « *my elevator* » ; Mary, car c'est ainsi qu'elle se nommait, l'avait trouvé assez prétentieux.

Joseph parlait parfaitement l'anglais, mais aux oreilles des New-Yorkais sa voix était teintée d'un léger accent. Mary l'avait remarqué.

— *Are you from New York?*

La question surprit Joseph, mais il se réjouit de constater que l'inconnue lui manifestait de l'intérêt. Il répondit en s'appliquant à maîtriser son accent et à articuler fièrement :

— *No, I am from Canada.*

Elle sourcilla.

— *Canada, Canada, what a nice country!*

Joseph ignorait ce qu'elle faisait au neuvième étage, mais il était surpris qu'elle y vienne toutes les semaines et ne s'y attarde que très peu de temps. Il se raidit et lui dit sur un ton révérencieux, un sourire aux commissures des lèvres :

— *First floor?*

La jeune fille eut un petit fou rire qui le conquit. Durant la descente, sans ambages, Joseph poursuivit la conversation avec elle.

— *May I introduce myself? My name is Joseph Courtin.*

Elle jeta sur lui un regard surpris qu'il ne put définir.

— *Pleased to meet you.*

Ils avaient atteint le rez-de-chaussée en un temps éclair, un peu trop rapidement pour Joseph. Il termina sa journée de très bonne humeur et sourit aux clients plus souvent qu'à l'ordinaire. Il eut de la difficulté à se concentrer sur ses études ce soir-là, il avait hâte au lendemain pour retourner au travail. Il reprendrait son poste dans son beau costume, ganté de blanc, espérant revoir la jeune fille. Or il ne la vit pas de la journée. Une bonne semaine s'écoula avant qu'elle réapparaisse. Il fut aux anges lorsqu'en ouvrant sa grande porte il la vit. Elle avait allongé son long doigt pour appuyer sur le bouton *up*. Il la prit de court en lui disant :

— Ninth floor, I suppose?

Il avait espéré trop longtemps la revoir et souhaitait que leur conversation dépasse le neuvième étage. Pendant la montée, il s'enhardit à lui demander s'il pouvait la rencontrer en dehors de ses heures de travail. La jeune fille prit un moment avant de répondre. Joseph, voyant les étages défiler trop vite, insista.

— May I see you, just for a coffee?

Elle lui répondit rapidement, car elle était arrivée à destination.

— It will be my pleasure.

Joseph fut enchanté de cet assentiment. Il n'en espérait pas tant; elle sortit de la cabine sans même qu'ils aient convenu d'un point de rencontre. Il n'allait tout de même pas l'attendre à cet étage. Il reprit son service, les yeux rivés sur le panneau indicateur, espérant voir de nouveau s'allumer le chiffre 9, qui scintilla enfin. Joseph poussa la poignée de la grille de l'ascenseur, omettant encore une fois tous les autres étages. Dès qu'il ouvrit la porte, Mary lui apparut, telle une belle photo encadrée. Aussitôt qu'elle entra dans la cabine, il s'empressa de lui fixer un rendez-vous. Ils se rencontreraient sitôt son quart terminé.

Il était nerveux et avait hâte de finir sa journée de travail. Mary lui avait suggéré un petit endroit assez populaire sur la 7e Avenue où ils pourraient acheter des cafés et les boire en marchant. Après le travail, il se précipita vers la sortie qui donnait sur cette avenue, puis se dirigea vers le café en question et aperçut Mary; elle avait déjà deux verres dans les mains. Il fut surpris d'une telle initiative de la part d'une jeune fille.

«Oh, nous sommes à New York, après tout, il ne faut se surprendre de rien, tout est tellement différent», se souvint-il.

Il la rejoignit en la gratifiant du plus beau des bonjours auquel elle répondit par un léger acquiescement de la tête en lui tendant son café. Ils marchèrent dans la foule, et elle se distança de lui.

Dans cette cohue, il la perdait souvent de vue, son pas à elle étant plus rapide et plus allègre que le sien. Elle glissait parmi cette affluence, elle y était aussi à l'aise qu'un poisson dans l'eau. Décidément, il se disait que, la prochaine fois, ils iraient au restaurant et y resteraient, car une vraie conversation avec elle n'était pas possible dans ces conditions, ils se faisaient bousculer chaque fois qu'ils s'immobilisaient.

Au moment de se séparer, Joseph lui demanda son nom. Cette simple question, il aurait aimé la lui poser avant, mais la jeune fille était distraite, un peu détachée.

De sa voix douce et bien posée, elle lui répondit :

— *Mary*.

Il aimait ce prénom, le même que celui de sa chère maman, «Mary», il le répéta et enchaîna rapidement avant qu'elle disparaisse dans ce flot humain, pour lui demander quand il pourrait la revoir.

Elle demeura évasive. Joseph ne savait pas trop si elle voulait ainsi se laisser désirer, il n'avait pas l'habitude des filles des grandes villes. Elle lui répondit qu'elle ne savait pas trop, qu'elle avait beaucoup d'études en retard… Elle resta vague.

Ils se dirent un au revoir distant et impersonnel, tels les inconnus qu'ils étaient. Il comptait insister pour la revoir dès qu'elle remettrait les pieds dans son ascenseur, mais cette fois pour un vrai rendez-vous en tête à tête, en espérant que ce soit pour bientôt.

Joseph avait eu le coup de foudre dès l'instant mémorable où il avait vu Mary. Il était tombé follement amoureux d'elle. Il avait remarqué que les hommes se retournaient sur son passage dans les rues de New York. Quelle élégance! Elle était habillée à la fine pointe de la mode. Sa coiffure, ses longues jambes juchées sur ses talons hauts, son allure : tout en elle lui plaisait. Elle était différente des jeunes filles de sa petite ville natale. Il avait évidemment connu des amourettes à Stanstead, mais à quinze ou seize ans, cela n'avait rien de comparable. Il avait maintenant vingt ans, il se prenait au sérieux. C'était la première jeune fille qu'il tentait réellement de courtiser.

Le jeudi suivant, tout fébrile, il l'attendit, évaluant à peu près l'heure où elle prenait l'ascenseur. Dès qu'elle allongea sa longue jambe pour pénétrer dans la cabine, il lui proposa un rendez-vous au restaurant devant lequel il était souvent passé pour se rendre chez Macy's.

Elle semblait pressée. Elle répondit brièvement, mais heureusement elle accepta.

— *I know the place !*

Joseph, requinqué et réjoui de cette réponse positive, lui fixa le rendez-vous à quatre heures le jour même. Il avait préalablement parcouru quelques coins de rue sur la 5e Avenue afin de s'assurer de trouver un restaurant convenable pour un tête-à-tête. Sa journée terminée, il se rendit dans le local du personnel, que certains appelaient leur « loge », car c'était là qu'ils devaient se changer et revêtir leurs vêtements personnels. Il avait grevé son budget pour revamper sa mince garde-robe, même s'il profitait du rabais que Macy's accordait à ses employés, pour s'offrir à bon compte un chandail et un pantalon dernier cri. Il avait prévu porter des vêtements à la mode, ne voulant pas paraître trop fade à ses côtés, ni trop emprunté.

D'un pas incertain, il se dirigea vers le restaurant. Sur le seuil de la porte, il examina l'intérieur de ce bel édifice au panache impressionnant. Mary était déjà installée à l'une des meilleures tables. Elle discutait avec un jeune homme qui, penché vers elle, la dévorait des yeux. Il lui sembla qu'elle n'était pas indifférente à ses propos. Elle battait des cils. Joseph resta immobile à les observer. Un moment de désarroi s'empara de lui. Après ce qui lui parut une éternité, il se décida enfin à avancer vers le comptoir de la réception. L'hôtesse vint le rejoindre et lui demanda s'il avait une réservation. Il avait complètement oublié ce détail. En fait, il ignorait cette pratique, mais de toute évidence cela n'était pas nécessaire puisque Mary était déjà attablée. Joseph lui désigna la table. Au même instant, Mary leva la tête et l'aperçut. Elle fit un petit signe de la main à l'hôtesse, qui enjoignit Joseph à la suivre. Il se dégagea des autres clients en attente et se dirigea vers elle.

Le jeune homme, en extase devant Mary, se redressa en voyant Joseph arriver. Elle réagit :

— *Joseph, may I introduce you to Paul, a good friend of mine.*

Joseph lui tendit mollement la main, il n'aimait pas la façon dont ce Paul dévorait Mary des yeux. Il le regarda de travers, mais resta poli.

— *Pleased to meet you, Paul.*

Paul prit congé de Mary en lui baisant le bout des doigts. Il salua rapidement Joseph, qui s'empressa de s'installer sur la banquette devant elle, avant que quelqu'un d'autre la lui vole.

Ils commandèrent café, fromages et craquelins : il était trop tôt pour souper. Joseph s'éclaircit la gorge puis entama la conversation en remerciant Mary d'avoir accepté son invitation, lui parla de sa ville natale et de ses cours d'ingénierie. Cette jeune fille possédait une belle culture. Elle lui dit que son père l'avait initiée très jeune au commerce et qu'elle était enfant unique. Son père espérait qu'elle le seconde dans l'entreprise familiale, ce pour quoi elle poursuivait des études en administration. Elle connaissait le Canada, pays limitrophe des États-Unis, leur «voisin du nord», comme disait son père.

Joseph buvait ses paroles, il fut pourtant très loquace et explicite sur ses propres projets d'avenir. Il travaillait chez Macy's afin de payer ses études, et il n'avait pas l'intention d'y faire carrière. Dès qu'il obtiendrait son diplôme, il se chercherait un emploi dans son domaine, soit à New York, soit au Canada, de préférence dans la province de Québec.

— Québec! dit-elle sur un ton légèrement dédaigneux sans connaître cette province.

Les États-Unis représentaient pour elle une suprématie, et elle se demandait comment quelqu'un pouvait espérer chercher à faire carrière ailleurs qu'à New York. Joseph lui répondit, tout en ravalant son orgueil, qu'il aimerait se rapprocher de sa famille. Il s'épancha sur le décès de sa mère, qui avait quitté ce monde après une très longue maladie.

Était-ce à cause de l'évocation de sa chère maman disparue que la nostalgie ressurgit au fond de l'océan profond de ses beaux yeux? Qu'il glissa sa main sur la table afin d'atteindre celle de Mary? Il fallait qu'il la touche. Il la détaillait depuis qu'il l'avait là, à portée de main, séparée d'elle par cette table qu'il aurait voulue plus étroite.

Il fut déçu qu'elle l'ignore pour saluer des connaissances près de leur table, tout en éloignant, au grand désarroi de Joseph, sa main de la sienne.

Il admirait sa tenue, sa prestance, sa coiffure, ses beaux yeux turquoise légèrement maquillés dont le contour était nettement dessiné d'une mince ligne noire. La peau de son visage ovale avait une couleur uniforme, sans aucune nuance, à l'exception du rose plus soutenu à la hauteur des pommettes. Elle était la perfection même.

Assis l'un en face de l'autre depuis moins d'une heure, Mary fut la première à se lever. Elle était déjà prête à partir. Déçu, Joseph se leva à son tour et lui offrit de la ramener chez elle.

Mary lui répondit d'un ton froid et sans équivoque qu'elle ne rentrait pas directement à la maison. D'un air chagriné, quelque peu songeur, Joseph acquitta la note et suivit la jeune fille du regard lorsqu'elle quitta le restaurant. Il se retint pour ne pas courir derrière elle. Il aurait aimé prolonger cette rencontre, en savoir davantage sur elle, sa famille, son père qui lui avait transmis une si belle culture. Il aurait aimé... il aurait aimé..., mais… nostalgique, un peu amer, Joseph regagna son domicile.

Les employés avaient commencé à jaser sur eux. Albert, son collègue, aux commandes de l'ascenseur voisin, fut plus direct que les autres. Durant la pause, il lui demanda amicalement si la belle Mary était à son goût.

Joseph marqua une hésitation, feignant ne pas comprendre l'insinuation, et prit un ton neutre.

— *Who ?*

— *Mary*.

Joseph bafouilla qu'elle n'était qu'une cliente comme les autres.

Son collègue, beaucoup plus âgé que lui, travaillait chez Macy's depuis plusieurs années et avait beaucoup plus d'expérience que ce jeunot qu'il trouvait sympathique. Il voulait lui rendre service de peur qu'il ne perde son authenticité et peut-être encore plus, dans cette grande ville. Il lui demanda s'il savait qui elle était.

Joseph savait qu'elle était étudiante en administration, elle le lui avait dit, mais, sauf son prénom, il ignorait tout d'elle. Se composant un visage, il lui dit :

— *Of course !*

Albert lui conseilla d'être prudent s'il tenait à conserver son emploi. Il le trouvait téméraire et naïf, ce jeune Canadien. Joseph aurait voulu mieux comprendre et en savoir davantage sur Mary, mais ce ne serait que partie remise.

Le jeudi suivant, lorsqu'il ouvrit la grande porte de son ascenseur, il vit Mary de dos, sortant de la cabine voisine. Sa silhouette se profila vers le rayon des cosmétiques.

Elle avait quitté l'ascenseur rapidement; Joseph eut l'impression qu'elle voulait l'éviter. Il était déçu et incrédule. Il lui semblait tourner en rond dans la cabine comme un lion en cage. Tout en se massant la nuque, il se remémora les propos de son collègue et décida de se renseigner auprès de lui. Il ne pouvait attendre, il devait tirer cette affaire au clair le plus rapidement possible, mais le sujet était difficile à aborder. Il sortit de son ascenseur même si cela était interdit et se rendit vers celui de son voisin. Il devait faire vite, les clients s'impatientaient car il n'y avait personne aux commandes. Joseph, qui se balançait d'un pied sur l'autre en rongeant son frein, interpella Albert dès que la porte s'ouvrit. Il ne lui donna pas le temps de réfléchir et demanda à lui parler.

L'autre le dévisagea, stupéfait. Il ne fallait jamais quitter son poste. Il lui dit d'y retourner, qu'il le verrait à la pause, dans le local du personnel. Joseph obtempéra et reprit sa place en maugréant. Les clients étaient mécontents.

Les montées et les descentes entre les étages se firent sans beaucoup d'enthousiasme. Dès que son remplaçant arriva pour sa pause, comme convenu, Joseph se dirigea, avec hâte, vers le local du personnel.

Albert l'y attendait. D'un ton paternel, il lui apprit que des rumeurs circulaient, voulant qu'il ait été vu à quelques occasions avec Mary.

Joseph se demandait ce qui pouvait susciter tant d'intérêt de la part de ses collègues. Albert tenait à être clair et lui dit qu'il ne savait pas où il était en train de mettre les pieds.

— Elle ne travaille pas ici, je ne brise donc aucune règle de mon engagement. Toutefois, je te l'accorde, je suis sorti avec une cliente. Là, je suis fautif, mais elle en vaut la peine, je vais essayer dorénavant d'être plus discret sur mon lieu de travail.

Il soupira avant d'ajouter :

— Mais en dehors de mes heures de service, je peux faire ce que je veux.

Joseph était au désarroi. Il n'avait jamais éprouvé un tel sentiment. Il était là, à défendre une relation qui commençait à peine. Il n'était jamais allé ailleurs que dans des endroits publics avec Mary.

Albert lui annonça qu'il connaissait la jeune fille qui lui faisait tourner la tête et qu'il n'était pas le seul à l'avoir remarquée. Mais il fit attention de ne pas trop en dire.

Le ton de Joseph s'apaisa, mais il voulut en savoir davantage.

— *Who is she ?*

Albert lui dit qu'il visait trop haut, que cette charmante Mary n'était nulle autre que la fille d'un des administrateurs de l'entreprise Macy's, mais il s'abstint de la calomnier, car il était fidèle et discret envers ses employeurs.

Un silence embarrassé régna, puis Joseph ricana nerveusement. Il était complètement décontenancé. Il n'en revenait pas. La fille d'un administrateur.

Albert ajouta qu'il ne devait pas se surprendre de la revoir toutes les semaines au magasin. Joseph était devenu très réceptif à ses révélations.

— *Why ?*

— Figure-toi donc que le paternel tient à ce que sa fille passe au magasin chaque semaine, qu'elle le rencontre dans son bureau pour y recevoir son allocation hebdomadaire. Il tient à ce qu'elle prenne conscience de l'immense entreprise qui fait vivre sa famille.

Il fit une pause et jeta un coup d'œil autour de lui avant de continuer.

— Il veut qu'elle s'habitue à cet endroit. Il pourrait lui remettre son allocation dans leur demeure cossue de Manhattan, mais c'est trop facile. Il est sévère. Homme d'affaires aguerri, il adore sa fille unique, mais il ne veut pas la gâter outre mesure. C'est aussi pour lui le moment favorable d'être seul avec elle, sans la présence de sa mère, qui n'approuve pas la façon de faire de son mari.

Albert poursuivit après avoir laissé à Joseph le temps d'assimiler ce qu'il venait de lui apprendre :

— Il en profite pour l'instruire sur les rouages de l'entreprise et surtout pour lui faire des recommandations concernant ses fréquentations. Le paternel souhaite un mariage noble pour sa fille.

Joseph l'écoutait religieusement. Il y avait là matière à réflexion. Il donna une petite tape sur l'épaule de son collègue. Albert lui avait fait ces révélations, sans le blâmer ni le critiquer. Il avait dit ce qu'il savait sans porter de jugement sur Mary, ni sur son employeur. Joseph lui en fut reconnaissant.

— *Thanks, Albert, you are a real pal.*

— *Take care, Joseph.*

Joseph quitta le local avec une expression peinée sur le visage et reprit son poste ; il avait de quoi occuper ses pensées. Il se remémora quelque chose qui l'avait troublé lorsqu'il avait offert à Mary de la reconduire chez elle. Elle lui avait semblé alors un peu mal à l'aise et avait répondu sur un ton neutre : «*Another time, maybe.*»

Depuis qu'il lui avait fait cette demande, Mary n'avait plus pris son ascenseur. Joseph espérait malgré tout l'inviter de nouveau même s'il savait qu'il risquait de perdre son emploi. Ça alors ! Il comprit que c'était à partir de ce moment précis qu'elle s'était distancée de lui. Il comprit pourquoi elle avait utilisé l'ascenseur voisin : elle l'évitait. De quelle manière l'aborder sans lui créer de problèmes ni s'en créer à lui-même ?

Il avait l'audace de son âge, il trouverait certainement un moyen de lui parler. Il passa la fin de semaine à se ronger les sangs. Il ressentait un besoin profond de la revoir. Le jeudi suivant, sous un ciel maussade, il marchait lentement, arpentant le trottoir du Herald Square, en regardant de tous les côtés à la fois et en tentant de contenir son émotion, lorsqu'il l'aperçut. Il marcha dans sa direction. Elle ralentit le pas lorsqu'elle le reconnut. Un peu surprise de le voir ailleurs que derrière sa porte grillagée, vêtu de son costume, elle sut rapidement se ressaisir. Il fit un pas de côté, lui barrant pour ainsi dire le passage. Elle le salua sans aucune familiarité. Il y eut un moment d'incertitude. D'une voix qu'il voulut ferme, il la salua aussi :

— *Hi, Mary, how do you do ?*

— *Fine, thank you !*

Ses yeux étaient plus verts que dans son souvenir, persillés de pointes d'argent. L'effet était lunaire. Elle était trop belle, il fondit devant elle. Il lui dit qu'elle lui avait manqué, qu'il aimerait la revoir, l'invita à sortir et lui demanda carrément de la fréquenter. Les phrases sortaient de sa bouche de façon débridée. Il voulait s'imposer, s'efforçant de mettre de côté les recommandations de son collègue.

Elle baissa légèrement la tête.

— *It won't be possible,* je suis très occupée avec mes études et mes cours de tennis, je n'y arrive pas.

Il savait qu'elle se dérobait, mais ne lâcha pas prise. Il ne lui réclamait que peu de temps, un café seulement, après ses cours. Il lui avoua qu'il savait qui elle était et que cela ne lui faisait ni chaud ni froid. Elle mit fin à la conversation et le pria de ne plus insister. Le ton avait été sans équivoque.

Joseph reçut cette rebuffade comme une douche froide. Elle avait été formelle, il n'allait pas se mettre à ses genoux, même s'il en avait envie. Il marmonna quelques mots qu'elle n'entendit pas.

Elle poursuivit son chemin. Lui demeura sur place un bon moment ; il était perdu, tant de monde s'affairait autour de lui. Tant de visages inconnus alors qu'il n'en réclamait qu'un seul, celui de Mary. Pourquoi s'était-il amouraché de cette fille à papa, la seule fille de New York qu'il lui était interdit de fréquenter ? Il resta planté là, à contre-courant du mouvement de la foule. Il se fit bousculer. Il tenta de se ressaisir, mais il se sentait désorienté, perdu. Il avait pris congé pour la journée. Comment penser à autre chose qu'à elle ? Il avait l'impression qu'elle était New York à elle seule, New York, c'était elle.

* * *

Au cours des semaines qui suivirent, Joseph déambula dans les rues de la ville sans gouvernail en pensant constamment à Mary. Il était tombé amoureux de cette jeune fille, il ne l'avait même pas embrassée, il l'avait à peine effleurée du bout des doigts. C'était insensé, il devait se ressaisir.

La vie à New York était différente de celle de sa ville natale. Dans son patelin, à Stanstead, là où l'on ne trouvait qu'un magasin général, un barbier et un garage, il aurait été un *king*. Le plus haut bâtiment était le clocher de la grande église du Sacré-Cœur où il avait été baptisé, mais ici tout était plus grand : les fortunes, les immeubles, les gratte-ciel, tout, et surtout elle.

En quittant son travail ce jour-là, il se rendit instinctivement dans ce qu'il appelait « leur restaurant » de la 5e Avenue. Il tira mollement sur la grosse poignée de bois d'ébène et entra.

On lui assigna une table libre au fond de la salle. Avant de s'y rendre, il voulut repérer la table où il avait eu un rendez-vous avec Mary. Incrédule, il recula d'un pas. Elle était là, assise, discutant avec un homme plus âgé qu'elle. Le sang lui martela les tempes.

Comment faire demi-tour ? L'hôtesse l'incita à la suivre. Il aurait voulu passer tout droit, mais se sentit magnétisé par Mary. Ses pas étaient exagérément lents. Arrivé près de sa table, il se tourna vers elle.

Elle ne réagit pas, demeura stoïque. Il s'arrêta et la salua timidement.

— *Good afternoon, Mary.*

Elle répondit poliment, ses joues se teintèrent de rose.

— *Good afternoon, Joseph.*

L'homme assis en face d'elle leva la tête. L'expression sur le visage de Joseph changea ; il sentit une sueur froide lui parcourir l'échine ; il reconnut aussitôt le personnage attablé en face de Mary. Celui-ci était hésitant, mais après un léger moment de flottement il reconnut Joseph, ce jeune homme qu'il se souvenait d'avoir embauché.

Mary fit les présentations sur un ton neutre, ou plutôt emprunté.

— *My father.*

L'homme d'affaires tendit une poignée de main ferme à Joseph, qui crut s'effondrer. Il le salua poliment et voulut s'enfuir. Cet homme, celui-là même qui l'avait embauché chez Macy's, était le père de Mary. « *No, no*, pas possible », se dit-il

Mais le père de Mary, soucieux du contentement de son personnel, s'informa :

— *How are you ? Happy with your job ?*

Joseph répondit promptement :

— *Very much, Sir, thank you.*

Joseph ne put en dire davantage, il était embarrassé. Cet homme aguerri, comment le tromper ? Il avait l'impression que le père de Mary lisait dans ses pensées. Après les avoir salués poliment, il courut presque jusqu'à sa table. Il commanda un café et repartit aussitôt par une autre allée afin de ne plus les croiser. Il ne supportait pas de se trouver au même endroit que Mary et son père. La revoir avait ravivé son désir pour elle, mais il l'avait trouvée différente, assise avec son père, discutant sérieusement ; elle paraissait appartenir à un autre monde, presque trop mûre pour son âge, mais il fallait qu'il la revoie. Aussi audacieux qu'il puisse être, il craignait un rejet. Son poste était en jeu aussi, il le savait. Il ne renoncerait pas, il agirait prudemment. C'est en voyant cet homme magistral qui avait remarquablement réussi en affaires, en compagnie de sa superbe fille, que Joseph prit goût au luxe.

Lui aussi allait réussir, il se le promit. Il était ambitieux : il aurait un jour sa propre entreprise et son fils, ou ses fils, le seconderait. Il aurait de la relève quand le temps viendrait de se retirer. Il lui était permis d'espérer en l'avenir avec opiniâtreté. Lorsqu'il lui arrivait de brosser un tableau de la vie qui l'attendait, Mary en faisait partie.

Le temps passait, et il n'avait pas trouvé le moyen de l'aborder. Il avait le béguin pour elle, il s'était entiché d'elle, il ne pouvait s'en détacher. Il se levait avec le jour, gaspillait son temps libre à errer dans les rues de New York, à traîner dans Central Park. Il était découragé ; l'idée obsédante de la revoir annihilait ses forces.

***

À l'occasion de Noël, les dirigeants de Macy's organisèrent, comme le voulait la coutume, une soirée somptueuse à laquelle tous les membres du personnel furent conviés. Le père de Mary s'y présenta avec les deux femmes de sa vie accrochées à ses bras ; il était ravi et fier de s'y montrer en leur compagnie. Coquettement vêtue, mais sans ostentation selon les recommandations de son père, Mary était rayonnante lorsqu'elle fit son entrée dans la salle de réception.

Joseph avait longuement cogité avant d'accepter d'assister à la réception. Albert lui avait dit que Mary avait l'habitude d'y venir et lui avait offert de l'accompagner, malgré sa recommandation de sortir cette fille de sa tête, ce à quoi Joseph, obnubilé par elle, avait répliqué :

— Il faudrait que je me la sorte non seulement de la tête, mais aussi du corps, cette fille me colle à la peau.

Il ne pouvait répondre de lui en présence de Mary, il ne savait quelle attitude adopter lorsqu'il la reverrait. Il était nerveux et anxieux de se retrouver au même endroit qu'elle.

Lorsqu'Albert et Joseph entrèrent dans la salle animée, la soirée battait déjà son plein. Le personnel de soutien avait aménagé une piste de danse au beau milieu de la grande salle décorée de guirlandes et de lumières multicolores. Un orchestre composé d'une douzaine de musiciens jouait des airs en vogue ainsi que des mélodies de Noël ; l'effet était féerique.

C'était la première fois que Joseph assistait à une telle soirée ; il était ébloui. Par habitude, il tenait les bras croisés en plaçant instinctivement son bras gauche sur son bras droit, estropié. Il eut de la difficulté à reconnaître certaines vendeuses, elles étaient métamorphosées, élégamment vêtues. Les airs rythmés de la musique entraînaient dans la danse une bonne centaine d'hommes au bras de leur cavalière d'un soir, leur compagne de travail d'hier. Joseph avait les yeux rivés sur la piste de danse. Les consommations offertes dénouaient les jambes des amateurs qui avaient abandonné leur gêne derrière le comptoir de leurs rayons respectifs. L'heure était aux célébrations et l'on avait envie d'en profiter.

Joseph se tenait loin du bar. Albert lui lança :

— Un Écossais qui ne boit pas, c'est assez inusité. Ceux que je connais boivent du whisky, en fait ce sont tous de bons buveurs.

Joseph ne releva pas la remarque. Il suivait discrètement les déplacements d'une certaine demoiselle sur la piste de danse. Pareil à un félin guettant sa proie, il attendait le bon moment, c'est-à-dire l'instant précis où il pourrait entraîner la jeune fille dans une danse. La belle Mary était très sollicitée. Elle dansait continuellement, son corps se mouvait délicieusement au rythme de la cadence. Albert voyait Joseph se morfondre, mais s'abstint d'intervenir. Joseph attendit la fin d'une pièce instrumentale pour s'approcher d'un pas leste. Lorsqu'il fut assez près d'elle, sans plus attendre, il tapa sur l'épaule de son cavalier qui, à son avis, la pressait trop étroitement contre lui.

Mary riait à gorge déployée. Joseph s'inclina et, la main sur le cœur, lui fit un petit salut.

— *May I?*

— *Sure!* lui lança-t-elle, rieuse, avec un battement de cils.

Joseph joignit le geste à la parole, mais il ne savait pas de quelle façon tenir sa partenaire. Il passa ses bras autour de ses frêles épaules et l'attira vers lui. Son corps s'enflamma à ce premier contact. Joseph faisait des faux pas, Mary riait, la tête en l'air, tentant de le ramener à la cadence, elle vacillait, il avait l'impression de tenir une poupée de chiffon. Il était content de ce contact chaud, du chatouillement contre sa joue d'une mèche blonde rebelle qui voltigeait au gré de ses mouvements. L'odeur de sa peau aussi le grisait. Il se rendit vite compte qu'elle avait perdu certaines de ses facultés, son haleine ne mentait pas. De plus, il l'avait vue se rendre à plusieurs reprises à la table des consommations faisant office de bar pour l'occasion. Elle buvait beaucoup.

L'orchestre cessa de jouer. Le maître de cérémonie déclara que les musiciens leur donnaient rendez-vous dans trente minutes. Joseph demeura sur place, la main de Mary dans la sienne. Il ne voulait pas la quitter. Elle avait les yeux un peu hagards. Joseph garda sa main prisonnière et lui déclara :

— Je vous retiens pour la prochaine danse.

Mary se colla contre lui et se mit à rire. Joseph vit dans son visage, sur ses traits un peu défaits, une expression qu'il ne connaissait pas. Les beaux yeux bleus limpides de Joseph ne semblaient pas la laisser insensible. Elle lui proposa, d'un air aguicheur, en lui passant le revers de la main sur le front, d'aller se rafraîchir un peu.

Joseph crut naïvement que c'était une bonne idée, mais avant qu'il ait eu le temps de répondre elle le tirait déjà par le bras.

Mary le dirigea vers l'ascenseur de service en claudiquant, sous le regard étonné de quelques employés. Elle pressa du bout du doigt le bouton *up*. Dès que la porte s'ouvrit, elle incita Joseph à y monter. Elle allongea son fin doigt sur le bouton du neuvième étage. Joseph s'apprêtait à dire quelque chose lorsque Mary lui mit langoureusement l'index sur les lèvres et chuchota :

— *Shh !*

Joseph comprit qu'il était préférable de se taire. Dès que les portes furent fermées, elle lui administra un baiser un peu mouillé sur la bouche. Joseph accepta ses lèvres avec ménagement. Elle lui susurra tout en lui mordillant l'oreille :

— Allons dans le bureau de mon père.

Joseph fronça les sourcils et allait protester quand elle le tira encore une fois par le bras. Il était inquiet. Mary lui dit d'un air plus engageant :

— Ne t'inquiète pas, mon père a quitté la réception.

Les événements se déroulaient à un rythme effréné, Joseph n'avait plus le temps de penser. Une fois devant la porte du bureau, Mary tira une clé de son sac à main et la glissa dans le trou de la serrure. N'arrivant pas à déverrouiller la porte, elle s'appuya contre le mur en riant. Vraisemblablement, ce n'était pas la bonne clé. Elle fouilla de nouveau dans son sac et en sortit une clé suspendue à un porte-clés en argent sur lequel était gravé le sigle de Macy's, qu'elle planta dans la main de Joseph. Il ressentit un violent choc, les jolies lettres blanches sur fond rouge et l'étoile de Macy's lui sautèrent au visage. Il réalisa qu'il était en train d'essayer d'ouvrir la porte du bureau de son patron en compagnie de sa fille, ivre. Il recula légèrement et tendit le trousseau de clés à Mary en lui disant :

— *Let's go !*

Mary l'ignora et reprit le trousseau, tira la clé et l'introduisit dans le trou de la serrure. Malgré son état, elle parvint à déverrouiller la porte, qu'elle poussa du bout du pied. Elle entra, jetant négligemment son sac à main sur le grand canapé de cuir noir placé au centre de la pièce. Joseph se tenait dans l'embrasure, hésitant à passer le seuil. Il était ébahi. Un décor hors de l'ordinaire s'offrait à ses yeux. Au-dessus du canapé, par la grande fenêtre, il découvrit l'un des plus merveilleux panoramas de la ville de New York : les gratte-ciel étaient illuminés, les néons et les décorations de la nuit brillaient de mille feux. La ville lui apparaissait semblable à une carte postale. Il avait devant lui l'une des vues les plus prenantes qu'il eût pu imaginer. Il tenta d'avancer, de mettre un pied devant l'autre, mais il semblait être rivé à l'épaisse moquette. Il n'en croyait pas ses yeux. Ce décor enchanteur au sein même du magasin lui faisait grande impression.

Mary avait retiré ses escarpins et basculé sur le canapé. Joseph, incrédule devant un tel spectacle, croyait rêver. Mary était là, les bras nus tendus vers lui dans ce somptueux bureau. Par contre, le sourire mielleux qu'elle affichait l'intriguait. Quelque chose clochait. Tout autour de lui semblait trop beau. Il eut subitement envie de se secouer, de quitter. Il était confus. Il agita la tête, perplexe. Mary eut un moment d'impatience, furibonde, elle lui débita de façon altérée :

— Tu ne vas pas rester debout à contempler New York toute la nuit, je suis là, moi !

Joseph n'avait qu'une envie : s'enfuir. Il s'approcha de Mary et lui prit délicatement la main.

— *I must go.*

Il lui baisa légèrement le bout des doigts. Il se faisait violence pour ne pas la prendre dans ses bras, la couvrir de baisers, mais il avait peur de regretter d'avoir profité d'elle dans un moment semblable. De plus, il ne se sentait pas à sa place, inconfortable, dans ce grand bureau. Heureusement pour lui, Mary clignait des paupières. Elle avait de la difficulté à garder les yeux ouverts. Il demeura immobile, debout devant elle à l'admirer un bon moment. Il plaça un coussin sous sa tête et allongea ses longues jambes sur le canapé. Elle réagit à peine. Joseph s'éloigna sur la pointe des pieds. Devant le pas de la porte, il jeta un dernier coup d'œil à cette scène qu'il voulait graver dans sa mémoire, puis souffla à Mary un baiser de la main. Il éteignit la lumière, sortit et ferma doucement la porte derrière lui.

Son attitude allait-elle le rapprocher de cet être aimé au-delà du possible? Il était encore temps de changer d'avis et de retourner auprès de Mary. Il ressentait une rage d'aimer, mais…

Joseph ne sut pourquoi mais, à l'instant même où il se demandait s'il devait revenir vers Mary, le visage de sa mère, Minny, lui apparut, affichant un sourire approbateur et plein de fierté. Joseph, superstitieux comme tout bon Écossais, vit là un signe, un avertissement. Il ne sut comment interpréter ce présage. Toutefois, une fierté s'empara de lui. Il avait résisté à la tentation d'abuser de cette fille.

Allait-il regretter de ne pas avoir profité de la chance qui lui avait été offerte en ce soir de décembre? Il ne le saurait sans doute jamais.

Il ne retourna pas vers les autres et préféra rentrer chez lui. Il n'avait plus le goût à la fête. Il dévala les neuf étages par l'escalier de service et, en conséquence, personne ne le vit s'en aller. Malheureusement pour lui, car cela nourrirait les commérages qui le compromettraient peut-être.

Des rumeurs circulèrent en effet selon lesquelles Joseph et Mary s'étaient dirigés ensemble vers le neuvième étage et qu'ils n'avaient plus été revus par la suite. Même dans cette grande ville, on ne se gênait pas pour médire de son prochain.

Ce que l'on savait, par contre, c'était que le père de Mary avait fait une colère noire lorsque, passé une heure du matin, sa fille n'était pas encore rentrée à la maison. Il avait tenté de joindre l'un de ses associés par téléphone, mais personne n'avait répondu à son appel. Il avait donc décidé de se rhabiller et de retourner au magasin. La fête était terminée, il ne restait que quelques employés qui rangeaient les chaises et faisaient le ménage.

Le père de Mary, désemparé, après avoir interrogé les gens sur place et obtenu des réponses négatives, décida de se rendre à son bureau. Il entra, alluma. Il aperçut une paire d'escarpins qui traînaient négligemment sur la moquette. Son sang se figea lorsqu'il les reconnut. C'étaient ceux que Mary portait lors de la réception. Il avança vers le centre du bureau et tendit l'oreille, car il lui avait semblé entendre un bruit; il était nerveux. Il se dirigea vers le grand canapé et y aperçut sa fille qui dormait à poings fermés. Elle ronflait. Il ne sut quoi penser sur le moment, mais en voyant son allure il se douta qu'elle dormait d'un sommeil un peu trop profond. Il la savait ivre, connaissant et désapprouvant sa façon démesurée de consommer de l'alcool; c'était entre eux un sujet de disputes fréquentes. Il fit pleine lumière et scruta la pièce. Aucun indice ne permettait au père de croire que sa fille avait été accompagnée. Mary remua légèrement lorsque la pièce s'illumina. Il posa un regard rageur sur elle. Il fulminait:

— *Put your shoes on, I'll take you home.*

Mary ouvrit péniblement les yeux et tenta de sortir de sa léthargie. Son père la prit sous le bras, elle se laissa guider, la démarche chaloupée. Fâché, il la ramena à la maison.

Ainsi prit fin l'idylle de Joseph avec la plus belle fille de New York. Il ne fit aucune tentative pour la revoir, il n'avait pas aimé la façon dont elle s'était comportée. La rumeur voulant qu'elle soit alcoolique et qu'elle termine rarement seule ses soirées de beuverie se confirmait. Il s'était mépris à son sujet ; elle n'était pas la jeune fille dont il rêvait, elle aimait tout simplement être courtisée et s'évadait sans doute dans l'alcool afin de se soustraire aux exigences de sa condition sociale. Joseph fit tout de même des efforts considérables pour l'oublier. Il se rendit compte qu'il supportait difficilement les tourments du cœur.

Joseph sursauta. Il revint subitement au moment présent. Un coup frappé contre sa voiture le fit se ressaisir : un jeune voyou venait de lancer une balle de neige dans son pare-brise. C'est malgré lui qu'il dut s'échapper de son passé.

Chapitre 7

Joseph se présenta chez Carmel à l'heure convenue. Il se faisait un point d'honneur d'être ponctuel. Cette dernière était angoissée à l'idée de le revoir, elle ne tenait plus en place à la pensée qu'il serait bientôt attablé avec les membres de sa famille. Lorsque la sonnerie se fit entendre, fébrile, elle vint lui ouvrir. Elle tenait à l'accueillir elle-même. Elle étrennait une belle robe ajustée qui lui descendait quelque peu au-dessous du genou.

Joseph fut à la fois enchanté et surpris de l'ambiance qui régnait dans l'appartement aussi bondé de monde qu'une ruche en pleine effervescence. Il fut ravi par l'odeur enveloppante qui l'envahit dès qu'il ouvrit la porte. Mêlé à l'odeur de cigarette, un fumet agréable se dégagea du fourneau lorsqu'Eugénie vérifia si sa dinde était rôtie à son goût. Tous ces parfums lui chatouillaient les narines.

Il avait déposé son paletot sur le lit des parents, avec les autres, ainsi que la surprise qu'il réservait à Carmel. Il tenait à être seul avec elle pour voir sa réaction lorsqu'il lui offrirait son cadeau, l'objet tant recherché.

Louis lui tendit la main le premier.

— Je t'en souhaite une bonne, Joseph!

Joseph haussa le ton dans le but d'offrir ses souhaits à tout le monde en même temps.

— *Happy New Year!*

Ce nouvel arrivant ne manqua pas d'attirer l'attention. Des douzaines de paires d'yeux le scrutèrent à la loupe.

Arthur s'était empressé de lui offrir une bière. Le paternel était fier de lui servir ce fabuleux produit brassé par le maître Boswell.

— Tiens, prends-en donc une bonne !

Joseph n'osa refuser, il ne voulait pas vexer son hôte. Il choqua son verre contre le sien et trinqua avec lui.

— À votre santé !

Joseph entraîna Carmel dans le coin de la chambre où il avait laissé son manteau en lui soufflant à l'oreille :

— Bonne année, ma douce.

Peu habitué à consommer, il sentait la tête lui tourner légèrement. Carmel avait remarqué son air gamin. Elle lui répondit, un rire dans la voix :

— Bonne année, Joseph.

Il lui tendit la belle boîte enveloppée de papier glacé aux couleurs des fêtes.

— *It's for you*, Caramel.

Carmel la prit et défit l'emballage. Elle était comme une enfant, ses yeux étincelaient d'émerveillement. Elle dégagea enfin la boîte qu'elle ouvrit délicatement. Elle y trouva un beau châle de laine couleur miel.

Joseph lui dit :

— C'est pour aller avec vos beaux yeux de biche.

Il lui prit le châle des mains et le lui posa doucement sur les épaules. Carmel tournoya sur place.

— Est-ce qu'il me va bien ?

Joseph l'admirait, elle était spontanée. Au même instant, un cliché se superposa, celui du visage de Mary, plus sophistiqué certes, mais différent. Ses pensées vagabondèrent encore pendant un instant.

Carmel représentait l'idéal pour Joseph : jeune femme modeste et intelligente, contrairement à Mary elle était plus modérée, elle ne consommait pas, c'était du moins l'idée qu'il se faisait d'elle.

Il revint à la réalité lorsque Carmel lui dit d'un air inquiet :

— Il ne me va pas ?

Joseph lui déposa un baiser sur la joue et glissa ses deux mains sur ses épaules jusqu'à l'enlacer. Il la serra contre lui et lui murmura à l'oreille :

— *You are so beautiful !*

Elle se défit de son emprise, ouvrit le premier tiroir de la commode d'où elle retira une petite boîte qu'elle avait emballée avec soin. Elle se retourna vers lui, le visage enjoué. Elle avait caché maladroitement le cadeau derrière son dos et attendit un moment avant de le lui tendre.

— C'est pour vous.

— Un étui à cigarettes ! Merci, quelle bonne idée, petite coquine !

Carmel releva la remarque.

— Petite coquine, pourquoi me dis-tu cela ?

Joseph la considéra d'un œil moqueur.

— Je plaisante, tu dois t'en douter. Je disais cela parce que tu as fait un très bon choix puisque, chaque fois que j'allumerai une cigarette, je penserai à toi, n'est-ce pas ?

Ils se tutoyaient maintenant, c'était venu tout naturellement. Il éclata d'un rire moqueur et franc, puis reprit son sérieux.

— Merci, ton cadeau me fait vraiment plaisir.

Eugénie, qui bouillait intérieurement devant l'absence prolongée de sa fille, ne se gêna pas pour aller la chercher. Carmel, son beau châle sur les épaules, suivie de Joseph, se fraya un chemin parmi les invités. Paul-Émile ne manqua pas de lui dire au passage, en tâtant le tissu :

— De la belle qualité, cela !

Lorsque les amoureux arrivèrent dans le salon, l'échange des bons vœux, qui était un prétexte facile pour entamer la conversation, était bien amorcé. Chacun y allait de ses prédictions concernant la nouvelle année et la durée de la guerre et, surtout, de ses conséquences sur la population tout entière.

— Souhaitons qu'elle ne dure pas aussi longtemps que la première, cette maudite guerre !

Tous trinquèrent.

— Puis le paradis à la fin de vos jours !

— Que Dieu préserve notre jeunesse de cette guerre !

Mathilde avança :

— Et peut-être un mariage pour cette année 1940 !

Elle visait directement leur invité et étudiait sa réaction, sans vergogne. Sentant l'attention sur elle, Carmel rougit. Au regard admiratif qu'elle posait sur le visiteur chaque fois qu'il ouvrait la bouche, chacun comprenait qu'elle s'en était entichée.

Eugénie avait maintenant terminé de découper la dinde. Elle donna des directives, telle était son habitude.

— Carmel, sers donc une bonne cuillerée de patates pilées dans chaque assiette, moi, je mettrai une portion de dinde et de la farce, et toi, Élise, ajoute quelques pois verts et quatre bâtonnets de carotte pour chacun, cela fera une bonne portion, on en rajoutera à ceux qui en redemanderont.

Eugénie tenait à contrôler elle-même la part qui serait servie à chacun.

Carmel intervint.

— Est-ce que je verse la sauce sur la dinde ou sur les patates, maman?

Eugénie haussa le ton.

— Sur la dinde, voyons donc, sinon ça va être trop sec.

Eugénie ordonna:

— Assoyez-vous, tout le monde.

Dès que les invités furent installés, Eugénie se tint debout et poussa un grand soupir avant de dire d'une voix haut perchée:

— Son père, bénis-nous tous, bénis-moi et nos enfants, et nos invités aussi, tout ce beau monde autour de notre table.

Alfred et Louis pouffèrent de rire, Marcel les imita. Alfred articula, comme s'il avait une patate chaude dans la bouche:

— C'est ça, le père, transformez-vous en saint Joseph, allez-y donc! Faut-il s'agenouiller avec ça?

Eugénie trouvait que son chouchou était allé un peu loin, elle se retint pour ne pas le gifler.

— Du respect pour ton père! tonna-t-elle.

Joseph avait remarqué que le jeune Gilbert avait baissé la tête et s'était mis à trembler lorsque la table avait vibré sous le poing d'Eugénie.

— Fais comme les autres, Alfred Vas-y donc, son père, on est prêts!

La prière et les manifestations de foi n'étaient pas chose courante chez les trois mousquetaires, mais pour une fois, au moins au jour de l'An, Alfred, Louis et Marcel allaient se plier aux coutumes. Ils grommelèrent de mécontentement. Eugénie leur jeta un œil mauvais.

Arthur était mal à l'aise dans ce rôle, mais Eugénie avait insisté. Il obtempéra, mais fut bref. Encore une fois, il se plia à la volonté de sa femme.

Tous demeurèrent assis, ne sachant trop quoi faire.

Arthur, d'une main tremblante, fit le signe de la croix au-dessus de la tablée.

— Je vous bénis tous, au nom du Père et du Fils et du Saint-Esprit.

Franchement, Arthur ne savait pas quoi dire, mais soudainement inspiré il ajouta d'une voix solennelle :

— Je souhaite à chacun de vous une bonne année et surtout je vous souhaite la paix et…

Il n'eut pas le temps de continuer sur son envolée. Marcel se mit à applaudir, suivi de Louis et d'Alfred.

Cela mit abruptement fin à la bénédiction du Nouvel An. Joseph balaya le groupe d'un regard qu'il voulut impassible. « Une piètre bénédiction », pensa-t-il. Il ne put s'empêcher de s'attarder sur le visage de Carmel avec une certaine compassion. Celle-ci dissimulait sa gêne en manifestant un calme affecté. Elle lui prit la main sous la table, comme si elle avait lu dans ses pensées.

Eugénie comprit qu'il était inutile d'insister, ils en resteraient là pour la bénédiction paternelle, mais au moins elle avait réussi à leur faire respecter la tradition, c'était déjà beaucoup. Elle donna un nouvel ordre :

— On est prêtes à vous servir. Carmel, commence donc par les hommes, sers ton père en premier. Nous autres, les femmes, on va se servir en dernier.

Élise posa des assiettes assez garnies devant les hommes. Les femmes les rejoignirent avec leur propre assiette. Une grosse miche de pain trônait au centre de la table à côté du beurrier et du pot de ketchup vert. Manouche, couchée en rond sous la table, attendait son tour. Elle était un peu effrayée en voyant, malgré les poils abondants qui lui obstruaient la vue, ces pieds qui lui tournaient autour de la tête. Elle se sentit mieux lorsque le jeune Gilbert vint lui servir un grand bol d'eau qu'elle lapa avec avidité ; il lui faudrait patienter pour dévorer les restes alléchants qui lui seraient servis plus tard.

Le repas se déroula dans une joyeuse cacophonie : la conversation s'animait au même rythme que la consommation de bière augmentait, car chez les Moisan on ne buvait que de la bière. « Pas de *fort* dans ma maison », avait dit Eugénie.

Les gars ne se faisaient pas prier pour se conformer, la bière leur convenant amplement. Eugénie les avait prévenus et ils savaient qu'il ne fallait pas se le faire dire deux fois. Ils mangèrent tous à satiété.

Lorsque le dessert, une bagatelle, fut terminé, Joseph se sentit prêt à prendre congé. Il se préparait à partir lorsqu'Alexandre, sur un ton railleur, et en lui donnant une tape amicale sur l'épaule, lui souffla à l'oreille :

— Fais-y attention, à ma petite sœur, ne lui fais pas de peine surtout.

Son baratin avait été court, mais son droit d'aînesse lui permettait, croyait-il, de s'exprimer de la sorte. Son épouse, Maureen Kelly, l'Irlandaise, le salua avec beaucoup de gentillesse et lui dit en anglais qu'elle avait été ravie d'échanger quelques phrases avec lui dans sa langue maternelle. Eugénie poussa un rire amer. Arthur salua Joseph et, tout en espérant que les fréquentations finissent par des noces, lui dit d'un ton ragaillardi :

— Vous reviendrez, Joseph. Vous serez toujours le bienvenu chez nous.

Dans cette maisonnée régnait un esprit de famille indéniable, tissé serré, malgré quelques éléments discordants.

Joseph ne revit pas Gilbert, qui s'était probablement réfugié dans sa chambre ; il y avait quelque chose chez cet enfant qui l'intriguait.

Alfred attendait avec fébrilité le jour de l'An pour embrasser sa sœur Mathilde. Après l'avoir suivie des yeux et s'être assuré que personne ne les voyait, il la coinça contre le mur, au bout du corridor, lorsqu'elle sortit des toilettes, et il lui administra un baiser sur la bouche. Toute la bière qu'il avait ingurgitée le rendait effronté. C'était sans équivoque un baiser trop lascif pour être fraternel. Insultée, bouillante de colère, Mathilde repoussa Alfred violemment, avec dégoût.

— Laisse-moi donc tranquille !

Trop ivre pour se contenir, il lui déclara :

— Je t'aime, t'es tellement belllllle.

Il en bavait presque. C'était la première fois qu'il lui déclarait son amour. Mathilde détestait la façon dont ce frère pervers la dévisageait. Il avait gâché sa jeunesse, elle le haïssait. Pourtant, il était beau garçon, il aurait pu séduire certaines filles qui le convoitaient, mais il n'aimait que sa sœur, c'en était maladif.

Elle réussit à se défaire de son emprise en le poussant vigoureusement et s'enfuit vers le salon. Les invités étant en train de s'habiller, personne ne fut témoin de ce qui venait de lui arriver.

Dans le portique, Joseph était sur le point de partir. Avant de lui donner son manteau, Carmel avait serré le vêtement contre elle après l'avoir caressé langoureusement. Elle le lui rendit après s'être imprégnée de son odeur. Joseph l'endossa et s'apprêtait à enfiler ses guêtres lorsque la porte s'ouvrit avec fracas sur une dame à l'allure plutôt aguichante. Sa bouche épaisse était plus rouge que les boules du sapin de Noël et elle portait d'épais faux cils. Tout chez elle était assez évocateur. En voyant Joseph, elle se pendit à son cou. Le sourire de Carmel s'effaça net.

— Bonne année, mon chou! minauda-t-elle dans un murmure en roulant les yeux.

Ce geste inattendu abasourdit Joseph. Carmel vint à sa rescousse avec embarras et força la femme à desserrer son étreinte. Révoltée, elle poussa la visiteuse et s'interposa entre elle et Joseph. Elle sortit un mouchoir de sa poche et tenta de faire disparaître le rouge impudique sur le col de chemise de son soupirant, que la bouche épaisse de la nouvelle venue avait effleuré.

La dame, d'un âge avancé, le visage masqué par le maquillage, tentait de se rajeunir d'une bonne dizaine d'années. Elle se mit à rire et dit de sa voix rauque:

— C'est le jour de l'An, ma cocotte!

Carmel, qui détestait cette allure grivoise et se faire appeler «ma cocotte», ressentit une grande gêne et fut irritée de la façon aussi vulgaire dont Joseph s'était fait attaquer. Elle dit à la visiteuse indésirable:

— Entrez donc, ma tante, papa est dans le salon.

«Sa tante?» se dit Joseph. Par réflexe, il croisa ses bras en plaçant son bras gauche sur son bras droit, geste qu'il faisait souvent.

Carmel décela dans l'attitude et la prunelle des yeux de Joseph une stupéfaction non retenue. Elle bafouilla avec amertume, une expression ravagée sur le visage:

— C'est ma tante Adèle, la sœur de mon père. Elle ne vient pas souvent à la maison, mais il fallait s'attendre à la voir rebondir aujourd'hui. C'est le jour de l'An et elle ne travaille sans doute pas ce soir. J'imagine que les clients se font plutôt rares en ce jour de fête. Je suis désolée !

Joseph, qui n'avait même pas eu le temps d'assimiler les différentes personnalités des membres de la famille de Carmel, était peu intéressé par cette pulpeuse visiteuse. Il lui était facile de reconnaître une femme de mauvaise vertu. La tante de Carmel avait une étiquette collée aux lèvres, mais il posa tout de même la question qui l'intriguait au cas où il se serait mépris sur la personne.

— La sœur de ton père ? C'est ce que tu dis, elle fait quoi dans la vie ?

Le ton suspicieux de Joseph semblait plein de sous-entendus. Carmel en fut d'autant plus gênée. Elle déplorait cette situation et répondit de façon assez naïve en tentant de se contrôler, car ses yeux s'étaient remplis de larmes :

— Ah ! ma tante ! ma tante Adèle ! Elle travaille à l'hôtel Saint-Roch…

Carmel laissa sa phrase en suspens, elle ressentait du dégoût.

Joseph ne voulait pas plonger davantage Carmel dans l'embarras. Il coupa court à la conversation.

— *Never mind !*

Elle regrettait que cette journée se termine si mal. En plus du comportement peu louable des trois mousquetaires, il avait fallu que cette tante fasse irruption. Si elle était au moins arrivée quelques minutes plus tard, elle lui aurait évité l'humiliation devant Joseph. Mais quoi dire ? Comment expliquer à Joseph que tante Adèle était une prostituée entretenue par un riche homme d'affaires et qu'elle vivait à l'hôtel Saint-Roch tous frais compris ? Non, cela ne s'expliquait pas, pas à Joseph.

Malgré l'intrusion de sa tante et les niaiseries de ses frères, elle avait osé lui demander s'il était content de sa journée. Il lui avait répondu vaguement en la remerciant pour l'invitation, sans faire allusion à quoi que ce soit.

Carmel, qui portait fièrement son châle, dit en se pavanant :

— Merci, je te dis que je vais faire des jalouses quand je vais l'avoir sur les épaules.

— Merci pour l'étui à cigarettes.

Il semblait préoccupé. Était-ce à cause d'elle, à cause d'eux, à cause de cette famille ? Il s'exprima enfin :

— Je dois malheureusement repartir demain pour Montréal.

Dans un élan de passion, Joseph prit la jeune femme dans ses bras. La flamme brillait dans ses yeux aussi bleus que le ciel de marbre. Ce froid de janvier plus mordant allait-il leur geler l'âme pendant encore plusieurs mois ?

Après un moment de silence, il lui promit de lui donner de ses nouvelles, mais le ton manquait de conviction. Carmel était transie. La nostalgie et l'inquiétude se lisaient sur son visage. L'angoisse la saisissait à la gorge.

De ses lèvres tremblantes, elle lui avoua :

— Pas si vite, tu viens juste d'arriver et tu dois repartir, je m'ennuie déjà de toi.

Son estomac se noua à l'annonce de ce départ. Les larmes coulaient sur ses joues malgré elle. Elle se tordait les mains.

Il lui avait annoncé subitement son départ pour Montréal. Avait-il trouvé ce prétexte pour s'éloigner d'elle et ne plus la revoir ?

Elle douta de la poursuite de leur relation. Leurs différences culturelles finiraient par les rattraper.

Lorsque Joseph fut parti, elle se mit à broyer du noir. Elle n'avait plus le goût à la fête. Elle voulait se retirer dans sa chambre, mais sa chère tante Adèle tenta de l'attraper par le bras.

— Il est *saprément* beau, ce gars-là, un vrai mâle, exactement comme je les aime, il a du chien. Miam! Miam!

Lorsque leurs coudes se frôlèrent, Carmel frémit. Elle repoussa sa tante sans rien lui répondre, écœurée. Mathilde vint à sa rescousse.

— Ne t'occupe donc pas d'elle, tu vois bien qu'elle est encore soûle.

* * *

Ainsi s'était passée la première rencontre de Joseph avec la famille de Carmel. Tous avaient compris que Carmel et lui étaient épris. Joseph les avait conquis autant par ses histoires de voyage aux États-Unis que par sa vie et sa carrière dans la grande ville de Montréal, à quelque cent soixante-dix milles de Québec. Ils ne tarirent pas d'éloges sur celui qui, d'après ce qu'il leur avait raconté, avait devant lui une carrière fichtrement prometteuse. Un bon parti pour Carmel! Sans être un érudit, Joseph possédait une belle culture. Après le départ de l'amoureux de sa sœur, Alexandre s'empressa d'émettre son opinion sur lui.

— Ingénieur, bon salaire, grosse voiture et bilingue en plus, il va aller loin, ce gars-là, c'est écrit dans le ciel.

Sa femme, Maureen, ajouta avec emphase:

— *He will do very well!*

Personne ne lui répondit. Elle était ignorée de tous. Mathilde ajouta à son tour:

— Assez beau garçon, à part ça.

Louis tenta de mettre son grain de sel, mais personne ne le comprit. Alfred, pour sa part, dit d'un ton cinglant :

— À moins qu'il n'essaie de nous passer un sapin. Avec ces Anglais, on ne sait jamais !

Carmel ne mit pas de gants blancs pour répondre à cette boutade. Elle ne se sentait pas d'humeur à se disputer avec lui. Elle rétorqua tout simplement :

— Espèce d'idiot !

Elle n'en dit pas plus de peur d'éclater en sanglots, sa voix la trahissant. Elle avait le caquet bas, elle se tamponna les yeux et se dirigea vers sa mère.

— Allez donc vous asseoir, maman, on s'occupe de la vaisselle.

Les filles débarrassèrent la table. Eugénie les mit en garde :

— Ne jetez surtout pas les restes, je ferai un bon pâté avec les morceaux de dinde. Gardez-moi la carcasse pour le bouillon. N'oubliez surtout pas Manouche, mais faites attention de ne pas lui donner les os, elle pourrait s'étouffer, mais elle se pourléchera les babines avec la sauce dans le fond des assiettes.

Eugénie, rivée à son fauteuil, ayant trop abusé de desserts, dut se faire une injection d'insuline. Elle avait aussi, avant le souper, à l'abri des regards indiscrets, fait son injection de morphine et se sentait détendue. Elle était satisfaite, elle n'avait rien à reprocher à qui que ce soit. Selon elle, tout s'était bien passé. En se suçant le bout des doigts, elle dit :

— C'est la période des fêtes, après tout, profitons-en.

Les invités qui avaient traîné eurent du mal à retrouver leurs manteaux empilés sur le lit d'Eugénie et Arthur. Certains avaient pris la précaution de mettre leur foulard dans une manche et les gants dans leurs poches. Mais, comme tous avaient un petit coup dans le corps, il y eut confusion avec les couvre-chaussures. Le ventre proéminent de Paul-Émile lui causa de la difficulté à se pencher pour mettre les siens. Marguerite l'installa dans un coin et se pencha pour faire glisser les fermetures éclair.

Chapitre 8

Le froid âpre qui sévissait à Québec durant cet hiver 1940 raclait l'épiderme de Carmel et la refroidissait jusqu'à l'âme. Elle était sans nouvelles de Joseph depuis le jour de l'An. Il était reparti pour Montréal le lendemain et, depuis, pas un mot de sa part. Son silence semblait inexplicable. L'incertitude qui la taraudait concernant ses sentiments pour elle se confondait avec l'espoir de le revoir. Elle constatait la tristesse de sa vie.

Les jours, les semaines passèrent sans qu'il se manifeste. Elle qui ne souhaitait qu'être près de lui... La nature s'en mêlait. Carmel avait l'impression que la neige ne cesserait jamais de tomber. Toute cette neige qui empêchait peut-être Joseph de faire le voyage de Montréal à Québec. Cette attente lui était si pénible qu'elle ne savait comment surmonter son abattement. Comme pour l'affliger davantage, le sommeil la fuyait.

En ce dimanche du début du mois de mars, durant cet après-midi de grande giboulée, Carmel s'habilla chaudement et décida d'aller se promener seule. Malgré l'épais chandail qu'elle portait sous son manteau et la chaleur de son châle noué autour du cou, elle grelottait. Elle était troublée, elle ne fonctionnait pas normalement. D'humeur irritable, elle avait préféré sortir de la maison plutôt que de se composer un visage devant tout le monde. Alexandre et Maureen étaient venus rendre visite à la famille avec leur fille Cathleen et ne finissaient pas de la questionner sur son nouveau cavalier. Alexandre, militaire de carrière, ne cessait de parler des affrontements en Europe, ce qui ne la rassurait nullement. Il disait que, depuis le début de cette année 1940, et plus particulièrement depuis le déclenchement de la guerre, le pays s'industrialisait très rapidement et devrait bientôt fournir un renfort conséquent aux Alliés. En voyant la mine défaite de sa sœur, ayant deviné son tourment, il avait instinctivement mis un terme à son exposé, mais il était bien informé. Il se voulut évasif.

— Tu sais, Carmel, on ne peut pas savoir exactement ce qui se passe de l'autre côté de l'océan.

Elle esquissa un sourire forcé. «On ne sait rien de ce que vivent les gens de Montréal, non plus», s'interdit-elle de dire.

Les absences répétées de Joseph lui troublaient la raison. Elle sortit donc sur les trottoirs enneigés de la ville. Elle croisa peu de passants à cause de ce temps qui rendait les rues peu invitantes. Elle reconnut à peine la collègue qu'elle rencontra. C'était une fille de la manufacture avec qui elle s'entendait assez bien. Son poste de travail se trouvait près du sien. Elles n'étaient toutefois pas des amies intimes.

— Bonjour, Carmel, que fais-tu dehors par un temps pareil?

Les deux femmes s'immobilisèrent.

— Bonjour, Louise, j'essaie de me changer les idées!

Louise était au courant de la relation de Carmel avec un bel Anglais. Les jalouses de la manufacture en parlaient abondamment. Dans ce petit monde, tout se savait. Les nouvelles, bonnes ou mauvaises, se répandaient rapidement dans le cercle des travailleuses. La neige tombait à plein ciel, les deux femmes avaient de la difficulté à voir, tant les flocons collaient à leurs cils. Carmel se frottait constamment les yeux avec ses doigts gantés de laine pour essayer de faire diversion afin que sa collègue ne voie pas les larmes qu'elle n'arrivait pas à contenir.

Louise, toujours immobile, commençait à frissonner et proposa à Carmel:

— Aimerais-tu boire un café avec moi?

Carmel hésita. Elle n'avait pas l'habitude des confidences et se doutait que ce tête-à-tête l'obligerait à se livrer.

Louise, célibataire au physique ingrat, n'était plus de la première jeunesse. Elle était à la recherche d'un mari, mais, malgré la ruée vers une partenaire qui, une fois épousée, évitait au mari d'aller se battre dans un pays qu'il ne connaissait pas, elle n'avait pas trouvé celui à qui elle aurait pu sauver la vie.

Carmel accepta son invitation.

— Allons donc au casse-croûte du coin, si cela te convient…

Marchant l'une derrière l'autre, elles marquaient la neige de leurs pas. Le chemin qu'elles traçaient allait en zigzaguant jusqu'à l'entrée du casse-croûte bondé. Louise désigna une banquette libre. Carmel traînait les pieds. Les deux femmes secouèrent leurs manteaux recouverts de neige poudreuse, étendant ainsi une nappe de ouate blanche sur la table. La situation était cocasse, elles pouffèrent de rire. Les occasions de rire étaient si rares que la moindre drôlerie les déridait.

Carmel garda son châle autour de ses épaules. Elle n'arrivait pas à s'en séparer. Elle se glissa sur la banquette et prit place près d'une grande fenêtre. Elle se tourna vers la baie givrée, les yeux dans le vide. Dehors la neige tombait de plus belle. Elle demeura silencieuse quelques minutes, accoudée à la table.

Louise intervint :

— Sors de la lune, Carmel !

Celle-ci se ressaisit :

— Un café très chaud me fera du bien.

Elles consultèrent brièvement le menu, mais en restèrent aux boissons chaudes. Il y eut un moment d'hésitation au cours duquel ni l'une ni l'autre ne semblait prête à entamer la conversation, puis Louise prit la parole.

— Comment ça va avec ton nouveau chum ? Sortez-vous encore ensemble ?

Carmel, qui justement se morfondait à propos de son *chum*, comme l'appelait Louise, le prit mal et interpréta « encore ensemble » au pied de la lettre.

— Pourquoi me poses-tu cette question, Louise ? Tu le connais, mon *chum*, comme tu dis ?

Louise donnait l'impression de savoir quelque chose, mais elle resta évasive.

— Non, pas personnellement, c'était juste pour savoir.

— Il a quitté Québec au début de janvier, tu sais, il travaille à Montréal. Il a célébré le Nouvel An avec moi, dans ma famille.

Louise se montra plus curieuse.

— As-tu eu des nouvelles de lui depuis ?

Carmel aurait voulu lui mentir, mais cela n'était pas dans sa nature. Elle trempa ses lèvres dans le liquide chaud pour se réchauffer.

— Tu sais, les déplacements sont difficiles en hiver. Montréal, ce n'est pas à la porte. Ah, tout est compliqué !

Louise laissa échapper des paroles compromettantes :

— Comme c'est curieux ! Rolande, ma colocataire, m'a justement dit l'avoir entrevu la semaine dernière…

Carmel fut terrassée par cette révélation, et sa mine s'assombrit.

— Comment ça, ta colocataire? Elle ne le connaît même pas! Elle se trompe sûrement, s'il avait été à Québec, il serait venu me voir.

Elle se sentit ridicule. Et Louise d'en remettre:

— Certain qu'elle le connaît. Il rôde assez souvent autour de la manufacture. Aussi, tout le monde l'observe depuis que vous vous fréquentez.

Carmel ne se contenait plus, elle avait la gorge serrée. Elle n'avait pas terminé son café. Elle fut choquée par l'air de contentement qu'affichait Louise. Elle réagit promptement:

— Je m'excuse, Louise, mais je dois rentrer, j'ai promis à ma mère de l'aider à préparer le souper.

Carmel demanda l'addition. Elle déposa son trente sous sur la facture qu'elle plaça sur le comptoir près de la grosse caisse enregistreuse. Elle enfila rapidement son manteau, le boutonna en jaloux et mit ses gants. Elle quitta promptement le casse-croûte après avoir salué Louise à la sauvette, qui venait de lui apprendre ces faits troublants, lui imposant ainsi une torture insupportable.

La neige tombait toujours à plein ciel. Les grands bras des arbres avaient de la difficulté à soutenir la lourde charge que la nature leur imposait. Les plus frêles, la cime inclinée en guise de soumission, portaient difficilement ce fardeau trop lourd pour eux; leurs branches penchaient, percluses.

Carmel marchait, tel un fantôme d'Halloween que la neige avait vêtu de blanc. Elle vacillait lorsqu'elle atteignit le seuil de la porte d'entrée. Dès qu'elle mit les pieds dans l'appartement, elle se déshabilla, jeta son manteau sur une chaise, lança ses gants par terre et, d'un pas défaillant, se dirigea vers sa chambre où elle s'enferma. Sa porte claqua si bruyamment que personne n'osa s'approcher. Carmel pleura alors à chaudes larmes. S'était-elle encore méprise sur les sentiments de son amoureux?

Lorsqu'il l'avait quittée, il lui avait pourtant promis d'entrer en contact avec elle. Mais il était parti si vite! À bien y penser, il n'avait peut-être même pas encore quitté la ville. Toutes les fibres de son corps étaient tendues. Joseph, qui représentait l'homme idéal, cachait-il quelque chose? La trompait-il? Elle était rongée par la jalousie, un sentiment nouveau pour elle. Elle dit d'une voix suraiguë:

— Seigneur doux Jésus!

L'explication peu élaborée que lui avait donnée Joseph quand elle lui avait rapporté les commérages d'Eugénie lui revint brutalement à l'esprit. Il avait dit: «Je suis certain d'éviter de me livrer à cette charcuterie humaine.»

Elle le soupçonnait de multiplier les conquêtes féminines à Montréal, cette ville que l'on qualifiait de libertine, alors qu'il était peut-être à Québec, justement en train de lui jouer dans le dos. Elle ne savait plus quoi penser. Son imagination la trompait possiblement. Elle se disait que, pour ajouter à son malheur, cette guerre avait des conséquences sur tout le monde devenu nerveux et vexé par les privations, Joseph autant que les autres. En outre, il fallait composer avec la distribution limitée de certains produits de consommation courante comme le sucre, le café, le thé, le beurre, la viande, la bière, le whisky, le vin, l'essence, le tissu, et elle en mettait! La consigne disait: «Tout doit être utilisé jusqu'à l'usure, après ça… on s'en passe!»

Joseph évitait peut-être des déplacements en raison du rationnement de l'essence. Elle lui cherchait des excuses, elle ne pouvait pas s'être méprise à ce point sur son compte. À cet instant précis, alors qu'elle ignorait quelle heure il pouvait être tant elle était déconnectée de la réalité, la porte de sa chambre s'ouvrit. Il faisait sombre, Mathilde alluma la lampe sur la table de chevet et s'approcha lentement. Elle remarqua que le cendrier débordait de mégots. Sa mère lui avait suggéré:

— Va donc porter ça à ta sœur, il y a quelque chose qui ne tourne pas rond, elle n'a pas l'habitude de claquer la porte de cette façon.

Suivant la recommandation d'Eugénie, Mathilde tendit à Carmel un large bol de soupe aux *barley* fumante accompagnée de biscuits soda. Carmel mangea les grains d'orge, touilla sa soupe longuement avant d'en siroter le bouillon.

Mathilde s'assit sur le bord du lit de sa sœur et lui passa le bras autour du cou. Elle vit, à sa mine défaite, qu'il se passait quelque chose de grave.

— Ça ne va pas, sœurette ?

Carmel ne pleurait plus. Elle répondit sur un ton qu'elle voulait détaché :

— Je crois que c'est fini entre Joseph et moi.

Mathilde, qui ne s'attendait pas à une telle révélation, lui demanda :

— Comment ça ? Il t'a écrit pour t'annoncer qu'il te quittait ou quoi ?

Carmel raconta la révélation de Louise.

— Je vais tirer les choses au clair. Je connais Louise ; dès demain je la ferai parler davantage. Ne t'inquiète pas trop d'ici là, détends-toi et essaie de te calmer.

Le lendemain, la mort dans l'âme, Carmel suivit sa sœur sur le chemin du travail. Elles étaient parties plus tôt que d'habitude, car les rues et les trottoirs étaient encore encombrés de toute cette neige qui s'était abattue sur la ville et qui s'était transformée en pluie par la suite. Cette *sloche* était difficile à déblayer.

Elles marchaient à la file indienne. Elles avaient décidé de ne pas sortir pour dîner. Elles mangeraient leurs sandwichs à la cafétéria, et ce serait à ce moment que Mathilde s'organiserait pour parler avec Louise.

* * *

— On dîne ensemble ce midi, Louise ! lui dit-elle en rejoignant son poste de travail.

Cette dernière accepta. Mathilde lui désigna une table et deux chaises dans un coin de la salle. Dès qu'elles prirent place, Mathilde commença son interrogatoire.

Carmel, comme convenu avec sa sœur, s'était installée à une table à bonne distance d'elles. Elle tentait de lire sur les lèvres de Louise. La main dans le cou, le bout des doigts roulant une mèche rebelle, l'agitation des mains dans l'air, tout dans cette gestuelle et dans l'attitude de Louise éveillait l'esprit imaginatif de Carmel. Elle n'apprécia pas le petit sourire en coin que Louise lui lança au moment de s'asseoir ; elle s'en méfiait.

Louise se livra sans retenue, ayant compris qu'elle subissait un interrogatoire pour le compte de Carmel. Elle joua le jeu et raconta exactement ce qu'elle avait déjà dit à sa collègue.

— En effet, ma chère, il semble que le bel Anglais soit à Québec.

Elle fit une pause, laissant languir son interlocutrice.

Mathilde ne se découragea pas, elle savait qu'elle devait la prendre avec des pincettes si elle voulait en tirer quelque chose. Elle enchaîna :

— Comment le sais-tu ?

Louise se passait la main dans le cou, se laissait supplier.

— Qui t'a dit ça ?

— Comme je le racontais à ta sœur, Rolande, ma coloca-taire, l'a vu. Elle lui a même parlé. Je ne sais pas où en sont les fréquentations entre Rolande et lui mais, ajouta-t-elle en roulant une mèche de cheveux entre ses doigts, tu sais aussi bien que moi qu'il n'y a pas de fumée sans feu. Il est tellement séduisant, ce Joseph, qui pourrait lui résister ?

Mathilde n'aimait pas la tournure de la conversation. Louise était loquace, mais ses sous-entendus l'intriguaient. Mathilde voulait en savoir plus, toutefois elle ne désirait pas affoler sa sœur en lui rapportant de simples racontars.

— Peux-tu te renseigner auprès de Rolande ? J'aimerais savoir ce qui se passe réellement entre eux.

Louise prit un air affecté.

— Tu sais, Mathilde, les affaires de ma colocataire ne me concernent pas, c'est sa vie privée après tout.

Mathilde n'allait pas se mettre à genoux devant elle. Elle tenterait d'obtenir des renseignements d'une autre source. Louise faisait l'intéressante, elle semblait à l'aise dans ce rôle, elle maîtrisait la situation.

Mathilde tira sa chaise et salua Louise.

— Merci quand même.

Elle rejoignit Carmel, qui brûlait d'impatience de connaître la teneur de leurs propos, et, usant d'une tactique féminine pour avoir le fin mot de l'histoire, la questionna :

— Qu'est-ce qu'elle t'a dit exactement pour te mettre dans tous tes états ?

Carmel lui rapporta avec plus de détails la conversation qu'elle avait eue avec Louise au casse-croûte.

— Voilà, elle vient de me dire exactement la même chose.

Mathilde n'ajouta pas que Louise lui avait dit que sa colocataire avait non seulement vu Joseph, mais qu'elle lui avait en plus parlé. Mathilde aimait bien Joseph et, pour une raison ou une autre, elle prenait constamment sa défense. Une idée lui vint. Elle se rendait compte que les propos rapportés n'apaisaient pas les craintes de Carmel, qui ne demandait qu'à être rassurée.

— Carmel, j'y pense, pourquoi ne demanderais-tu pas à maman de lire dans tes feuilles de thé? Tu en apprendrais peut-être sur lui.

Spontanément, Carmel repoussa du revers de la main cette suggestion. Mathilde insista tout de même:

— Tu sais que maman lit souvent dans les feuilles de thé pour tante Élise et quelques voisines qui désirent en savoir plus sur leur avenir. Souviens-toi de la fois où maman a vu une feuille en forme de cœur écorché dans la tasse de tante Élise, qui l'a vue, de ses yeux vu.

Même si la longue absence de Joseph la torturait, Carmel ne fléchit pas devant les arguments de sa sœur. Cependant, elle ne put s'empêcher de penser à sa tante Élise, cette vieille fille qui vivait dans sa famille. Elle s'assombrit à l'idée de subir le même sort qu'elle.

***

Cela faisait longtemps que tante Élise avait le cœur écorché. La cicatrice ne se refermait pas, elle se languissait de son amant, le charmant médecin. Elle vivait un amour défendu. Elle ressentait une grande fierté dès qu'elle voyait la belle plaque en cuivre bordée de fer forgé sur laquelle le titre «Dr Gilbert Béliveau» apparaissait en lettres noires joliment découpées, fixée sur la porte de son bureau. Les amours interdites d'Élise ne la satisfaisaient toutefois pas pleinement. Les rencontres du couple dans le cabinet du médecin finiraient par faire jaser. Son amant lui avait dit qu'il leur faudrait trouver un endroit plus discret pour leurs rendez-vous. Il avait très envie d'elle. Son parfum discret le hantait, mais il craignait pour sa réputation. Ses patientes ne lui pardonneraient pas cette double vie si elle était découverte, lui qui amorçait alors sa carrière, et il le savait parfaitement.

— Ma très chère Élise, il nous faut être extrêmement discrets, mon amour. Ma réceptionniste affiche un air malicieux lorsqu'elle m'annonce ta présence. Tu sais, dans ma profession, nous savons lire au fond des yeux. Les tiens ne trompent pas. Nous devrons, ma très chère, pour sauvegarder notre amour, espacer nos prochains rendez-vous. Mais sois patiente, j'ai déniché un endroit paradisiaque juste pour nous, pas très loin de Québec.

Élise lui avait demandé, les yeux pleins d'espoir et la voix remplie d'impatience :

— Mais où et quand pourrons-nous nous y rencontrer ?

Il était en train de l'aider à se rhabiller et lui avait répondu avec des trémolos dans la voix.

— Je te ferai signe dès que je croirai le moment propice. Laisse-moi le temps de tout organiser. Tu ne seras pas déçue, je te le promets.

Leurs rendez-vous amoureux se terminaient par un baisemain. Élise ne protestait pas. Elle savait qu'il avait raison. Elle allait attendre ce signe docilement : il lui promettait depuis longtemps de trouver un endroit plus discret pour leurs rendez-vous clandestins.

Les patientes qui la voyaient sortir du cabinet de leur médecin l'observaient avec insistance lorsqu'elle passait devant elles, les joues rougies et les mèches de cheveux détachées de son chignon pendant qu'elle tentait de remettre sa jupe en place, le jupon tout de travers. Souvent, elle oubliait même de remettre convenablement son chemisier à l'intérieur de sa jupe. Son attitude et tous ces gestes étaient assez révélateurs.

Elle rentrait chez elle le corps encore grisé par leur trop rapide étreinte amoureuse. De plus, la peur de ne plus pouvoir jouer avec lui à ces jeux interdits la hantait. Élise avait été patiente. Elle ressentait une certaine résignation.

Cela faisait plusieurs années que les amants se voyaient en cachette. Élise devait se contenter de leur petite demi-heure hebdomadaire pendant laquelle ils faisaient l'amour sans bruit, sur la table d'examen, la porte verrouillée sur leur péché. À quelques occasions, ils avaient sursauté lorsque la réceptionniste avait frappé à la porte pour annoncer une urgence ou pour écourter la consultation.

Élise était la femme invisible du médecin. Jamais il n'aurait risqué de l'emmener au restaurant ou de l'accompagner quelque part. Par quelle coquetterie avait-elle cru qu'il s'intéresserait à elle et l'aimerait à tout jamais?

Elle lui avait déjà suggéré de venir la rejoindre dans sa chambre chez Eugénie certains jours où elle savait le logement vide, mais il avait refusé. Craignant de voir surgir quelqu'un à l'improviste, il lui avait répondu :

— Ne crois surtout pas que je t'oublie, ma chère Élise.

Elle avait insisté.

— Nous prétendrions que tu es passé à l'appartement parce que j'étais malade.

— Mais, très chère, comment aurais-je su que tu étais malade sans que personne d'autre ait été au courant?

Il avait raison. Elle chercherait d'autres excuses afin de le voir plus souvent. Ses moments de bonheur éphémère ne la satisfaisaient pas. Dans ses songes, il lui arrivait de l'imaginer chez lui, dans sa résidence de la Haute-Ville; il retrouvait son épouse, sa femme légitime, celle qui l'avait détourné d'elle. Sa frustration de ne pas être là, à sa place à elle, était grande. Élise était une femme meurtrie.

À la suite de l'un de ses songes, elle avait décidé de chercher l'adresse du domicile du médecin et l'avait trouvée. Elle avait hésité longuement avant de se rendre dans son quartier. Et s'il l'apercevait ? Futée, elle avait profité d'un moment où elle le savait à son bureau pour fouiner dans sa vie privée. Le quartier dans lequel elle s'était rendue l'avait impressionnée à la première bouffée d'air qu'elle y avait respirée. Les oiseaux gazouillaient dans les majestueux ormes bordant les rues. Certaines maisons cossues étaient tellement spacieuses qu'elles auraient pu loger plus d'une famille. La vie des gens riches, des bourgeois, se sentait à plein nez. Tout ce à quoi elle avait renoncé en hésitant à l'épouser ! Elle avait consulté le bout de papier sur lequel elle avait noté son adresse, avenue Murray. Elle avait repéré la maison de loin en suivant les numéros de porte. Son pas s'était fait tremblant lorsqu'elle s'en était approchée. Elle avait hésité, se demandant si elle devait faire demi-tour. Non, elle était trop près et elle savait que ce serait maintenant ou jamais, car elle n'avait pas l'intention de se faire reconnaître. À ce moment précis, la porte de la maison s'était ouverte. Élise s'était immobilisée. Au bout d'un moment, une femme avait fait son apparition sur la galerie. Élise avait bifurqué immédiatement et rebroussé chemin. Elle avait marché d'un pas mal assuré, n'osant se retourner de peur de se retrouver face à face avec celle qui pouvait être « Mme Docteur ».

Après avoir vu la somptueuse demeure dans laquelle son amant habitait, elle pouvait devenir plus exigeante, se permettre d'espérer. D'après ce qu'elle venait de constater, il avait les moyens de la gâter. Élise se disait que, tout ce à quoi elle tenait, c'était à son amour de toujours, celui qui dormait dans les bras d'une autre, de sa femme légitime. Les prédictions d'Eugénie lui annonçaient de la chance, mais quand donc la vivrait-elle, cette chance ?

* * *

Mme Béliveau était une jeune femme coquette, sophistiquée et excentrique. Depuis son mariage avec le médecin, elle ne travaillait plus comme infirmière : noblesse oblige ! Après plusieurs années de mariage, le couple n'avait pas d'enfants. Elle se consolait en passant presque tout son temps libre à faire des achats; son plaisir était d'être saluée par les commis des grands magasins dès qu'ils l'apercevaient.

— Bonjour, madame Docteur, comment allez-vous aujourd'hui?

Elle passait un temps fou à se laisser appliquer, sur le revers de la main, des rouges à lèvres aux coloris à la mode avant de faire son choix. Flairant une cliente facile, les commis en rajoutaient:

— Oh! madame Docteur, je crois que ce rouge à lèvres mettrait en valeur votre teint de pêche, c'est la couleur à la mode, nous venons tout juste de le recevoir…

Chaque fois qu'elle mettait les pieds dans le chic magasin Holt Renfrew, les commis des rayons où elle passait la saluaient; elle était une cliente fidèle, il fallait la traiter en conséquence. Son mari la gâtait et elle en profitait.

Chapitre 9

Au début du printemps 1940, après un silence interminable, Joseph mit un terme à l'attente de Carmel. Telle la nature qui reprend ses droits et les arbres qui s'ornent de bourgeons, alors que la belle saison allait faire son entrée, il réapparut dans sa vie. Nimbé de cette lumière naissante, le soleil annonciateur brillait dans un ciel immaculé, sans nuages. Joseph se présenta chez elle sans prévenir.

Lorsqu'elle entendit tinter la sonnette, Carmel alla ouvrir. Joseph se tenait devant elle, les yeux rieurs. En le voyant sur le pas de la porte, elle demeura interdite. Elle ne se trouvait pas présentable. Elle portait sa robe de semaine défraîchie, ses cheveux étaient épars sur ses épaules. Elle rentrait à peine de sa journée de travail, elle avait les traits tirés. Elle tenait de minces feuilles de papier à cigarettes Vogue au bout des doigts. Tentant de se donner une contenance, elle le salua d'une voix blanche.

— Bonjour, Joseph.

— Bonjour, Caramel, je m'excuse de ne pas t'avoir prévenue, une affaire subite m'a fait venir à Québec. J'arrive chez vous comme un voleur.

— Ah bon…

Elle grimaça.

* * *

Au moment où Joseph était arrivé, Carmel était assise en face de Mathilde à la table de la cuisine recouverte d'une nappe de plastique aux motifs délavés de grosses fleurs d'hydrangées. Elles étaient en train de rouler des cigarettes. Mathilde étendait délicatement les minces feuilles de papier sur lesquelles Carmel déposait le tabac en prenant soin de le tasser, car la cigarette devait être assez compacte pour se tenir fermement entre les doigts. Une fois la cigarette roulée, Mathilde humectait la colle du papier avec sa langue et pressait délicatement sur la partie inverse, comme sur le rabat d'une enveloppe. Les cigarettes prêtes étaient soigneusement rangées dans une boîte de métal vide afin qu'elles ne sèchent pas. C'était en fait une belle boîte bleue de fer-blanc arborant la tête d'un marin barbu dont le couvre-chef portait le nom du *HMS Hero*, logo de la compagnie Player's, tabac que les deux sœurs utilisaient pour fabriquer leurs cigarettes. Elles en roulaient assez pour environ quatre jours de consommation.

Alfred, grand corps mou étendu sur le Chesterfield de velours rouge élimé aux accoudoirs protégés par des bouts de tissu effiloché, avait les jambes allongées sur la table du salon. La main droite dans sa poche de pantalon, il contemplait sa sœur Mathilde. Il espérait le moment où elle entrouvrirait ses lèvres humides et que, de sa menue langue, elle lécherait le papier pour le coller. C'était un grand moment d'excitation pour lui. Plus tard, il se retirerait dans sa chambre, et là, allongé sur le dos, il s'offrirait du plaisir en s'imaginant que Mathilde faisait ce geste pour lui. Il était obsédé. Dès qu'il entendait la porte de la chambre voisine se refermer, il était à l'affût du moindre bruit. Au travers de la cloison, il pouvait percevoir la respiration de sa sœur. Le bruit des flacons l'excitait. Il imaginait Mathilde en train d'enduire son beau corps de crème. Il reniflait souvent l'une de ses petites culottes qu'il gardait sous son oreiller. Il la lui avait volée. Il était au sommet de l'extase.

Il lui arrivait de se réveiller en pleine nuit et de deviner ses formes sensuelles sous sa robe de nuit lorsqu'elle se rendait aux toilettes, même si le corridor n'était qu'à demi éclairé par les lueurs du réverbère situé juste en face de la porte d'entrée de la maison.

* * *

Carmel était stupéfaite, Joseph avait un air d'innocence, comme si rien ne s'était passé, comme s'il était parti la veille. Il ne lui donna pas d'explications non plus.

— Une affaire subite à Québec ! ronchonna-t-elle.

Elle aurait voulu lui demander combien d'affaires subites il avait eues à Québec depuis le 1er janvier !

Joseph perçut son malaise.

— Tu ne sembles pas contente de me revoir ! *Are you all right ?*

Carmel n'était pas indifférente au son de sa voix, au contraire. Il était là, devant elle, en chair et en os, après tant de semaines, de mois d'attente et d'inquiétude. Malgré tous les racontars à son sujet, déjà elle sentait qu'elle allait succomber. Elle brûlait d'envie de lui sauter au cou, mais se retint, tentant de paraître distante. Il l'avait fait languir si longtemps sans même daigner lui donner signe de vie. Elle l'avait imaginé faisant le beau à Montréal, et peut-être même à Québec. Il aurait pu tenter de la joindre. Oui, il aurait pu le faire ! Lui écrire un seul mot pour la rassurer, pour garder le contact. Mais non, aucune nouvelle, hormis les racontars de Louise.

La Grande-Bretagne avait déclaré la guerre à l'Allemagne il y a six mois et des rumeurs voulaient que l'enrôlement des Canadiens soit bientôt obligatoire. Carmel était morte d'inquiétude. Elle avait imaginé le pire pour lui. Il n'avait pas été assez clair concernant le fait qu'il n'irait pas à la guerre. Tant de questions se bousculaient dans sa tête.

Un moment passa. Joseph tenta un rapprochement.

— Enfin me voilà, j'espérais depuis longtemps que mon patron m'envoie ici, j'en ai profité pour venir te voir. Les chemins sont enfin praticables, la dernière bordée a fondu depuis la pluie de la semaine dernière.

Elle lui coupa la parole. Elle était déstabilisée.

— J'ai tellement de choses à te dire, sans nouvelles de toi depuis les fêtes.

Elle avait encore en tête les incriminations de Louise. Elle disait n'importe quoi, ses retours inattendus la désarmaient chaque fois. Elle s'était maintes fois répété de belles paroles, s'était inventé de grandes phrases afin de l'impressionner au cas où il lui reviendrait, mais aucun mot ne lui venait, maintenant qu'il se tenait devant elle. Elle devrait lui faire savoir qu'il avait été incorrect envers elle, mais elle était prise au dépourvu. Elle n'allait pas non plus l'interroger sur le qu'en-dira-t-on à son sujet. Elle poursuivit :

— Ici, ça peut aller. L'essence est rare, certains utilisent leur bicyclette pour se rendre au travail maintenant qu'il n'y a plus de neige. C'est drôle de voir, dans la cour arrière de chez John Ritchie, tous ces bicycles adossés aux *racks* que les patrons ont mis à la disposition des travailleurs depuis qu'il n'y a plus de neige. Même cet hiver, il y avait des gens qui voyageaient à bicyclette, dans la neige !

Après lui avoir donné ces détails tout à fait inappropriés et les avoir répétés inutilement, elle se sentit ridicule.

Joseph l'écoutait, amusé. En fait, il ne l'écoutait pas, il la dévorait des yeux. Même dans cet accoutrement, elle était séduisante. C'était la première fois qu'il la voyait les cheveux tombant librement sur ses épaules. Malgré la modeste tenue de Carmel, il ressentit une grande attirance envers elle. Ses traits fins et réguliers, sa taille mince, tout en elle lui plaisait. Il était content de la revoir.

— Nous aurons amplement le temps d'en parler, je suis à Québec pour une longue période. Sicard planifie déjà la mise en marché pour l'hiver prochain et j'ai beaucoup de clients à rencontrer.

Carmel l'invita à entrer par politesse, mais Joseph refusa : il devait aller s'installer à la Pension Donovan où il logeait. Il la regarda droit dans les yeux et, de sa main caressante, lui releva délicatement une mèche de cheveux tombée sur son front et la lui plaça derrière l'oreille.

— Caramel, tu m'as atrocement manqué! Puis-je te voir cette semaine?

Ces paroles rassurèrent Carmel momentanément. La caresse de la main le long de son cou l'avait fait frissonner. Malgré ses illusions et ses espoirs de revoir Joseph, elle doutait un peu de sa sincérité. Elle avait peur qu'il se joue d'elle. Elle demeurait plantée là, sans rien dire.

Devant son désarroi, Joseph poursuivit prudemment. Il sentait, dans la teneur des propos et dans l'attitude de la jeune fille, sa susceptibilité à fleur de peau.

— Ne restons plus aussi longtemps sans nous voir, je veux être avec toi tous les jours que je passe à Québec, ma douce. Ne crois surtout pas que je t'avais oubliée.

— Cela serait avec plaisir, Joseph, mais…

Joseph ne sut comment interpréter ce «mais».

Il était vrai qu'il n'était pas entré en contact avec elle. Il était vrai aussi que malgré l'énormité du travail qu'il avait eu à accomplir durant l'hiver, saison de pointe pour l'entreprise, il aurait pu le faire. Il se surprit à ressentir de l'angoisse, du rejet et de l'incertitude. Et si elle avait renoncé à lui, à eux! Si elle avait rencontré quelqu'un d'autre! Elle était si séduisante qu'il n'était sûrement pas le seul à s'en être rendu compte.

— Mais quoi, Caramel? Est-ce que j'arrive trop tard? Tu ne sembles pas contente de me voir!

Comment pouvait-il croire une chose pareille? La surprise l'avait prise de court. C'était un jeudi. Elle lui répondit en mettant un silence interminable entre chaque mot:

— Je pourrai me libérer samedi.

Elle se donnait une journée pour se remettre de ce retour inattendu. Il lui fallait du temps pour évaluer ses sentiments. Aussitôt qu'elle lui eut répondu, elle regretta de ne pas lui avoir dit « à demain ».

Carmel ne désirait que revoir Joseph et être seule avec lui, mais son embarras avait précipité sa réponse.

— À samedi donc, je viendrai te chercher à deux heures. Est-ce que cela te convient ?

Carmel osa lui faire une confidence.

— Tu sais, tu m'as beaucoup manqué. Deux heures, oui ça me va.

Elle se moquait maintenant des commérages, de ses attentes et de ses angoisses. Il était revenu pour elle. Elle trouverait certainement le moyen de savoir s'il avait séjourné à Québec depuis le jour de l'An. Cela lui paraissait pour l'instant assez secondaire. Le charisme de Joseph, ses belles paroles, encore ses belles paroles, l'avaient conquise. Dès qu'il partit, elle se dirigea vers la cuisine et faillit trébucher sur la grande jambe d'Alfred, maintenant allongée par terre.

— Tu ne pourrais pas te ramasser un peu, toi ?

Elle était encore une fois irritée de voir son frère étendu dans le salon, les yeux hagards. Elle ignorait ce que signifiait son air béat. Elle retourna en jubilant dans la cuisine.

— Mathilde ! Mathilde, il est revenu !

Sa sœur avait tendu l'oreille, elle n'avait presque rien manqué de l'entretien de Carmel avec Joseph.

— Et pour combien de temps est-il à Québec ?

Même si Carmel avait saisi une insinuation dans la question, elle en fit abstraction.

— Assez longtemps pour m'inviter à sortir avec lui samedi. Lorsqu'elles vont me voir à son bras, les envieuses et les mauvaises langues vont se taire, Louise en particulier. Elle va rire jaune, je t'en passe un papier.

Il était trop tard pour se remettre en question, elle avait répondu oui à l'invitation. Elle avait mis son orgueil de côté et suivi les élans de son cœur.

* * *

Ce samedi, Joseph vint donc cueillir Carmel chez elle au début de l'après-midi. Elle avait espéré ce moment, non sans avoir des doutes. Et s'il manquait à sa parole? Pourtant Joseph arriva à deux heures pile. Ce fut Mathilde qui lui ouvrit. Au premier coup d'œil, elle le trouva séduisant, mais elle éprouvait maintenant une certaine méfiance à son égard. Elle avait partagé la souffrance de sa sœur. Joseph la salua poliment et lui tendit la main. Il la sentit différente, détachée. Elle lui rendit la politesse d'un geste plutôt froid. Joseph comprit que Mathilde lui en voulait. Il crut préférable de ne pas entamer la conversation et lui demanda simplement :

— Est-ce que Caramel est prête ?

Mathilde, indécise, ne répondit pas spontanément. Joseph lui demanda alors, le plus calmement possible :

— Caramel est-elle ici?

Tout ce qu'il reçut comme réponse fut :

— Non !

Ces trois lettres prononcées à la sauvette, à peine audibles, surprirent Joseph. Il répéta presque sur le même ton.

— Non ?

Mathilde redit sur une note plus haute :

— Non.

Joseph réagit et reprit vivement.

— Que me dis-tu là, Mathilde ? Caramel n'est pas à la maison ? Elle doit rentrer sous peu, je suppose.

Il consulta sa montre.

— Je dois être en avance ! Nous avions rendez-vous à deux heures.

Le visage de Mathilde s'était adouci, elle semblait avoir pitié de lui. Elle ne répondit pas. Il y eut un moment d'hésitation de part et d'autre. Mathilde avait pris la précaution de refermer la porte d'entrée derrière elle. Joseph piétinait. Devait-il attendre ou repartir et revenir plus tard ? Il s'était attendu à voir surgir Carmel lorsqu'il avait actionné la sonnette de la porte. Après un moment de réflexion, tentant de rationaliser la situation, il trouva un moyen élégant de sortir de cette impasse :

— J'ai une commission à faire, pas très loin d'ici, peux-tu dire à Caramel que je reviendrai dans une trentaine de minutes ?

Elle répondit sur un ton qui sonnait la résignation.

— C'est comme tu veux, Joseph.

Mathilde rentra sur-le-champ, pressée de se soustraire à sa vue. Il avait menti en prétextant une course à faire. Pris au dépourvu, il se cherchait une échappatoire. Instinctivement, il se dirigea vers la demeure de sa sœur Fiona, qui habitait à quelques rues de chez Carmel. Il s'y rendit à pied. Fiona s'empressa de lui faire une accolade fraternelle en le voyant arriver à l'improviste. Elle l'invita à entrer. Elle était seule. Après avoir discuté de la famille, de l'actualité et du travail, Fiona se souvint de l'amie dont son frère lui avait parlé lors de sa dernière visite.

— Alors, comment va ton amie de Québec?

Joseph ne s'était pas encore remis de la rebuffade qu'il avait essuyée à l'appartement du boulevard Langelier, à peine quelques minutes auparavant. Il répondit sur un ton assez embarrassé:

— Je n'en sais trop rien.

Fiona joua encore une fois au devin avec son frère.

— Tu es un peu vague!

Joseph détourna son regard. C'était comme s'il savait que sa sœur avait lu dans ses yeux.

— Es-tu en train de me dire que tu ne l'as pas revue depuis le jour de l'An?

— *That's right!*

— Lui as-tu donné des nouvelles, au moins?

Fiona entrevoyait la suite.

— Non plus.

Au fur et à mesure que Joseph répondait à l'interrogatoire de sa parente, une remise en question s'amorçait en lui.

— Pauvres hommes, vous êtes tous pareils. Vous partez sans laisser d'adresse, enfin tu vois ce que je veux dire, et vous réapparaissez en espérant être reçus à bras ouverts. Tous les mêmes!

— O.K.! Calme-toi! C'est vrai que je n'ai pas communiqué avec elle depuis le jour de l'An, mais cela ne veut pas dire que je n'ai pas pensé à elle. J'étais trop occupé.

Fiona l'apostropha. Un sourire malicieux avait fait ourler la commissure de ses lèvres.

— Comment voulais-tu qu'elle sache que tu pensais à elle ? Par télépathie ? À moins qu'elle soit une sorcière comme dans ces beaux contes écossais.

Elle le secoua tendrement.

— Tu n'as pas beaucoup de jugeote en matière de femmes, mon frère ! Elle est probablement à la maison en train de se ronger les sangs, c'est pourquoi elle a demandé à sa sœur d'aller t'ouvrir. Elle est blessée, la pauvre, c'est évident.

Joseph tenta encore de se justifier.

— Injustifiable ! lui dit-elle en pointant l'index sur la poitrine. Elle a dû se tourmenter avec tout ce qui se passe dans le monde en ce moment. Si longtemps sans nouvelles de toi !

Joseph savait que sa sœur avait raison, mais, jusqu'à présent, jamais Carmel ne lui avait fait le moindre reproche. Il avait sans doute trop fait confiance à sa grande tolérance à son endroit.

Fiona le regardait maintenant avec une attention maternelle.

— Petit frère, tu n'as qu'une chose à faire.

Joseph était très réceptif.

— Si tu tiens à cette fille, retourne chez elle, force sa porte et excuse-toi pour ta conduite.

— M'excuser ! *My God*, tu y vas un peu fort, ne crois-tu pas ?

— Oui, t'excuser. Si elle t'aime (elle se retint de lui dire que Carmel pouvait ne plus l'aimer), son pardon te sera acquis. Considère cela comme un sondage sur ses sentiments et essaie de t'amender. Si jamais elle passe l'éponge, je te recommande de ne plus la laisser languir de la sorte. N'oublie pas qu'elle pourrait te pardonner un tel comportement une fois peut-être, mais pas deux. Crois-moi sur parole.

La grande aiguille de l'horloge de la cuisine venait de dépasser la demi-heure.

— Deux heures trente-cinq! Je dois partir. Excuse-moi, j'ai promis de revenir une demi-heure plus tard. Je suis déjà en retard.

L'appréhension s'était infiltrée en lui. Fiona lui mit affectueusement la main sur l'épaule. Ses paroles le confondirent.

— Ne te presse pas, tu peux te permettre un peu de retard pour lui donner le temps de s'inquiéter. Mais pas trop, car là…

Joseph leva les mains au ciel.

— Ah, les femmes, vous êtes donc compliquées!

En lui souhaitant bonne chance, elle lui soutira la promesse de revenir la voir plus souvent.

— *Thanks, sister*. Comme ça m'a fait du bien de te parler, merci de tes conseils.

Il se hâta, allant même jusqu'à courir en retournant sur le boulevard Langelier.

* * *

Durant tout ce temps, Carmel était demeurée dans le salon, à l'endroit même où elle se trouvait lorsqu'elle avait convaincu Mathilde d'aller répondre à la porte et l'avait forcée à mentir lorsque Joseph s'y était présenté. Elle ne voulait plus le voir. Elle avait réfléchi. Il ne s'était même pas excusé. Paradoxalement, elle avait peur de le perdre de nouveau. Elle ne supporterait plus ses longues absences ni cette incertitude. Elle repensait au vieil adage qui disait à peu près ceci: mieux vaut ne pas avoir connu l'amour que de le perdre. Ces derniers mois avaient été trop difficiles, elle ne se sentait plus la force de revivre une telle séparation.

Quand il s'était présenté, à deux heures, elle était tapie dans le salon, de façon à voir sans être vue. Elle avait tenté de deviner ses réactions au travers des vieux rideaux de dentelle. Elle avait eu un pincement au cœur lorsqu'elle l'avait vu s'éloigner. Ce ne fut que lorsque Mathilde lui annonça qu'il allait revenir une demi-heure plus tard qu'elle s'était sentie un peu mieux.

— Qu'a-t-il dit d'autre ?

Mathilde était découragée.

— Sache, Carmel, que tu as pris une fichue grosse chance en ne le recevant pas. Tu joues avec le feu ! Si jamais il ne revenait pas ?

Carmel s'agita.

— Mais réponds donc à ma question, Mathilde ! Qu'est-ce qu'il a dit ?

Mathilde prit sur elle pour ne pas perdre patience.

— Je viens juste de te le dire !

— Rien d'autre ? Voyons, raconte-moi.

Mathilde commençait à regretter d'avoir exécuté la machination de sa sœur qui était folle de cet homme, cela crevait les yeux.

— Lui as-tu déclaré que je ne voulais plus le revoir ?

C'était exactement ce que Carmel avait demandé à Mathilde de faire, mais cette dernière avait décidé que c'était trop radical et que sa sœur le regretterait peut-être. C'était donc volontairement qu'elle ne lui avait pas rapporté ses paroles.

Carmel faisait les cent pas. Par chance, les trois mousquetaires s'étaient absentés, Gilbert était supposément allé s'amuser avec les petits voisins et Céline passait l'après-midi avec son cavalier. Sa mère dormait. Élise avait quitté l'appartement sur la pointe des pieds. C'était rare que la maison se vidait. Carmel appréciait ces heureuses coïncidences.

— À quelle heure exactement est-il parti ?

— Je ne suis pas certaine, je n'ai pas regardé l'heure. Calme-toi et concentre-toi sur ce que tu vas lui dire, si toutefois il revient.

Mathilde devint soudainement pensive. Carmel s'en inquiéta.

— Mais qu'as-tu, Mathilde ? À quoi penses-tu ?

— À rien. Bof… autant te le dire, j'ai un mauvais pressentiment.

Carmel était dans tous ses états.

— Non, s'il te plaît, ne me fais pas peur. Quelle heure est-il ?

— Deux heures quarante.

Carmel réfléchissait tout haut.

— S'il est arrivé ici à deux heures et qu'il a dit qu'il reviendrait dans trente minutes, ce n'est pas sorcier, il est en retard ! Ton pressentiment semble se concrétiser.

Brusquement, Carmel ressentit un grand trou dans son ventre. Un vide venait de se creuser en elle. Elle demeura immobile. Elle ne consultait plus les aiguilles de l'horloge.

— Il ne reviendra pas, lança-t-elle en marquant une pause. Il est habituellement très ponctuel.

Carmel se balançait d'un pied sur l'autre, Mathilde se carra dans le fauteuil et l'observa avec amertume.

— Sers-toi donc de ton bon sens, Carmel ! C'est comme si tu l'avais éconduit, il n'est pas fou, cet homme-là. J'ai vu qu'il avait reçu tout un choc en apprenant que tu n'étais pas ici.

Carmel était déstabilisée.

— C'est vrai ce que tu me dis là ?

— Détends-toi un peu et viens donc t'asseoir, tu m'énerves.

— Mais qu'est-ce que je dois faire? Si tu savais à quel point j'avais envie de lui sauter au cou lorsque je l'ai vu jeudi, mais j'ai réfléchi par la suite et…

Mathilde la reprit:

— En effet, tu as peut-être trop réfléchi, ne te décourage pas avec des pensées obscures. Si tu l'aimes comme cela me semble évident, surmonte ton orgueil et pardonne-lui. Si j'étais à ta place, moi…

Le timbre de la porte d'entrée musela Mathilde. Carmel sauta sur ses pieds.

— C'est lui, c'est lui!

Elles étaient toutes deux plantées debout au milieu du salon, les mains battantes.

— Mathilde, vas-y, va répondre.

Mathilde prit sa sœur par les deux bras et pointa son regard bistré dans le sien.

— Oh non, pas cette fois. Ne m'embarque plus dans tes combines. Je me retire dans notre chambre. À toi de jouer maintenant.

Et elle ajouta:

— Bonne chance, sœurette.

Chapitre 10

Joseph, qui avait quitté le logement de sa sœur presque en courant, ralentit le pas devant la porte grande ouverte d'une boutique de fleurs et s'étira le cou vers l'intérieur. Toutefois, il repoussa vite l'idée d'offrir des fleurs à Carmel, cela faisait trop comme au cinéma, elle n'apprécierait pas. De plus, les hommes achetaient des fleurs aux femmes pour se faire pardonner, ce qui n'était pas son cas. Il raya immédiatement cette pensée de sa tête.

Il prit une grande respiration avant d'actionner la sonnette. Son cœur battait plus fort qu'il ne le souhaitait. Il se souvint d'une citation de son poète préféré, Robert Burns : « Le suspense est pire que la déception. » Il se dit que Carmel prenait beaucoup de temps avant de répondre. Il s'apprêtait à répéter son geste lorsqu'elle ouvrit la porte.

Ni l'un ni l'autre n'osa faire un mouvement sans connaître les intentions de l'autre. Joseph brisa la glace. D'une voix contrite, il bredouilla :

— Bonjour, Caramel.

Un sourire radieux illumina le beau visage de Carmel. Elle était conquise.

***

Depuis ce jour, Joseph se mit à courtiser Carmel ouvertement. Main dans la main, ils affichaient au grand jour leur relation. Il lui proposait une promenade au parc Victoria ou jusqu'à la terrasse Dufferin, pour profiter de l'ambiance animée autour du Château Frontenac, ou encore d'aller dans tous ces endroits puisqu'il passait quelques semaines à Québec. Il espérait en avoir le temps entre ses rendez-vous d'affaires. Il voulait aller partout avec Carmel. Il souhaitait la connaître encore mieux.

Les deux amoureux se fréquentèrent assidûment durant les semaines qui suivirent. Ils étaient devenus inséparables. Joseph parlait à Carmel de son travail et de sa famille. Carmel faisait de même. Un soir, elle lui raconta en détail l'arrivée de Gilbert dans sa famille.

— Tu sais, maman a beaucoup insisté pour que nous prenions ce jeune enfant chez nous. Tante Élise l'a fortement encouragée en lui promettant de travailler d'arrache-pied afin d'apporter un supplément à la maison. Mais il en a été tout autrement de mon frère Alfred.

Joseph fronça les sourcils. Carmel poursuivit :

— Alfred était furieux lorsqu'il a entendu maman dire qu'elle voulait prendre chez nous ce garçon maltraité. Il a protesté vertement. Maman lui a fait signe de s'approcher. Elle était nerveuse et semblait à bout d'arguments. Je l'ai entendue lui chuchoter tout bas à l'oreille : « Je sais ce que je fais et j'ai mes raisons, tu dois me croire, mon fils. » C'est tout ce que j'ai pu entendre, mais elle lui a dit autre chose que je n'ai pas pu comprendre. Elle l'a entraîné dans sa chambre et je n'ai pas osé les suivre.

Joseph demanda à Carmel :

— L'enfant a été retiré de sa famille pour mauvais traitements ?

— Oui.

— Mais pourquoi Alfred s'opposait-il à cette décision ?

— Je ne sais pas.

Un silence s'imposa.

— Mais tu peux imaginer la stupéfaction de maman lorsqu'elle a fait prendre un bain à Gilbert la première fois. Il ne voulait pas.

Elle a tout d'abord pensé qu'il était gêné, mais par je ne sais quel moyen elle a réussi à le mettre à l'aise. Elle a poussé un cri déchirant lorsqu'elle a aperçu les atroces marques de coups sur son dos. Elle nous a dit que la côte droite, dans le haut du dos, avait été cassée, peut-être aussi la gauche. Elle est certaine qu'il portait la marque d'un poing très imprimée.

Joseph écoutait avec répugnance les propos de Carmel, sans plus l'interrompre.

— Il était effrayé, les premiers jours, il mangeait à peine, mais maman et tante Élise ont su le rassurer. Maman l'a emmené dans le quartier et lui a fait rencontrer des enfants de son âge. Elle l'a aussi conduit à sa nouvelle école et l'a attendu à la sortie pour s'assurer qu'il rentre directement chez nous.

Joseph demeura songeur. Il y avait beaucoup des mystères autour de l'histoire de ce garçon.

* * *

Tous les soirs que le bon Dieu amenait, Joseph, pimpant, invitait sa cavalière à sortir; elle le suivait comme son ombre. Cette présence si désirée la comblait de joie. Le dimanche, il l'accompagnait à la messe. Le couple faisait tourner des têtes. L'après-midi, ils se promenaient, enlacés sous le soleil tiède; la terre sentait bon le printemps. Ils en profitaient pour s'étreindre dès qu'ils se trouvaient à l'abri des regards indiscrets. Ils ne rentraient que lorsque le crépuscule les enveloppait.

Carmel oubliait tout entre les bras de Joseph, elle s'était ennuyée de lui. Elle ne lui avait fait aucun reproche. Le monde pouvait s'entretuer, elle n'en avait cure, pourvu que Joseph soit près d'elle. Rien d'autre que sa présence ne lui importait. Elle était fière d'être courtisée par lui et de lui avoir finalement avoué ses sentiments. Joseph s'était excusé de sa conduite. Elle lui avait pardonné sans condition. « Le cœur a ses raisons que la raison ne connaît point. »

Le temps s'écoula, ponctué de rendez-vous assidus.

***

En ce 24 mars 1940, Joseph, d'habitude si éloquent, n'était guère loquace. Il avait invité Carmel dans un petit restaurant de la rue Saint-Louis pour le dîner de Pâques. Ravie, elle s'était pomponnée pour l'occasion. Elle étrennait une belle toilette et s'était coiffée d'un coquet chapeau de paille assorti à la couleur de sa robe. Ils passeraient de nouveau un bon moment en tête à tête.

Le temps clément, ce redoux bienfaisant, les incita à prolonger leur rencontre en passant l'après-midi à se balader sur la terrasse Dufferin, leur endroit préféré.

Le bonheur divinement accroché au fond de l'âme, ils ne purent s'empêcher d'admirer le majestueux fleuve Saint-Laurent qui coulait à leurs pieds. Les berges tentaient de se délester des quelques glaces plus tenaces qui avaient peine à fondre. Mais l'ardeur du soleil en cette journée où un léger vent chaud chatouillait leurs visages allait sans doute aider la nature à en finir avec l'hiver. Ils s'arrêtèrent quelques fois pour se reposer sur des bancs publics. Joseph retira de sa poche un recueil de poèmes de Robert Burns. Il dit à Carmel qu'il aimait sa poésie parce que ses thèmes universels demeuraient tout aussi pertinents aujourd'hui qu'ils l'étaient pour les Écossais du XVIIIe siècle. En effet, l'œuvre de Burns avait franchi les divisions culturelles et linguistiques entre les Highlands et les Lowlands qui caractérisaient l'Écosse d'alors en mettant en valeur la possibilité d'une coexistence pacifique entre ces deux traditions culturelles.

Après s'être éclairci la voix et avoir fait une légère pause, il déclama avec émotion dans la langue originale du poète *My love is like a red red rose* :

My love is like a red red rose
That's newly sprung in June :

My love is like the melodie
That's sweetly play'd in tune.

Puis il avait traduit :

Mon amour est une rose rouge, rouge,
Au printemps fraîchement éclose.
Mon amour est une mélodie,
Jouée en douce harmonie.

Si belle es-tu, ma douce amie,
Et je t'aime tant et tant,
Que je t'aimerai encore, ma mie,
Quand les mers seront des déserts.

Les mers seront des déserts secs, ma mie,
Les roches fondront au soleil,
Et je t'aimerai toujours, ma mie,
Tant que s'écoulera le sable de la vie.

Au revoir pour un temps m'amour,
À te revoir dans peu de temps !
Je reviendrai, mon seul amour,
Même de l'autre bout du monde.

Carmel buvait les paroles de Joseph. Elle était sous le charme. Une grosse boule s'était formée dans sa gorge.

— C'est beau, j'en ai la chair de poule. Ça nous ressemble, tu ne trouves pas ?

Elle était émue aux larmes. Tous deux avaient goûté pleinement ce moment de béatitude. Carmel humait l'air pur du fleuve. Elle s'en remplit les poumons.

— C'est divin. Si le paradis existe, il est ici avec toi, mon amour.

Elle se sentait bien, sensible à tout ce qui l'entourait. Les paroles du poète, prononcées par Joseph, s'étaient insinuées en elle.

Il y avait beaucoup de monde sur la terrasse en ce beau dimanche de fête, on aurait dit que tout un chacun avait besoin de grand air après un hiver lourd en inquiétudes. Le beau temps incitait les gens à s'aérer le corps et l'esprit.

L'endroit, connu mondialement, était magnifique. Non loin du lieu historique de la Citadelle de Québec et perché sur le cap Diamant, ce lieu de rencontres et de grands espaces verts était très fréquenté autant par les touristes que par les résidants locaux. La terrasse Dufferin était située au cœur même de Québec, vieille ville fortifiée, à proximité du bien connu Château Frontenac, construit par la compagnie ferroviaire Canadien Pacifique.

Joseph ramena sa cavalière chez elle. Carmel ne put s'empêcher de constater :

— Tu es devenu peu bavard !

Il affichait ce regard qui l'inquiétait tant, celui-là même qu'il arborait lorsqu'il lui annonçait qu'il devait repartir pour Montréal. Carmel appréhendait cette mauvaise nouvelle depuis quelques jours. Elle avait remarqué un changement dans le comportement de Joseph.

Une fois à la maison, sur la première marche du perron, Joseph lui mit les mains sur les épaules et l'immobilisa. Inquiète de son attitude quelque peu cavalière, Carmel eut un rire nerveux.

Il lui dit d'un ton grave :

— Ferme les yeux.

Elle hésita un instant, il insista.

Dès qu'elle eut la vue masquée, il sourit de contentement en sortant de sa poche un petit paquet joliment ficelé, enveloppé d'un beau papier couleur marine, noué d'un ruban doré. Il dit d'une voix, un peu chevrotante :

— Tends-moi la main.

Elle déplia un à un ses doigts fuselés, dégageant la paume.

Joseph y déposa cérémonieusement une minuscule boîte et l'emprisonna dans les doigts de Carmel.

— Ouvre les yeux maintenant. C'est pour toi, ma douce. *Open it.*

Elle s'exécuta, les mains tremblantes. Curieuse, elle défit les boucles rapidement, mit le ruban dans sa poche et retira délicatement le papier. Apparut alors un écrin de velours marine portant l'initiale *B* brodée en or, splendide et sophistiqué.

— *B!* Mais qu'est-ce que ça veut dire ? Qu'est-ce que c'est ?

Elle contint un soupir.

— Ouvre-le, tu verras !

Joseph était nerveux et parlait avec un accent anglais plus marqué que d'habitude, il avait perdu son flegme.

Carmel fit basculer le couvercle dont l'intérieur était doublé de soie moirée crème. Elle s'exclama :

— Mon Dieu !

En apercevant cette magnifique bague sertie d'un diamant plus gros qu'elle n'en avait jamais vu, elle associa immédiatement la bague au mariage. Elle referma l'écrin, le rouvrit aussitôt ; elle éclata de joie.

Joseph, en se penchant vers elle, lui fit la grande demande d'un ton grave :

— Caramel, veux-tu m'épouser ?

Un moment de flottement et d'anxiété les musela. Joseph contempla Carmel d'un air solennel et murmura :

— Madame, je vous aime.

Il la prit dans ses bras puis dénoua son étreinte. Il lui dit d'une voix sincère :

— Je t'aime, Caramel. Veux-tu partager ma vie ?

C'était la première fois qu'il prononçait ces paroles magiques depuis qu'elle l'avait rencontré un certain soir au sortir de la manufacture. « Je t'aime. » Ces mots tourbillonnaient dans sa tête.

— Tu m'aimes !

En essuyant les larmes qui perlaient au coin de ses yeux, elle lui répondit sans équivoque :

— Je t'aime aussi, je t'aime tellement, je n'ai jamais aimé personne d'autre que toi, je t'adore !

Il lui chuchota à l'oreille :

— Alors tu es d'accord ?

Ce doux murmure eut l'effet désiré. Les yeux suppliants de Joseph la rendirent folle de joie. Elle n'hésita pas un instant.

— Oui, oui, oui ! Certain ! Je veux t'épouser, être ta femme.

Tant d'émotions se lisaient sur ses traits.

— J'ai su que ce serait toi dès que je t'ai rencontré. Je t'ai attendu, tu es l'homme de ma vie. Je ne t'ai pas espéré en vain.

Elle se jeta dans ses bras. Ils échangèrent un long baiser. En se dégageant, Joseph promit :

— Je serai la sentinelle de ton cœur à compter de maintenant.

Il s'éloigna d'elle brusquement.

— *One minute, my dear !*

Joseph jubilait. Il avait longuement réfléchi avant de demander à Carmel de partager sa vie, mais son bonheur était voilé par la crainte de la faire souffrir en l'emmenant vivre à Montréal. Il avait, certes, eu d'autres liaisons avant de la rencontrer. La déception amoureuse qu'il avait subie à New York lui avait laissé un goût amer, mais il avait mûri depuis cette relation blessante. Il s'était fixé un idéal. Un peu maladroitement, il le savait, il avait sondé la droiture de Carmel. Il avait eu peur de l'avoir blessée à jamais. Ce soir, il était récompensé. Il retira la magnifique bague de son écrin et la lui passa au doigt.

Il avait visé juste, la taille était parfaite. Joseph était ému en passant la bague à l'annulaire de sa douce. Le geste était plein de tendresse. Son visage reflétait tout son amour pour elle. Il glissa lentement le bijou le long de son doigt, comme pour prolonger le plaisir, savourer ce lien qui allait l'unir à cette femme, celle qui partagerait sa vie. Il n'était plus un jeunot, le temps était venu pour lui de s'établir et de fonder une famille. Il avait trouvé la femme qui le rendrait heureux et qui lui donnerait des descendants.

Carmel éclata en sanglots. Pourquoi pleurer alors qu'elle était au comble du bonheur ? N'étaient-ce pas des larmes de joie ?

Cette demande l'avait surprise, mais elle avait répondu spontanément. Jamais Joseph ne lui avait laissé entendre qu'il désirait se marier, l'épouser. C'était la première fois qu'il lui déclarait son amour.

Joseph lui demanda :

— Veux-tu venir vivre avec moi dans la belle grande ville de Montréal ?

Sous le coup de l'émotion, sans la moindre hésitation, ne sachant pas ce que lui réservait la vie dans une ville qui lui était étrangère, elle répondit :

— Oui ! Qui prend mari prend pays !

Elle avait lancé cette phrase, un cliché lourd de conséquences.

— Ta demande me comble de joie, partager ta vie est un honneur, c'est mon désir le plus cher.

Joseph représentait à ses yeux l'homme idéal. Elle reprit son souffle et sécha ses yeux.

— C'est la plus belle bague que j'ai jamais vue. Elle est magnifique, ça me semble trop cher, ce n'est pas un peu trop pour moi ?

Joseph n'avait pas lésiné sur le prix.

Il avait choisi ce modèle parmi tant d'autres, après l'avoir cherché à Montréal chez différents bijoutiers de la rue Sainte-Catherine et de la rue Sherbrooke. Les marchands lui vantaient le nombre de pointes et la pureté de la pierre afin de justifier leur prix. Ce fut à la grande bijouterie Birks qu'il trouva la plus belle bague. Il y avait un prix à payer pour satisfaire son goût raffiné. Par contre, en cette période de privations et d'incertitude économique, l'acheteur disposait d'une marge de négociation intéressante. Joseph tenait à lui offrir un bijou dont ils seraient fiers toute la vie.

— *You bet !* Tout ce qu'il y a de plus beau pour vous, *Mrs.* Courtin.

— Moi, Mme Courtin, que ce nom sonne doux à mes oreilles. Peut-on l'annoncer à mes parents tout de suite ?

Joseph avait beaucoup d'esprit, il aimait la taquiner et l'occasion s'y prêtait à merveille, car elle avait l'air d'une petite fille demandant une grande permission.

— Oh ! Oh ! J'y pense ! Je dois d'abord demander ta main à ton père. Jeune fille, rends-moi la bague !

— Tu es sérieux ?

— Pour la demande en mariage, je suis sérieux, mais tu peux garder la bague. Je plaisantais, elle est à toi éternellement.

Tu ne dois jamais l'enlever, je veux la voir scintiller à ton doigt continuellement.

Une ombre passa sur le visage de Carmel.

— Ouf, j'ai eu peur. Ne t'inquiète pas, je la porterai en tout temps et pour la vie. Il faudra me couper le doigt pour me la retirer.

À grands pas, serrés l'un contre l'autre, ils enjambèrent les deux marches qui les séparaient de l'entrée.

Elle se tourna et d'un petit air espiègle lui demanda :

— Est-ce que je peux t'appeler Jos ?

— *Of course*, tu es ma fiancée, presque ma femme.

— Allons donc tout de suite annoncer la bonne nouvelle à ma famille.

— Et demander la permission à ton père, jeune fille.

Il avait insisté sur le « jeune fille ».

— Mais, au fait, quel âge as-tu exactement ? demanda Joseph.

Il la taquinait souvent à propos de l'emprise que sa mère avait sur ses filles, qui semblaient avoir dépassé l'âge de la majorité. Eugénie les dominait, il s'en était rendu compte.

— J'ai vingt-deux ans, monsieur ! Et vous ?

— Assez vieux pour me marier ! J'ai six printemps de plus que vous, chère demoiselle.

Chapitre 11

Carmel ouvrit la porte de l'appartement avec fracas et s'y précipita, Joseph sur les talons; sa mère. Mathilde et sa tante Élise étaient assises dans le salon. Malgré les parasites et les messages codés, elles écoutaient à la radio les quelques bribes d'informations au sujet des affrontements en Europe.

— Maman, Mathilde, tante Élise, on se marie !

Avant de demander cette permission ridicule pour son âge, Carmel s'affirma. Cette demande en mariage lui donnait de l'audace et de l'assurance. Elle avait des ailes, elle sortait de son cocon.

Eugénie fut prise de court, mais elle ne perdit pas contenance. D'une voix altérée, elle répondit, à l'étonnement de tous:

— Je vais en parler avec ton père.

Pourtant, Carmel ne cherchait pas son approbation. Elle avait affirmé un fait, même si elle savait que Joseph aurait aimé demander lui-même sa main à son père.

Carmel était enchantée, elle qui avait presque désespéré de rencontrer un homme convenable. Joseph était apparu dans sa vie comme un arc-en-ciel après une pluie d'été. Son arrivée changeait toute sa destinée.

Sa mère croyait qu'elle voulait une permission pour se marier, mais Carmel n'avait fait que lui apprendre la nouvelle. C'était elle, Eugénie, qui décidait, et non Arthur, même si la coutume voulait que ce soit le père qui accepte ou refuse d'accorder la main de sa fille.

Arthur ne se vexait pas de ce rôle de second rang qu'il jouait au sein de la famille. Il était conciliant, il achetait la paix. De plus, il s'épargnait les responsabilités d'éducation qui incombaient normalement au père de famille. Il se sentait dépassé par l'attitude des trois mousquetaires. Eugénie avait pris le contrôle depuis si longtemps qu'il lui était maintenant difficile de renverser les rôles. Mais quel manque de contrôle ! Il avait tout de même les yeux ouverts et savait que sa femme couvait trop leur fils Alfred. Quant à Louis, il lui pardonnait, car il le savait faible et de santé chancelante. Marcel, pour sa part, s'absentait si souvent de la maison qu'il se faisait oublier.

— Vous savez, maman, en cette période d'incertitude, nous croyons plus sage et économique de ne pas faire de fiançailles officielles.

Carmel se disait que leur engagement avait été scellé par la bague de fiançailles, qu'elle affichait fièrement à son annulaire gauche.

Sa mère semblait être dans un drôle d'état, manifestant une léthargie dont Carmel ne connaissait pas la cause. Elle ignorait qu'Eugénie s'injectait régulièrement de la morphine. Elle attribuait cet état de lassitude à la fatigue. C'était puéril de sa part.

Eugénie lui dit d'une voix traînante :

— Félicitations, ma fille, je te souhaite bien du bonheur !

Mathilde avait des sanglots coincés dans la gorge. Elle se leva et étreignit sa sœur. Elle était contente pour elle. Toutefois, elle perdait sa sœur préférée, son amie et sa confidente. Elle lui dit sincèrement :

— Félicitations, sœurette ! Je suis certaine que Joseph saura te rendre heureuse, tu le mérites.

Élise observait ses deux nièces. Des sentiments partagés l'habitaient. Elle était consciente que Mathilde serait plus vulnérable. Elle connaissait l'emprise maladive d'Alfred sur celle qui serait dorénavant seule dans sa chambre. Elle n'était pas sans savoir que Céline, la cadette de la famille, qui partageait la chambre de ses parents depuis sa naissance, ne voudrait pas quitter son nid pour aller dormir dans le lit laissé inutilisé par Carmel. Elle n'en sortirait que pour se marier, ce qui ne saurait tarder étant donné ses fréquentations sérieuses et assidues avec Léon, ce jeune professeur. Eugénie avait pris dans sa chambre bébé Céline, qu'elle avait eu à la veille de ne plus pouvoir procréer, et ne s'en était plus jamais séparée. Elle en voulait à Arthur de lui avoir fait cette enfant. Chaque fois qu'Arthur voulait lui faire l'amour, elle prétextait systématiquement que c'était indécent devant la petite couchée près d'eux. Et cela durait encore. Si Céline quittait la chambre conjugale, quelle serait l'excuse d'Eugénie pour refuser d'honorer son mari ?

Cette situation inquiétait Élise. Elle sortit de ses réflexions et prit sa nièce tendrement dans ses bras.

— C'est le plus beau cadeau que la vie puisse t'apporter, ma chère Carmel, ne passe surtout pas à côté du bonheur, prends ma parole, j'en sais quelque chose.

Carmel embrassa tendrement sa tante. Elle aimait profondément cette femme qui portait secrètement en elle la douleur de l'abandon et qui jouait un rôle important dans cette famille.

* * *

Joseph invita sa promise à rencontrer son père, George James, et sa belle-mère, Emma, dans leur résidence de Montmorency. À l'âge de vingt-huit ans, il n'avait pas de permission à demander, mais tenait à faire les choses correctement. Il avait hâte de présenter sa future épouse, belle et raffinée. Il était persuadé qu'elle leur plairait.

Carmel ne savait comment s'habiller, elle était nerveuse à l'idée d'être présentée à ses futurs beaux-parents. Elle tergiversait, la rencontre étant prévue pour la semaine suivante. Aurait-elle le temps de se confectionner une toilette convenable ? Elle était inquiète.

Elle se disait que l'on n'avait jamais une deuxième chance de faire une première bonne impression et qu'il ne fallait pas la manquer. Les quelques détails lancés par Joseph au hasard, au cours de leurs promenades, ne lui suffisaient pas à se faire une idée de ces gens. Ils semblaient de classe moyenne, mais Joseph avait-il minimisé le rang social de sa famille pour éviter de l'intimider et de la mettre mal à l'aise ? Son angoisse venait du fait qu'elle avait peur de ne pas être à la hauteur, elle, l'ouvrière issue d'une famille modeste.

Son frère Paul-Émile, qui passait dire un petit bonjour à sa famille, se trouvait justement à la maison. Ayant appris la grande nouvelle, il félicita sa sœur.

Carmel lui dit d'un air penaud :

— Merci pour tes bons souhaits, Paul-Émile, je dois rencontrer sa famille la semaine prochaine et je ne sais pas quoi porter. Je tiens à paraître à mon meilleur. Je manque de temps pour me confectionner quoi que ce soit. Puis tout est cher. Ah, que je suis excitée ! Je ne veux pas mettre une de mes vieilles robes, elles sont toutes démodées. À moins que je trouve le moyen d'en remodeler une. Oui, à bien y penser, je pourrais ajouter un beau col de dentelle à ma robe bleue, je pourrais aussi m'acheter une robe d'occasion, une collègue m'a parlé d'un magasin ouvert depuis le début du mois, La Robe de Québec, qui se spécialise dans la vente de robes d'occasion. Les propriétaires sont des Latulippe, en as-tu déjà entendu parler ?

Paul-Émile, visage jovial, mit sa main potelée sur la sienne pour la faire taire. Il travaillait chez J. B. Laliberté et discutait souvent de la marchandise et des tendances de la mode avec Carmel.

— Tu sais que notre magasin offre actuellement ses soldes du printemps. Les patrons veulent écouler la marchandise pour faire place à celle de l'été et de l'automne. Il y a de bonnes aubaines.

Carmel ne put résister à cette tentation et se rendit chez J. B. Laliberté le lendemain. Son frère l'accueillit chaleureusement, la présenta à une collègue assignée au rayon des vêtements pour dames.

— Je te confie ma petite sœur, elle doit faire la connaissance de ses beaux-parents dans quelques jours, tu sauras sûrement la conseiller quant à la tenue la plus convenable. Avec ton expérience et ta gentillesse, je suis certain que vous allez vous entendre parfaitement.

Carmel se sentit en confiance, guidée par la vendeuse qui avait répondu avec enthousiasme à Paul-Émile :

— Avec plaisir !

Malgré son jeune âge, elle était à l'affût des nouvelles tendances. Après avoir essayé quelques robes, qui lui semblèrent trop sophistiquées, Carmel arrêta son choix sur un tailleur de toile légère, couleur crème, à un prix qu'elle n'aurait jamais imaginé payer. Elle n'eut pas à chercher midi à quatorze heures, elle avait trouvé. Elle voulait faire bonne impression, il y avait un prix à payer pour cela. Elle devrait gruger ses minces économies.

En voyant Carmel si élégamment vêtue, Joseph s'empressa de la complimenter sur sa tenue.

— Tu es magnifique, ma douce.

Nerveux comme deux jeunes adolescents, ils se rendirent chez les Courtin.

— Bonjour, père, permettez-moi de vous présenter Caramel, ma fiancée.

George James saisit la main de Carmel et l'invita à entrer.

— Vous serez toujours la bienvenue dans cette demeure.

Le courant passa immédiatement entre eux.

— Permettez-moi de vous présenter Emma, ma femme.

— Bonsoir, mademoiselle, soyez la bienvenue chez nous.

Carmel serra la main de cette femme raffinée, de très belle apparence.

— Bonsoir, madame, c'est un plaisir de vous rencontrer.

Emma fit la bise à Joseph et invita les fiancés à passer au salon. Après avoir échangé les politesses d'usage, elle présenta leurs deux jeunes fils.

— Jacques et Julien souperont avec nous, mais mes enfants, Magella, Juliette et Michel, n'ont pas pu se libérer. Toutefois, Georgette et Eugène, qui habitent à Château-Richer, se joindront à nous pour le dessert.

Tout en discutant, Emma admirait le bon goût et la classe de la jeune femme. Carmel se tenait le dos droit, assise dans un fauteuil, les mains croisées l'une sur l'autre, la main gauche posée sur la main droite afin de mettre en évidence sa belle bague.

Emma entama la conversation avec finesse. Voyant Carmel nerveuse, elle la complimenta dans le but de la mettre à l'aise.

— Montrez-moi ce bijou de plus près.

Carmel s'exécuta avec fierté. En poussant un soupir de ravissement, elle observa Joseph tendrement. Manifestement, il était satisfait de l'impression que cette bague produisait.

— Félicitations, mais quelle bague! Vous avez vu ce diamant!

Emma continua sur sa lancée:

— Quel joli tailleur vous portez, Caramel! Il vous va à ravir, cette couleur crème fait ressortir l'éclat de vos cheveux.

Carmel rougit aux compliments d'Emma.

— Merci, madame, j'aurais préféré me confectionner un vêtement, mais le temps m'a manqué. J'ai acheté ce tailleur en solde chez J. B. Laliberté, mon frère Paul-Émile y travaille.

Cette répartie était un peu simplette, elle s'en rendit tout de suite compte et se demanda pourquoi elle avait mentionné qu'elle avait acheté son tailleur à prix réduit. Elle se sentit ridicule.

Emma, ayant vite constaté que Carmel ne maîtrisait pas facilement l'art de la conversation, enchaîna sur un sujet qui semblait l'intéresser :

— Ce tailleur est dernier cri.

La vendeuse lui avait fait remarquer qu'une belle ceinture accentuerait la finesse de sa taille ; l'effet serait ainsi très élégant.

Joseph suivait la conversation. Il était un peu inquiet pour Carmel.

George James interrompit cet échange féminin. Il venait de faire sauter le bouchon d'une bouteille de champagne.

— Jos, un verre de champagne ?

Joseph ne voulut pas déplaire à son père et accepta.

— Un verre seulement, vous savez que je bois très peu.

— C'est une occasion spéciale, mon fils, nous avons un heureux événement à célébrer, n'est-ce pas ?

— Et vous, Caramel ?

Carmel accepta ; elle non plus n'avait pas l'habitude de boire. Évidemment, elle n'avait jamais goûté au champagne de sa vie, aussi se promit-elle de le boire à petites gorgées. George James leva son verre :

— Emma, trinquons à nos futurs époux.

Tous entrechoquèrent leurs verres.

— Santé, santé !

Ils leur souhaitèrent beaucoup de bonheur. Les fils d'Emma et George James se joignirent à eux.

— Caramel, voici Jacques.

Le jeune garçon lui tendit une main peu assurée.

— Et Julien.

Le garçon fit un petit salut, ce qui amusa Carmel.

— Prenons place. Caramel, je vous installe entre Joseph et Jacques, en ce soir de l'annonce de votre mariage, il ne faut pas vous séparer ; George James, viens près de moi.

— Ça sent drôlement bon chez vous ! ne put s'empêcher de commenter Carmel.

Emma continua sur le sujet de conversation que la jeune femme venait d'aborder afin de la mettre à l'aise et de lui faciliter les choses.

— Vous aimez faire la cuisine ? Quelle est votre spécialité ?

— Je cuisine peu.

— Et alors que faites-vous pour occuper vos journées ?

— Je suis piqueuse d'empeignes chez John Ritchie.

Emma, qui aurait dû deviner qu'une jeune femme célibataire était forcément sur le marché du travail, s'en voulut de ne pas avoir été plus perspicace. Son mari aurait dû s'informer de l'emploi de la future épouse de son fils avant qu'elle leur soit présentée.

— Pauvre enfant, vous devez travailler comme une forcenée.

Carmel, qui ne tenait pas à attirer la pitié sur elle, répondit :

— Nous faisons en effet beaucoup d'heures, mais le salaire est intéressant.

Emma continua son interrogatoire, ce qu'il fallait mettre sur le compte de la nervosité.

— Que fait votre père ?

Joseph vint à la rescousse de sa fiancée. Il trouvait qu'Emma posait trop de questions. Il sentait que Carmel était dans ses petits souliers, qu'elle manquait de répartie pour soutenir une telle conversation.

— Le père de Caramel est *foreman* à la brasserie Boswell.

George James commenta avec un grain d'ironie.

— Ah ! Les gars de chez Boswell, ils sont bien traités, avec, en prime, la bière à rabais !

— Mais ils n'en abusent pas tous, papa.

— Peu importe, mon fils, il est connu que les travailleurs de Boswell profitent de bonnes conditions de travail.

Emma reprit la parole pour décrire le menu qu'elle s'apprêtait à servir.

— Nous vous offrons, en cette occasion spéciale, un gigot d'agneau parfumé au romarin avec de la gelée de menthe et des pommes de terre en purée, accompagné de carottes caramélisées et de petits pois. Je vous sers quoi, Caramel, c'est votre prénom n'est-ce pas ? Jos a cette façon suave de le prononcer.

Carmel fut amusée.

— En fait, mon prénom est Carmel, mais dès notre première rencontre Jos, à cause de sa prononciation à l'anglaise, a glissé sur le « r » et lui a ajouté une voyelle, cela m'avait fait rire, il continue de m'appeler Caramel.

— C'est charmant, ajouta George James, tiens, tiens ! Caramel !

Carmel tendit son assiette à l'hôtesse.

— Je prendrai un peu de tout, c'est très appétissant, je vous félicite, votre repas semble succulent. De plus, l'agneau est mon plat préféré.

Elle mentait, elle n'en avait jamais mangé.

— Pour toi, Jos ?

— Un peu de tout aussi, s'il vous plaît.

George James demanda à Emma de lui ajouter de la sauce. Emma était satisfaite du fait que le gigot d'agneau, sa spécialité, plaise à sa future bru. Elle aurait aimé leur servir ses fameux choux-fleurs au gratin, mais en cette période de rationnement les ingrédients nécessaires, notamment le fromage, étaient rares. Elle avait déjà dû faire des miracles pour se procurer cette viande.

Le petit Jacques, malcommode voisin de table au visage chafouin, observait attentivement les mouvements de Carmel du coin de l'œil. Il attendait le moment propice pour faire son coup. Il surveillait sa proie. Il lui cogna le coude au moment même où Carmel levait la main pour porter sa fourchette remplie de pois verts à sa bouche. Les petits pois Le Sieur se répandirent et se mirent à rouler sur la belle nappe de dentelle d'Emma.

Le fou rire intempestif des deux garçons embarrassa Joseph autant que Carmel, sinon plus. Il réagit immédiatement, aucunement amusé par le geste de son demi-frère. Il jeta un regard furibond à Jacques.

— *That's enough*, Jacques ! C'est une plaisanterie de mauvais goût.

Emma et George James demandèrent à leur fils de s'excuser pour cette blague très déplacée.

Jacques s'excusa du bout des lèvres. Il ne savait plus où se mettre. Son expression était figée.

— Je suis désolé.

Il n'était pas méchant, mais trop jeune pour mesurer la portée de ses actes et ressentir de la culpabilité. Carmel était rouge jusqu'aux oreilles, elle aurait voulu disparaître sous la table, se volatiliser. Joseph, furieux, fit diversion en entamant une discussion sur les projets d'avenir de Jacques dont l'espièglerie lui avait hautement déplu ; il était désolé pour sa dulcinée et choqué par ce geste irréfléchi.

— Tu comptes faire quoi dans la vie, toi, Jacques ?

Joseph était si déçu de l'attitude de Jacques qu'il n'allait pas l'excuser si facilement. Il le tancerait, question de le mettre mal à l'aise à son tour en l'obligeant à discuter devant tout le monde de ses projets d'avenir. Il voulait lui faire ressentir ce qu'il avait fait éprouver à Carmel. Il savait pertinemment qu'à cet âge les jeunes n'échafaudaient pas encore de projets, qu'ils vivaient le moment présent et que c'était prématuré pour eux de se prémunir contre les aléas de la vie.

Le garçon, qui n'avait pas prévu faire un énoncé sur son avenir devant tout le monde, se mit à bafouiller. Joseph espérait que la leçon lui servirait et que le sujet serait clos, même s'il ne considérait pas ce geste comme une simple brouille.

La conversation bifurqua sur les affrontements en Europe. George James déclara :

— Il est pratiquement impossible, tant pour le simple soldat que pour le citoyen moyen, de savoir, ou plutôt de comprendre, ce qui se passe de l'autre côté de l'océan Atlantique. Le dispositif de sécurité est énorme paraît-il. L'ampleur que semble prendre cette guerre est immense.

Son père avait l'air inquiet. Joseph reprit la conversation, avec un sourire entendu.

— En ce qui me concerne, j'essaie de m'en tirer. Je suis fort sympathique à ceux qui risquent leur vie outre-mer et qui font ce sacrifice ultime, mais j'avoue ne pas avoir l'étoffe de ces gaillards.

***

Subitement, le passé de Joseph resurgit. Sa mémoire l'emporta au-delà des années, vers le temps où il avait eu beaucoup de difficultés à accepter que son père se remarie quatre mois seulement après la mort de sa mère. George James avait épousé Emma, une veuve, mère de quatre enfants issus de son premier mariage, trois filles et un garçon.

Joseph, assez conservateur, ne comprenant pas ce mariage trop soudain à son goût, avait alors quitté la maison paternelle afin de s'éloigner de cette union naissante. Il n'avait pas encore, lui, oublié sa mère. Il ne connaissait pas cette femme dont son père lui vantait les talents, c'était trop vite, trop tôt. Il ne reconnaissait plus son père. Comment avait-il pu, peu après avoir enterré le corps de sa femme, se tourner vers une autre, en aimer une autre ? Avait-il déjà oublié sa chère Minny ? Pour Joseph, c'était inconcevable.

Il avait quitté son père pour s'installer à New York où il avait entrepris ses études d'ingénierie et avait travaillé chez Macy's pour assumer le coût de sa scolarité.

Même s'il était follement amoureux d'Emma, George James avait été affecté par le départ de son fils, mais il ne s'était pas pour autant résigné à ne plus le revoir. Il aurait préféré que Joseph vive avec eux quelque temps avant de prendre la décision d'aller étudier aux États-Unis. Il lui avait fait promettre de revenir lui rendre visite et de garder le contact avec sa nouvelle famille.

Mais cela s'avérait difficile pour Joseph. Partout, il imaginait auprès de son père la présence de sa superbe mère avec son adorable accent et son allure écossaise; elle avait beaucoup de classe, de piquant, elle était aimable et chaleureuse. Elle lui manquait atrocement. Jamais, non jamais personne ne remplacerait sa mère.

Il ne voulait pas juger son père. Il avait alors dix-huit ans. Il était, selon lui, en âge de faire ses propres choix. Il avait été admis en ingénierie et devait assumer seul toutes ses dépenses, soit le logement, la nourriture, l'habillement et les frais engendrés par ses cours, en plus de tout ce que la vie dans une grande ville exigeait.

Il s'installa donc à New York, cette cité captivante dont son père lui avait tant parlé. Il s'investit dans la recherche d'un emploi. Peu lui importait les conditions de travail, il ne se montrerait pas trop difficile, car il s'agissait là d'un emploi temporaire pouvant lui permettre de subvenir à ses besoins, le temps de terminer sa formation.

Un bon matin, sous un ciel chargé de nuages, muni d'une solide détermination, il prit d'assaut les rues de New York, la plus grande ville des États-Unis, cette importante plaque tournante financière dont la principale activité était la Bourse. Il se présenta aux bureaux d'embauche des grands magasins. Il fut particulièrement emballé par le gigantesque magasin Macy's, situé au Herald Square, endroit stratégique du centre-ville.

Il frappa à la porte du bureau du directeur du personnel. Celui-ci l'invita à s'asseoir devant son grand bureau et lui demanda son nom et son âge. Il lui posa diverses questions concernant son passé. Possédait-il des antécédents judiciaires? Avait-il déjà occupé un emploi? Il l'invita à exprimer sa motivation à vouloir travailler pour l'entreprise et consigna des notes sur ce candidat. Il termina l'entrevue en s'enquérant de l'état de santé du jeune homme, comme c'était la règle dans les grandes entreprises.

— Concernant votre santé, quelque chose à signaler?

Joseph, qui avait jusqu'alors répondu promptement, eut un moment d'hésitation.

— Je suis en bonne santé, monsieur.

Joseph sollicitait un emploi pour la première fois et ne s'attendait pas à une telle question. Il réfléchit un moment et ne voulut rien cacher de sa condition.

— Voyez-vous, monsieur, mon bras droit est plus petit que mon bras gauche. Étant enfant, j'ai subi un accident, mais cela ne me cause pas trop de problèmes. Je crois tout de même important de vous le mentionner.

— C'est noté, lui dit son interlocuteur.

Joseph ne savait pas si cette révélation influencerait négative-ment le directeur du personnel, ce dernier n'ayant émis aucun commentaire. Par contre, Joseph était soulagé de ne pas devoir entrer dans les détails. Il se redressa sur sa chaise, tentant de garder sa contenance.

Certains l'avaient accusé de s'être infligé lui-même cette blessure, d'autres le plaignaient de cette malformation à peine apparente. Joseph avait développé le réflexe de ne pas tendre la main droite. Il portait en toute saison des manches longues qu'il roulait rarement. Il avait aussi adopté une posture qui lui était exclusive : il croisait ses bras, et glissait sa main droite dans la poche gauche de son veston et la main gauche dans la poche droite. Ce léger handicap lui causait divers problèmes, plus psychologiques que physiques. Il en était gêné.

Il ne voulait pas être mal jugé, et surtout pas par Carmel. Plusieurs jeunes s'étaient enrôlés, volontairement ou non, et il trouvait humiliant d'être peut-être traité de déserteur.

Revenu au moment présent, Joseph se disait qu'un jour ou l'autre il devrait expliquer cette légère infirmité à sa douce. Pour l'instant, il se préoccupait du désarroi de Carmel par rapport aux enfantillages de Jacques. Il n'avait pas le goût de rester plus longtemps et trouva un prétexte pour partir.

— Chère Emma, permettez-vous que nous nous retirions? Caramel travaille tôt demain matin.

Emma était déçue, elle avait prévu un souper festif, elle n'aurait pas voulu que cette première rencontre avec la future épouse de Joseph se passe de cette manière-là.

— Dommage que vous deviez déjà nous quitter, Georgette et Eugène vont bientôt se joindre à nous.

Emma ne voulait pas insister, ayant perçu le malaise de la jeune femme. Elle voulut la rassurer, d'une certaine façon:

— Ne vous inquiétez pas pour cela, nous prendrons le dessert avec eux.

Carmel acquiesça, la journée avait été longue. Elle se sentait tendue, repue, et fit un petit signe d'approbation de la tête.

— Merci pour cette charmante soirée, madame.

Charmante soirée! Carmel avait prononcé ces mots machinalement, sans toutefois les penser. Cependant, elle ne pouvait en vouloir à Jacques, il était à l'âge de faire des singeries.

Emma eut envie de se rapprocher de la jeune femme.

— Appelez-moi Emma, je vous en prie.

Aussitôt le seuil franchi, Joseph s'empressa de la réconforter:

— Ne t'en fais pas, ma douce, les enfants ne sont pas méchants, ils n'ont tout simplement pas l'habitude de se trouver en présence d'une personne aussi jolie que toi.

Carmel ricana, mais ses yeux s'embrumèrent. Elle n'était pas dupe à ce point. Elle ne s'était pas trouvée à la hauteur de cette conversation mondaine, à cause de sa condition sociale. De plus, elle avait constaté que Joseph était un peu mal à l'aise lorsqu'il s'adressait à Emma. Peu lui importait cette union entre George James et Emma, à ses yeux, ils semblaient heureux. Emma lui avait paru plutôt sympathique.

Carmel pardonnait le geste du jeune Jacques, il avait peut-être voulu attirer l'attention sur lui, faire diversion. Joseph lui avait rendu la monnaie de sa pièce. Elle quitta la maison des Courtin passablement préoccupée. Elle allait demander à Joseph s'il croyait qu'elle leur avait plu, mais Joseph rompit le silence.

— Nous nous reverrons demain, j'aimerais que nous discutions de la date de notre mariage. Ne t'en fais pas outre mesure pour Jacques, c'est un bon garçon. Il apprendra à mieux se comporter avec toi à l'avenir.

Chapitre 12

Ils étaient arrivés à l'appartement du boulevard Langelier au crépuscule. Épuisée, perdue dans ses pensées, Carmel n'avait pas beaucoup parlé durant le trajet du retour. Ils avaient pourtant beaucoup de projets d'avenir à préciser, notamment la date de leur mariage et leur installation à Montréal à organiser. Elle se coucha en arrivant, mais eut du mal à trouver le sommeil. Après s'être retournée plus d'une fois dans son lit, elle se leva et enfila sa vieille robe de chambre. Comme elle avait la bouche sèche, elle se rendit à la cuisine pour se désaltérer. Dans la pénombre, elle entrevit sa mère, assise dans sa berçante. Carmel s'en approcha d'assez près pour distinguer les traits de son visage. Ses yeux étaient ouverts. Elle se pencha vers elle et lui dit à voix basse :

— Que faites-vous, maman, vous n'êtes pas encore couchée à cette heure-ci ?

Eugénie ne répondit pas. Carmel alluma le petit néon accroché sous l'armoire de la cuisine. Elle ne voulait pas réveiller toute la maisonnée. Elle posa un genou par terre et mit son bras autour du cou de sa mère. Celle-ci avait une mine lamentable.

— Que se passe-t-il, êtes-vous malade ?

D'un ton un peu bourru, Eugénie répondit à sa fille :

— Non, non, va te coucher, tu travailles demain matin. Il est assez tard, tu ne trouves pas ?

Carmel perçut de la tristesse dans le ton peu invitant de la voix. Elle ne céderait pas si facilement, ayant rarement vu sa mère dans cet état. Carmel se fit insistante en haussant la voix :

— Je n'irai pas me coucher sans que vous m'ayez dit ce qui vous tracasse. Ce n'est pas normal que vous ne soyez pas encore au lit, je veux savoir ce qui se passe.

— Ne parle pas si fort, tu vas réveiller tout le monde !

Carmel était de plus en plus inquiète.

— Dites-moi, est-ce mon départ de la maison qui vous chagrine ?

Eugénie laissa échapper un sanglot. Elle n'avait pas l'habitude d'étaler ses états d'âme, qui devenaient de plus en plus fréquents.

Carmel se colla contre sa mère, secouée devant son chagrin. Eugénie avait eu son lot de misères durant toute sa vie et elle l'aimait profondément. Malgré le grand bonheur qui l'envahissait, Carmel était triste de devoir se séparer d'elle.

— Ça me fait de la peine que tu nous quittes, ma fille, de te voir partir aussi loin m'inquiète. Montréal, y as-tu pensé ?

Eugénie renifla.

— Je te souhaite de trouver enfin le bonheur.

Carmel, émue, se voulut rassurante.

— Ne vous en faites pas, je reviendrai vous voir, nous…

Eugénie l'interrompit brusquement.

— Ce n'est pas ça, le pire !

Carmel se redressa.

— Mais qu'est-ce donc qui vous trouble à ce point ?

Eugénie balbutia.

— C'est Alfred.

Elle avait grommelé le nom de son fils. Carmel réagit vivement.

— Alfred?

Mathilde, qui ne dormait que d'un œil, fut réveillée par le bruit des voix et fit irruption dans la cuisine. Elle s'adressa aux deux femmes :

— Qu'est-ce qui se passe donc ici?

Voyant leurs mines défaites, Mathilde mit leur chagrin sur le compte du départ de Carmel. Elle fondit en larmes et enlaça sa sœur. Manouche, couchée près d'elles, reniflait et semblait comprendre la conversation.

— Carmel, tu vas me manquer.

L'aînée pensait au fait qu'elle serait dorénavant la seule fille à la maison, à part sa jeune sœur Céline, qui se faisait absente si souvent et avec qui elle n'avait aucune affinité. Qu'adviendrait-il de sa destinée sous l'emprise de sa mère? Jusqu'où irait l'amour maladif de son frère pour elle?

Carmel toussota pour dissimuler le chagrin qui l'accablait.

— Vous allez me manquer aussi. Je vais revenir vous voir, ne vous inquiétez pas.

Eugénie se leva avec effort et mit fin à ces épanchements. Elle dit d'un ton dominateur :

— Allons donc nous coucher maintenant, il est assez tard.

Carmel voulait en savoir davantage sur la cause du tourment de sa mère. Mis à part son départ de la maison, elle avait mentionné le nom d'Alfred.

Elle se dirigea vers sa chambre en entraînant sa sœur par la taille. Elle finit par s'endormir, exténuée.

Le lendemain matin, lorsque les deux sœurs quittèrent le logement, Eugénie n'était pas encore levée pour faire son ordinaire.

Carmel et Mathilde étaient inquiètes. Jamais, à leur connaissance, leur mère n'était restée au lit un matin. Elle se levait toujours à l'aurore pour préparer le dîner de son homme, dîner composé de sandwiches, d'un coke en bouteille et d'un morceau de gâteau ou d'une pointe de tarte, selon les restes. Elle déposait le tout dans la boîte à lunch en fer-blanc, car il n'était pas question qu'Arthur mange à la cantine, il ne pouvait se le permettre.

Mathilde interrogea sa sœur :

— Qu'est-ce qui la tracasse, notre mère, ces temps-ci ? Le sais-tu, Carmel ?

— Mon départ, sans doute.

— Avant même que tu lui annonces tes fiançailles, elle se levait la nuit et ressassait ses pensées.

Carmel demeura bouche bée. Elle ne s'était aperçue de rien.

— J'espère qu'Alfred n'est pas malade.

— Lui, malade ? Qu'est-ce qui peut te faire croire une chose pareille ?

Carmel ne voulait pas révéler à sa sœur que, dans ses sanglots la nuit dernière, sa mère avait prononcé son nom. Cette confidence avait été interrompue par l'arrivée de Mathilde. Il devait y avoir une raison à cela. Elle n'était pas disposée à entreprendre une telle discussion.

— Ah ! Je disais ça comme ça, je n'en sais rien.

Les autres travailleuses qui leur emboîtèrent le pas mirent un terme à leur entretien.

— Il paraît que tu te maries, Carmel ? lança l'une d'elles.

— Non ! Pas avec ton Anglais ! renchérit une autre.

Mathilde prit le bras de sa sœur. Elle, dont la jeunesse était bien entamée, se réjouissait pour Carmel, qui avait trouvé le grand amour et qui allait bientôt quitter cette vie.

— Ne t'en fais pas, elles sont toutes jalouses, tu leur en as mis plein la vue avec ton beau diamant.

Sitôt la journée terminée, les deux sœurs rentrèrent à la maison plus rapidement que d'habitude. Elles avaient hâte de retrouver leur mère dans l'espoir que celle-ci ne soit pas malade.

L'odeur de nourriture les rassura. Elles se précipitèrent dans la cuisine. Eugénie était à l'œuvre.

— Comment allez-vous, maman ? On ne vous a pas vue ce matin.

Eugénie avait repris son air bourru. Elle portait son ample robe de coton fleurie tachée de nourriture, sa tenue débraillée habituelle. Elle les accueillit avec cette réplique cinglante :

— Je n'ai pas le droit de dormir un peu plus tard, une seule fois, que vous me le reprochez ? Elle est bonne, celle-là.

Les filles comprirent que leur mère avait repris du pic. Elle allait mieux et confirmait l'expression devenue populaire : « Chassez le naturel, il revient au galop. »

— Non, on ne vous reproche rien, nous étions inquiètes, c'est tout !

— Aidez-moi donc à mettre la table plutôt que de dire des niaiseries.

Mathilde détourna la conversation.

— Je vous dis, maman, que le diamant de Carmel a fait des envieuses. Elles en parlent encore. Elles ont des preuves mainte-nant, elles vont arrêter de médire sur Joseph. Carmel a eu raison de l'attendre.

Eugénie y alla assez directement.

— C'est pour quand, le mariage, ma fille ?

— Joseph et moi, on va en discuter, mais je tiens quand même à avoir votre opinion là-dessus.

— J'aimerais que tu nous accordes un peu de temps, à ton père et moi, pour nous préparer.

— Inquiétez-vous pas, on n'a pas l'intention de vous faire dépenser inutilement. On veut faire une réception simple. Évidemment, il n'est pas question de recevoir ici, le logement est trop petit.

Eugénie répliqua :

— Tu me rassures, ma fille, mais pourquoi n'attendriez-vous pas à l'automne ? C'est difficile de passer l'été à Montréal, il fait pas mal chaud là-bas.

Carmel avait hâte de revoir son fiancé pour en discuter sérieusement. Ils passèrent donc la soirée au restaurant, les mains dans les mains, les yeux dans les yeux. Joseph lui répétait combien il l'aimait. Il était au comble de la joie en pensant qu'ils allaient vivre ensemble.

La serveuse vint retirer leurs assiettes presque vides et leur proposa en dessert la tarte à la farlouche, comprise dans le menu du jour.

— Non merci, répondit Joseph.

Carmel n'eut pas la chance de s'exprimer.

Mine de rien, il tira de sa poche un sac de chez Kerhulu, l'ouvrit, en sortit deux caramels en disant d'un ton taquin :

— Nous ne prendrons pas de dessert.

Carmel l'observait silencieusement pendant qu'il fouillait dans son sac. Il poursuivit sur le même ton :

— Mon dessert, ce sont des *Honey-Moon*. C'est toi, Caramel, mon dessert. Puisque je suis un descendant d'Écossais, le caramel a une grande signification pour moi, tout comme pour la plupart des Écossais.

Il ouvrit un caramel et le mit langoureusement dans la bouche de Carmel et en déballa un deuxième pour lui. Carmel fut amusée par ce geste.

La serveuse s'éloigna de la table pour ne plus déranger le couple. Plus tard, elle y déposerait l'addition. Carmel se mit à rire, la bouche presque dégoulinante de caramel fondant. On ne riait pas souvent chez les Moisan, cela lui faisait du bien. Elle aimait ces témoignages d'amour, elle avait le goût de chanter. Ils bavardèrent avec animation et repartirent allègrement. Joseph ramena sa fiancée chez ses parents, puis rentra directement à la Pension Donovan.

Il avait hâte de fonder une famille et de s'établir avec la femme qu'il aimait. Il en avait assez de ces déplacements qui l'éloignaient d'elle.

Il n'avait suffi que de quelques secondes pour qu'une lueur jaillisse dans les yeux de Carmel lorsque Joseph lui avait demandé de partager sa vie après seulement quelques mois de fréquentations.

* * *

Les fiancés demeuraient dans leur ville respective, occupés à mettre la dernière main aux préparatifs de leur mariage.

Avant de repartir pour Montréal, Joseph accompagna Carmel pour rencontrer le curé Benoit Fillon de l'église Notre-Dame de Jacques-Cartier. Celui-ci leur indiqua la seule plage horaire restante pour la célébration de leur mariage en insistant pour qu'ils ne traînent pas dans l'église après la cérémonie, car une autre union était prévue tout de suite après la leur.

— Les mariages se succèdent à un rythme effarant, mes chers enfants, vous comprendrez, j'en suis persuadé, avait-il ajouté.

Le curé avait soulevé encore plus de doutes dans l'esprit de Carmel. Les gens se mariaient pour éviter d'aller éventuellement à la guerre; cela était encore plus vrai depuis la capitulation de la France. En effet, le 22 juin, la France était tombée entre les mains des Allemands. La direction du pays avait été confiée à Philippe Pétain, un maréchal de quatre-vingt-quatre ans, dont l'empressement à collaborer avec les Allemands était alarmant. La pression eut raison de Mackenzie King, qui confirma alors que le service militaire serait obligatoire ainsi que l'inscription nationale de tous les hommes et femmes de seize à soixante ans. Les premiers à être appelés, en date du 15 juillet, seraient les veufs et les célibataires.

Durant les semaines qui suivirent, la future mariée ne sut où donner de la tête. Elle avait décidé de coudre elle-même sa tenue de noces. Elle avait du mal à arrêter son choix. Elle voulait choisir un modèle pas trop excentrique, plutôt sobre, se disant qu'elle désirait quelque chose qu'elle pourrait porter à nouveau après le mariage. Elle opta finalement pour un tailleur qu'elle confectionnerait dans une belle toile mi-saison; comme le mariage serait célébré à la fin du mois de septembre, elle pouvait se le permettre. Elle passait toutes ses soirées à confectionner sa tenue, tentant de chasser les inquiétudes qui l'habitaient. Elle éprouvait de l'angoisse à l'égard de son avenir. Sa dernière journée de travail achevée, Carmel avait fait ses adieux à ses compagnes, en fait aux quelques collègues les plus fidèles, qui pouvaient se compter sur les doigts d'une main. Elle avait regardé avec amusement les bicyclettes des travailleurs appuyées sur des *racks* disposés à cet effet dans la cour arrière de la manufacture par son ancien employeur. Elle voyait pour la dernière fois ce décor qui avait été le sien si longtemps. C'était maintenant chose du passé.

Elle mit la touche finale à sa tenue à la veille de son mariage. En ce même début de soirée, pendant que Carmel était occupée à presser la jupe étroite de son tailleur, le timbre de la porte de l'appartement retentit. Carmel s'y précipita, croyant voir arriver Joseph. Elle resta figée sur place. Elle eut l'impression que son sang se vidait de son corps. Devant elle se trouvaient deux hommes en uniforme. Elle craignait une mauvaise nouvelle. Le plus grand des deux lui présenta son badge et déclina son identité :

— Claude Gauthier, de la police municipale de Québec.

Le policier qui l'accompagnait resta un peu en retrait.

Carmel dut se ressaisir et finit par lui demander d'une voix tremblante :

— Est-ce qu'il y a des problèmes, monsieur ?

— Sommes-nous chez la famille Moisan ?

Il posa cette question par obligation, car il connaissait la réponse. Carmel se présenta en se tordant les doigts.

— Je suis Carmel Moisan.

Le policier jeta un coup d'œil par-dessus l'épaule de Carmel.

— Est-ce que vos parents sont à la maison ?

Carmel était au comble de l'inquiétude, le policier la détaillait de la tête aux pieds. Elle n'aimait pas ce regard trop osé. Elle lui dit d'un ton neutre que sa mère était dans la cuisine et qu'elle irait la chercher, tout en tentant de dissimuler la panique qui s'était insinuée en elle.

Carmel se dirigea vers la cuisine sans se retourner et s'approcha lentement de sa mère.

— Maman, deux policiers veulent vous voir.

Au moment même où elle prononça ces mots, Carmel comprit qu'il ne s'agissait sûrement pas de problèmes liés à Joseph, puisque les policiers avaient demandé à voir ses parents. Elle en fut un peu soulagée. Eugénie lui demanda en grommelant :

— Mais qu'est-ce qu'ils me veulent, eux autres ?

Carmel passa sa main le long du bras de sa mère pour l'apaiser et lui répondit :

— Je ne sais pas, maman, ils ne m'ont rien dit.

Eugénie se leva péniblement de sa chaise et se dirigea à pas pesants vers la porte d'entrée. Ce n'était pas la première fois que les policiers se présentaient chez les Moisan, mais Carmel n'en savait rien.

En apercevant les agents, Eugénie prit un air dédaigneux.

— Mais qu'est-ce qui se passe ?

Le policier Claude Gauthier connaissait la famille pour avoir déjà été dépêché en ces lieux. Il s'adressa à la mère :

— Bonsoir, madame Moisan, votre fils Alfred est-il à la maison ?

Carmel se tenait près de sa mère, elle comprenait mieux, et son inquiétude au sujet de Joseph s'apaisa complètement.

— Je vous le répète, votre fils Alfred est-il à la maison ?

Eugénie avait l'habitude de ce genre de visite ; Carmel, qui vivait cela pour la première fois, trouva sa mère brave lorsque celle-ci répondit aux policiers :

— Est-ce que cela vous concerne, voulez-vous me le dire ?

Claude Gauthier commençait à perdre patience. Il connaissait parfaitement ce genre de comportement de mère trop protectrice.

— Je vous demande de répondre à ma question.

Eugénie le brava et lui répondit d'un ton sec :

— Il est dans sa chambre.

Carmel ne saisissait pas bien, elle savait que son frère n'était pas là, mais ne voulant pas contredire sa mère elle ne prononça pas un mot et tenta de demeurer stoïque.

L'agent, un gars d'expérience, savait qu'elle mentait. Cela faisait longtemps qu'il travaillait dans ce secteur.

— Alors allez me le chercher.

Eugénie baissa le ton.

— Il dort, vous n'allez tout de même pas me demander de réveiller un pauvre gars qui se repose d'une grosse journée d'ouvrage.

Eugénie mentait encore, car Alfred avait de nouveau été *slaqué*, il ne travaillait plus depuis trois semaines. Carmel ne savait plus quelle attitude adopter, sa mère lui faisait pitié. Au bout d'un moment de flottement, elle intervint.

— Pourquoi voulez-vous voir mon frère ?

Claude Gauthier en avait assez. Déçu de ne pas avoir de mandat de perquisition, il constata que la jeune femme ne savait rien des activités de son frère. Son expérience guida le reste de son interrogatoire. Il expliqua l'objet de leur visite.

— Savez-vous que nous avons constamment des plaintes des voisins concernant votre frère ? Ils prétendent voir un homme rôder et épier par les fenêtres.

Carmel observa sa mère lorsqu'elle baissa la tête, Eugénie semblait épuisée. Elle prit sur elle de poursuivre l'entretien, voulant épargner sa mère de l'humiliation.

— De quel genre de plaintes parlez-vous ?

Le policier qui accompagnait Claude Gauthier lui donna un coup de coude. Il savait qu'il ne fallait pas trop en dire, il ne s'agissait que d'accusations fondées sur des témoignages de voisins. Gauthier aussi le savait.

Carmel connaissait assez son frère, elle savait qu'un tel comportement pouvait lui être imputable. Impassible, elle continua :

— Comment pouvez-vous prétendre qu'il s'agit de mon frère ?

Le policier abattit son jeu.

— Écoutez, le signalement et la description des voisins correspondent en tous les points à votre frère Alfred, ce n'est pas la première fois que nous intervenons auprès de votre mère à son sujet. Je vous conseille de le convaincre de se présenter au poste demain, à la première heure, sinon nous reviendrons avec un mandat et ce sera sérieux. De plus, une jeune fille affirme l'avoir reconnu, il l'espionnait par la fenêtre de sa chambre. Des accusations formelles vont sans doute être déposées contre lui.

Carmel était stupéfaite. Elle prenait au sérieux les dires de l'agent et se voulut coopérative.

— Je vous donne ma parole, je vais tout tenter pour le convaincre de se présenter au poste.

Les deux hommes quittèrent la maison en ajoutant :

— Nous comptons sur vous. Bonsoir, mesdames.

Eugénie retourna dans la cuisine, le dos voûté, les paupières fatiguées, sans dire un mot à Carmel. Pendant tout ce temps, Mathilde était restée enfermée dans sa chambre. Elle avait entendu les conversations, mais avait préféré ne pas s'en mêler. Il lui aurait été difficile de feindre l'ignorance devant les policiers. Sa mère lui en aurait voulu si elle avait prononcé un mot pouvant incriminer son cher Alfred.

Carmel eut du mal à s'endormir, c'était la veille de ses noces, elle se posait une multitude de questions. Sa mère lui cachait des choses assez graves. Joseph aussi la préoccupait. Il lui manifestait son amour, certes, mais elle n'arrivait pas à taire les insinuations de sa famille et des voisins qui lui trottaient dans la tête. L'épousait-il pour éviter la guerre ? Elle voulait chasser ces horribles pensées de son esprit.

Avant de se mettre au lit, fière de son beau tailleur, elle l'inspecta sous toutes ses coutures. Après l'avoir pressé avec soin, elle l'avait placé sur un cintre et suspendu au crochet derrière la porte de sa chambre, à la place de sa vieille robe de chambre qui tombait en lambeaux. Ses bas de soie ainsi que son jupon étaient soigneusement pliés sur la chaise. Carmel glissa ses souliers en dessous. Elle posa son chapeau à voilette sur le dessus de l'abat-jour de la lampe sur leur unique table de chevet coincée entre les deux lits étroits, et s'assura qu'elle y avait correctement piqué l'épingle à chapeau afin de ne pas la perdre. Mathilde, qui aidait sa sœur à tout mettre en ordre, la rassura :

— Ne t'inquiète pas, je ne vais pas allumer la lampe, s'il fallait ! Je n'ai pas envie de mettre le feu à ton beau chapeau, vu la chaleur intense de l'ampoule.

Mathilde aussi était très nerveuse, ses paroles étaient saccadées. Carmel sonda l'opinion de sa sœur à propos de son mariage, elle avait confiance en elle.

— Crois-tu que je fais bien de me marier avec Joseph ? Partir dans une ville étrangère comme Montréal m'angoisse.

À quelques reprises, Mathilde était passée près d'une demande en mariage, mais Alfred réussissait immanquablement à faire reculer ses prétendants par des insinuations qui les décourageaient tous. Elle se voulut réconfortante.

— Cesse donc de t'inquiéter, Joseph est un bon parti, qui espères-tu de mieux ? Et il t'aime, en plus. À l'âge où tu es rendue, n'es-tu pas contente de quitter cette maison de fous ? Moi, à ta place…

Sa phrase fut interrompue par un long sanglot. Mathilde n'était aucunement jalouse de sa sœur cadette, au contraire, mais désormais elle serait seule dans sa chambre, prisonnière de cette famille mal gouvernée. Elle savait que le départ de Carmel allait changer des choses. Depuis qu'elle avait rencontré Joseph, Carmel se sentait plus forte et capable de tenir tête à sa mère. Elle était aussi sa meilleure amie, les filles de son âge étant presque toutes mariées.

Pour Carmel, le pire était, en épousant Joseph, de devoir quitter sa ville pour s'expatrier à Montréal. La visite des policiers la taraudait, mais elle se disait que ce moment n'était pas propice pour en parler avec Mathilde. Est-ce que Mathilde resterait clouée à la maison, dans cette famille, toute sa vie ? Elle se sentait égoïste de penser à elle-même, mais comment faire autrement devant un bonheur si grand ? « Non, se dit-elle, je ne dois pas passer à côté du grand amour. »

Les deux sœurs avaient beaucoup de pensées tristes en cette veille de mariage. Elles pleurèrent la tête sur l'épaule de l'une et l'autre. Carmel était extrêmement tourmentée au sujet de sa sœur aînée. Elle avait peur qu'il lui arrive quelque chose, elle n'était pas sans savoir que Mathilde était hantée par l'avilissement que pouvait lui faire subir Alfred. Elle la savait une proie facile pour son frère, mais, malgré ses inquiétudes, elle se voulait confiante. Elle avait même demandé à tante Élise de déménager Gilbert dans sa chambre. Élise avait protesté vivement, prétextant qu'il n'était pas question de déplacer le jeune Gilbert, qu'elle avait accueilli dans sa chambre depuis son arrivée dans la famille. Carmel ne parla pas à Mathilde de cette démarche.

— Nous garderons le contact, je vais t'écrire. Promets-moi de faire attention à toi, ferme toujours ta porte de chambre à clé.

Mathilde, qui tenait à mettre un terme à ce déchirement, fit diversion et lui dit :

— As-tu mis ton chapelet sur la corde à linge, au moins ? Tu sais qu'il le faut si tu veux avoir du beau temps demain.

Carmel pouffa d'un petit rire nerveux.

— Ah, ah, ah ! Je ne suis pas superstitieuse, moi !

Carmel revint à ses pensées. Elle se disait que, malgré tout, sa vie ne pourrait pas être pire qu'elle l'était actuellement. Elle pensait aussi à la cérémonie du mariage et était contente qu'Alfred n'y assiste pas. Elle espérait cependant le croiser avant de partir pour l'église afin de l'inciter à se présenter au poste de police, puisqu'il n'était pas rentré coucher. De plus, elle avait peur que sa mère ne commette une bévue. Avait-elle honte de sa mère ? Comment se comporterait cette femme peu éduquée ? Elle aurait peut-être son franc-parler en présence de la famille de Joseph…

Mathilde souhaitait mettre fin à cette soirée le plus rapidement possible. Elle se dévêtit et se prépara à se coucher.

— Je te souhaite beaucoup de bonheur, ma très chère Carmel, je t'aime énormément, tu vas me manquer atrocement. Profite de ce précieux présent qui t'est tombé du ciel.

Les deux sœurs se turent.

Carmel éteignit le plafonnier, s'agenouilla sur le côté de son lit et fit une longue prière. Elle commença par remercier la Providence de ce grand cadeau qu'Elle lui offrait ; elle était très reconnaissante de tant de largesses. Carmel l'implora de la guider dans sa nouvelle vie, de protéger leur amour, de veiller sur sa sœur Mathilde. Amen. Oh ! Elle demanda aussi de jouir du bonheur d'avoir des enfants.

Elle était fière d'elle-même, elle se présentait vierge à son futur époux.

Allongée sur le dos, les paupières closes, Carmel tenta de s'endormir pour la dernière fois dans cette chambre, dans ce lit, ce logement miteux, cette ancienne vie. Le sommeil la déserta à plusieurs reprises durant la nuit. Elle fut réveillée par des sanglots provenant du lit d'à côté. Mathilde tentait d'étouffer ses pleurs dans son oreiller. Carmel se leva souvent pour remonter les couvertures sur les épaules de sa sœur, secouées par les sanglots, et lui passer doucement la main dans le dos.

— Ça va aller, ça va aller !

* * *

Dans la chambre des parents, Eugénie essayait pour la troisième et dernière fois la robe qu'elle porterait au mariage de sa fille.

— Elle te fait bien, ta robe, sa mère, viens donc te coucher, lui dit Arthur d'un ton désespéré.

Du tac au tac, elle rétorqua :

— Laisse-moi donc tranquille, tu vois que je suis à bout de nerfs. Tout ce monde qu'on ne connaît pas et qu'il faut rencontrer demain, ils ne sont pas de notre race, à ce que j'ai cru comprendre. Ah ! Carmel n'a rien dit pour pas nous énerver, tu la connais, elle est diplomate, mais…

Elle renifla et renifla encore, tentant de refouler ses larmes sincères, ne voulant pas passer pour une femme faible, même pas devant son mari.

— Mais il y a aussi que notre fille se marie, elle quitte la maison, ce n'est pas rien pour une mère, tu sauras !

Arthur, comme il en avait pris l'habitude avec les années, l'écoutait sans l'interrompre ni la contrarier. Mais il avait le cœur gros. Il avait l'impression de perdre sa formidable fille. Celle qui ne leur avait jamais causé le moindre problème ni le moindre souci allait les quitter pour fonder sa propre famille, à Montréal en plus. Il se garda d'en faire la confidence à Eugénie de peur qu'elle se moque de lui et refoula son chagrin.

Eugénie se promettait de se tranquilliser avant de partir pour l'église le lendemain et savait comment s'y prendre. Ils se couchèrent dans ce lit qu'ils partageaient depuis le début de leurs trente-quatre années de vie conjugale.

« Oui, toutes ces années de misère, se dit Eugénie. Et plier bagage au moins une dizaine de fois, parce que la famille s'agrandissait ou parce que l'on nous chassait de notre loyer faute d'en avoir effectué les paiements. Carmel aura au moins un meilleur sort que le mien. Et la pension qu'elle me versait assidûment ! Jamais elle n'a failli à son devoir. Jusqu'à sa dernière paie ! Elle n'a même pas demandé d'en être exemptée afin de s'offrir un petit luxe pour son mariage. Une bonne enfant, ma Carmel... et dévote par-dessus le marché ! Une bien bonne fille, elle va me manquer. »

Eugénie s'endormit très tard cette nuit-là. Elle se tourna et se retourna dans son lit dont les ressorts s'étaient affaissés de son côté. Arthur ne dormait pas non plus. Était-ce par besoin de rapprochement qu'il ne s'était pas retenu lorsque son corps avait glissé et suivi la pente du matelas qui creusait sur le côté d'Eugénie ?

***

Joseph avait fait confectionner son habit de noces chez un tailleur réputé de Montréal, « L'Italien, le couturier ». Il aimait les beaux vêtements. Après quelques essais et retouches, il en avait enfin pris possession. Il était revenu à Québec avec ce beau complet parfaitement coupé, la veste, le gilet et le pantalon, la chemise Arrow qu'il avait sortie de son emballage et fait repasser chez le blanchisseur du coin, le tout soigneusement placé dans son portemanteau, avec sa cravate de soie. Il s'était procuré des boutons de manchette et l'épingle à cravate assortie sur lesquels il avait fait graver ses initiales. Il avait fait un petit rouleau avec chacune de ses chaussettes neuves entourées de ses jarretelles et les avait insérées dans ses chaussures, cirées une deuxième fois. Il avait suspendu sa ceinture sur le cintre de bois marqué en relief des lettres du grand magasin Macy's qu'il avait gardé en souvenir de son passage à New York, de même que son chapeau Stetson.

Joseph, économe de nature, aimait les belles choses et n'achetait que des produits de qualité. Il avait réussi à amasser une somme d'argent lui permettant quelques gâteries. Il avait mis dans son *suitcase* le cadeau de mariage qu'il allait offrir à sa future épouse. Il passa sa dernière nuit de célibat à la Pension Donovan où il logeait quand il venait travailler à Québec. Avant de se mettre au lit, il fit aussi une longue prière. Il remercia Dieu d'avoir mis cette merveilleuse Caramel sur sa route, il l'implora de veiller sur leurs vies, de lui donner la santé et de le guider dans ses décisions. Il était nerveux et tarda aussi à trouver le sommeil.

* * *

Le grand jour enfin arrivé, Joseph se leva tôt, prit une bonne douche, se rasa de près, s'aspergea le visage d'*after-shave* et mit peut-être un peu trop d'eau de Cologne sur son cou et ses avant-bras. S'étant préparé en avance, il déploya le journal sur son lit. En parcourant les grands titres, il sourit en lisant sur la page frontispice de *L'Action catholique* cette maxime de l'écrivain et moraliste François de La Rochefoucauld : « Si nous n'avions point de défauts, nous ne prendrions pas tant de plaisir à en remarquer dans les autres. » Il consulta sa montre et replia son journal. Il était l'heure de partir.

Il gara sa voiture fraîchement cirée, qui brillait comme un miroir, devant le logis des Moisan. Avant de descendre, il vérifia nerveusement du bout des doigts l'alignement de sa cravate. Lorsqu'il actionna la sonnerie, presque instantanément, Mathilde vint lui ouvrir. Elle s'était pomponnée pour le mariage de sa sœur. Elle avait revêtu une tenue aux couleurs chatoyantes.

— Ouf ! T'es bien beau ce matin, toi, *chic and swell*, Carmel est mieux de t'avoir à l'œil ! Sans blague, je suis heureuse pour Carmel et toi.

Elle se mit sur la pointe des pieds et lui donna un baiser affectueux sur chaque joue.

— Ah! quelle flatteuse tu es aujourd'hui, ma belle-sœur!

Carmel vint alors à sa rencontre. Les futurs époux restèrent figés. Ils avaient l'un devant l'autre la personne avec laquelle ils allaient passer le reste de leur vie. Il y eut un silence, Joseph était dans l'embrasure de la porte, Carmel avait les pieds cloués au sol, hypnotisée par cet homme qui allait devenir son mari, son homme. Il lui fut impossible de faire un pas vers lui.

— Voyons donc, dit Eugénie, vous n'allez pas rester plantés là toute la journée, le curé vous attend!

Eugénie s'était imposée, pour la dernière fois, dans la vie de Carmel. Sa fille ne l'entendait déjà plus. Joseph était ému, il contemplait sa douce. Elle était belle, élégante, et surtout séduisante. Cette belle voilette qui couvrait la moitié de son visage gracieux le fascina.

Joseph se décida enfin à prendre sa bien-aimée par la taille et la conduisit à sa voiture. Il était nerveux, fasciné par sa beauté exquise, il lui ouvrit la portière d'un air révérencieux, s'inclina légèrement devant elle pour l'inviter à prendre place à l'avant, à côté de lui; les parents s'assirent à l'arrière. Joseph ne démarra pas immédiatement, il sortit l'écrin de soie moirée qu'il avait placé dans la boîte à gants en se retenant d'effleurer les genoux de sa passagère, souleva le couvercle et en retira un superbe rang de perles. Sur un ton mystérieux, il demanda à Carmel d'enlever son collier.

Carmel retira le collier que sa tante Élise lui avait prêté. Les mains tremblantes, elle eut du mal à ouvrir le fermoir. Joseph lui passa les perles autour du cou sous les yeux inquisiteurs d'Eugénie et d'Arthur.

Eugénie donna un coup de coude à son mari.

— Il est généreux, notre futur gendre!

Carmel tâta les perles du bout des doigts et regarda langoureusement Joseph dans les yeux. Elle l'aimait tant.

— Merci, mon amour, mais moi, je n'ai rien pour toi.

— Ton amour me suffit, ma douce.

— Hum, hum! fit entendre Eugénie de l'arrière de la voiture.

À bien y penser, elle allait s'offrir à lui en guise de cadeau: sa pureté et sa virginité n'avaient pas de prix, c'était le plus beau présent qu'une femme puisse offrir à son mari.

Joseph allait épouser cette belle femme qu'il avait aperçue de loin à la sortie des employés de la manufacture de chaussures.

Chapitre 13

En ce lundi 30 septembre 1940, le ciel azuré était clément, le soleil, plus éclatant en cette période de l'année. Les futurs mariés appréciaient l'été indien, nommé ainsi lorsqu'il y avait un réchauffement après les premières gelées de l'automne, juste avant l'hiver. Heureusement, il ne pleuvait pas, ce qui était un bon présage, car l'on disait aussi que la pluie qui tombait le jour d'un mariage signifiait des larmes dans la future vie du couple.

Lui, Joseph George Courtin, était un homme élégant, fier comme un paon dans son complet sobre à rayures grises à la coupe parfaite, œillet à la boutonnière. Il roula nerveusement le rebord de son Stetson entre ses doigts. Devant Dieu et les hommes, il allait s'engager à aimer sa future épouse, à la chérir et à la protéger, pour le meilleur et pour le pire.

Elle, Marie Évelyne Carmel Moisan, était serrée dans son tailleur marron, les jambes fuselées dans des bas de soie, la chevelure retenue en un chignon bas et coiffée d'un chapeau de feutre assorti à son tailleur. La moitié de son visage était couvert par la voilette qu'elle relèverait au moment où elle deviendrait la femme de Joseph. Carmel, joues pourprées, un soupçon d'ombre sur les paupières, portait de longs gants blancs qui remontaient jusqu'aux coudes. Elle tenait nerveusement son bouquet : une gerbe de cinq roses blanches, d'un blanc aussi pur que son âme, nouées d'un ruban de satin. Elle avait choisi des roses blanches, car le blanc représentait la pureté et éloignait les maléfices. Elle en avait choisi cinq pour le nombre d'enfants qu'elle désirait avoir.

La cérémonie eut lieu dans la paroisse de Saint-Roch, dans la belle grande église de Notre-Dame de Jacques-Cartier, celle que l'on appelait «l'église au clocher penché». Le sacrement du mariage fut célébré sous les yeux de quelques membres des familles immédiates des mariés.

L'époque n'était pas propice aux mariages à grand déploiement et, même si elle l'avait été, Joseph et Carmel auraient opté pour la simplicité. Comme la plupart des femmes, Carmel avait rêvé de porter une belle robe longue pour s'unir à l'homme qui deviendrait son mari. Les femmes habillées de robes de mariée blanches à traîne avec un voile sur la tête la fascinaient lorsqu'elle avait la chance de feuilleter des magazines de mode. Elle s'imaginait alors faire elle-même son patron et confectionner cette magnifique robe. Il en avait été tout autrement. Elle se sentait belle. Il n'y avait pas de demoiselle d'honneur non plus, car c'était un mariage des plus simples. D'ailleurs, il était rare qu'une fille de sa classe sociale en fasse un grand. Cette privation ne la peinait pas outre mesure, elle avait épousé son seul amour, cet homme qu'elle aimait et aimerait éternellement de tout son cœur.

Le prêtre officiant s'adressa d'abord à Joseph :

— Voulez-vous, Joseph, prendre Carmel pour épouse et l'aimer fidèlement aux jours de bonheur comme aux jours difficiles tout le long de votre vie ?

Joseph se tourna légèrement vers Carmel et lui prit la main droite. Le regard vif bleuté, aussi expressif que ses mots, il répondit :

— Oui, je le veux.

Il était homme à tenir promesse.

— Oui, je le veux, répondit à son tour Carmel.

Elle était prête à suivre Joseph au bout du monde.

Le prêtre, au nom de Dieu et de l'Église, reconnut leur mariage.

— Cet engagement que vous venez d'exprimer en paroles et en gestes et que Dieu a béni, nous en sommes tous témoins au nom de l'Église. Que le Seigneur le confirme et le comble toujours de sa bénédiction. Ce que Dieu a uni, que l'homme ne le sépare point.

Joseph passa à l'annulaire de Carmel un jonc assorti à la magnifique bague sertie d'un solitaire qui avait auparavant scellé leurs fiançailles.

Carmel eut du mal à contenir son émotion lorsque, à son tour, elle passa un modeste jonc de métal gris au doigt de son mari. Le prêtre enchaîna :

— Que le Seigneur bénisse vos alliances et vous garde tous les deux dans l'amour et la fidélité.

Au moment de la bénédiction nuptiale, les nouveaux époux sanctifièrent leur union par un baiser intense, mais pudique. Le prêtre les déclara mari et femme jusqu'à ce que la mort les sépare.

Carmel contempla son mari. « Je l'aimerai toute ma vie », se dit-elle intérieurement. Elle vouait une passion sans bornes à Joseph.

Arthur Moisan, le père de Carmel, était son témoin. Il avait revêtu le même costume qu'il avait porté lorsqu'il avait conduit son fils aîné, Alexandre, au pied de l'autel, quelques années auparavant. Eugénie avait sorti la robe qu'elle avait aussi portée au mariage d'Alexandre, pour constater qu'elle n'y entrait plus. Elle l'avait fait agrandir ; les coutures avaient été refaites le plus près possible du bord, car Eugénie n'avait pas les moyens de s'en payer une nouvelle qui se démoderait dans sa garde-robe.

Eugénie était tiraillée entre la satisfaction de voir Carmel faire un heureux mariage et la privation qu'engendrait la perte de sa pension hebdomadaire. Tout compte fait, son cœur l'emporta sur sa raison. Arthur et Eugénie étaient contents de cette union. Joseph était un bon parti, il les avait conquis et leur Carmel l'aimait énormément.

Le père de Joseph, George James Courtin, un homme de grande taille, large d'épaules, aux tempes striées de gris, fut le témoin de son fils. Il était accompagné d'Emma, sa deuxième épouse. Elle portait élégamment un tailleur sobre, à la mode, et parfaitement ajusté à sa fine taille. Elle avait choisi sa tenue avec discernement, ne voulant nullement éclipser la mariée.

Tous quittèrent l'église au son de la marche nuptiale interprétée par le musicien titulaire de l'orgue Casavant, ce même air qu'il interprétait pour tant de mariages, et ce, moyennant un léger supplément. Un photographe se tenait prêt à prendre quelques clichés, pas très sophistiqués en cette période de restrictions financières. Une photo du couple et une autre de tous les invités suffiraient à sanctionner l'événement pour la postérité.

Dès la fin de la cérémonie, il fallut féliciter rapidement les nouveaux mariés sur le parvis de l'église afin de céder la place au couple suivant.

Les mariages étaient célébrés le matin en raison de l'obligation de communier à jeun. Celui de Carmel et Joseph le fut, mais plusieurs autres durent déroger à cette règle étant donné le nombre élevé de mariages en cette période de guerre.

Les nouveaux mariés et leurs convives se retrouvèrent rassemblés pour le repas de noces dans un modeste restaurant familial de Québec. Joseph avait réservé une salle qui avait pris une allure festive pour l'occasion. Les proches de l'époux ne mirent pas beaucoup de temps à constater les différences socioculturelles entre les deux familles, qui ne trouvèrent pas de sujets de conversation communs. Les petites tables carrées du restaurant avaient été disposées côte à côte pour former une longue table rectangulaire autour de laquelle les familles se placèrent par cliques. Les mariés, au centre, s'embrassaient sans hésiter lorsqu'on faisait tinter les verres avec insistance. Ils se pliaient de bon gré à ces requêtes. On trinqua allègrement aux époux.

— Un discours! Un discours! Joseph, Joseph! scandaient les invités.

Celui-ci posa le verre de bière qu'il buvait à petites gorgées afin de ne pas s'enivrer, prit sa serviette, la plia et la plaça sur la table, se donnant ainsi un peu de temps pour se concentrer et se préparer à prendre la parole. Il se leva, embrassa l'assemblée du regard puis posa les yeux sur son père. Avec les encouragements des convives, Joseph prit la parole, d'une voix émue.

— Père, je tiens à vous remercier…

Il aurait aimé pouvoir le remercier de l'avoir aidé dans ses études, dans sa carrière, mais tel n'était pas le cas. Il avait le cœur gros: l'image de sa chère mère, Minny, voltigeait au-dessus de sa tête comme une bonne fée, il aurait préféré s'adresser à elle en personne, il le fit en silence. Chacun mit sur le compte de l'émotion les trémolos dans la voix de Joseph.

Il s'efforça de continuer:

— Je vous remercie d'être avec nous aujourd'hui, père, avec Emma et toute notre famille.

George James était ému et content que Joseph ait pensé à nommer Emma. Il ne devina pas le tourment de son fils. Lui, qui aimait vraiment sa seconde épouse, n'aurait jamais pu imaginer que Minny manquait encore à ses enfants, tant d'années après son décès. Lui non plus ne l'avait pas oubliée, certes, il ne l'oublierait jamais, mais le destin avait mis sur sa route une autre charmante femme que tous ses enfants respectaient, mais ce n'était pas leur mère, et Emma elle-même n'avait aucune envie de jouer ce rôle, ni de remplacer Minny.

Joseph se tourna vers la famille de son épouse. Carmel le dévorait des yeux. Dieu qu'il avait une belle tête! Elle était ivre de ses paroles.

— Monsieur et madame Moisan, tous les membres de la famille de Caramel…

Il continua son discours malgré l'éclat de rire qu'il avait provoqué en prononçant le prénom Caramel.

— Je vous remercie de m'accueillir dans votre famille.

Il poursuivit sur un ton plus badin.

— Je vous remercie, monsieur Moisan, de m'avoir donné votre charmante fille Caramel.

Ce à quoi Arthur répondit :

— Veille sur elle !

Il avait fait exprès de remercier le père de Carmel sans toutefois mentionner sa mère, car, selon son éducation, le chef de famille était de coutume le père. Il regarda son épouse, qui avait les yeux larmoyants. Il prononça d'une voix inaudible :

— *I love you !*

Et il enchaîna :

— Merci à tous d'être avec nous aujourd'hui, cela me fait chaud au cœur.

Il mit la main sur sa poitrine, se pencha vers Carmel et lui fit un clin d'œil. C'en était fini des discours, il n'allait pas pérorer, il n'avait rien d'un politicien. Carmel se leva gracieusement et salua leurs invités. Elle se pencha vers son époux et lui chuchota très bas à l'oreille :

— Je t'aime !

Elle fit cela, car elle n'aimait pas avoir l'attention dirigée vers elle, sa timidité la mettait au supplice.

Lorsque tous eurent terminé le plat de résistance, Joseph et Carmel tranchèrent pour chacun une part du gâteau de noces qu'ils avaient commandé, sans statuette de mariés et sans fioriture. Ils détestaient le kitsch. « Un beau gâteau blanc, avait suggéré Carmel, décoré de rosettes blanches, comme mon bouquet de mariée, et un simple glaçage. »

Le propriétaire du restaurant avait offert de faire tourner les microsillons qu'il possédait. Tous deux avaient donné leur accord. N'osant s'offrir une réception plus luxueuse en période de guerre, les nouveaux mariés se contentèrent de ce simple dîner. Chacun allait payer sa part, sauf les parents de Carmel. Il avait été convenu que Joseph allait s'en charger. George James fit de même pour sa femme ainsi que pour leurs deux fils. Le jeune Jacques fut assez turbulent, mais ne fit aucune plaisanterie déplacée, au grand plaisir de Joseph.

L'après-midi, à la fin du repas, les au revoir et embrassades terminés, Carmel prit sa mère à part et l'enlaça. Eugénie était mal à l'aise, elle n'était pas habituée à la tendresse. Carmel lui donna un chaleureux baiser sur la joue et, en lui remettant son bouquet de mariée, ses cinq roses, elle lui dit :

— C'est pour vous, maman.

Elle savait que sa mère aimait les roses blanches. Très souvent, dans des moments d'extrême détresse, Eugénie pensait à sa propre mère, Angèle, et à son enfance misérable. Parfois, Carmel la surprenait à chantonner sa chanson préférée. Sa voix était très douce dans ces moments-là :

C'est aujourd'hui dimanche, tiens, ma jolie maman
Voici des roses blanches, toi qui les aimes tant
Va, quand je serai grand, j'achèterai au marchand
Toutes ses roses blanches, pour toi, jolie maman.

Eugénie tenta sans succès de refouler ses larmes. Elle essuya les gouttes furtives avec le vieux mouchoir blanc qu'elle tenait en boule au creux de sa main. Elle contempla les roses avec des étincelles dans les yeux et huma l'élégant bouquet. Elle murmura en inclinant la tête :

— Merci beaucoup, ma fille, sois heureuse.

Elle n'en dit pas plus, mais, au fond de son cœur, elle était contente que Carmel quitte cette désespérante pauvreté pour un monde meilleur. On n'avait jamais offert de fleurs à Eugénie, de toute sa minable vie. Carmel les avait choisies principalement en pensant à sa mère. Elle brisa ainsi la tradition ancienne selon laquelle le bouquet de la mariée devait être lancé après la cérémonie afin que la fille qui l'attrape se trouve un mari l'année suivante.

Les nouveaux époux trépignaient d'impatience de se retrouver seuls. Ils avaient un long chemin à parcourir avant d'être chez eux, à Montréal. Ils passèrent à l'appartement des Moisan pour changer de tenue et prendre leurs bagages, dont leurs cadeaux de noces. En entrant, ils virent Alfred, allongé sur le divan, une bouteille de bière vide dans sa main pendante. Carmel fut gênée à la vue de ce tableau disgracieux ; elle fronça les sourcils. Joseph lui fit un petit sourire. C'était la fin de ces scènes dégradantes, Carmel quitterait sous peu ce logement pitoyable, mais avant de partir elle avait une promesse à tenir, une mission à accomplir. Elle s'adressa à son frère :

— Lève-toi donc, grand flanc mou, il faut que je te parle !

Joseph fut un peu surpris d'une telle assurance.

Carmel n'avait pas encore eu le temps de mettre Joseph au courant de la visite des policiers à la maison, la veille. Elle était humiliée de la situation, mais ne voulait rien lui cacher ; elle lui en parlerait plus tard. Alfred était dans les vapeurs, il ne broncha pas. Joseph eut envie de le secouer, mais s'en abstint. Il intervint :

— Je crois qu'il n'y a rien à faire avec lui dans l'état où il se trouve actuellement.

Carmel demeura interdite momentanément, mais n'insista pas. Elle était trop heureuse pour gâcher sa journée. Lorsqu'elle se dirigea vers sa chambre pour se changer, Joseph la suivit. Elle le repoussa gentiment du bout des doigts et l'embrassa dans le cou. Cela n'allait pas ralentir ses ardeurs. Joseph tenta de la retenir, mais elle se déroba en lui demandant :

— Tu permets que je demeure seule un moment ?

Il comprit qu'elle avait besoin d'un dernier moment d'intimité. Il la laissa en tête à tête avec son passé.

Carmel se mit à feuilleter les pages de sa vie. Elle s'assit sur le bord de son lit, regarda autour d'elle, glissa sa main sur le dessus de la commode, observa la garde-robe à moitié vide : il n'y restait qu'un fatras de vieux linge. Sa robe de chambre n'était plus suspendue au crochet, derrière la porte. Elle était usée à la corde, Carmel l'avait jetée. Le cendrier contenait encore les derniers mégots des cigarettes qu'elle et Mathilde avaient fumées la veille. Elle avait emballé ses maigres possessions. Elle était perdue dans tant de réminiscences et de souvenirs. Le film incessant de sa vie se déroulait dans sa tête, quelques clichés heureux, mais pour la plupart malheureux. Puis elle vit le mot FIN. C'en était fini de cette vie, elle allait fonder sa propre famille, prendre un nouveau départ, la joie et le bonheur inespérés jusqu'ici remplaceraient la morosité.

Joseph fit des allers-retours du logement à la voiture pour y déposer les valises, les cadeaux et les effets personnels de Carmel ; il espérait qu'Alfred ne se réveille pas.

Carmel sortit de ses rêveries lorsqu'elle entendit toquer à la porte.

— Caramel, nous devons partir si tu veux dormir avec ton mari ce soir.

Elle déposa sur la commode le collier que sa tante Élise lui avait prêté. Elle avait retiré son beau tailleur, l'avait recouvert d'un sac plastique et l'avait plié sur son bras. Elle avait gardé son rang de perles à son cou. Il lui était difficile de s'en séparer.

— Est-il convenable de le garder pour la route ?

— *Sure*, il te va si bien. Partons maintenant.

Ils quittèrent sans plus tarder l'appartement étouffant aux murs à la peinture défraîchie. Carmel ne se retourna pas, laissant son passé derrière elle.

***

Les nouveaux mariés firent le trajet Québec-Montréal dans cette même voiture dont Carmel était sortie en catastrophe il y avait à peine plus d'un an. Ah que les choses avaient vite changé ! Cette soirée lui revint en mémoire, celle où elle avait refusé les avances de Joseph. Elle avait pour son dire que, dans la vie, il y avait deux catégories de femmes : celles qui s'organisaient pour devenir enceintes afin de forcer le libertin à les épouser, puis celles qui refusaient toute intimité afin de se garder vierges pour ainsi se faire épouser. Elle se dit privilégiée d'appartenir à la seconde catégorie. Joseph allait être le premier homme dans sa vie ; vestale, elle s'était gardée chaste et pure pour lui, et n'en avait nul regret. Au même moment, ils se regardèrent. On aurait pu croire qu'il avait lu dans ses pensées.

— À quoi penses-tu, ma douce ?

— À rien et à tout à la fois… Et toi ?

— À rien. Non, ce n'est pas vrai, je pensais à la première fois où je t'ai invitée dans cette voiture, tu sais…

Elle l'interrompit.

— Non, c'est incroyable, je pensais exactement à la même chose !

Ils s'esclaffèrent.

Il avait retiré sa veste. Carmel glissa sa main le long de son bras, sous la chemise, et le caressa longuement. Elle monta plus haut que le coude, elle aimait flatter les poils de son bras, elle lui faisait des petits chatouillis.

Il retint son rire.

— Si tu continues, nous devrons nous arrêter en chemin ! Sachez que je ne suis pas fait de bois, madame Courtin ! De plus, tu risques de causer un accident !

Elle ne retira pas sa main. Elle riait, elle avait un besoin irrésistible de toucher son mari.

Joseph ne conduisait que de la main gauche. Il prit un air mystérieux.

— Tu sais, la première fois que je t'ai invitée dans cette voiture, je voulais…

Carmel l'interrompit encore :

— Je sais très bien ce que tu voulais !

Il se retourna rapidement vers elle.

— Non, tu ne le sais pas !

— Alors dis-le-moi, je t'écoute.

Joseph voulait se justifier de sa mauvaise conduite, il n'était maintenant plus certain si le moment était bien choisi, mais il était allé trop loin dans son petit jeu de devinettes. Il dit avec humour :

— D'accord, je te le dirai, mais pas aujourd'hui.

Carmel était une jeune femme intelligente, il n'allait pas lui raconter des chimères. Il aperçut au loin l'enseigne indiquant « Casse-croûte du voyageur ». Il se réjouit de pouvoir faire diversion, Carmel le comprit, elle n'insista pas.

— Nous allons faire un arrêt ici, as-tu faim ?

— Non, et toi ?

— Pas de nourriture, en tout cas.

Elle lui décocha une œillade. Il ajouta :

— Je te taquinais.

Ils ne s'arrêtèrent qu'une quinzaine de minutes et poursuivirent leur chemin, pressés d'arriver chez eux. À Québec, les feuilles commençaient déjà à tomber en tournoyant, prélude à la saison froide, mais la capitale avait devancé Montréal d'au moins deux bonnes semaines. Joseph et Carmel constatèrent le changement progressif du temps sur leur parcours.

Joseph dégagea la main de Carmel et lui caressa le genou. Allongeant le mouvement le long de sa cuisse délicate, il atteignit sa jarretière. Elle frissonna et devint écarlate. Les doigts inquisiteurs la caressaient sous sa jupe et frôlèrent le contour de son sous-vêtement. Elle fut prise d'un petit rire nerveux. Elle essaya de tirer sur son vêtement. Elle avait des papillons dans l'estomac. Elle mit sa main sur celle de Joseph, tentant de ralentir le mouvement, mais n'y parvint pas.

Joseph était très excité.

— Est-ce qu'on s'arrête en bordure de la route comme des adolescents ?

Carmel le regarda, étonnée.

Il retira sa main. La circulation, devenue plus dense à l'approche de Montréal, l'obligea, à son grand dam, à garder ses deux mains sur le volant. Certainement qu'il attendrait, il voulait lui prouver qu'il était un gentleman malgré cette soirée où elle avait quitté sa voiture, épouvantée. Joseph souriait intérieurement maintenant, un seul petit pli apparaissait à la commissure de sa bouche expressive.

— Mais qu'est-ce qui te fait sourire de la sorte ?

— Je ne te le dis pas !

— Pas de cachettes le jour de notre mariage ! Dis-le-moi.

Elle faisait la coquine.

— S'il te plaît !

Ce petit jeu des devinettes les amusa encore. Joseph lui parut mystérieux.

— Me caches-tu quelque chose ?

— Moi… *No ! No !*

Elle demeura pensive quelques instants. Joseph était désormais concentré sur la route.

— Tu étais tellement belle !

— Quand donc ?

— Aujourd'hui, oui tu étais tellement belle, surtout lorsque tu as répondu au célébrant : « Oui, je le veux ! » J'ai cru que j'allais me mettre à brailler comme un enfant. Imagine ce que les autres auraient pensé ! Un homme qui pleure… *Impossible.*

Le ton était devenu plus sérieux.

— Jos, c'est le plus beau jour de ma vie. Je suis sincère quand je te dis cela. Tu sais, la vie n'a pas toujours été rose pour moi.

Elle fit une pause, elle était à fleur de peau, elle cligna des yeux pour retenir ses larmes.

— Le destin t'a placé sur ma route, il doit y avoir une raison, non ? Ah ! Ne va pas croire que personne ne s'est intéressé à moi avant toi ! D'autres auraient voulu me fréquenter… mais…

Elle baissa le timbre de sa voix et enchaîna :

— Je t'attendais.

Joseph était silencieux, il écoutait. Il aimait sa façon un peu enfantine de dire les choses, il la croyait. Il s'abstint de lui révéler que de son côté il avait vécu une grande peine d'amour ; ce n'était pas le moment. Il savait que jamais Carmel ne l'interrogerait sur son passé, elle ne posait jamais ce genre de questions. Durant ce moment de silence, Carmel pensa à la visite des policiers à la maison ; comme elle ne voulait pas gâcher cette si belle journée, elle s'abstint également d'en parler à Joseph. Elle trouva un sujet plus divertissant.

— Tu sais pourquoi j'ai choisi un bouquet de mariée composé de cinq roses blanches ?

Il resta coi, ne s'attendant pas à cette question.

— D'abord parce que je tenais à offrir des roses blanches à maman, elle qui les aime tant ; et puis parce que j'aimerais avoir cinq enfants.

— Pour les cinq enfants, c'est sérieux ?

Elle reprit d'une voix grave.

— Si tu es d'accord !

Carmel lui expliqua qu'elle ne voulait pas se conformer à la tradition du lancer du bouquet de crainte que Mathilde l'attrape. Elle évita *in extremis* de lui dire qu'Alfred aurait piqué toute une crise.

— Tu sais pourquoi les femmes tiennent un bouquet de mariée ?

Joseph l'écoutait, amusé.

— Dans l'ancien temps, la plupart des gens se mariaient en juin parce qu'ils avaient pris leur bain en mai et qu'ils sentaient encore bon. Cependant, à mesure que la chaleur devenait plus accablante, les femmes commençaient à dégager une odeur moins agréable...

Joseph l'interrompit :

— Franchement !

Elle continua :

— Alors la mariée apportait un bouquet de fleurs pour camoufler l'odeur, d'où la coutume du bouquet de la mariée !

Joseph entra dans son petit jeu.

— Et les fleurs aux enterrements ?

Carmel aimait ses réparties.

— Oh là, tu m'as eue, je ne sais pas.

Il lui dit avec une touche d'humour :

— Revenons donc à ta sœur, j'aimerais en savoir plus sur le fait que Mathilde, cette belle femme, soit toujours célibataire.

Il s'amusait à la taquiner.

— Les femmes célibataires t'intéressent, ça commence bien ! Tu es avec moi et tu désires être avec une autre ?

Elle se retint de rire.

— Tu es jalouse, tu es jalouse !

Joseph s'étira rapidement les bras. Ils roulaient depuis quelques heures.

— J'ai hâte d'arriver, tu sais ! J'espère que tu vas aimer la surprise que je t'ai préparée.

— Quoi ? Une surprise pour moi ?

— *Exact.*

— Mais tu es cachottier, toi. Je devrai me méfier de mon mari à l'avenir !

Tous deux riaient de bon cœur. Joseph aimait Carmel, il avait hâte de la faire sienne, y rêvait depuis longtemps. Il l'avait respectée, ça n'avait pas été toujours facile, mais maintenant il s'en félicitait. Il s'était fait tout un scénario pour leur nuit de noces. Il repensait aux détails, espérait n'avoir rien oublié. Il avait préparé l'appartement pour son arrivée. Carmel n'apportait qu'une petite valise contenant ses vêtements ainsi qu'une boîte de chaussures dans laquelle elle avait placé ses accessoires de couture et son nécessaire de toilette. Lorsqu'elle avait vidé le contenu de son tiroir et de sa garde-robe, elle avait constaté qu'elle valait peu. Sa pauvreté lui avait sauté au visage.

Ils approchaient maintenant de Montréal. L'appréhension d'entrer dans cette ville inconnue s'ancrait davantage en elle. Ils traversèrent le pont Jacques-Cartier, empruntèrent la rue Sainte-Catherine pour se rendre à l'appartement de Joseph, rue Sicard. Lorsque Joseph gara la voiture dans l'espace de stationnement qui lui était réservé, il se pencha vers son épouse et lui dit :

— Voici votre nouvelle demeure, madame Courtin, ce n'est plus mon appartement, mais le nôtre, tu peux l'aménager à ton goût, une touche féminine en amoindrira la monotonie. Et avec tes talents de couturière, tu auras de quoi t'amuser.

— J'ai déjà beaucoup de projets en tête !

Ils sortirent un peu courbaturés de la voiture. C'était un lundi, Joseph avait prévu passer le reste de sa semaine de congé à Montréal. Il souhaitait faire découvrir à sa femme les secrets de la ville. Il voulait la familiariser avec les alentours : les stations de petits chars, l'épicerie, les marchands de tissus à la verge, les grands magasins de la rue Sainte-Catherine, les marchands de journaux, etc. Il souhaitait ardemment qu'elle s'acclimate, voire qu'elle s'éprenne de cette ville comme cela avait été son cas. Joseph prit un air solennel lorsqu'il introduisit la clé dans le trou de la serrure et ouvrit la porte. Carmel fit un pas en avant, il lui barra le chemin.

— *No, no, no!*

Il la prit dans ses bras pour passer le seuil et la posa avec délicatesse sur le lit.

Carmel le prit par le cou, lui passa la main derrière la nuque et le caressa. Elle aimait le contact direct avec sa peau, juste en haut de son dos, au creux de son cou. Lui s'empara de sa bouche fiévreuse, puis il l'embrassa dans le cou, sur les paupières et le front; il était brûlant de désir. Carmel reprit son souffle.

— Crois-tu que nous devrions fermer la porte?

Il s'esclaffa, se souvenant qu'il avait laissé la porte d'entrée grande ouverte.

Avant qu'il s'éloigne, Carmel lui caressa la joue, elle était comme aimantée à lui. Il se rapprocha, leurs lèvres se rejoignirent. Elle s'arracha à lui.

— Est-ce que monsieur va monter les bagages de madame? lui demanda-t-elle, la tête relevée.

— Tout ce que madame désire.

Il jeta son veston sur le sofa du salon en passant et descendit les trois étages qui le menaient à sa voiture.

À peine eut-il ouvert la portière que Jacques, son voisin, lui criait du deuxième étage:

— Enfin de retour, Joseph! Quand vas-tu nous présenter cette belle Québécoise?

Joseph décela un brin de moquerie dans la question. Jacques ne voulait pas le vexer. Sa femme et lui étaient plus que des voisins,

Joseph avait tissé de beaux liens d'amitié avec eux. Il souhaitait qu'ils deviennent des amis pour Carmel.

— Pour être franc avec toi, mon cher Jacques, ce ne sera pas pour aujourd'hui, tu sais, la cérémonie, la famille, le restaurant, le voyage de retour…

Il allait ajouter quelque chose lorsque son voisin l'interrompit :

— Ne te fatigue pas en excuses, Rita et moi avons préparé une petite rencontre de bienvenue pour demain, seulement nous et vous deux, dans l'intimité quoi !

— *Fine*, ça va, mais pas à huit heures du matin, j'espère. Tu sais, les voyages, c'est assez épuisant.

— Tu l'as déjà dit !

Joseph éclata de rire. Son ami fit de même.

— Trop tôt, en effet. Si nous disions cinq heures, demain, ça vous irait ? Je vais rentrer du travail plus tôt.

Il observa Joseph avec un petit sourire en coin.

— Ça va vous donner assez de temps !

— Je crois que oui, mais je tiens à en parler à Caramel, tu sais, demain sera sa première vraie journée à Montréal.

— *O.K., let us know*, nous vous recevrons, ce sera notre présent de bienvenue !

Cela fit penser à Joseph que les cadeaux de mariage étaient restés dans la voiture. Allait-il tout monter dans l'appartement maintenant ? Non, que les valises, ce serait suffisant pour aujourd'hui.

— C'est très gentil de votre part.

Joseph gravit les escaliers au pas de course. Même avec les deux valises, une dans chaque main, il grimpait les marches deux par deux.

Chapitre 14

Dans l'intervalle, Carmel était sortie de la chambre et faisait le tour de l'appartement; il était impeccable. Joseph avait fait un effort pour tout ranger, c'était évident. À cet instant même, il l'attrapa par la taille.

— Je suis votre guide. En guise de pourboire, donnez-moi votre belle personne, chère madame.

Il allait à présent cesser de faire le clown. En terminant sa phrase, il eut une hésitation. Il ne voulait pas la brusquer. Ne sachant comment elle réagirait à cette folle proposition, il voulut s'en excuser, mais elle le devança:

— Tout est gratuit, monsieur Courtin, tenez-vous-le pour dit, tout ce que je vous donnerai, je le ferai par amour uniquement.

Elle prit un air très sérieux.

— Ce que je vais te donner en cadeau de noces, c'est gratuitement que je le ferai. Je t'offre mon cœur et mon corps, ils seront sous ta protection pour la vie, pour le meilleur et pour le pire. Je te confie ma destinée et celle des enfants que nous aurons, je l'espère.

Elle avait prononcé ces paroles profondes avec le plus grand sérieux du monde. Sa voix s'était cassée et son ton avait changé lorsqu'elle avait parlé des enfants. Elle devint volubile. Elle parlait en phrases courtes et vagues. Joseph l'interrompit.

Elle se mit à courir à petites foulées dans le corridor, pieds nus.

— Jeune fille, on va se faire mettre à la porte, il y a des voisins en bas.

Il l'asticotait encore, car légère comme elle l'était, pieds nus, elle ne risquait pas de déranger les voisins d'en bas qui, de toute façon, étaient sûrement à l'affût de tout bruit : c'étaient eux qui les avaient invités pour le lendemain. Joseph avait complètement oublié d'en parler à Carmel.

— Les voisins d'en bas s'appellent Rita et Jacques Desmeules. Lui travaille chez Sicard, à l'atelier de réparations. C'est un bon gars, et sa femme a hâte de te connaître.

— Déjà ?

Carmel n'avait pas pensé que sa nouvelle vie sociale commencerait si vite. Elle se sentait gênée et tendue. Joseph comprit qu'elle n'était pas encore prête ; il l'aiderait.

— Ils ont parlé d'une rencontre à cinq heures demain après-midi, ils ont demandé si cela nous donnait le temps de…

Elle s'apaisa un peu, ils avaient au moins le sens de l'humour, ses nouveaux voisins.

— Es-tu disposée à les rencontrer ?

Carmel hésita.

— Je crois qu'il me faut plonger dans ce monde inconnu, tu devras me guider, car je ne sais pas nager.

— Je serai votre bouée de sauvetage, ma très chère dame.

Joseph mit fin à ce verbiage provoqué en partie par leur nervosité.

Carmel demanda à Joseph un peu d'intimité, car elle voulait prendre un bain chaud.

— Tu peux utiliser la salle de bain en premier.

— Je préfère que ce soit toi, je ne veux pas être prête la première et rester là, à t'attendre. Vas-y, je vais commencer à défaire ma valise.

Cela leur parut un bon arrangement. Un excès de frivolité envahit Carmel. Elle avait hâte de porter la belle robe de nuit qu'elle avait mis un temps fou à choisir. Elle voulait être désirable, pas trop aguichante, mais séduisante. Elle avait arrêté son choix sur une nuisette de soie rose pâle avec de minces bretelles de dentelle blanche et un décolleté en V assez prononcé. Elle l'avait achetée à la Compagnie Paquet. Elle n'était pas allée au Syndicat de Québec, ni chez J. B. Laliberté, de crainte qu'un membre de sa famille ne la reconnaisse dans le rayon de la lingerie fine, le vêtement en main : il s'agissait là d'un achat trop personnel.

Lorsqu'elle ferma la porte de la chambre à coucher, elle vit, suspendue à un cintre de bois, une belle robe de chambre en chenille blanche. Elle eut un recul, se demandant ce que faisait là une robe de chambre de femme. Elle se ressaisit. Elle sourit. C'était donc cela, la surprise dont Joseph lui avait parlé. Elle passa sa main le long du vêtement et palpa la douceur de la chenille. Elle était contente. Elle chercha la petite trousse de toilette que tante Élise lui avait donnée et ne vit que sa valise ouverte sur le lit. Elle décida de retourner la chercher dans la voiture. Elle remit ses chaussures. Elle n'irait pas demander à Joseph, qui était dans la baignoire, et rougit à cette pensée. Elle prit les clés du véhicule sur la table de la cuisine et descendit les escaliers à la tombée du jour ; la voiture était mal éclairée, elle introduisit la clé dans la serrure de la porte avant.

La portière n'était pas verrouillée. Carmel l'ouvrit et chercha le paquet qu'elle avait placé devant son siège, les revues de mode qu'Emma lui avait offertes. Elle ferma la portière et ouvrit celle de l'arrière, elle ne vit rien, il n'y avait plus rien sur le siège, ni par terre. Comme Joseph avait déjà monté les deux valises qui se trouvaient dans le coffre, elle ne comprenait pas. Avait-il aussi rentré tous les cadeaux de noces et sa trousse ? La fraîcheur du crépuscule commençait à se faire sentir. Elle referma la portière, la verrouilla et remonta à l'appartement. Dès qu'elle entra, une bonne odeur de parfum embaumait l'air. Elle se demanda quelle lotion Joseph utilisait pour parfumer ainsi la pièce.

Elle constata aussitôt que la bonne odeur qui régnait était différente de celle de l'appartement familial de Québec. Joseph était sorti de la salle de bain et portait une robe de chambre en tartan *black watch* (cette couleur qui avait été adoptée lorsque les Highland Independent Companies étaient devenus le régiment Black Watch en 1739). Un grand ceinturon lui nouait la taille et de belles lettres brodées de fils d'or ornaient la petite poche du haut. Joseph avait encore les cheveux humides. Elle le trouva très attirant, un frisson agréable et sensuel lui parcourut l'échine.

Elle avait l'air bizarre plantée là, les clés de la voiture en main. Joseph lui demanda :

— Qu'est-ce qui se passe ? Ça ne va pas ?

Elle reprit ses sens.

— Je suis descendue à la voiture, il n'y a rien sur le siège, rien sur le plancher, il n'y a plus rien dans la voiture !

— En es-tu certaine ?

— Absolument !

Il se gratta derrière l'oreille, ce geste qu'il faisait lorsqu'il était songeur.

— Bon sang ! La porte a-t-elle été défoncée ? As-tu vu des marques sur la voiture ?

— Non, rien de particulier, il fait un peu sombre, mais l'auto n'était pas verrouillée.

— *Oh no !*

Il devint plus sérieux.

— Je m'habille et je vais voir ce qui se passe.

Joseph n'avait pas envie de descendre en robe de chambre. Il enfila rapidement un pantalon et une chemise, passa devant elle et dévala les marches. Carmel était toujours plantée là, les clés dans les mains. Elle avait envie de rire. Joseph avait à peine descendu un étage qu'il constata qu'il n'avait pas pris les clés. Il remonta. Dès qu'il mit les pieds dans la cuisine, Carmel les lui tendit. Il repartit pour constater que, en effet, ils venaient d'être délestés en un rien de temps de tous leurs cadeaux de mariage. Il n'en revenait pas : il habitait Montréal depuis longtemps et il n'avait jamais subi d'incident de ce genre. Il demeura un moment sur place et réfléchit à l'attitude à adopter.

Il remonta à l'appartement, il ne voulait pas être intercepté par son voisin, Jacques. Carmel l'attendait dans la cuisine, il commençait à se faire tard. Joseph crut voir de la fatigue dans les beaux yeux de biche. Son visage angoissé était un peu tiré.

— Alors ?

— Je suis désolé, l'auto est complètement vide et les portières n'ont pas été forcées.

— Que veux-tu dire ?

— Tu sais… je pense que… comment ai-je pu oublier de verrouiller les portières ? C'est vraiment idiot…

Il allait continuer son explication, mais Carmel allongea l'index sur ses lèvres et lui caressa la joue.

— Quoi qu'il en soit, je ne peux te cacher que ça me fait de la peine, surtout pour le beau malaxeur que tante Élise nous avait donné et pour l'horloge de Mathilde…

Il la prit par la taille pour la rassurer, puis l'entoura de ses bras. Il souhaitait qu'elle se sente en sécurité dans leur appartement, il trouvait que sa vie à Montréal commençait mal. Il se voulut apaisant.

— C'est la première fois que ça arrive et c'est ma faute. Tu penses si c'est tentant de voir toutes ces boîtes cadeaux, dans une voiture même pas verrouillée.

Il fit une pause avant d'ajouter :

— Tu sais, à Québec aussi ça pourrait arriver. Je ne pense pas que cela se reproduise…

Il était vraiment très mal à l'aise. Le ton de sa voix sonnait un peu trop rassurant.

Carmel mit un terme à la discussion en déclarant :

— Je vais prendre un bon bain chaud, cela va me détendre.

Elle tentait de garder son calme, ce cambriolage l'inquiétait plus qu'elle voulait se l'avouer. Joseph la rattrapa et l'embrassa longuement. Elle se dégagea.

— Je reviens.

Carmel se plongea dans un bain d'eau chaude, s'immergeant jusqu'au cou. Le bien-être qu'elle ressentit fut presque immédiat. Elle n'avait pas ses produits de beauté, elle aurait aimé que son corps dégage une odeur plus féminine, mais elle utilisa le savon de Joseph en se disant que ça irait. Elle pensait à sa chance : ils étaient tous deux dans leur appartement douillet, elle avait un mari aimant qui l'attendait pour cette nuit à la fois importante et terrifiante.

Il n'y avait plus de contremaîtres pour lui crier des ordres, ni de scènes dégradantes à la maison ; elle ferma les yeux et essaya de faire le vide en elle. Par contre, elle avait entendu des histoires d'horreur de la part des filles de la manufacture concernant la grossièreté des hommes pendant leur nuit de noces. Des pensées lui trottaient dans la tête. Après un long moment, elle sortit de la baignoire et s'enveloppa de sa nouvelle robe de chambre, juste pour l'essayer, le temps qu'elle assèche et brosse ses cheveux. Elle mit machinalement ses mains dans les poches et sentit quelque chose au bout de ses doigts. Elle en sortit une feuille de papier blanc pliée en quatre, la déplia avec curiosité et sourit en lisant le message d'amour que Joseph y avait écrit.

Que cette marque d'affection la touchait! Quelle façon romantique et originale d'avoir écrit ce billet doux! Que de délicatesse,
qualité à laquelle elle n'était pas habituée! «*Je t'aime, ma douce, je
t'aimerai toute ma vie.*»

Cette belle écriture, ces lettres serrées et ordonnées, ces mots
d'amour écrits noir sur blanc la touchèrent droit au cœur. Ses
beaux cheveux auburn aux reflets brillants flottaient sur ses
épaules étroites. Elle était assez satisfaite de l'image que le miroir
lui renvoyait. Elle retira son peignoir et enfila sa nuisette. Elle était
prête. Elle se ravisa, elle allait lui faire plaisir en portant le peignoir
qu'il lui avait offert, l'effet faisait plus pudique… Cependant,
elle avait une envie impérieuse de se retrouver près de lui. Elle
se présenta donc dans la chambre le corps couvert de chenille,
la tête et les mains à découvert, pieds nus. Dans son for intérieur,
elle espérait ardemment plaire à Joseph. Dans la pièce, toutes les
lumières allumées, elle le vit sanglé dans sa robe de chambre, assis
les jambes croisées sur une chaise, occupé à lire *Time Life*. Elle
hésita.

Joseph l'attendait depuis ce qui lui avait paru une éternité. Il
leva les yeux de sa revue pour les poser sur sa femme. Son cœur se
gonfla d'une grande plénitude.

— Je t'aime.

Elle répondit, troublée par ce regard bleu, si franc:

— Je t'aime aussi.

Joseph déposa sa revue sur la table de chevet, se leva et s'avança
vers Carmel. Il s'émut devant sa beauté. Il la trouva désirable,
même recouverte de chenille.

Carmel lui montra la feuille de papier dépliée qu'elle serrait
dans sa main. Sa voix tremblait lorsqu'elle lui dit:

— J'ai trouvé ton message d'amour, merci, c'est très gentil.

Elle avait pris un ton plus sérieux, elle n'avait plus envie de plaisanter, elle savait que le moment était venu de se donner à lui. Il se rapprocha d'elle, fit un pas en arrière, la contempla de nouveau. Il exulta. Il lui murmura de sa voix langoureuse :

— Si tu savais à quel point je te désire.

Il lui retira doucement son peignoir en laissant glisser ses mains le long de son corps. Elle frissonna.

La douce intimité de leur chambre nuptiale lui parut accueillante, même si leur nuit de noces et le reste de leur lune de miel se passeraient dans cet appartement, Carmel se sentait comblée. Le rapprochement était maintenant imminent. Carmel ressentit une gêne l'envahir, sa pudeur l'incita à demander à Joseph d'éteindre la lumière. Elle se sentait désorientée et intimidée.

Joseph l'embrassa, il la caresserait avec plus de patience et de délicatesse que les baisers fiévreux qu'il avait l'habitude de lui donner. Il la cajola avec finesse, balada ses mains sur la rondeur de ses épaules. Il palpa sa peau aussi douce que de la soie. Il trouvait excitant de la sentir là, d'effleurer ses formes sous ce vêtement si léger. Il faufila sa main sous la dentelle du bas de sa nuisette, la lui passa par-dessus la tête et la lui enleva. Carmel était complètement nue. Sa taille mince et ses formes délicates l'aguichèrent. Lui portait encore sa robe de chambre. Lentement, Carmel en dénoua le cordon, comme pour l'exciter davantage. Joseph la prit dans ses bras et la posa avec précaution sur le lit. Il s'allongea le long de son corps en la serrant étroitement. Il la garda lovée contre lui un bon moment, il attendit qu'elle se détende, puis il lui prodigua des caresses plus intimes. Carmel frémissait sous ses mains chaudes et douces. Elle lui demanda encore une fois d'éteindre la lumière. Joseph acquiesça, comprenant qu'elle semblait mal à l'aise. Il éteignit le plafonnier en se disant que les femmes étaient prudes. Il devait être compréhensif, ne pas l'affoler.

— Et la petite lampe aussi, s'il te plaît.

Il aurait aimé lui faire l'amour en pleine lumière, voir l'expression de son visage lorsqu'il la prendrait pour la première fois, la posséderait, mais il ne voulait pas la contrarier. Il allongea le bras et tira sur la chaînette de la lampe ; ils se retrouvèrent dans l'obscurité. Carmel essayait de s'apaiser, elle s'abandonna, tremblante sous ses caresses. Elle aimait l'odeur de sa peau. Ce jeu érotique dans le noir l'excitait, ce n'était pas ce que le curé ou les autres avaient appelé « faire son devoir conjugal ». Joseph avait l'impression de faire l'amour pour la première fois, les caresses sur ce corps et ses formes magnifiques l'excitaient. Il suivait langoureusement les contours légèrement arrondis de ses cuisses, de ses hanches et de ses seins. Il prenait soin de ne pas la brusquer, et lui répétait, comme pour la rassurer :

— Je t'aime, *I love you*, je t'aime tellement.

— Je t'aime aussi, je t'aime éperdument.

Carmel n'avait aucune expérience de l'amour charnel, mais elle savourait chacune de ses caresses habiles, faites avec tant de grâce et de délicatesse. Joseph s'arrêta et la serra encore plus fort contre lui. Elle aimait se sentir enveloppée dans ses bras protecteurs et envoûtants. Joseph déposa des baisers de plus en plus passionnés sur son visage, sur ses paupières. Les appréhensions de Carmel se dissipaient au son des paroles d'amour de Joseph et de ses caresses exquises. Elle se sentait plus réceptive.

Joseph avait atteint un état d'excitation presque incontrôlable.

— Ne crains rien, lui chuchota-t-il à l'oreille.

Elle ne lui répondit pas, l'état second dans lequel elle se trouvait la rendait muette. Joseph se cambra et se glissa en elle. Exaltée, Carmel enroula ses jambes autour de ses hanches et suivit le rythme de son corps. Le va-et-vient s'accentua. Elle éprouva une légère douleur. Joseph continua à s'introduire plus profondément en elle, il sentit son corps se crisper, mais il ne croyait pas possible de se dégager d'elle.

Il maintint le rythme, puis accéléra la cadence encore et encore en fondant en elle. Un spasme fit vibrer son être tout entier.

Carmel ne parvint pas à la jouissance physique. Elle ne connut pas l'orgasme, elle était au bord des larmes, son cœur battait trop fort dans sa poitrine.

Joseph se retira, mais resta allongé le long de son corps. Carmel détendit les jambes et se lova contre lui. Joseph mit du temps avant de revenir sur terre. Il se dressa sur un coude, prêt à lui parler.

— Non, ne dis rien, reste là blotti tout contre moi, j'aime le contact de ta peau sur la mienne.

Et elle poursuivit d'une voix chevrotante :

— Je suis si bien.

Au bout d'un moment, il se redressa et ralluma la lampe de chevet. Le cœur de Carmel battait toujours aussi fort dans sa poitrine ; lorsque Joseph s'éloigna quelque peu d'elle, elle perdit contrôle de ses émotions. Les joues écarlates, elle lui avoua :

— J'ai cru que mon cœur allait s'arrêter de battre.

Elle glissa avidement ses doigts dans sa chevelure broussailleuse, l'obligeant à reculer la tête afin de le contempler. Son visage était radieux, ses beaux yeux brillaient plus qu'à l'ordinaire, elle crut même y lire une pointe de malice. Elle murmura :

— Tu sais que je t'aime plus que tout au monde ?

Il contempla ses cheveux défaits, sur l'oreiller, autour de son minois expressif. Il admira avec passion ses courbes parfaites, scruta son beau visage et y vit ses yeux brouillés.

— Est-ce que tu pleures ?

Carmel hésitait à lui répondre. Ses larmes étaient des larmes de joie. Elle avait ressenti une petite brûlure, mais la sensation de douleur était passée rapidement. Toutefois, elle n'avait pas eu autant de plaisir que lui et elle voulait être franche.

— J'imagine que c'est ce que l'on appelle « perdre sa virginité ».

Elle était animée d'une émotion nouvelle, d'un désir inconnu, mais grisant.

— Tu m'as transporté de joie, ma douce, je suis un homme comblé.

Elle s'était détendue, elle avait repris un ton taquin. Ils bavardèrent, nus, le corps enduit d'amour, l'un contre l'autre. Lorsque Joseph vit les gouttelettes rougeâtres sur le drap, il comprit immédiatement et ne put s'empêcher de lui demander :

— Pourquoi m'avoir attendu ?

Carmel était vierge. Elle avait gardé son âme chaste et son corps pur.

— Je savais que ce serait toi dès la première fois où j'ai croisé ton regard, je me souviens de ce soir où tu errais pour reluquer les filles de la manufacture.

Ils se mirent à rire de bon cœur. Ils avaient l'impression d'avoir rajeuni de dix ans et se comportaient comme des adolescents. Il avait épousé une femme passionnée.

Carmel avait l'intention de connaître cette extase qui avait comblé Joseph de bonheur et de satisfaction. Elle ne demandait qu'à être aimée et à l'aimer, mais elle n'avait pas atteint la plénitude, elle serait patiente et réceptive, elle apprendrait. Ils demeurèrent immobiles en savourant ce bien-être chacun à sa façon. Au bout d'un temps, qui avait cessé de compter pour eux, Joseph se tourna vers Carmel et la trouva rêveuse.

— Je te promets de passer le reste de ma vie à te rendre heureuse. Je n'aime que toi.

Il prit son briquet sur la table de chevet et retira une cigarette de son étui. Il l'alluma et la lui tendit.

— Tiens, ma jeune louve.

Carmel tira une *puff* et des ronds de fumée virevoltèrent dans l'air. Du bout des doigts, elle replaça la cigarette sur le bord des lèvres de Joseph ; ils allaient dorénavant tout partager. Elle déposa sa cigarette qui grésillait maintenant sur le rebord du cendrier. Le temps s'était arrêté sur eux, pour eux…

Après avoir consommé l'amour, ils se rendirent compte qu'ils n'avaient pas soupé et qu'ils étaient affamés. Ils se levèrent en pleine nuit. Carmel chancela. Joseph la prit par la taille pour marcher jusqu'à la cuisine éclairée par la seule lueur du réverbère. La jeune femme réalisa avec griserie que c'était la première fois de sa vie qu'elle déambulait le corps complètement nu. Elle rit un peu, puis examina Joseph, qui l'attira contre lui.

Tout en serrant les hanches de Carmel contre son corps, il ouvrit grande la porte du réfrigérateur. Elle fit une moue boudeuse puis se mit à rire. Même dans la pénombre, il était évident que le réfrigérateur était vide.

Il lui prit la main, la porta à ses lèvres et ramena Carmel dans la chambre.

— Peux-tu attendre jusqu'à demain pour manger ?

Elle lui répondit en ricanant :

— Nous n'avons pas vraiment le choix !

Elle marcha tout contre lui, elle avait hâte de retrouver la douce chaleur de ce corps qu'elle venait de découvrir. Au cours de leurs ébats amoureux, Carmel avait remarqué que le bras droit de Joseph était légèrement différent de son bras gauche. Elle se dit qu'elle allait lui en parler, mais pas cette nuit. Recroquevillée, fourbue, elle s'endormit comme un chérubin. Joseph l'observa, sans la déranger.

***

Au lever du jour, Carmel contempla son mari qui dormait profondément. Elle s'étira telle une chatte, se leva sans faire de bruit, enfila son peignoir et se dirigea vers la cuisine. Elle ouvrit les armoires pour y constater que le nécessaire qui s'y trouvait ne suffisait qu'à une personne. Elle sourit. Ils devraient s'équiper, tout au moins acheter de la nourriture. Elle ne voulait pas réveiller Joseph, mais, curieuse de découvrir son nouveau milieu de vie, elle fit le tour de l'appartement. Tout lui plut. Finalement, elle décida de retourner près de son homme. Elle s'allongea tout près de lui, enveloppée de son peignoir. À son contact, elle ressentit un désir nouveau et inassouvi. Elle l'observait discrètement. Au bout de quelques minutes, Joseph ouvrit les yeux. Elle était là, penchée sur lui. Il cligna des paupières. Son premier regard se posa sur elle. Il lui demanda, la voix cajoleuse :

— As-tu bien dormi ?

Elle avait le sourire fendu jusqu'aux oreilles.

— Oui, et je suis debout depuis un bon moment.

Il la voulait contre lui. Il était fou de joie de la trouver là, à son réveil, pour leur première journée de vie commune. Il l'attira plus près de lui, et elle sentit le désir l'envahir. Tous ses sens étaient en éveil, son corps se tendit. Elle enleva son peignoir. Il se mit à l'embrasser et à la caresser sans retenue. Elle était plus détendue que la veille. Elle attendait qu'il lui dicte les gestes de l'amour. Il était habile. Elle se sentit encore une fois comme aimantée à son corps. Un besoin charnel montait en elle. Un frémissement d'amour la secoua légèrement. Sa respiration se fit plus bruyante.

Il voulait l'habiter, la prendre à nouveau. Il l'apprivoisa et la guida jusqu'à ce qu'elle goûte aux délices sexuels. Il oublia son propre désir pour se consacrer à elle, à sa jouissance, à son plaisir. Il était résolu à lui faire savourer les extases de l'amour, à l'emmener jusqu'au bord du précipice et à l'y entraîner avec lui. Carmel, telle une enfant sage, apprenait les rites de l'amour qui allaient la conduire à une communion totale. Ils se vouaient l'un à l'autre. Carmel se montrait réceptive. Elle faisait confiance à son amoureux. Elle s'abandonna et lui prodigua des caresses enivrantes. Elle ne voulait plus revenir à la vie. Elle croyait rêver. Elle savoura le moment où, rassasiés, allongés sur le dos, leurs corps soudés l'un à l'autre, main dans la main, ils se noyèrent dans leur plaisir. Ils ne prononcèrent pas un mot, laissant perdurer cette extase. Tout l'être de Carmel avait atteint la plénitude. Elle s'était totalement abandonnée à Joseph, il tenait son destin. Elle aimait être possédée de la sorte. Il serait son guide, elle allait se laisser emporter avec volupté. Elle éprouvait des désirs naissants qu'elle avait l'intention de faire durer. Elle adorait cet homme qui l'avait si divinement initiée à l'amour. Elle se sentit remplie de joie et de sérénité. Lui contempla la beauté renversante de sa femme après l'amour.

Chapitre 15

Sur le plan social, leur nouvelle vie de couple commença par l'invitation de leurs voisins, Rita et Jacques Desmeules. Carmel appréhendait de rencontrer des étrangers. C'était la première fois de sa vie qu'une telle invitation lui était faite, et avec son mari par-dessus le marché. Elle avait l'impression d'avoir avancé en âge, sans avoir vécu.

Elle tentait de se préparer, mais Joseph la dérangeait sans cesse. À la vue de sa nudité, il éprouvait une passion qui se traduisait par des appels sexuels irrésistibles. La chaleur de sa main caressant son dos, prolongeant l'attouchement jusqu'à la chute de ses reins, était émoustillante. Le souffle court, elle lui dit :

— Nous allons être en retard chez tes amis si tu ne me laisses pas m'habiller.

Joseph l'attira par le bras vers le lit et lui caressa les seins du bout des doigts pour ensuite les couvrir de baisers passionnés. Elle avait, chaque fois, du mal à s'éloigner de lui.

— Maintenant, je te chasse de la chambre, car nous ne pourrons être à l'heure, à moins… à moins que tu préfères que nous annulions.

Ses menaces refroidirent Joseph. La robe de Carmel avait glissé sur le plancher, elle dut s'assurer qu'elle n'était pas trop froissée avant de l'enfiler. Une robe suffisamment moulante pour dessiner les gracieuses courbes de sa silhouette.

— Dieu que tu es belle, tu es parfaite ! Je suis certain que les Desmeules vont t'adorer.

Carmel espérait que Joseph avait raison.

Les amoureux furent ponctuels malgré tous leurs ébats. À cinq heures pile, Joseph frappa à la porte du logement de ses amis. Jacques vint leur ouvrir au son de ce joyeux tambourinage.

— Bonjour, Jos, madame.

Il fit un salut protocolaire à Joseph et baisa la main de Carmel. Il la retint un peu trop longtemps au goût de Joseph. Rita s'avança vers eux. Joseph s'empressa de présenter sa compagne de vie. Tout en enlaçant sa femme, il dit avec une teinte évidente de fierté dans la voix :

— Jacques, Rita, je vous présente Carmel, mon épouse.

Jacques, à son tour, fit les présentations d'usage. Carmel faisait tourner nerveusement ses alliances autour de son doigt.

— Voici ma femme, Rita.

Carmel s'avança et serra la main de Rita.

— Sois la bienvenue chez nous, Carmel. C'est Carmel, ton prénom, n'est-ce pas ?

Carmel, qui avait maintenant l'habitude de ce genre de question, apprécia cette mise en entrée qui lui facilitait les choses. La conversation était engagée.

— Mon prénom véritable est Carmel, mais comme vous avez sans doute remarqué, Jos casse un peu son français, c'est à cause de cela que je suis devenue Caramel.

— Que c'est amusant ! De plus, ce prénom vous va à merveille. Jos l'a sans doute aussi choisi en raison de la couleur de vos yeux.

Rita leva un visage implorant vers son mari pour le ramener à l'ordre. Leur fille, qui se tenait dans l'embrasure, retint un sourire d'amusement. Rita en profita pour présenter avec fierté Sophie, âgée de treize ans, qui prenait des allures de jeune femme un peu trop vite à leur goût.

— Laisse-les donc entrer et sers-leur un bon verre de punch aux fruits au lieu d'accaparer Carmel avec tes flatteries.

Joseph et Carmel acceptèrent de partager avec eux ce verre de boisson non alcoolisée et de savourer quelques bouchées que Rita avait préparées avec enthousiasme.

— Tu ne sais pas, Jacques, ce qui nous est arrivé hier soir !

Joseph avait lancé cette phrase sans se rendre compte que ses mots prêteraient à confusion.

— Hier soir ? Je me doute de ce qui vous est arrivé, mon cher Jos, je suis marié moi aussi, ne l'oublie pas.

Ils s'esclaffèrent à cette allusion puis, soudain, Rita jeta un regard accusateur à son mari en sourcillant vers Sophie.

Joseph corrigea le tir.

— Je veux dire…

Le fou rire le fit hésiter.

— Je veux te parler de la mésaventure qui nous est arrivée.

— Vas-y, explique-nous !

Joseph prit un ton plus sérieux.

— *All right*, je vais aller droit au but. Imaginez-vous donc que nous nous sommes fait voler nos cadeaux de mariage. Ici, en bas, dans la voiture.

Rita et Carmel s'étaient rapprochées l'une de l'autre. Rita voulait plus de détails. Sophie attendait la suite avec impatience.

— Mais comment est-ce arrivé ?

Joseph leur expliqua la façon dont ils avaient été dépouillés de leurs cadeaux de noces.

— Et tu n'avais pas verrouillé les portières ! En voilà une bonne idée, Jos. Mais où avais-tu donc la tête ?

Rita renchérit :

— Il était peut-être un peu distrait, le nouveau marié !

Jacques ajouta, en admirant Carmel :

— Cela ne m'étonne pas.

Joseph encaissa le coup sans rouspéter. Il ne voulait pas alarmer Carmel ni ses amis outre mesure sur la sécurité du voisinage. Rita, qui ne voulait pas affoler sa fille non plus, aiguilla la conversation.

— Carmel, aimerais-tu faire le tour du quartier, question de t'initier aux avantages de vivre entourés de magasins, de boutiques et de beaucoup d'autres commodités ? Nous avons presque tout à portée de la main. Nous pouvons faire nos commissions à pied. Je te présenterai les marchands qui ne demanderont pas mieux que de te connaître. Une cliente de plus, ce n'est pas à négliger, tu sais.

— Je pourrais vous accompagner aussi, dit Sophie.

À l'évidence, les Desmeules l'avaient d'emblée acceptée, mais Carmel ne se sentait pas prête à un tel rapprochement avec sa voisine et sa fille. « Pas pour le moment », se dit-elle, mais elle répondit avec diplomatie :

— Ce sera avec plaisir, mais pas cette semaine, car Jos me consacre le reste de ses jours de vacances afin, justement, de me faire connaître de bonnes adresses.

— Quand cela te conviendra alors ! Tu n'as qu'à me faire signe. Jos m'a dit que tu faisais ta propre couture, je connais un marchand qui offre un bon choix de tissus, et pas trop chers en plus, tu verras !

La conversation amicale suivit son cours. Jacques et Joseph en avaient long à raconter sur les méfaits de la guerre, injustifiée selon eux, qui se faisait déjà sentir sur le continent. Mais il était assez évident que les deux femmes et Sophie préféraient parler d'autre chose. Elles en avaient par-dessus la tête d'entendre mentionner cette guerre.

Carmel et Joseph prirent congé de leurs hôtes avec la promesse de poursuivre ces relations de bon voisinage. Ils consacrèrent le reste de la semaine à savourer leurs plaisirs charnels. Leurs corps se séparaient au bord de la souffrance. Ils s'accordèrent un peu de répit pour terminer l'aménagement du logis et se procurer tout le nécessaire pour la cuisine. Ils dénichèrent des articles en solde pour à peu près tout ce dont ils avaient besoin pour la vie à deux. Ils rentraient tôt, se couchaient à l'heure des poules, mais ne s'endormaient qu'au petit matin. Au bris du jour, les vacances terminées, avant de reprendre le collier, Joseph dit à sa douce sur un ton langoureux :

— Je ne me suis jamais senti aussi rempli de bonheur. Je viens de passer les jours les plus merveilleux de ma vie.

Sa vie conjugale naissante le comblait. Cette nouvelle existence le choyait. Cette vie de couple était pleine de promesses.

* * *

Dès les premières semaines de sa vie à Montréal, Carmel se terra dans l'appartement. Elle consacrait ses journées à cuisiner. Elle s'appliquait à élaborer de nouvelles recettes. Elle devait se montrer inventive en cette période de rationnement. Heureusement, Joseph n'était pas un homme difficile à contenter, lui qui vivait en célibataire depuis ses dix-huit ans. Il se montrait satisfait et encourageait ses talents. L'appréciation de Joseph poussait Carmel à parfaire ses habiletés culinaires. Quelques semaines s'écoulèrent avant que Rita vienne frapper à sa porte pour l'inviter à visiter les alentours. Carmel accepta. Rita la présenta à certains marchands qu'elle connaissait. Les deux femmes allèrent explorer chez certains autres susceptibles d'offrir le nécessaire à la confection de vêtements. Rita était satisfaite. « La glace est brisée », se disait-elle.

— De tes doigts de fée, Carmel, tu vas faire des merveilles avec ces trouvailles.

Carmel était rentrée à la maison, la tête pleine de projets de confection. Elle se sentait en sécurité dans leur logis. C'était comme si elle avait accosté son bateau à la rive de la rue Sicard, mais dès qu'elle prenait le large, à l'assaut de la grande ville de Montréal, elle se sentait à la dérive, perdue. Elle était toujours soulagée de revenir chez elle.

Elle attendait avec impatience la livraison de l'hebdomadaire dans lequel on publiait, dans la section mode, des dessins de vêtements pour dames. Dès que Joseph en avait terminé la lecture, elle s'emparait de la partie qui l'intéressait et la conservait précieusement pour ses futures créations. Carmel reproduisait toutes les pièces du modèle pour la confection de jupes, de robes ou de tailleurs pour elle-même. Elle se laissait porter par le courant. Sa vie se limitait aux quatre murs de l'appartement.

* * *

Joseph exerçait sa profession avec zèle. Il était très ambitieux. Il s'était promis de réussir en affaires ; il ne visait pas aussi haut que le père de Mary, l'un des dirigeants du magasin Macy's, qui l'avait grandement impressionné et influencé, mais un jour il aurait sa propre entreprise. En attendant, il travaillait de longues heures en poursuivant ce but. Il entrait régulièrement tard à la maison. Carmel l'espérait : plus l'attente se prolongeait, plus elle grillait des cigarettes. Jamais elle ne se plaignait des journées et des soirées passées toute seule. Elle ne faisait jamais de reproches à Joseph. Par ailleurs, elle souhaitait ardemment avoir un enfant afin de combler le vide qui l'aspirait. Or ce désir était partagé, Joseph lui en avait parlé. Carmel se disait qu'en plus de lui permettre de vivre les joies de la maternité, la présence d'un enfant à la maison inciterait Joseph à écourter ses journées de travail.

Carmel avait une patience d'ange dans l'exécution des travaux manuels, qui l'occupaient entièrement. Les jours, les semaines s'écoulèrent sans qu'elle s'en rende trop compte. Les fins de soirée terminées dans les bras de son mari lui faisaient oublier son abattement.

Les journées de Carmel s'écoulaient aussi en réflexions ; elle évaluait et appréciait la situation de leur couple. D'un battement d'aile, le songe l'emporta vers sa sœur Mathilde, qui devait vivre l'enfer. Elle s'inquiétait d'avoir peu de nouvelles de sa famille, pourtant elle avait écrit dès la deuxième semaine de son arrivée à Montréal. Les nouvelles de la guerre rapportées dans les tabloïdes, les articles de journaux et à la radio, créaient une grande inquiétude. Carmel repensait aux paroles de Joseph lorsqu'elle avait abordé ce sujet avec lui.

Un soir, allongée le long du corps de son mari, elle n'avait pu s'empêcher de s'adresser à lui avec une certaine hésitation.

— Joseph, j'aimerais te poser une question.

Elle se sentait maladroite. Elle décida d'y aller directement, sans nuances ni faux-fuyants.

— Vas-y, ma douce, je t'écoute, lui répondit-il.

Carmel ne savait comment s'y prendre pour ne pas l'offenser.

— C'est délicat.

Joseph devina aussitôt que le moment était venu de lui expliquer la raison de sa légère infirmité et il connaissait maintenant assez Carmel pour deviner ses interrogations.

Carmel lui caressa le bras et lui dit :

— Ton bras, il est plus petit que l'autre, n'est-ce pas ?

Joseph ricana nerveusement. Il s'assit d'un bond et alluma la lampe de chevet. Il ne lui parlerait plus à mots couverts, elle était sa femme et elle avait droit à la vérité. Le front plissé, le visage ferme, il se lança :

Carmel eut un frisson devant ce regard intense. Elle craignait ce qui allait suivre. Son rythme cardiaque s'accéléra.

— Tu sais, Caramel, c'est une histoire assez simple, mais qui prend toute une importance en temps de guerre.

— Parle, Jos, tu me fais peur.

Joseph lui passa doucement la main dans le cou pour l'apaiser.

— Il s'agit d'un simple accident.

— Quel genre d'accident ? demanda-t-elle promptement.

Joseph voulait régler définitivement cette question. Il allait donner les détails à Carmel et ne souhaitait plus revenir sur le sujet.

— Cela s'est passé lorsque j'avais six ans.

Carmel comprit, au timbre de sa voix, que Joseph était mal à l'aise.

— Tu peux tout me raconter.

— Voici ce qui est arrivé : c'était un lundi semblable aux autres, ma mère faisait la lessive comme toutes les semaines et je lui avais proposé de l'aider, ce que je faisais chaque fois, d'ailleurs. Elle me passait les vêtements mouillés qu'elle sortait de la machine à laver, et moi je les introduisais dans le tordeur. Le mécanisme des deux rouleaux de caoutchouc qui se serraient l'un contre l'autre en essorant l'eau des vêtements m'intriguait et m'amusait aussi. J'adorais être avec maman. Je me sentais privilégié de l'avoir pour moi tout seul. Dans un moment de distraction, j'ignore comment cela a pu se produire, mon bras droit est resté coincé dans le tordeur, entre les deux rouleaux. Je n'ai pas été capable de le retirer. Maman a elle aussi essayé, mais sans succès, tout s'est passé trop vite.

Joseph s'alloua une pause.

— Je me souviens vaguement d'avoir senti le tordeur engloutir mon bras, du bout des doigts jusqu'à l'épaule, et d'avoir entendu ma mère crier ; mais elle avait beau s'époumoner, personne ne pouvait l'entendre, car nous étions seuls à la maison.

Carmel écoutait Joseph religieusement, imaginant la terrible scène.

Joseph se tut un moment afin d'évaluer la réaction de sa femme, mais peu importait, il devait continuer, vider le sujet une fois pour toutes. D'une voix ténue, il poursuivit :

— Maman a pensé à tirer sur la manette ou à débrancher la machine, je ne sais plus trop, mais le tordeur a alors cessé de fonctionner. Maman a dégagé mon bras, mais lorsqu'elle m'a regardé j'ai compris avec effarement que c'était grave. J'entends encore sa voix qui me disait : « Pauvre petit, pauvre petit. » Mon bras et ma main me faisaient terriblement mal.

Joseph fouilla dans sa mémoire :

— Je ne peux te dire combien de temps je suis resté à attendre le médecin, mais je me rappelle qu'il m'a donné des comprimés et qu'il a dit à ma mère que je garderais des séquelles de cet accident. Maman était tellement inquiète et chancelante que le médecin lui a dit de s'asseoir, puis il a fait son diagnostic : soit la sensibilité de mes doigts serait diminuée, soit la croissance de mon bras ne se ferait pas au même rythme que celle de l'autre.

Joseph allongea les deux bras.

— Comme tu peux le constater, c'est ce qui est arrivé. Heureusement, je n'ai perdu aucune sensibilité dans ma main, ni dans mon bras.

Carmel résuma :

— C'est donc pour cette raison que tu étais certain de ne pas être enrôlé ; c'est à cause de ton bras droit que tu as obtenu une exemption ; tu étais assuré de ne pas être mobilisé. Tu n'as donc pas eu peur lorsque la loi sur le service militaire obligatoire a été adoptée.

— En effet, tu as raison. Je n'ai jamais eu peur en dépit du fait que tous les hommes et les femmes admissibles à participer à la Défense intérieure se devaient de s'inscrire. Le maire de Montréal, Camillien Houde, avait recommandé de ne pas s'inscrire. Sais-tu qu'il a été arrêté et incarcéré, sans procès, dans un camp de concentration en Ontario pour avoir déclaré une telle chose ?

Joseph était triste.

— Je crains aussi les mauvaises langues qui prétendent que je me suis moi-même infligé une blessure au bras pour éviter d'aller à la guerre, tu comprends ? Je n'avais que six ans lorsque ce malheur m'est arrivé.

Il s'abandonna à ses pensées. Carmel comprenait parfaitement. Jamais elle n'aurait pu soupçonner Joseph d'avoir fait une chose pareille, c'était impensable.

— Merci pour ta franchise, le sujet est clos en ce qui me concerne, je ne vais plus t'importuner avec cela. C'est un accident dramatique, un point, c'est tout.

Elle ne voulait plus entretenir de sentiment de doute à l'égard de Joseph. Elle était satisfaite de ses confidences et réconfortée. Elle savait maintenant que son mari ne serait pas enrôlé, et cela la rassurait au plus haut point. Elle ne faisait pas partie de ceux qui ont la fibre patriotique au point de voir les leurs donner leur vie pour un pays étranger. La guerre l'horripilait. Au moment où ces pensées se frayaient un chemin dans sa tête, un déclic se fit. Elle embrassa Joseph avec ardeur.

— Tu m'aimes ?

Joseph l'observa avec stupéfaction.

— Bien sûr que je t'aime, en as-tu déjà douté ?

Carmel rayonnait de bonheur.

— Non.

Elle se calma. Elle ne lui révéla pas l'ampleur des craintes qu'elle avait entretenues avant leur mariage, ni les motifs qu'elle croyait être les siens pour l'épouser. Elle savait maintenant qu'il ne l'avait pas fait pour se soustraire à l'enrôlement. Elle n'était pas une fille qu'on épouse par échappatoire, mais par amour. Elle était folle de joie. Sa mère avait eu tort de douter de lui. Ils avaient tous eu tort. Elle s'était tracassée vainement.

— Un enfant, dit-elle.

— Un enfant, que veux-tu dire au juste ?

Carmel monta le ton. Elle devint suppliante. Un sourire entendu au coin des lèvres, elle répéta :

— Un enfant, fais-moi un enfant.

Ils firent l'amour plus ardemment qu'à l'ordinaire, Carmel se sentait plus affectueuse. Elle couvrit Joseph de baisers tendres en lui murmurant des mots doux. Leurs corps s'harmonisaient parfaitement. Plus rien ne viendrait porter ombrage à leur amour. Cet aveu l'avait apaisée.

Quand ils se réveillèrent le lendemain, c'était comme s'ils renaissaient dans le plus beau matin du monde, de leur monde. Désormais, ils pourraient vivre leur passion avec fougue jusqu'à la douleur, la douleur si agréable d'aimer et d'être aimé.

Heureuse des confidences de son époux, Carmel voulut partager son bonheur avec les siens. Au fond d'elle-même, elle savait qu'elle tenait davantage à prouver à tous, surtout à sa mère, que Joseph l'avait épousée par amour. Elle allait lui écrire.

Le lendemain, elle s'installa à la table de cuisine et entreprit la rédaction d'une longue lettre dans laquelle elle expliqua à Eugénie l'infirmité de Joseph. Elle lui demanda de saluer son père et d'embrasser Gilbert pour elle. Elle écrivit quelques mots pour Mathilde et Élise et insista pour leur dire qu'elle était très heureuse et qu'elle pensait à elles.

En se réveillant ce même matin, au sortir du lit, elle se sentit nauséeuse. Au cours de la semaine qui suivit, elle éprouva toutes sortes de sensations qu'elle n'était pas en mesure de définir. Tantôt maussade, tantôt exubérante, elle mettait sa condition sur le compte de l'éloignement des siens. Sa famille lui manquait. Joseph lui avait promis d'aller passer la période des fêtes à Québec.

— Si les chemins sont praticables, avait-il précisé.

Carmel vivait dans l'expectative de revoir ses proches. La neige n'avait pas encore recouvert les trottoirs de Montréal, et elle comptait déjà les jours qui la séparaient du grand plaisir de retourner à Québec.

Au cours de cette semaine, pour la divertir, Joseph lui proposa de s'évader un peu.

— Si nous allions nous balader dans le Vieux-Montréal, dimanche? dit-il. Je t'emmènerai à la messe à la basilique Notre-Dame; tu verras, c'est une véritable galerie d'art religieux; la richesse de ses ornements n'a pas d'équivalent à Montréal. Nous mangerons dans un petit café du coin. Qu'en penses-tu?

— L'idée me plaît, Jos, lui répondit-elle, en marquant son approbation par un large sourire.

Agenouillée dans la basilique, Carmel promena un regard admiratif autour d'elle, emportée par la beauté et la sérénité des lieux. Elle découvrit la composition visuelle dirigée vers la voûte, celle qui indique le chemin vers le bonheur céleste, entraînant dans son élan anges et étoiles sur fond de bleu intense. Elle admira aussi les statues des prophètes Isaïe et Daniel. Puis, à gauche de l'autel, celle de saint Pierre, avec les clés et le coq, rappelant sa trahison le matin de la Passion et la mort de son maître et ami, Jésus. Elle se tourna vers la statue de l'évangéliste Jean, tenant le calice, et vers celle de Marc, avec le lion ailé. Quel lieu propice au recueillement. Elle en avait plein la vue. Une lueur chatoyante filtrait au travers des vitraux dont la thématique du rez-de-chaussée évoquait la vie religieuse et sociale du temps de Ville-Marie. Elle se recueillit et invoqua la Providence silencieusement pour demander un enfant à chérir et à aimer. Elle serra la main de Joseph. Ces lieux lui faisaient grande impression.

Quelques jours plus tard, en rentrant du travail, Joseph lui lança :

— Bonsoir, comment s'est passée ta journée ? Tu as une mine radieuse.

Carmel, qui venait à peine de se regarder dans la glace, ne se sentait pas du tout radieuse ; elle avait le cœur au bord des lèvres. Elle se mit à pleurer.

— Mais que se passe-t-il ?

Carmel enfouit sa tête au creux de l'épaule de Joseph. Il s'alarma.

— As-tu eu des mauvaises nouvelles de ta famille ?

Carmel renifla.

— Mais non, justement, rien depuis notre départ, je me demande ce qui les empêche de m'écrire. Je m'ennuie. C'est peut-être cela, le mal du pays.

Carmel ne voulait pas lui parler maintenant des nausées qui l'indisposaient et qui devenaient de plus en plus présentes à son lever.

— Toi qui es occupée avec ta couture et l'organisation de l'appartement ? lui dit-il platement.

Carmel comprit alors que Joseph ne saisissait pas la cause de ses angoisses, ni même celle de la solitude et de l'ennui qui la minaient. Joseph qui, de son côté, était constamment entouré de collègues et de clients ne pouvait pas mesurer l'ampleur de son désarroi. Ils vivaient dans deux mondes parallèles.

— En effet, je suis effectivement occupée avec toutes mes corvées, mais, tu sais, je n'ai personne avec qui partager mon quotidien.

Elle prononça ces mots avec accablement.

— Mais tu as Rita, pourquoi ne la vois-tu pas ? Elle t'aime, tu sais.

Carmel écarta cette idée, car elle ne se sentait pas prête à se lier d'amitié avec sa voisine. C'était comme si elle rejetait tout rapprochement. Elle prit un air dubitatif.

— Ne t'inquiète pas pour moi, cela va passer.

L'état de déprime dans lequel elle se trouvait ne lui était jamais arrivé lorsqu'elle vivait à Québec. Le travail était ardu à la manufacture, mais elle était entourée. Carmel allait et venait dans la ville comme elle le voulait. Elle s'y sentait en sécurité. Ici, c'était bien différent. Elle avait de la difficulté à s'orienter, n'entrait jamais dans les boutiques ni dans les magasins où l'on ne parlait pas français. Malgré ce que Joseph lui avait décrit, certains commerçants ne s'exprimaient pas dans la langue de Molière, à son plus grand désespoir.

En rentrant du travail, quelques jours plus tard, voyant Carmel allongée sur le divan du salon, Joseph comprit enfin que quelque chose n'allait pas. Elle avait l'habitude de l'attendre, une revue de mode ou un ouvrage de couture en main. Elle tenta de se relever, mais une lassitude l'en empêcha.

C'était la première fois que Joseph voyait sa femme si peu en forme. Elle, habituellement si rieuse et spontanée, paraissait froide et amorphe.

— Je sais que je rentre tard du travail, mais chez Sicard c'est une période intense. Tout l'équipement doit être prêt pour l'hiver, car la saison froide approche. La préparation de l'équipement de déneigement doit respecter les délais. Les municipalités qui utilisent nos produits s'attendent à obtenir un bon rendement.

Carmel l'écoutait à peine, elle n'avait jamais manifesté d'intérêt pour son travail. Elle disait régulièrement à Joseph qu'elle ne connaissait rien à la mécanique, ni au diesel, et encore moins aux stratégies de mise en marché des souffleuses à neige de Sicard. Ses propos l'exacerbaient :

— Tu sais, Jos, je ne me sens vraiment pas dans mon assiette ces jours-ci.

Joseph était désemparé.

— Ce week-end, nous allons prendre du bon temps, toi et moi.

Carmel éclata en sanglots. Joseph n'aimait pas la tournure des événements.

— *Oh my God!* Ça ne va pas du tout, toi, que se passe-t-il ?

— J'ai des nausées et je me sens un peu dépressive.

Joseph ne savait plus quoi penser.

— Aimerais-tu consulter un médecin ? Jacques et Rita pourraient nous en recommander un, j'en suis certain.

— D'accord, j'irai consulter, lui répondit-elle pour clore la discussion.

Joseph lui lança un coup d'œil perplexe. Le lendemain matin, avant de prendre son déjeuner, Joseph se rendit directement chez ses voisins alors que Carmel était encore au lit. Il ne voulait pas la réveiller. Il tambourina à leur porte et les trouva attablés l'un en face de l'autre, en train de déjeuner. En apercevant Joseph par la fenêtre de la porte de la cuisine, tous deux bondirent de leurs chaises.

Jacques lui fit signe d'entrer.

— Qu'est-ce qui t'amène de si bon matin ?

Joseph se tira machinalement une chaise.

— Veux-tu un bon café, Jos ? Je viens tout juste d'en faire, ou préfères-tu un thé ?

— Un café. Merci, Rita.

— Comment vont nos nouveaux mariés ? s'informa Jacques.

Joseph prit une gorgée de café et fit un « Aïe, c'est chaud ! » avant de répondre :

— Bien, je crois.

Rita sursauta sur sa chaise.

— Que veux-tu dire par là ?

Joseph confia spontanément son tourment à ses amis.

— Je m'inquiète pour Caramel. Elle est un peu dépressive. Je crois qu'elle a le mal du pays. De plus, elle a des nausées, cela semble lui arriver assez fréquemment.

Rita se mit à rire.

— Tiens donc, elle a des nausées !

Joseph l'écoutait, un tantinet agacé.

— Ah les femmes, toujours si compliquées ! Qu'est-ce qui te fait rire, Rita ?

268

— Je ne suis ni médecin ni devin, mais je crois savoir de quoi souffre Carmel.

Rita se balançait d'un pied sur l'autre. Joseph se raidit, se leva et l'interrogea.

— Que veux-tu dire, Rita ?

— Ne te tracasse surtout pas, mon cher Joseph, pour une jeune mariée qui a des nausées !

— Oh ! Je crois deviner !

Il venait tout juste de comprendre de quel malaise souffrait sa femme.

Il quitta immédiatement le logis des Desmeules en claquant la porte. Il monta les marches deux par deux, atteignit le palier, ouvrit la porte silencieusement et se dirigea vers la chambre. Carmel somnolait. Il s'allongea auprès d'elle et attendit un moment, sans la toucher, en la caressant des yeux, en la considérant avec tendresse. Carmel s'éveilla et se tourna vers lui

— Que fais-tu dans le lit tout habillé, Jos ? Quelle heure est-il ?

Il la contempla et ne répondit pas à ses questions. Il souriait béatement.

— Qu'est-ce qui te fait sourire de la sorte ?

Joseph dégagea les couvertures du corps de Carmel. Il lui caressa le ventre sous sa nuisette. Carmel se détendit. Elle savourait le contact de sa main.

— Tu restes à la maison aujourd'hui ? Tu ne sembles pas pressé de te rendre au travail…

Joseph l'embrassa langoureusement. Avec un sourire narquois, il lui dit :

— Je t'aime, je t'aime à la folie.

Carmel reprit ses esprits.

— Mais que se passe-t-il? Tu es tellement amoureux ce matin!

— J'ai des nouvelles pour toi.

Les yeux ronds, Carmel l'invita à poursuivre.

— J'ai parlé à Rita et…

— Un instant, mon cher mari, de quoi as-tu discuté avec notre voisine?

— De toi.

— Mais que lui as-tu dit? Tu m'intrigues.

Joseph se mit à rire.

— Et c'est drôle, il me semble!

— Tu sais ce que Rita m'a dit au sujet d'une femme qui a des nausées et qui est une…

Carmel bondit de joie.

— Oh non! Oh oui! Je pense que c'est oui. Je n'ai pas eu mes…

Elle mit sa main sur son ventre; elle aussi avait cru deviner la cause de son mauvais caractère et de ses nausées, mais n'avait pas osé en parler.

— Je suis peut-être enceinte, n'est-ce pas? Je suis enceinte, nous allons avoir un bébé!

Joseph s'exclama d'un air de conquérant:

— C'est ce que pense Rita!

— Joseph, tu te rends compte? Je porte en moi le fruit de notre amour. Nos destins se sont conjugués.

***

Ainsi, à peine s'étaient-ils installés à Montréal que Carmel était devenue enceinte. En fait, le germe croissait déjà en elle lorsqu'elle avait demandé à son mari de lui faire un enfant. Elle portait ce petit être au creux de son ventre, cet inconnu, leur enfant. La Providence l'avait exaucée.

Carmel et Joseph rayonnaient de joie. Joseph se sentait protecteur.

— Tu dois faire attention à toi maintenant.

Carmel avait des projets plein la tête.

— Nous allons repeindre une chambre et lui préparer une belle pièce, je vais m'investir dans ce projet au cours des prochaines semaines. Devrions-nous choisir le bleu ou le rose ?

L'enthousiasme de son épouse soulagea Joseph, il savait qu'elle allait passer les prochaines semaines à aménager la chambre du bébé. Elle serait trop occupée pour broyer du noir durant ce temps, cela le rassurait.

— D'après mes calculs, j'accoucherai en juillet. Nous avons amplement le temps de tout préparer. Je vais décorer les fenêtres, confectionner le couvre-lit et même quelques draps.

Il attira amoureusement Carmel contre lui et déposa des baisers affectueux sur son ventre. Délicatement, il la caressa puis releva la tête.

— Est-ce qu'il bouge ?

Carmel éclata de rire.

— Tu sais, je ne perçois aucun mouvement, je t'avoue ne rien ressentir pour le moment.

Joseph l'interrogea amoureusement.

— Jusqu'à quel moment pouvons-nous continuer de nous aimer ?

— Mais jamais un enfant ne nous empêchera de nous aimer, voyons donc, Jos.

— Je veux dire faire l'amour.

— J'avais compris, c'est à mon tour de te taquiner. Je devrai peut-être demander l'avis au médecin à ma première consultation, si je ne suis pas trop gênée. Touche encore mon ventre, j'ai pris du poids. Oui, j'ai grossi, tu ne trouves pas ?

Joseph ne constata aucun changement dans les courbes délicates de sa douce.

— Pas du tout, tu es aussi mince qu'au premier jour de notre mariage, qui n'est pas si loin.

La nouvelle vie de Carmel à Montréal commença par le grand bonheur de porter un enfant, l'enfant de Jos.

Chapitre 16

Les jours filèrent à la vitesse de l'éclair. L'hiver fut précoce et s'installa hardiment dans les rues de Montréal, encombrant les trottoirs de neige. Les journées de travail de Joseph allaient ainsi en s'allongeant, au même rythme que les chutes de neige. Carmel restait confinée, au chaud dans le logement.

En ce soir de la fin du mois de novembre, Joseph rentra très tard. Carmel l'attendait ; une cigarette se consumait dans le cendrier. Elle n'était nullement morose. Elle invita Joseph à prendre place auprès d'elle sur le divan. Elle portait le peignoir qu'il lui avait offert, elle en dénoua la ceinture.

Joseph enleva ses couvre-chaussures et suspendit son paletot à la patère près de la porte d'entrée, puis s'approcha de Carmel.

— Touche, touche mon ventre.

Carmel s'imaginait avoir perçu un mouvement dans son ventre.

Joseph palpa délicatement le ventre de Carmel. Il constata un léger arrondi, mais aucun mouvement.

— Je crois que je vais mettre au monde notre bébé vers le début de l'été. Tu sais, à Montréal, le logement sera étouffant de chaleur. Dès le printemps, il faudra se rafraîchir dans les parcs ou sur le bord du fleuve.

— Nous irons où tu voudras, Caramel.

Carmel tournait autour du pot. Elle avait un plan d'une importance capitale en tête mais angoissait à l'idée d'en parler à Joseph.

— J'aimerais accoucher à Québec. Ici, je n'ai personne pour m'aider, alors qu'à Québec maman, Mathilde et tante Élise pourraient me donner un sérieux coup de main. S'il te plaît, Jos.

Je profiterais du temps des fêtes pour leur annoncer l'heureuse nouvelle.

Le ton était clair et suppliant. Joseph fut pris au dépourvu. Il savait que Carmel avait raison, en partie, mais il fit une tentative pour trouver une autre solution :

— Tu pourrais demander à Rita de t'aider, elle a elle-même eu un enfant, elle sait ce que c'est.

Carmel fit la moue. Joseph savait lire dans chacune de ses pensées. Il souhaitait qu'elle exprime davantage ses raisons.

— Pourquoi hésites-tu, Caramel ?

— Je ne me sens pas très à l'aise avec une étrangère. J'aimerais beaucoup mieux être auprès de ma famille.

Joseph décrocha le récepteur du téléphone.

— Veux-tu appeler chez toi maintenant ? Il me semble que cela te ferait du bien de leur parler.

— Joseph, as-tu oublié que mes parents n'ont pas de téléphone ? Ils doivent se servir de celui de leur voisine. Dès demain je vais leur écrire et les prévenir que nous serons avec eux pour les fêtes, nous en profiterons pour leur annoncer la bonne nouvelle.

À compter de ce moment, animée par cette pensée réconfortante, Carmel vécut dans l'expectative de revoir les siens. Joseph travaillait invariablement de l'aube au crépuscule. Jamais Carmel n'allait au lit avant son retour. Elle tuait le temps en s'appliquant à la confection d'une layette pour son bébé.

Joseph était aux anges dès qu'il mettait les pieds chez lui.

— Enceinte, ma douce, tu es d'une beauté encore plus éclatante, je te désire autant que le premier jour. Tu es une vraie déesse.

Carmel, régulièrement nauséeuse, oubliait son malaise et sa solitude dans les bras de Joseph. Mais une idée lui trottait continuellement en tête. Elle revint à la charge.

— J'aimerais donner naissance à notre enfant à Québec, tu sais, je m'inquiète de devoir accoucher dans cette ville où personne ne peut me seconder.

— Si c'est ce que tu souhaites, j'irai te conduire chez tes parents quelques semaines avant la date prévue pour la naissance. Tu y passeras le temps nécessaire. Je retournerai te chercher lorsque tu te sentiras prête à revenir avec notre enfant. Est-ce que cela te réconforte un peu?

Il la trouvait si belle et fragile depuis qu'elle portait leur enfant qu'il lui aurait décroché la lune.

Carmel explosa de joie.

— Merci, mon amour, rien au monde ne peut me faire plus plaisir.

* * *

Le mois de décembre filait son petit bonhomme de chemin, en étendant son manteau blanc sur la métropole. Le froid commençait à s'imposer en maître.

Carmel passait le plus clair de son temps à attendre le retour de Joseph. Elle avait toujours envie d'être en sa compagnie. Elle sortait peu, ne se rendait chez l'épicier que pour y faire les achats indispensables. Elle n'aimait pas se balader en tramway. Elle avait toujours peur de s'égarer.

En ce vendredi, alors qu'elle rentrait de faire des courses à deux coins de rue de chez elle, elle garda la tête basse, craignant de se faire interpeller en anglais et de ne rien comprendre.

Aussitôt rentrée, elle se mit à cuisiner un repas nouveau genre pour impressionner Joseph. Elle s'appliquait, goûtait et rectifiait l'assaisonnement. Elle avait suivi à la lettre la recette de poulet chasseur découpée dans une revue. Elle dressa la table avec soin et déposa un billet d'amour sous l'assiette de son mari, comme elle le faisait souvent.

Il était maintenant huit heures, Joseph n'était pas encore rentré du travail. Carmel décida de changer de tenue. Elle se sentait un peu à l'étroit dans ses vêtements. Son ventre prenait des rondeurs nouvelles. Elle choisit de porter quelque chose de plus ample. Elle alluma la lampe et se dirigea vers la fenêtre de sa chambre dans le but de tirer les rideaux. C'est alors qu'elle ressentit un grand choc. Elle resta sidérée un moment, ne sachant trop que faire. Elle ne raisonnait plus, son cerveau était comme pétrifié dans sa tête. Dans la noirceur, de l'autre côté de la fenêtre, se tenait un homme, les mains en œillères appuyées contre la vitre. Elle avait l'impression qu'il la touchait. Elle lui faisait face. L'obscurité l'empêchait de distinguer ses traits. Il se tenait là, sans broncher, et l'épiait. Il était à distance d'une longueur de bras d'elle. Le cri qu'elle essaya de pousser resta coincé dans sa gorge. Machinalement, elle mit les mains sur son ventre, comme pour protéger l'enfant qu'elle portait. L'individu ne bougeait pas. D'un geste brusque, elle tira les rideaux en tremblant de tous ses membres. Elle s'éloigna de la fenêtre pour se distancer de lui, de son emprise.

Des pas résonnèrent sur la galerie, Carmel devina qu'ils se dirigeaient vers la porte de la cuisine. Un frisson lui traversa l'échine. Elle se demanda au même instant si elle l'avait verrouillée. Elle se jeta sur le lit, tous ses sens aux aguets. Elle ne se sentait pas la force de quitter la chambre. Elle se releva silencieusement et voulut s'y enfermer. Elle se rendit alors compte que cette porte ne possédait pas de verrou. Elle retourna sur la pointe des pieds s'asseoir sur le lit. Elle tremblait tellement qu'elle eut de la difficulté à fermer la porte sans la faire claquer. Le bruit des pas s'était interrompu. Elle n'avait pas entendu l'individu descendre les escaliers, ce qui voulait donc dire qu'il était encore sur la galerie. Dans un moment de lucidité, ses yeux se fixèrent sur le réveille-matin, les aiguilles indiquaient huit heures cinq minutes. Joseph allait bientôt arriver. Pétrifiée, à voix basse, elle supplia Dieu de le faire revenir.

Carmel croisa les bras sur sa poitrine afin de tenter de maîtriser ses tremblements. Un bourdonnement dans ses oreilles l'empêchait de percevoir clairement ce qui se passait. Elle crut entendre des pas en direction de la fenêtre de la chambre. Elle ne bougea pas. Il lui fallait rester immobile. Elle attendrait d'être certaine que cet intrus ne se trouvait plus sur la galerie avant de sortir de la pièce. Au bout de ce qui lui parut une éternité, elle entendit un bruit venant de la porte de la cuisine. Quelqu'un tâtait la poignée. Tout à coup, elle se souvint de l'avoir verrouillée, mais cela ne la rassura pas pour autant. Elle savait qu'un coup dans la vitre la ferait voler en éclats et que le malfaiteur n'aurait ensuite qu'à déverrouiller la porte par l'intérieur.

Elle se mit à crier, elle n'entendait pas le son de sa propre voix, mais elle criait tellement qu'à un moment donné elle retrouva l'ouïe. Sa tête voulait éclater, ses tympans semblaient être sur le point de crever. Ses cris se transformèrent en une longue plainte, celle d'une bête traquée, prise au piège.

Geignant, se retournant dans son lit, elle se berçait au rythme de ses pleurs. Elle se ressaisit un moment et tendit l'oreille. La nervosité et la peur l'empêchaient d'analyser la situation. L'individu avait-il déguerpi lorsqu'elle était en train de crier ? Elle n'en savait rien. Toutefois, elle n'entendait plus de bruit. Tout était silencieux. Avait-il réussi à pénétrer à l'intérieur ? Elle tenta de respirer calmement et tendit l'oreille de nouveau. Était-il tapi quelque part dans l'appartement ? Elle était trop affolée pour aller vérifier. Elle adopta la position fœtale et demeura paralysée. Rien, aucun son ne parvenait à ses oreilles. Le silence était insoutenable.

Combien de temps Carmel resta-t-elle ainsi, sidérée, dans son lit ? Elle consulta encore une fois le réveille-matin, les aiguilles indiquaient maintenant huit heures trente-six minutes. Elle ne se rappelait plus l'heure qu'il était la dernière fois qu'elle l'avait consulté. Elle se sentait incapable de se lever. Elle entendit frapper à la porte. Elle était si apeurée qu'elle ne put distinguer s'il s'agissait vraiment d'un coup ou si son imagination lui jouait de mauvais tours. Un autre coup résonna dans l'appartement. Cette fois-ci, elle en était certaine, quelqu'un frappait à la porte. Elle s'assit et écouta attentivement, les sens en éveil. Son cœur battait à tout rompre. Mille pensées lugubres lui traversèrent l'esprit. L'individu voulait-il l'obliger à lui ouvrir? La porte allait-elle bientôt céder? Les coups devinrent plus persistants. Carmel eut un moment d'accalmie. Elle crut entendre une voix qui l'appelait.

— Caramel, Caramel.

Elle se raidit.

— Caramel, ouvre-moi.

Son esprit se mit à raisonner plus normalement. «Caramel! Ce ne peut qu'être Jos qui m'appelle ainsi.»

Elle hésita puis se leva. La tête lui tournait. Elle sortit de la chambre, chancelante, et se traîna vers la porte d'entrée.

— Caramel, ouvre-moi, c'est moi, Joseph. Ouvre-moi, je t'en prie.

Carmel déverrouilla maladroitement la serrure, Joseph entra avec soulagement. Elle se jeta dans ses bras, elle était blanche comme un drap et tremblait de tout son corps.

— Mais que se passe-t-il? Ce n'est que moi, j'avais oublié mes clés.

Carmel pleurait à chaudes larmes, elle était incontrôlable.

— Viens t'asseoir, tu es dans un état lamentable.

Ses divagations tournaient au délire. Elle bredouilla:

— Jos, Jos, si tu savais le cauchemar que je viens de vivre.

Joseph remarqua que ses mains tremblaient violemment et que son corps était secoué de spasmes.

— Tu as eu peur, je suppose, ce n'était que moi. J'ai frappé une première fois et tu ne m'as pas répondu, c'est alors que j'ai frappé plus violemment et que je t'ai appelée. C'est ce qui t'a effrayée ?

Carmel avait le visage défait, elle claquait des dents. Elle réagissait à peine, ses sens étaient altérés.

— Tu n'es pas venu par l'arrière avant de frapper en avant, n'est-ce pas ?

— Mais non, je suis monté par l'escalier avant et j'ai frappé à la porte après avoir constaté que j'avais oublié mes clés.

Carmel était effarée.

— Oh mon Dieu, cela signifie qu'il est peut-être encore ici.

Joseph ne comprenait rien à ce que voulait lui raconter Carmel.

— Calme-toi un peu. Je vais te chercher un verre d'eau.

Le regard vide de raison, elle s'écria :

— Ne va pas dans la cuisine, il est peut-être encore là.

Joseph, totalement dérouté, saisit les mains de son épouse, dans l'espoir qu'elle se ressaisisse.

— Qui donc ? De qui parles-tu ?

Carmel lui raconta qu'un homme était à la fenêtre de leur chambre et que, après qu'elle eut tiré les rideaux, elle l'avait entendu essayer de forcer la porte de la cuisine.

Joseph se dirigea vers la cuisine et sonda la porte qui était verrouillée. Il ouvrit celle de la salle de bain pour constater qu'il n'y avait personne. Il revint vers Carmel, les yeux pleins de compassion.

Carmel lui dit d'une voix fêlée, encore secouée par les craintes qui l'avaient assaillie :

— Tu ne me crois pas ?

— Sois tranquille, je suis près de toi.

À la façon dont elle le regardait, les yeux hagards, Joseph comprit qu'il ne fallait pas la contrarier et qu'elle n'aurait pas pu inventer une telle histoire.

Elle se replia sur elle-même et réfléchit : «Je ne suis pas dupe, il ne me croit pas.»

Joseph la prit dans ses bras en moins de temps qu'il n'en faut pour le dire et la berça comme on berce un enfant.

— Je te crois, ma douce, je te crois.

Ils restèrent tous deux enlacés un bon moment. Joseph sentit les convulsions qui secouaient Carmel. Ses bras rassurants la calmèrent momentanément. Elle sécha ses larmes.

— J'ai eu une peur atroce, tu sais, j'en ai encore froid dans le dos.

Joseph voulut en savoir davantage, il la questionna patiemment.

— Viens t'asseoir et raconte-moi en détail tout ce qui s'est passé. As-tu eu le temps de voir la personne suffisamment pour pouvoir la décrire ?

— Il faisait noir, je n'ai pas pu distinguer ses traits. Ah oui, je m'en souviens : il portait un capuchon. Tout cela n'est pas le produit de mon imagination.

Elle tentait de remettre ses idées en place.

— C'était un homme, j'en suis certaine, car il était assez grand et large d'épaules. De plus, son pas était lourd, je pouvais l'entendre se déplacer sur la galerie lorsqu'il s'est éloigné de la fenêtre pour se diriger vers la porte arrière.

Carmel avait assez retrouvé ses esprits pour décrire la scène à Joseph. Son récit, crédible, l'ébranla.

— Nous devrions prévenir la police qu'un rôdeur traîne dans les environs. Dès lundi, j'irai au poste.

Il lui frictionnait le dos tout en parlant. Elle tenta de se lever, il l'aida et l'attira plus près de lui.

— Demain, c'est samedi, je reste à la maison, ainsi que dimanche. J'installerai deux loquets, un pour la porte avant et l'autre pour la porte arrière. Tu te sentiras plus en sécurité.

Ses paroles la rassurèrent. Elle s'écria :

— Mon poulet !

— Quoi ? Ton poulet ? Tu m'appelles ton poulet maintenant ?

Joseph tentait de la faire rire, de la détendre.

— Mais non, pas toi ! J'ai oublié mon poulet dans le four. Ça sent le brûlé, tu ne trouves pas ? Je dois le retirer du four immédiatement, sinon tu auras un poulet calciné au lieu d'un poulet chasseur.

— La peur t'a rendue spirituelle, ma douce.

— Ne fais pas le comique, je suis sérieuse.

Il continua sur le même ton :

— Mourir calciné ou tué par un chasseur, quelle différence cela fait-il pour un poulet ?

Le repas était immangeable. Tous les deux décidèrent qu'après tant d'émotions, de toute façon, ils n'auraient pas d'appétit. Ils se servirent un bol de céréales et se couchèrent. Carmel ne trouva pas le sommeil. En pleine noirceur, elle avait les yeux rivés sur la fenêtre. Sans la voir, au rythme saccadé de sa respiration, Joseph savait qu'elle était éveillée.

— Tu ne dors pas?

Carmel avait les yeux grands ouverts. Tout se liguait pour lui faire détester cette ville. Conséquemment à cet événement, elle eut peur de tout, même de son ombre. Peur pour l'enfant qui se développait en elle. Cet événement souleva des questions multiples et peut-être déraisonnables. Était-ce prudent de porter un enfant en temps de guerre? Même si tout le monde était d'avis que jamais le Canada ne subirait d'affrontements sur son territoire, elle fut saisie d'une sombre inquiétude.

— Non, je ne parviens pas à oublier la silhouette de ce personnage. Il était assez grand, il me semble, et costaud. Je me demande comment je me serais défendue s'il était parvenu à enfoncer la porte.

Elle frissonna, sa tête était en ébullition.

Joseph l'enlaça tendrement.

— Ne pense plus à cela, je suis près de toi. Essaie de dormir.

— C'est ça, le problème! Tu es là maintenant, mais tu rentres tard si souvent, cela risque de se reproduire. Il pourrait revenir.

Joseph savait qu'elle avait raison, mais son travail allait encore l'obliger à être absent pendant de longues journées; il n'y pouvait rien, car en hiver les équipements étaient utilisés à plein rendement. Sa présence chez Sicard était donc indispensable. Toutefois, il tenait à la rassurer.

— Demain, je vais demander à Jacques de surveiller notre logement. Je vais lui raconter ce qui est arrivé.

— Je suis d'accord, je trouve que c'est une excellente idée. Il faut qu'ils se méfient, eux aussi.

— Et puis Noël arrive à grands pas, nous irons à Québec, cela va sûrement te faire du bien. À propos, tu n'as pas de malaise ni de maux de ventre ? Toute cette angoisse a peut-être dérangé le bébé.

Carmel, qui avait déjà de la difficulté à s'endormir, était maintenant prise avec un tourment de plus pour raviver ses insomnies.

— Je me demande si je devrais consulter un médecin, par précaution, même si je ne ressens rien d'anormal.

— Si tu ne te sens pas bien, oui, je le pense. Essaie de dormir et réveille-moi au besoin.

Carmel se réveilla en sursaut plusieurs fois durant la nuit. Joseph ne dormit pas beaucoup non plus, chaque fois qu'elle s'éveillait, il l'interrogeait sur son état.

Le lendemain matin, Carmel ne se leva pas à l'heure habituelle. Joseph l'avait devancée et lui avait préparé un plateau garni de rôties avec de la confiture et d'un verre de lait. Dès qu'il l'entendit bouger dans le lit, il se présenta devant elle, les bras chargés. Il avait l'intention de la bichonner.

— Madame est servie ! Voilà votre déjeuner, princesse. Comment te sens-tu ?

Carmel s'étira voluptueusement.

— Mieux. En voilà, une belle surprise, je devrais me réveiller tard plus souvent.

— Veux-tu venir avec moi chez Rita et Jacques ? Nous leur raconterons ce qui t'est arrivé.

Carmel ne souhaitait pas en reparler, c'était encore trop récent. À la seule évocation de ces faits, elle tremblait légèrement.

— Vas-y sans moi, tu sais, je n'ai pas envie de revenir là-dessus.

Joseph fut surpris de sa réponse, croyant qu'elle ne voulait pas demeurer seule à la maison. D'abord, il se rendit chez le quincaillier du coin pour acheter deux loquets de sécurité qu'il installa en arrivant. Il avait fait l'aller-retour en un temps record. Il s'empressa ensuite d'aller raconter les détails de l'histoire à ses amis. Jacques s'inquiéta aussi.

— Tu sais, Jos, avec le vol de vos cadeaux de mariage, cela fait deux événements en peu de temps. Je crois que nous devrons nous montrer vigilants. Tu dois aviser la police, on n'est jamais assez prudents. Tu peux dire à Carmel que nous aurons votre apparte-ment à l'œil.

Le lundi matin, Joseph quitta Carmel avec appréhension pour se rendre au travail. Malgré tout, il se sentait réconforté du fait qu'elle n'ait aucun symptôme inquiétant qui l'aurait incitée à consulter un médecin.

— Je vais essayer de rentrer tôt ce soir, mais je ne te promets rien.

Dès que Joseph eut mis les pieds dehors, Carmel redoubla de prudence et s'empressa de verrouiller les deux portes du logis maintenant munies de nouveaux loquets de sécurité ; elle les garderait ainsi en tout temps. Elle eut de la difficulté à se concen-trer sur ses travaux de couture. En plein après-midi, elle décida de tirer les rideaux de toutes les fenêtres et d'allumer les lumières. Elle prépara distraitement le souper.

Sur le coup de six heures, elle se mit à trembler. Elle tenta de se maîtriser. Elle s'activa à dresser la table, mais changea à trois reprises le couteau de place, ne se souvenant plus de quel côté il allait. Ensuite, elle se cala dans le fauteuil du salon, une revue de mode en main. Le sommeil la gagna. Elle sursauta lorsqu'elle entendit frapper à la porte. Elle était sur ses gardes. Le même scénario allait-il se répéter ? Sa revue lui glissa des genoux. Elle tenta de se ressaisir. Que faire ? Devait-elle bouger, manifester sa présence ? Non. Elle demeura immobile. Elle retint presque sa respiration. Le temps s'écoula à la vitesse d'un pas de tortue. On frappa de nouveau. Carmel ne broncha pas. La panique s'empara d'elle. Elle attendit, le corps rivé à son fauteuil, puis se pelotonna en boule comme un chat. Il lui fut impossible de remuer. Avait-elle des hallucinations ? Avait-on vraiment frappé à la porte ?

«Si c'est un malfaiteur, pensa-t-elle, se donnerait-il la peine de frapper ?» Elle tenta de ne pas céder à la paranoïa. Son esprit était confus. À présent raide comme une statue, elle ne remua pas le petit doigt. Les secondes s'égrenèrent. Il lui sembla que plusieurs minutes s'étaient écoulées sans qu'aucun son ne parvienne à ses oreilles. Elle se dit qu'elle avait dû rêver. Elle tenta de se lever, mais elle chancela. Elle eut l'impression que son sang se vidait tout à coup de ses veines. Elle retomba sur le divan. Elle ne sut combien de temps elle resta dans cet état lorsqu'elle se sentit secouée. Elle ouvrit les yeux. Joseph, le visage livide, tentait de la réveiller.

— Caramel, Caramel ! C'est moi !

Ces quelques mots sortirent difficilement de la bouche de Carmel :

— C'est toi ? Je crois m'être endormie.

Joseph n'en était pas du tout certain.

— Tu ne m'as même pas entendu entrer et Dieu sait que j'ai fait du bruit.

Carmel tenta de reprendre ses esprits.

— En réalité, je ne sais pas trop ce qui m'est arrivé. Il me semble avoir tenté de me lever et être tombée à la renverse sur le divan. J'ai peut-être perdu connaissance.

— Tu ne crois pas que tu devrais aller voir un médecin ?

Carmel, angoissée, se remémora les coups frappés à la porte sans savoir s'ils étaient vraiment réels. Son imagination lui jouait-elle des tours ? Impossible de l'affirmer.

— Si cela se reproduit, je vais consulter, c'est promis. Je vais me donner un peu de temps pour me reposer.

Au même instant, des coups retentirent. Carmel se raidit.

— Ne crains rien, je vais ouvrir.

Carmel ne put s'empêcher de penser que peut-être… mais non, elle se répétait qu'un malfaiteur ne révélait pas sa présence avant de commettre un délit.

— J'espère que je ne vous dérange pas, je passais voir si tout allait bien.

Jacques se tenait immobile dans l'embrasure de la porte sans que ni Joseph ni Carmel ne l'invite à entrer.

— Je vais fermer la porte pour ne pas vous faire geler, la température a chuté radicalement depuis la tombée du jour.

— Entre donc, excuse-nous, Carmel a eu un petit malaise.

— Je sais ce que c'est, Rita m'a donné la frousse à plus d'une reprise !

Jacques avait parlé de Rita avec quelque chose d'affectueux dans la voix.

Joseph l'interrogea.

— Elle a peut-être perdu connaissance, c'est normal d'après toi ?

Jacques rétorqua.

— Selon Rita, toutes les femmes enceintes nous font ce genre de trouille.

— Veux-tu prendre une bouchée avec nous?

— Non merci, nous avons déjà soupé. Rita m'a dit de revenir vérifier si tout allait bien.

Carmel prit la parole :

— Revenir? Que veux-tu dire, Jacques?

Le voisin s'expliqua :

— Je suis venu il y a quelques minutes, j'ai frappé et tu ne m'as pas répondu, j'ai pensé que tu dormais. Après deux coups, je suis reparti. Rita m'a dit de revenir et d'insister.

Carmel soupira bruyamment.

— C'était donc toi?

Joseph ne comprenait rien à ce discours décousu.

— Mais que racontez-vous là?

Carmel se sentit ridicule.

— Je t'ai entendu, Jacques, mais je t'avoue que j'ai eu peur. Je n'ai pas été capable de bouger. Je suis désolée.

Joseph intervint.

— Ne t'en fais pas pour cela, Caramel, nous allons dorénavant utiliser un code.

Jacques se rendit compte du sérieux de la situation.

— C'est moi qui suis désolé, Carmel. Je n'ai pas voulu te faire peur. Je venais tout simplement prendre de tes nouvelles. La prochaine fois, je frapperai trois coups, tu sauras alors que c'est moi. Je préfère que ce soit moi qui vérifie, car Rita est également un peu nerveuse, d'accord?

Joseph suggéra plutôt :

— Pourquoi ne pas téléphoner, ce serait plus facile ?

Carmel réagit :

— Non, je préfère qu'il se présente en personne.

Elle n'osa pas livrer le fond de sa pensée. Elle imaginait les scénarios les plus sinistres dans lesquels les otages devaient faire mine de rien sous les menaces de l'agresseur et parler au téléphone calmement. Elle cligna des yeux comme pour couper cette vision d'épouvante.

— Je ferai comme tu veux, Carmel.

Jacques prit congé.

Joseph scruta sa femme.

— Te sens-tu capable de te lever pour te rendre à la cuisine ? Tu devrais peut-être manger un peu.

— Ça va aller, je crois.

— Viens, c'est moi qui fais le service.

Ils soupèrent, muets comme des carpes. Carmel ne tarda pas à se mettre au lit. Joseph la borda. Il était un peu trop tôt pour qu'il se couche aussi. Il l'embrassa passionnément. Puis, pensif, il mit de l'ordre dans la cuisine. Carmel l'inquiétait. Finirait-elle par oublier ? Allait-elle s'habituer à vivre à Montréal ? Il avait constaté que sa femme ne se familiarisait pas facilement avec son nouvel entourage. Elle n'appelait jamais Rita. Pourtant, il lui avait maintes fois suggéré des motifs et des prétextes. Carmel passait le plus clair de son temps murée dans l'appartement. Joseph était malheureux et ennuyé pour elle. Il redoutait les conséquences de leur visite à Québec, mais il tiendrait promesse, à moins que Dame Nature n'en décide autrement. Certes, il voulait faire plaisir à Carmel, mais il craignait que ce séjour ne lui fasse ressasser trop de souvenirs. Elle avait le mal du pays, c'était évident, mais ce rapprochement avec les siens ne l'en guérirait pas.

Joseph, comme convenu, alla au poste de police du quartier pour faire une déposition. C'était la première fois qu'il mettait les pieds dans un tel établissement. Il était un peu mal à l'aise.

Après avoir inscrit son nom dans un registre et décrit sommairement au policier de faction le but de sa venue, il se dirigea vers des gens qui lui semblaient attendre leur tour aussi. Il prit place près des personnes assises sur les bancs de bois contre le mur d'un long et étroit corridor, des portes s'ouvraient à un rythme assez régulier. Les stores de bois battaient contre la vitre chaque fois que les portes se refermaient.

Pendant qu'il attendait, entouré d'individus qu'il jugea de prime abord peu recommandables, Joseph tenta de deviner le motif de chacun pour se trouver là. La discrétion qui régnait dans le couloir le frappa. Personne n'adressait la parole à personne.

Un policier en uniforme ouvrit sa porte et passa la tête dans l'embrasure en criant :

— Joseph Courtin !

Joseph replia le journal qu'il n'avait réussi à lire que par bribes, distrait par tout ce va-et-vient. Il se leva et se dirigea d'un pas rapide vers le policier de haute stature qui l'avait appelé avec une marque d'impatience dans la voix. Il répondit :

— Oui, c'est moi.

C'était enfin à son tour d'entrer dans le bureau du policier de service, qui prit place derrière un bureau de simple facture débordant de dossiers. Il ouvrit celui qu'il avait en main.

Joseph tira une chaise sans y avoir été invité et s'assit en face du policier. Il expliqua le but de sa visite, mais fut surpris de se faire répondre sèchement :

— Monsieur, vous ne pouvez pas faire une déposition pour une tierce personne. Si j'ai bien compris votre histoire, c'est votre femme qui a cru voir un homme rôder sur votre balcon et non pas vous, n'est-ce pas? C'est exact, monsieur?

Le policier était jeune et sans doute zélé, mais Joseph savait que l'agent avait raison. Il n'insista pas. Il en profita pour déclarer le vol de leurs cadeaux de mariage.

— Vous me dites que ce vol est survenu le 30 septembre, vous en avez mis, du temps, à vous manifester!

Joseph garda son sang-froid. Ce blanc-bec n'allait pas l'intimider.

— Ma femme est enceinte, elle a eu la frousse de sa vie en voyant cet inconnu à la fenêtre, j'ai donc pensé qu'il serait sage de ma part de vous informer par la même occasion du vol de nos cadeaux de mariage. Car, monsieur, selon moi, des individus peu recommandables rôdent autour de chez nous. La Ville vante son service de police, celui de notre quartier possède une réputation envieuse. Selon mes sources, le taux de criminalité est peu élevé dans le secteur, c'est pourquoi j'ai cru bon de vous mettre au courant, afin de maintenir cette qualité de vie que nous vous devons sans aucun doute, monsieur.

Joseph était devenu sarcastique.

Le policier bomba le torse et tendit sa carte professionnelle; il sourit avec condescendance.

— Dites à votre épouse de venir me rencontrer, je prendrai sa déposition avec plaisir.

— Merci, monsieur.

Joseph quitta le poste, persuadé que Carmel n'irait jamais faire une telle déposition. Il continua son chemin en se dirigeant vers son bureau. Comment convaincre Carmel de porter plainte?

Ce soir-là, il rentra du travail assez fourbu. Après une longue journée stressante, il espérait un peu de réconfort. Carmel l'attendait, plus radieuse qu'à l'ordinaire.

— Tu as passé une bonne journée, ma douce?

— Assez bonne, je me suis concentrée sur la préparation des cadeaux pour ma famille.

Elle allait ajouter «en tentant de m'occuper l'esprit», mais ne le fit pas.

— Je suis allé au poste de police avant de me rendre au travail.

Carmel était impatiente d'en savoir plus.

— Et qu'ont-ils dit? Avaient-ils eu vent d'un rôdeur dans les environs, ou d'un voleur?

— Ce n'est pas aussi simple que cela, tu sais.

— Que veux-tu dire?

Joseph lui répondit posément.

— Tu dois déposer personnellement une plainte concernant cet individu, car c'est toi la victime, et non pas moi, selon le policier qui m'a reçu.

Carmel réfléchit.

— Tu veux dire que je dois aller au poste leur raconter ce qui s'est passé?

— Oui, en effet, et faire une déposition écrite.

Carmel se tortillait sur sa chaise. La réponse ne tarda pas.

— Je n'ai pas l'intention d'y aller. Ils vont me poser toutes sortes de questions, je n'ai pas envie d'être soumise à un interrogatoire. Dans ces conditions, j'abandonne!

Puis elle ajouta :

— Cette ville me semble dangereuse, Jos, cela n'arrive pas à Québec.

Elle se remémora la visite inopinée des deux policiers chez ses parents, la veille de leur mariage. Elle n'en avait toutefois jamais discuté avec Joseph. Elle baissa les yeux.

— En fait, j'ai reçu la visite des forces de l'ordre, la veille de notre mariage, mais je n'ai pas eu l'occasion de t'en parler, j'avais d'autres idées en tête.

— D'autres idées en tête ? Lesquelles, par exemple ?

La conversation avait bifurqué sur un sujet plus grisant. Joseph en profita pour l'attirer à lui.

— Si nous allions en discuter dans la chambre ?

Carmel leva le nez, tentant une moue réprobatrice qu'elle ne put maintenir.

— Et le souper ?

— Il peut attendre.

Joseph l'entraîna vers la chambre à coucher, Carmel le suivit en se blottissant contre son corps. Ils firent l'amour, tendrement, très tendrement.

Chapitre 17

Carmel ne sortait presque pas, prétextant surtout les trottoirs enneigés. C'était pathétique de la retrouver à la maison chaque soir en train de lire ou de tricoter. Joseph ne comprenait pas qu'elle se terre ainsi dans leur logement.

— N'as-tu pas l'intention de faire la tournée des grands magasins avec Rita ? Les belles décorations enjolivent les vitrines. Tu devrais voir celles d'Ogilvy's et de Morgan. Tu sais que quatre générations de Morgan se sont succédé à la tête de cette entreprise familiale d'origine écossaise ? D'après moi, leurs décorations sont les plus réussies. Il y a de magnifiques personnages articulés.

Carmel l'interrompit :

— Je n'ai plus beaucoup de temps avant Noël, j'ai des tricots à terminer.

Elle se dérobait encore une fois. Joseph insista :

— Je t'y emmène samedi, nous ferons du lèche-vitrine. J'aime beaucoup admirer les décorations, ça me rappelle mes années de travail chez Macy's. Un jour, j'aimerais qu'on aille à New York, tu vas être impressionnée par cette grande ville.

— D'accord pour samedi, le coupa de nouveau Carmel. Concernant New York, nous y repenserons.

Joseph avait le goût de voyager, de faire visiter d'autres villes à son épouse, différentes de Montréal. Il aurait aussi aimé l'emmener en Europe, voir l'Écosse et la France.

— Tu m'en parles souvent, tu sembles garder un bon souvenir de ton passage chez Macy's. Y aurait-il eu une jeune fille qui t'aurait conquis à l'époque ?

Carmel avait lancé cette phrase en l'air. Joseph ne l'avait jamais mise au courant de l'existence de Mary. Il se troubla. Carmel le remarqua.

— Oh! Il me semble que j'ai visé juste, raconte-moi, je veux tout savoir.

Elle le taquinait, mais Joseph prit la chose très au sérieux.

— Il n'y a rien eu d'excitant, tu sais.

— Je n'en suis pas si certaine, juste à voir ton air. C'était sûrement plus important que tu veux le dire.

Joseph savait qu'il n'allait pas s'en tirer si facilement. Il tenta de clore la discussion.

— Une simple amourette de jeunesse. N'en parlons plus.

Il essaya de changer de sujet, mais Carmel, avec son instinct féminin, crut avoir percé son secret.

— Elle était blonde ou brune?

— Oublie cela, veux-tu?

— Tu rougis, c'est déjà une preuve, raconte-moi, s'il te plaît, ça m'intéresse.

Subrepticement, un sentiment nouveau envahit Carmel. Serait-ce la jalousie qui naît toujours avec l'amour? Elle se tut.

C'était à peu près à la même période, plusieurs années aupara-vant, lors de la réception de Noël chez Macy's, que Joseph avait suivi Mary dans le bureau de son père. Il ne pourrait jamais oublier cette jeune femme, mais ne tenait pas à mentionner à Carmel ce premier amour.

— Et toi, parle-moi donc de tes soupirants, tu as dû en avoir plus d'un. Belle comme tu es, tu as sûrement fait des malheurs avant de me rencontrer.

Encore une fois, il avait fait diversion et détourné la conversation. Carmel baissa les bras, mais se promit de remettre le sujet sur le tapis à un moment plus opportun. Elle était curieuse de savoir quel genre de fille avait pu plaire à Joseph et comment tout cela s'était terminé.

***

En ce samedi de froid sibérien, le couple, emmitouflé jusqu'aux oreilles, prit d'assaut la rue Sainte-Catherine. Même le ciel dénudé de tout nuage semblait grelotter. Carmel fut impressionnée par la splendeur des décorations des vitrines et retrouva son cœur d'enfant. Elle se sentait en sécurité en déambulant dans les rues de Montréal au bras de Joseph. Elle aimait flâner, poussait des petits cris d'émerveillement et mettait sa main devant sa bouche, penchée devant les vitrines pour mieux apprécier tant de féerie.

— Tu as vu ce… regarde celui-là… et là… Il y a belle lurette que je n'ai pas pris le temps de me régaler à ce point.

Elle n'en finissait pas de s'exclamer et de pointer les belles décorations. Le jour déclinait lorsqu'ils rentrèrent à la maison, les pieds gelés, mais dans la joie et la bonne humeur. Carmel était radieuse et détendue.

***

Le moment du départ pour Québec arriva enfin. Toute fébrile, Carmel prépara les bagages pour le long trajet qui les attendait. Ce serait la première fois qu'elle ferait ce voyage sur les routes enneigées.

— Tu dois préparer des briques chaudes pour nous réchauffer les pieds, Caramel, lui conseilla Joseph.

Elle crut qu'il s'agissait encore d'une de ses plaisanteries.

— C'est cela, des briques chaudes, elle est bonne, celle-là !

Joseph se mit à rire, il savait qu'il allait l'impressionner.

— N'oublie pas que tu as épousé un ingénieur, ma chère, mais j'avoue que cette invention ne vient pas de moi. C'est un vieux truc. Tu mets les briques au four une vingtaine de minutes et tu ne les retires qu'au moment du départ, car autrement elles perdraient leur chaleur. Tu enroules les briques de papier journal et voilà, le tour est joué, tu as un chauffage d'appoint qui te gardera les pieds au chaud pendant environ deux heures.

— Ah! Deux heures de chaleur seulement! Et le reste du voyage?

— Rassure-toi, nous avons quand même un chauffage dans la voiture; en cas de froid intense, tu ne gèleras pas des pieds. Tu vas voir, c'est très efficace. Tu peux me croire.

— Et ces briques, où allons-nous les trouver?

— Ne t'inquiète pas, je vais m'en charger, je ne tiens pas à ce que tu prennes froid.

Carmel était surexcitée.

— J'ai hâte de partir et surtout d'arriver! Combien de temps crois-tu que ça prendra pour nous rendre à Québec dans ces conditions hivernales?

Joseph craignait que d'abondantes chutes de neige les ralentissent sérieusement.

— J'espère qu'il n'y aura pas trop de précipitations, car alors nous serions retardés passablement.

— Mais rien ne peut nous empêcher de partir, n'est-ce pas?

Joseph la taquinait encore.

— Dans ton état, tu es certaine de pouvoir faire le voyage?

Carmel bondit sur ses pieds.

— Vois comme je suis en forme. Je suis toujours aussi alerte.

Elle pivota deux fois sur elle-même et se jeta dans ses bras.

— Veux-tu que je te montre à quel point ?

— C'est ce que j'appelle de la provocation.

— J'ai envie de toi, mon amour.

Joseph ne put résister au sourire ensorceleur de Carmel, il l'entraîna sur le lit et la roula sur le dos jusqu'à l'immobiliser.

— Je te désire autant qu'au premier jour, tu sais.

— Tu ne me trouves pas trop grosse ?

— Toi, trop grosse ? Jamais. Tu es si délicate.

Il caressa la courbe à peine prononcée de son ventre.

— Même cette rondeur m'excite.

Carmel était au septième ciel. Elle goûtait avidement les doux embrassements de Joseph. Elle le guidait maintenant dans les zones de son corps qui l'excitaient le plus ; Joseph était lui aussi comblé.

— Veux-tu une cigarette ? lui demanda Carmel.

Joseph acquiesça.

— C'est si bon, une cigarette après l'amour, un vrai moment d'extase.

Tous deux savourèrent leur amour consommé à satiété.

Carmel dormit peu cette nuit-là. Elle était beaucoup trop excitée. Joseph la sentit tourner à maintes reprises dans le lit.

— Tu es nerveuse. Essaie de dormir un peu, sinon tu seras trop fatiguée pour partir demain matin.

Elle l'attira vers elle.

— Prends-moi dans tes bras. Au contact chaud de ton corps, je vais sûrement m'apaiser puis m'endormir.

Joseph se rapprocha d'elle.

— Ce sera à mon tour de ne pas avoir sommeil si je me colle contre toi. Je ne suis pas fait de bois. Mais, allez, installe-toi dans la position de la cuillère que tu aimes tant.

Carmel se lova contre Joseph et finit par s'assoupir. Cependant, elle bondit dans le lit lorsqu'un vacarme la sortit des limbes.

— Qu'est-ce que c'est donc?

***

Au petit matin de ce 23 décembre 1940, Joseph était debout depuis un bon moment.

— C'est l'heure du réveil, nous avons un long voyage à entreprendre si nous voulons arriver avant la tombée du jour.

Carmel ne traîna pas au lit, elle ne voulait absolument pas provoquer son homme et causer un retard.

— Je compte être prête dans environ une demi-heure, tous les bagages sont faits. N'oublions pas les cadeaux, j'ai tellement tricoté que j'en ai des crampes dans les doigts.

— Et les briques?

— Doux Jésus! Tu as raison, j'allais les oublier.

Joseph avait tout prévu. Il s'était levé une heure auparavant, avait allumé le four et y avait mis les briques à chauffer.

— Tu ne trouves pas que ça sent la briquette cuite ici?

Carmel renifla bruyamment.

— En effet, quelque chose est en train de chauffer dans le four, mais je ne reconnais pas cette odeur.

Elle ouvrit la porte du four et se mit à rire. Une étincelle de gaminerie brilla dans ses yeux lorsqu'elle dit :

— Sont-elles cuites, d'après toi ? Elles sont d'un beau rouge vif, juste à point : médium saignant. Est-ce à votre goût, monsieur l'ingénieur ?

Joseph se pencha vers le four tout grand ouvert et huma.

— Encore au moins une heure et ce sera à point.

— Veux-tu dire que nous devons attendre tout ce temps avant de partir ?

Joseph la taquinait encore. Un fou rire éclata dans l'appartement.

— Nous partirons quand tu seras prête. Les briques le sont, elles.

Carmel lui donna de petits coups de poing sur la poitrine.

— Tu m'exaspères, le sais-tu ?

— Je préférerais t'exciter.

— Non, pas ce matin, je t'en supplie. Il faut partir si nous voulons arriver avant la tombée du jour, comme tu me l'as dit. Alors on se calme. Je prépare le déjeuner et on ne lambine pas.

Joseph devint piteux.

— D'accord, madame, à vos ordres, votre chauffeur est prêt : toujours au poste, comme un scout.

— Cesse de faire le clown et commence à descendre les bagages pendant que je prépare le déjeuner. Ne perdons pas de temps.

Joseph s'activa. Il savait qu'ils avaient un long voyage à faire. Un soleil étincelant, qui semblait narguer le froid, pointait son nez entre de gros nuages qui se disputaient l'espace céleste. Si la circulation n'était pas trop intense, ils traverseraient la ville en peu de temps. Carmel avait préparé un lunch, ce qui leur permettrait de gagner au moins une heure. Joseph aimait manger dans la voiture. Il adorait conduire. Cela représentait un défi pour lui. Voyager en plein hiver ne lui causait aucun stress, il en avait l'habitude. La conduite automobile était sa passion. Il dorlotait son bolide, le maintenait en parfaite condition. Il avait pour principe de ne pas garder ses voitures plus de trois ans, il disait à qui voulait l'entendre que c'était à ce moment-là que les problèmes se manifestaient. Même si la sienne n'avait que deux ans, il l'avait fait inspecter au garage chez Sicard avant leur départ. Il ne voulait prendre aucun risque avec sa femme enceinte.

Debout sur la galerie arrière de leur logement, Carmel scrutait le ciel.

— Crois-tu qu'il va neiger, Jos?

Lorsque Joseph était descendu pour aller charger la voiture, il avait lui aussi remarqué que le ciel semblait menaçant.

— On annonce de la neige plus tard dans la journée, nous aurons fait du chemin avant qu'elle ensevelisse la ville.

Joseph semblait *bretter*.

— Es-tu prêt, Joseph?

— Oui, mais passons offrir nos vœux aux Desmeules avant de partir. Je vais leur remettre la clé de notre appartement, ils m'ont offert de venir faire leur ronde, au cas où...

Joseph s'interrompit, il ne voulait nullement inquiéter Carmel en lui remémorant le rôdeur.

— Au cas où il y aurait un problème de chauffage.

Carmel réalisa qu'elle n'avait même pas pensé à saluer les Desmeules, pourtant si serviables et précieux pour eux. Elle prit la résolution de faire un effort pour les voir plus souvent.

— Tu as raison, Joseph, allons-y sans tarder.

Carmel voulait être plus chaleureuse avec ses voisins. Elle attendait un enfant, elle savait que Rita serait d'une aide inestimable pour elle après l'accouchement. Elle se rendit compte que jamais, depuis son arrivée à Montréal, Rita ne s'était imposée à elle, qu'elle s'était montrée très compréhensive à son égard et l'avait toujours respectée. Elle avait été attentive lorsque Carmel s'était adressée à elle, mais elle ne l'avait jamais forcée à accepter ses invitations. Elle lui disait inlassablement :

— Carmel, quand cela t'arrangera, fais-moi signe pour que nous sortions ensemble.

Était-ce son état qui lui faisait ouvrir les yeux ou le voyage dans sa famille ? Elle ne le savait pas trop, mais se sentait bien. Elle était heureuse de les saluer avant de prendre la route.

Il était sept heures trente du matin lorsque Joseph frappa à la porte du logement de ses amis.

— Ils ne répondent pas, ils dorment peut-être encore.

— Attendons un peu.

Joseph se frottait les mains pour se réchauffer.

— Nous allons geler avant même de partir.

Au même instant, un déclic dans la poignée de porte se fit entendre. Jacques écarta les rideaux. Il avait le pli de l'oreiller imprégné sur la joue gauche. Il se frotta les yeux.

— C'est toi, mais entre, je t'en prie. Entre Carmel, ne reste pas à geler dehors.

Carmel était rayonnante, Rita ne put s'empêcher de le remarquer.

— Tu es radieuse, Carmel, la maternité te va très bien.

Carmel enlaça Rita et lui souhaita de joyeuses fêtes.

— Lorsque nous reviendrons de Québec, je te promets que nous passerons du temps ensemble, toi et moi.

Joseph n'en croyait pas ses oreilles.

— Je vous souhaite aussi de très joyeuses fêtes, j'ai hâte que vous reveniez, je n'oublierai pas ta promesse, Carmel, tu peux en être certaine.

Rita attendait ce moment depuis longtemps et se félicitait d'avoir été patiente.

— Nous passions vous saluer avant notre départ, nous ne nous attarderons pas trop, car nous avons une longue route à faire.

Toujours optimiste, Rita répondit :

— Et Dame Nature semble être de votre côté, du moins ce matin. La neige n'est prévue que pour la fin de l'avant-midi, heureusement, à ce moment-là, vous aurez fait beaucoup de chemin.

Rita n'avait pas scruté le ciel, elle qui n'était jamais allée à Québec ne savait pas trop où ses voisins seraient rendus à ce moment de la journée.

Jacques ajouta :

— Mais nous, on va y goûter, il semble qu'une violente tempête va s'abattre sur Montréal, tu es au courant, Joseph ?

Il continua à jouer au météorologiste sans attendre la réponse de son ami.

— Apparemment, la région de Québec sera épargnée ; tant mieux pour vous. La tempête se dirigera…

Jacques n'eut pas le temps de terminer sa phrase. Le regard imposant et suppliant de Joseph l'en empêcha. Joseph était au courant, il s'était renseigné, mais puisque cette neige n'était prévue que pour la mi-journée, il savait qu'ils ne risquaient pas de se retrouver en pleine tempête et n'en avait même pas parlé à Carmel.

— Quand revenez-vous ? lança Rita.

Joseph répondit :

— Après le jour de l'An, je dois être au travail le 3 janvier comme toi, Jacques, n'est-ce pas ?

— Oui, même si le 3 janvier tombe un vendredi, on va être au poste.

Carmel prit les mains de Rita dans les siennes et lui dit, sur le ton de la confidence :

— Tu sais, Rita, ce voyage est important pour moi, j'annoncerai à ma famille la bonne nouvelle.

— Nous devons partir, Caramel.

— Soyez prudents, nous tenons à vous revoir tous les trois sains et saufs l'an prochain.

Elle avait mis l'accent sur le mot « trois ».

Joseph releva la phrase de Rita avec contentement.

— Tu as raison, Rita, quelque part au cours de l'année 1941, nous serons trois, nous formerons une famille.

Les chaleureuses embrassades effectuées et les bons souhaits formulés, vivement Carmel et Joseph prirent la route 9, en direction de Québec. Carmel était emmitouflée dans son gros manteau de gabardine, portait son bibi de laine couleur ivoire, qu'elle avait crocheté et à l'avant duquel elle avait fixé une belle rosette de la même couleur. Elle l'avait enfoncé jusqu'à ses yeux, mais le retira peu de temps après leur départ. Elle avait chaud.

La circulation était dense à la sortie de Montréal. Les conducteurs impatients de quitter l'île voulaient emprunter tous en même temps le pont Jacques-Cartier ; ils émergeaient de différentes rues de la métropole.

— La circulation devrait être plus fluide après le pont, remarqua Joseph. Tu n'as pas froid, j'espère ?

Carmel avait les deux pieds sur les briques chaudes. De plus, la chaufferette de l'automobile rendait l'habitacle assez confortable.

— Je suis à la chaleur, ne t'inquiète pas, les deux chaufferettes fonctionnent à merveille.

Comme l'avait prévu Joseph, la circulation n'accusait aucun ralentissement par la suite. Ils roulèrent à un rythme soutenu jusqu'à l'approche de Drummondville. Le temps changea presque radicalement lorsqu'ils atteignirent cette ville.

— C'était à prévoir, Caramel, dès que nous arrivons à Drummondville, on dirait qu'il y a un changement de climat. Je ne sais comment l'expliquer, mais c'est habituellement à cette hauteur que le temps change, et ce, jusqu'à Québec.

Carmel, qui avait peu parlé durant le trajet, demeura encore silencieuse. Elle se demandait de quelle façon s'étaient passés, pour ses proches, ces mois en son absence. Comment se portaient sa mère et Mathilde ? Sa chère sœur Mathilde ! Allaient-elles pouvoir rattraper ce temps d'éloignement en échangeant leurs confidences comme auparavant ?

Joseph eut un geste affectueux. Il pressa la main de Carmel dans la sienne un court moment. Il avait, à maintes reprises, tenté d'alimenter la conversation sans trop de succès.

— Ne crains rien, nous y arriverons. Ce n'est pas une petite neige folle qui va nous ralentir pour la peine. D'après ce que j'ai entendu à la radio, et que Jacques m'a confirmé d'ailleurs, la tempête devrait se diriger vers les Maritimes en épargnant Québec dans sa trajectoire. En plus, je ne te l'ai pas dit, mais j'ai des chaînes dans le coffre de la voiture, au cas où...

— Des chaînes, mais pour quoi faire, veux-tu bien me le dire?

Joseph était encore une fois fier d'impressionner Carmel en faisant son petit «Jos connaissant».

— Nous les mettrions autour des pneus s'il y avait de la glace sur la route. Une pluie verglaçante, par exemple, en découragerait plus d'un, sauf moi.

— Tu as tout prévu, à ce que je constate!

Cette neige qui tombait ajoutait à la féerie des fêtes. Une accumulation de quelques pouces ne ralentit pas leur rythme, car les flocons étaient balayés par un léger vent, sans nuire à la visibi-lité. Les branches des arbres s'en paraient.

— C'est magique, ne trouves-tu pas, Jos? On dirait une carte postale. Cette neige fine sur les branches dénudées offre un spectacle magnifique.

— Et le plus beau de tout cela, c'est que ceux qui rêvaient d'un Noël blanc vont être comblés. Je t'ai dit que mon père nous atten-dait pour le souper de Noël? Il tient absolument à ce que nous nous joignions à eux. Nous avons une belle nouvelle à leur annon-cer. Je sais qu'ils seront heureux; imagine, le premier bébé. Tu nous remplis tous de joie, ma douce. En es-tu consciente? Es-tu contente?

Carmel inclina fièrement la tête. Elle avait l'impression de porter en elle un trésor. Elle devint pensive. Elle n'avait pas vu les membres de sa famille depuis son départ pour Montréal, le jour même de son mariage, le 30 septembre. Presque trois mois s'étaient écoulés. Comment sa sœur Mathilde se débrouillait-elle, harcelée par Alfred? La santé de sa mère l'inquiétait également.

Carmel fixait la route devant elle.

— Sors donc de la lune, nous sommes presque arrivés.

— J'ai hâte de voir la réaction de maman lorsqu'elle apprendra que je suis enceinte.

En voyant se profiler une masse de fer, Carmel s'écria :

— Oh! Je vois le pont de Québec, nous sommes enfin rendus!

Elle ajouta du même souffle :

— Dire qu'il est tombé deux fois durant sa construction.

Content de pouvoir enfin communiquer, Joseph saisit l'occasion de faire étalage de son savoir.

— Oui, des centaines de travailleurs ont péri. Tu sais, après quatre années de construction, la partie sud du pont s'est effondrée dans le fleuve en à peine quinze secondes, vingt minutes seulement avant la fin de la journée de travail des constructeurs. Des cent travailleurs qui s'y trouvaient, soixante-seize ont été tués et les autres, blessés; trente-trois des victimes, si je ne me trompe pas, étaient des travailleurs mohawks de la réserve de Caughnawaga, où les corps ont été enterrés sous des croix faites de poutres d'acier. On dit que les Mohawks travaillaient avec aisance dans les hauteurs, car ils n'ont pas le vertige, mais tout de même, quelle fin tragique!

Carmel ne put s'empêcher d'avoir une vision morbide. Joseph poursuivit :

— Écoute cela : le malheur a frappé à nouveau le 11 septembre 1916, lorsque la partie centrale, préfabriquée, était en train d'être mise en place entre les deux sections rebâties. Elle s'est effondrée, tuant treize autres personnes. La travée repose à jamais au fond du fleuve. Le 11 septembre est une date que nous ne sommes pas prêts d'oublier.

— C'est effroyable !

Après avoir traversé le pont, elle constata :

— Mais je crois que le fleuve n'est pas très large à cet endroit.

— Tu as raison, l'endroit choisi constitue le point le plus étroit du fleuve entre Québec et Montréal.

Sans attendre la répartie de Carmel, il haussa le ton :

— Kebec en algonquin signifie « là où le fleuve se rétrécit ».

Carmel ne fit aucun commentaire, son intérêt pour le pont avait diminué. Déjà replongée dans ses pensées, elle était maintenant impatiente de retrouver les siens.

Une fois dans la Basse-Ville, Joseph stationna sa voiture à proximité de l'appartement des parents de Carmel.

— Vas-y, ma douce, je me charge des bagages, tu meurs d'envie d'entrer.

— Non, je tiens à me présenter à ton bras.

— Que tu es romantique !

Le couple se dirigea vers le logis des Moisan, Joseph prenant sa femme par la taille.

Chapitre 18

— Il me semble que cela fait une éternité que j'ai quitté cet endroit. Ça me fait tout drôle de revoir ce secteur, cet appartement. Les choses m'apparaissent différemment. Je vois mon quartier d'un autre œil.

Carmel préféra actionner la sonnette pour annoncer leur arrivée. Mathilde vint ouvrir. Elle prit sa sœur dans ses bras ; une effusion de joie jaillit.

— Que tu es belle, Carmel, tu rayonnes, le mariage te va très bien.

Carmel ne pouvait pas en dire autant de sa sœur, elle lui trouvait les yeux cernés. Elle n'y fit aucune allusion. Elle examina la pièce. Le modeste sapin artificiel posé sur une table bancale dans le coin du salon lui parut vieillot et défraîchi ; en somme, ce logement était misérable. Le téléphone nouvellement installé tranchait dans ce décor, mais Carmel garda pour elle ses questions. Elle savait que sa famille n'avait pas les moyens de se payer ce luxe.

Elle se dirigea vers la cuisine et y trouva sa mère affalée dans sa berçante. Eugénie dormait, la mâchoire tombante. Carmel interrogea Mathilde :

— Est-ce qu'elle dort souvent dans sa chaise comme ça ? Elle n'est pas malade, j'espère ?

Mathilde secoua sa mère.

— Réveillez-vous, maman, Carmel et Joseph sont arrivés.

Mathilde ne parvint pas à la réveiller, son sommeil étant profond et artificiel. Joseph observait la scène avec stupéfaction. La position d'Eugénie ne lui disait rien de bon. Il n'était pas difficile de deviner qu'elle ne dormait pas du sommeil du juste. Carmel, qui espérait un retour triomphal, demeura interdite. Mathilde voulut faire diversion.

— Parlez-moi de vous, d'abord. Toi, Joseph, tu as une mine radieuse malgré la fatigue du voyage.

Joseph, qui avait compris le stratagème de Mathilde, entra dans son jeu.

— La neige s'est faite discrète, un peu plus présente vers Drummondville, au grand plaisir de Caramel qui s'émerveillait de la beauté du décor; le trajet ne nous a pas paru trop long.

Carmel tenta d'attirer Mathilde vers sa chambre pour l'enquérir de la santé de leur mère. Alfred, qui jusqu'alors n'avait pas bougé de son fauteuil, fit un bond.

— Salut, le beau-frère, t'as fait bon voyage?

Joseph lui répondit sur un ton affable forcé.

— Oui, très bon voyage. Et toi, ça va?

Alfred se lamenta:

— Ça irait mieux si le *boss* de chez Boswell était plus compréhensif, imagine-toi donc qu'il m'a encore *slaqué*, juste avant Noël, faut pas avoir de cœur pour traiter le monde de la sorte.

Joseph, qui s'acharnait inlassablement au travail afin de se façonner un bel avenir et de faire vivre sa famille, pouvait facilement imaginer pourquoi son beau-frère était constamment congédié. S'il était aussi lymphatique au travail qu'il l'était à la maison, rien n'était surprenant. «Quel crétin», se dit-il. Il n'avait toutefois pas le goût d'en discuter avec lui. Ses yeux injectés de sang en disaient long sur la quantité de bière qu'il avait ingurgitée. Le moment était mal choisi pour lui chercher noise, une telle discussion se serait avérée aride. Le regard concupiscent qu'il avait posé sur Mathilde avait embarrassé Joseph. Quoi qu'il en soit, il lui répondit avec une légère pointe d'aigreur dans la voix, en s'efforçant de cacher sa hargne.

— Je vais aider Caramel à apporter les bagages dans la chambre.

— C'est ça, le beau-frère, va donc aider Carmel, euh, Caramel, j'veux dire !

Joseph prit les bagages des mains de Carmel et lui chuchota :

— Ne force donc pas avec cela, c'est trop lourd pour toi.

Carmel hocha la tête en guise d'assentiment. Elle eut un petit sourire moqueur, mais ne voulut pas commenter l'offre ; ils attendraient le moment propice pour annoncer l'heureuse nouvelle.

— Ta mère ne s'est pas réveillée, est-ce normal ? A-t-elle l'habitude de dormir aussi profondément en plein jour ?

Carmel attendit que les autres se soient éloignés pour dire :

— Franchement, je suis inquiète.

De la berceuse s'élevaient de temps en temps des râlements, des ronflements aigus et saccadés.

— Elle dort profondément, le toit de la maison s'effondrerait et, ma foi, elle ne s'en rendrait même pas compte.

Carmel s'approcha de sa mère et la secoua.

— Réveillez-vous, maman, c'est moi, Carmel.

Eugénie ouvrit un œil.

— C'est toi, ma fille ?

Le timbre rauque de sa voix surprit Carmel.

— Est-ce que ça va ? Vous dormiez comme une bûche, vous ne nous avez même pas entendus arriver.

Eugénie tenta de retrouver ses sens, elle n'était pas tout à fait réveillée, ses paupières papillotaient.

— Donne-moi le temps de me réveiller, j'ai piqué un petit somme.

Carmel fit signe à Joseph de la suivre.

— Joseph et moi, nous allons nous installer dans la chambre de Mathilde. Elle s'est offerte pour dormir sur le divan, est-ce que cela vous convient?

Eugénie articula difficilement:

— C'est comme vous voulez.

Carmel discernait de la lassitude chez sa mère dont l'attitude lui paraissait étrange. Elle constata qu'au bout de quelques mois seulement Eugénie avait changé. De plus, ce logement empestait la bière et la fumée de cigarette. Ces odeurs tenaces la saisissaient à la gorge. Comment n'avait-elle pas remarqué tout cela lorsqu'elle y vivait? La pauvreté des lieux lui sautait aux yeux. Elle ressentit un élan de soulagement de s'en être échappée. Elle leva les yeux vers Joseph, lui fit signe de la suivre dans son ancienne chambre et l'enlaça tendrement.

— Je t'aime, mon amour, merci de m'avoir sortie d'ici, tu sais, c'est la première fois que je constate que ce logement empeste la bière. En plus, Alfred a encore consommé plus que de raison et maman n'arrive même pas à se réveiller, tout cela est très décevant.

— Nous n'y sommes que pour peu de temps, nous rentrerons chez nous le 2 janvier. Quand aimerais-tu annoncer la venue de notre bébé à tes parents?

Carmel se revoyait dans son bel appartement de Montréal, plus sain et beaucoup plus attrayant. Elle éprouvait une grande reconnaissance envers Joseph. Elle se mit à sangloter.

— Oh là, ma douce, qu'est-ce qui se passe ?

— Je ne suis qu'une ingrate.

— Mais que dis-tu là ?

Elle renifla bruyamment.

— Je viens de constater combien tu me rends la vie agréable et confortable, je suis honteuse de ne pas t'en être plus reconnaissante.

Carmel se sentait beaucoup plus sensible depuis qu'elle était enceinte, elle avait la larme à l'œil assez souvent. Mais aujourd'hui, elle avait des raisons de pleurer.

— Tu es sans doute fatiguée, mais j'apprécie, je te l'avoue, que tu te rendes compte de tout, oui, de tout ce que je fais pour toi. Je suis un mari attentif.

Il baissa le ton et s'approcha d'elle.

— Je te fais bien l'amour aussi, je t'ai même fait un enfant. Je…

Il plaisantait, comme d'habitude. Il parvint encore à la faire rire.

— Cesse donc de te vanter, tu n'as pas besoin d'en rajouter, je te l'ai dit, je suis reconnaissante et je t'aime, je t'aime comme une folle !

Elle se remit à pleurer, ses larmes lui semblaient irrépressibles.

— C'est bon, c'est bon, j'ai compris, tu as besoin d'un peu de repos, toi. Veux-tu t'allonger avant le souper ?

En effet, Carmel se sentait lasse, mais ne voulait pas perdre son temps à dormir. Elle tenait à profiter pleinement du peu de jours qu'elle avait à passer avec sa famille. Elle gagna la cuisine pour prendre un verre d'eau. Joseph l'accompagna. Tante Élise vint mettre un terme à son chagrin. Elle avait capté des bribes de leur conversation. Elle jeta à Carmel un coup d'œil admiratif, tenant à la main le roman qu'elle était en train de lire. En fait, Élise passait sa vie dans les romans, c'était son passe-temps, comme elle disait.

— Mais c'est ma charmante nièce qui est parmi nous! Comme je suis contente de te voir, comment vas-tu? Et toi, Joseph, toujours aussi élégant! Ces beaux vêtements à la fine pointe de la mode te vont à ravir. Un vrai Montréalais!

Elle admirait l'élégance naturelle de Joseph.

— Cessez de le complimenter, ma tante, vous allez le faire rougir. Arrivez-vous du travail, habillée de la sorte? On dirait une vraie dame de la Haute-Ville. Quel chic! Vous procurez-vous vos vêtements chez Holt Renfrew, maintenant?

Élise brûlait de parler à Carmel de son amant, mais elle savait que c'était risqué; si jamais son grand secret était découvert, elle s'exposerait à ne plus pouvoir rencontrer son cher docteur, et cela, elle ne pourrait le supporter.

— Non, ma chère.

Elle gesticula à la façon des dames de la haute société, le port altier, se donnant de grands airs. Elle répondit un peu mystérieusement, d'une voix taquine.

— Je ne travaillais pas aujourd'hui.

Il était évident que les vêtements qu'elle portait ne convenaient vraiment pas à son travail à la manufacture de chaussures.

— Alors?

Oh! Comme son secret était lourd. Elle vivait depuis trop longtemps cette liaison, son amour en cachette, et cela lui pesait de plus en plus.

— Alors rien, juste une visite chez mon médecin.

Elle ne lui révéla pas ce qui l'avait conduite chez le Dr Béliveau deux jours d'affilée. Carmel sourcilla d'étonnement.

— Êtes-vous malade, ma tante ?

Du haut de ses cinq pieds et six pouces, Élise se composa une contenance.

— Ah ! Rien de sérieux, un simple mal de gorge. Je suivrai les recommandations de mon médecin, tout devrait rentrer dans l'ordre.

— Je l'espère.

Joseph écoutait sans commenter les propos de tante Élise. Sur ces entrefaites, Mathilde vint se joindre aux deux femmes et fit bifurquer la conversation. Sa voix était éteinte, monocorde.

— Quel effet cela te fait-il de retrouver ton ancienne chambre ?

Jamais Carmel ne lui aurait avoué le choc qu'elle avait subi en revenant chez elle. Toutefois, ses yeux rougis n'échappèrent pas à Mathilde.

— Tu as pleuré. C'est l'émotion qui te rend triste ?

— C'est sûrement cela, sœurette. Parle-moi donc de toi et des filles de la manufacture.

Joseph l'interrogea lui aussi.

— Une belle fille comme toi a sûrement un prétendant. Vas-y, on veut tout savoir.

Mathilde était trop mal à l'aise pour répondre. Son frère Alfred s'était littéralement emparé de sa vie, personne ne pouvait l'approcher. Il profitait du fait qu'elle soit seule dans sa chambre pour aller la retrouver parfois entre chien et loup. Elle le repoussait avant qu'il la touche, le menaçait de crier, mais elle passait le reste de la nuit pétrifiée de terreur. Elle ne pouvait se rendormir qu'au petit matin. Un jour que Mathilde voulut mettre un loquet, Eugénie avait exprimé son désaccord avec véhémence, prétextant qu'il était dangereux de verrouiller la porte et que, en cas de feu, elle brûlerait vive, personne ne pouvant lui porter secours. Mathilde avait cédé à sa mère encore une fois.

Alfred n'était nullement effrayé. La nuit précédente, il avait malgré tout glissé son corps dans le lit de sa sœur, et Mathilde s'en était débarrassée bruyamment. Alfred ne craignait pas de réveiller sa mère, il la savait dans les bras de Morphée. Il s'en était assuré en lui suggérant de prendre un somnifère supplémentaire. Eugénie ne s'était pas fait prier, elle dormirait paisiblement et serait plus en forme pour recevoir sa fille et son gendre qui devaient arriver le lendemain de Montréal.

Mais ce n'était qu'un prétexte. Alfred avait pris cette précaution pour qu'elle ne l'entende pas se faufiler dans le lit de Mathilde. Toutefois, tante Élise avait le sommeil léger. En entendant du bruit dans la chambre voisine, elle s'était levée et était allée voir ce qui se passait. Elle avait surpris Alfred dans la pénombre et avait vu Mathilde tenter de se défendre de son emprise. Élise avait piqué une terrible colère. Elle était assez futée pour savoir ce qu'il faisait dans le lit de sa sœur. Elle l'avait chassé de la chambre en le mettant en garde contre toute récidive dont elle avertirait Eugénie. Alfred en avait donc été quitte pour une bonne frousse, mais il s'était dit qu'il se reprendrait. Il serait plus silencieux la prochaine fois. Il allait aussi rendre sa tante sourde aux appels de sa victime. Il avait un bon plan pour y parvenir.

Le jour même de l'arrivée de Joseph et Carmel, Élise, hors d'elle, prit Mathilde à part.

— Je veux que tu me dises ce qui se passe dans ta chambre la nuit.

Mathilde avait les larmes aux yeux. Elle resta muette.

— Tu n'as pas à avoir peur, je vais veiller sur toi à l'avenir, mais tu dois m'aider.

Mathilde prit sa tante dans ses bras et l'embrassa sur la joue. Elle appréciait sa compassion, mais craignait qu'Élise ne puisse faire grand-chose pour elle. Mathilde savait Alfred assez malin pour tenir leur tante à l'écart. Elle savait aussi que jamais sa mère ne croirait que son fils pouvait être vicieux et pervers à ce point. Elle redoutait le rejet d'Eugénie si jamais ses plaintes souillaient la réputation de son fils adoré. Et même si cette dernière le prenait sur le fait, elle accuserait Mathilde d'avoir provoqué Alfred. Elle soupira de résignation.

— Ne vous inquiétez donc pas pour moi, ma tante, je saurai me défendre.

Elle avait dit cela sans conviction.

— Tu n'as qu'à crier s'il s'aventure encore dans ta chambre, je vais m'en occuper, moi, je t'assure qu'il n'aura plus jamais le goût de recommencer. Mais tu dois collaborer.

Mathilde pensait que sa tante devait sous-estimer les ruses de son frère pour être aussi naïve, mais elle n'en dit mot. Durant la période des fêtes, du moins, elle serait à l'abri. Carmel et Joseph devant occuper sa chambre, elle dormirait dans le salon. Alfred n'aurait sans doute pas l'audace de la rejoindre au beau milieu de l'appartement, à la vue de tous. Elle pourrait dormir un peu, cela lui permettrait de récupérer. Elle s'en réjouissait d'avance.

***

Le 24 décembre, le matin de la veille de Noël, Carmel et Joseph se réveillèrent dans un environnement peu propice aux épanchements amoureux. Ils avaient dormi dans des lits à une place, dans une chambre dont les murs avaient des oreilles.

— As-tu bien dormi, ma douce ?

Carmel avait l'air reposé.

— Oui, mon amour, mais la chaleur de ton corps m'a manqué. Ce soir, nous devrions placer nos lits l'un contre l'autre.

Joseph se mit à rire.

— Avec tout ce monde qu'il y aura ici demain, je ne pense pas que ce soit une bonne idée puisque notre chambre servira aussi de vestiaire. Tu imagines les plaisanteries à notre sujet s'il fallait que les invités voient cela ? Sois patiente, tu ne perds rien pour attendre. Nous serons chez nous dans quelques jours seulement.

Carmel s'approcha de lui, lui caressa le dos en pianotant le long de sa colonne vertébrale ; elle s'arrêta juste au bas des reins.

— Toi non plus, tu ne perds rien pour attendre. Je te promets des surprises pour l'année 1941.

Elle se mit sur la pointe des pieds pour lui administrer un baiser pudique sur la joue.

— Si ce n'est que cela...

Carmel l'attira contre elle, l'embrassa fougueusement sur la bouche puis s'éloigna de lui.

— *Oh my dear*, là tu m'intrigues. Est-ce que je peux en avoir encore ?

Carmel prit un air sérieux et le ramena à l'ordre :

— Nous avons beaucoup de choses à faire aujourd'hui, tu dois être sage.

Joseph rétorqua :

— Alors cesse de me provoquer avec ce sourire aguichant.

Carmel sortit de la chambre et se dirigea vers la cuisine, Joseph sur les talons qui lui bécotait le cou. Sa mère et son père étaient en train de déjeuner. Carmel se dirigea vers son père les bras tendus.

— Bonjour, papa, comment allez-vous ? Nous ne vous avons pas vu hier, vous travaillez trop.

Arthur, qui, un peu par obligation, rentrait très tard du travail tous les jours que Dieu faisait, trouvait ainsi une raison de s'éloigner du milieu familial. Il se leva pour embrasser sa fille.

— Bonjour, Carmel, je suis content de te revoir ! Tu es resplendissante. La vie à Montréal semble te convenir. Mais tu ne t'ennuies pas trop des filles de la manufacture ?

Carmel passa affectueusement son bras autour du cou de son père et lui dit :

— Ne vous inquiétez pas pour cela, les filles ne me manquent pas, mais je vous avoue que je m'ennuie un peu de vous et de la famille.

Joseph tendit la main à Arthur, puis ironisa :

— Caramel a de quoi s'occuper avec sa couture, la préparation des repas et, s'il lui reste un peu de temps, elle prend soin de moi.

Carmel pouffa de rire.

— Ne l'écoutez pas, il ne manque de rien. Il n'a pas de raison de se plaindre le ventre plein.

Arthur observait sa fille avec amour et satisfaction. L'épanouissement qu'il lisait sur son visage lui mit un baume à l'âme. Eugénie interrompit ces tendres épanchements.

— Assez placoté ! Assoyez-vous tous les deux pour déjeuner, on a du pain sur la planche aujourd'hui.

— Joseph et moi avons l'intention de faire la tournée des magasins de la rue Saint-Joseph. Si vous avez des commissions à faire, maman, nous pourrions nous en charger.

— Tu sais, ma fille, que je n'ai pas d'argent à dépenser dans les magasins, mais il me manque des petites choses pour compléter mon menu du souper de demain. Je vais te faire une liste.

Elle nota sur un bout de papier plus d'articles qu'il lui en fallait, mais elle fut prise à son propre jeu, car la liste resta sur le comptoir de la cuisine.

— Jos et moi ne souperons pas ici demain, nous sommes invités chez son père. Le soir de Noël, M. Courtin tient à ce que sa famille soit réunie.

— Vous nous excuserez, madame Moisan, mais nous serons ici pour le jour de l'An, c'est promis.

Joseph mit ainsi un terme à la discussion. Il n'avait pas l'intention d'argumenter avec sa belle-mère. Il caressa le dos de Manouche qui, comme pour se soustraire à la discussion, posa la tête sur ses pattes. Sur ces entrefaites, Élise sortit de sa chambre avec un petit coffre dans les mains. Elle avait un air contrarié.

— Bonjour, tout le monde, dit-elle sur un ton assez décontenancé.

— Que faites-vous avec votre coffre à bijoux dans les mains de si bon matin, ma tante, alliez-vous sortir ? lui demanda Carmel.

Élise hésita avant de répondre, elle semblait chercher ses mots. Elle leva la tête et fixa sa sœur Eugénie.

— Mon collier de perles a disparu, il n'est plus dans mon coffre à bijoux !

Un silence redoutable envahit la cuisine tant et si bien que personne n'osa exprimer son opinion sur la disparition de ce bijou. Carmel se sentit très mal à l'aise. Étant arrivée la veille, elle craignait que sa tante la soupçonne. Il s'agissait du collier de perles qu'elle lui avait prêté pour son mariage. Carmel ne l'avait pas porté, car elle s'était parée de celui que lui avait offert Joseph. Elle avait reconnu le coffret dans lequel sa tante avait l'habitude de le ranger.

— Il s'agit du collier que vous m'aviez prêté pour mon mariage ?

Jamais tante Élise n'aurait suspecté la loyauté de sa nièce Carmel, elle avait son opinion sur l'identité du voleur. Toutefois, elle ne voulait pas porter d'accusations sans avoir mené sa petite enquête. Eugénie tenta de faire la lumière sur cet événement :

— Es-tu certaine qu'il n'est pas dans ta chambre ? Tu l'as peut-être laissé tomber en ouvrant ton coffre, ou peut-être l'as-tu placé ailleurs sans t'en souvenir.

Élise était convaincue de la disparition de son collier, car elle avait fouillé partout. Elle avait même retourné ses chemisiers et ses chandails au cas où le bijou aurait glissé à l'intérieur. Évidemment, elle avait inspecté sous son lit ainsi que sous celui de Gilbert, isolé par un paravent. Elle tenait à mener son enquête. De plus, elle ne voulait pour rien au monde gâcher la visite de sa nièce Carmel et de son mari en cette période de réjouissances. C'était un collier de perles que son amant lui avait offert et elle était très peinée de sa disparition ; elle ferait tout pour le récupérer ou, tout au moins, elle essaierait de démasquer le voleur.

— Je vais vérifier à nouveau avant d'aviser les policiers.

Eugénie blêmit.

— Tu ne vas tout de même pas avertir les policiers pour la perte d'un simple collier ? Voyons donc, ça n'a pas de bon sens. Je vais t'aider à le chercher, nous allons sûrement le retrouver.

Eugénie se débattait comme un diable dans l'eau bénite. Elle ne tenait absolument pas à ce que les policiers mettent encore les pieds dans l'appartement, elle risquait trop, et Alfred aussi.

Joseph écoutait les propos de chacun sans rien dire. Carmel intervint :

— Je suis désolée pour vous ! Allons donc dans votre chambre pour le chercher.

Les deux femmes se dirigèrent vers la chambre de tante Élise. Elles fermèrent la porte derrière elles.

— Ma tante, vous êtes certaine que vous ne l'avez pas perdu, votre collier ?

Élise s'assit sur le bord de son lit et prit les mains de Carmel dans les siennes. Carmel ne put s'empêcher de laisser son regard vagabonder dans cette pièce dont l'accès était limité du temps où elle habitait avec ses parents. Élise payait une pension supérieure à celle des autres dans le but de disposer de la pièce à sa guise. C'était ce qu'ils appelaient son « sanctuaire ». Pourquoi ce nom ? Carmel n'en savait rien. Peut-être parce que tante Élise s'y réfugiait, faisant ainsi des jaloux. Seul le jeune Gilbert profitait de ses largesses, car elle partageait ce lieu avec lui depuis son arrivée chez les Moisan. Dès qu'il entrait dans la chambre, elle continuait de lire son roman, mais à voix haute, voulant l'intéresser à la lecture. Gilbert ne mit pas trop de temps à rouspéter et à lui dire qu'il ne comprenait rien à ses histoires d'amour. Elle avait alors pris la décision de se procurer des lectures plus adaptées à un garçon de son âge. L'enfant y avait pris goût. Il aimait particulièrement les livres traitant du corps humain. Élise lui lisait avec joie au moins une dizaine de pages avant qu'il s'endorme.

Le regard de Carmel se posa sur une photo noircie d'Angèle et François Grenier, ses grands-parents maternels, coincée entre le cadre et le miroir étamé de la commode. Elle se souvint de la triste histoire de cette famille pauvre comme Job, dont le père était mort très jeune. Elle l'avait tant de fois entendue. Carmel crut comprendre que tante Élise souhaitait un meilleur sort pour Gilbert. Elle sortit de ses pensées lorsque sa tante lui dit :

— Tu sais, Carmel, je suis absolument certaine que je n'ai pas perdu mon collier, mais que quelqu'un me l'a volé. Il avait de la valeur, car il s'agissait de perles véritables.

Elle n'avoua pas à Carmel qu'elle le portait souvent lorsqu'elle était seule dans sa chambre juste pour le plaisir de sentir sur sa peau, autour de son cou, ces douces billes dont elle admirait l'effet dans son miroir. Elle baissa les yeux. Elle ressentait le besoin de s'abandonner à la confidence.

— Je dois t'avouer que la personne qui m'en a fait cadeau ne m'a sûrement pas donné un rang d'imitation de perles, de cela, je suis convaincue. Ce collier avait pour moi une plus grande valeur sentimentale que pécuniaire.

Carmel ne voulait pas paraître indiscrète, mais elle tenait à aider sa tante à retrouver le bijou dérobé. Par ailleurs, la curiosité l'avait piquée.

— Quand avez-vous vu ou porté votre collier la dernière fois?

Tante Élise hésita encore un instant.

— Laisse-moi donc réfléchir, je crois que je l'ai porté…

Elle passa délicatement sa main le long de son cou. Elle avait l'air chamboulé. Elle se souvenait exactement de la dernière fois qu'elle l'avait porté; elle se remémorait les mains douces et chaudes de son amant quand il le lui avait retiré, lors de sa dernière visite à son cabinet, la veille seulement.

— Est-ce que vous vous rappelez?

Devant le mutisme de sa tante, Carmel continua de réfléchir avant d'ajouter:

— Qui connaissait l'endroit où vous le rangiez?

Carmel ajouta à voix basse:

— Évidemment, Gilbert, qui partage votre chambre, a dû le voir.

Tante Élise se rendit compte que l'interrogatoire de sa nièce ne s'arrêterait pas à ces simples questions. Son regard pervenche était un peu voilé. Elle ne voulait aucunement se discréditer aux yeux de Carmel même si elle était au courant de sa conduite répréhensible. Son attitude pouvait être extrêmement mal jugée. Elle n'avait pas l'intention de se justifier. Elle ne cherchait pas l'approbation, mais elle tenait tout simplement à ce que Carmel soit au courant de la troublante histoire de sa vie. Elle s'exprima franchement.

— Sincèrement, c'est un bon ami qui me l'a donné.

Carmel devina, devant l'émotion et le timbre triste de la voix de sa tante, qu'il y avait un mystère autour de cela. Elle tapota délicatement la main d'Élise et l'encouragea à continuer son récit.

— Je tiens à récupérer mon collier, car c'est une partie de moi qui vient de m'être arrachée. J'en ai le cœur brisé. La personne qui m'en a fait cadeau représente beaucoup pour moi.

— Continuez, ma tante, vous m'intriguez, je vous écoute.

Élise se confia :

— Cet ami fait à tout jamais partie de ma vie.

Élise évalua la réaction de Carmel avant de continuer, car elle savait que sa nièce ne l'avait jamais vue à la maison avec un compagnon.

— Cet ami, c'est votre amoureux ?

— Oui, l'amour de ma vie.

— Mais c'est merveilleux, j'ignorais qu'il y avait un homme dans votre vie. Je suis heureuse pour vous. Parlez-moi de lui, je veux tout savoir.

— J'ai un grand secret à te confier. Personne n'est au courant, tu dois me promettre de ne jamais en parler, c'est primordial pour moi.

Carmel était tout ouïe.

— Vous avez ma parole, vous pouvez vous confier à moi.

Réconfortée à la pensée d'avoir une confidente, Élise lui raconta en détail son histoire depuis sa rencontre avec cet homme jusqu'à la rupture de leurs fiançailles. Elle lui expliqua qu'ils étaient devenus amants (elle buta sur le mot) après son mariage avec une autre femme. Cela durait depuis tout ce temps, ils se voyaient régulièrement. Elle lui révéla le lieu de leurs rencontres, parla de lui avec beaucoup de respect, malgré leur situation illégale.

— Ma tante, vous rayonnez en m'en parlant.

Élise rougit et baissa les yeux, ravie que sa nièce ne soit pas frappée d'indignation à la suite de ces révélations.

— Si tu savais le bien que cela me fait de me confier. J'espère que je ne te vexe pas en t'exposant ma façon de vivre le grand amour avec un homme marié.

Carmel prit sa tante par le cou.

— Au contraire, votre confiance m'honore. Mais je veux en apprendre davantage sur celui qui fait briller vos yeux de cette façon. Avez-vous une photo de lui?

— Eh non, je n'en ai pas besoin, son image est gravée dans ma mémoire, elle est vivante. Je le vois tout le temps, il m'accompagne partout et je lui parle. Il est médecin, il pratique à l'hôpital Saint-François d'Assise et possède aussi un cabinet privé sur la 1re Avenue, tout près de l'hôpital. C'est de là que je revenais hier lorsque vous êtes arrivés. C'est pour lui que je m'étais faite belle.

Élise s'interrompit pour permettre à Carmel d'assimiler et d'évaluer cette révélation :

— Nous nous rencontrons à son bureau au moins une fois par semaine, à moins d'un empêchement de sa part, ce qui, malheureusement, arrive souvent. Des urgences, dans sa profession, ça se comprend.

Carmel était attentive, les sourcils en accent circonflexe.

— Je ne sais pas si je peux oser vous poser une question.

Élise en avait trop dit pour s'arrêter maintenant.

— Je constate que ton imagination travaille très fort.

Carmel, qui était devenue enceinte dès ses premières relations sexuelles, se demandait comment sa tante pouvait avoir des rendez-vous amoureux sans conséquences.

— Je m'excuse d'être aussi directe, mais je me demandais comment vous faisiez pour faire l'amour sans risque de grossesse. Excusez-moi si ma question va droit au but, si vous n'êtes pas à l'aise, n'y répondez tout simplement pas.

— Ça va, ça va !

— Que voulez-vous dire ?

— Nous avons des relations depuis plusieurs années.

La voix d'Élise avait tremblé tout en prononçant ces paroles douloureuses pour elle, car elle savait qu'elle ne pourrait jamais connaître la vie de famille.

— Mais, ma tante, puisque votre amant... oh ! Pardon, votre amoureux, est médecin, il utilise sans doute une méthode. Est-ce possible ?

Carmel avait vu le rouge monter aux joues de sa tante lorsqu'elle lui avait demandé si elle risquait de devenir enceinte.

Élise tenta d'éluder le sujet, très mal à l'aise.

— Autrefois, j'ai laissé passer la chance de me marier, maintenant je n'ai pas l'intention de me priver de l'amour de cet homme, ne serait-ce qu'à moitié ; c'est tout ce qui me reste.

— Croyez-vous qu'il est heureux en ménage ? demanda naïvement Carmel.

Élise n'abordait jamais ce sujet avec lui. Le peu de temps consacré à leurs rencontres était réservé à leurs ébats sexuels, ce qui limitait la conversation.

— Franchement, Carmel, je ne sais pas. Québec est une petite ville, tout le monde se connaît, nous devons donc être très prudents. Gilbert…

Carmel l'interrompit sur un ton blagueur, elle lui dit :

— Oh ! Parce qu'il s'appelle Gilbert !

Élise ne put réprimer un sourire.

— Oui. Je disais donc qu'il a une réputation à préserver. Il habite la Haute-Ville. À notre dernière rencontre, il m'a promis de louer un appartement juste pour nous deux, il craint que mes visites assidues à son cabinet, qui durent depuis tant d'années, ne soulèvent des doutes. Il a raison, je ne peux pas avoir la grippe toute ma vie !

Elle se mit à tousser. Les deux femmes éclatèrent de rire. Elles avaient momentanément oublié le vol du collier.

— Je me dois d'être prudente si je ne veux pas le perdre. Ces rencontres me comblent de bonheur. J'y puise un grand réconfort. Je préfère cette situation plutôt que de vivre sans lui. Il a une confiance indéfectible en moi, il sait que jamais je ne dévoilerai notre relation, notre grand secret.

Elle fit une pause, sa voix s'était altérée.

— Je ne considère pas avoir trahi sa confiance en te mettant dans la confidence. Je vais d'ailleurs l'informer de notre entretien. Je te répète que je me sens libérée depuis que j'ai trouvé une personne à qui me confier. Il m'est difficile d'être isolée de la sorte. « L'amour plaît plus que le mariage, pour la raison que les romans sont plus amusants que l'histoire. » Cette maxime de Chamfort me convient et me plaît beaucoup. Tu as sans doute remarqué que nous avons maintenant le téléphone, c'est grâce à lui, car il tient à me savoir en sécurité pour que je puisse le joindre rapidement en cas d'urgence.

— Je suis consciente de votre douleur, ma tante. Personnellement, il me serait impossible de vivre loin de Jos, je l'adore, il me rend la vie si belle.

Son esprit se mit à vagabonder. « S'il fallait que mon homme me trompe, se dit-elle. Cela arrive, puisque ma tante en est la preuve. Non, non, je ne le supporterais pas. » Par ailleurs, elle pensait que si Élise n'avait pas été sa parente, elle l'aurait hautement détestée et aurait condamné sa conduite, mais c'était sa tante et elle semblait l'aimer, son docteur Gilbert. Elle se ressaisit de peur qu'Élise ne lise dans ses pensées. Elle la voyait sous un œil nouveau.

Carmel avait le goût de lui confier son propre secret, d'un tout autre ordre et infiniment plus noble, certes, mais elle s'abstint. Elle attendrait d'être avec son mari pour annoncer la bonne nouvelle. Elle se mordit la lèvre.

Un coup frappé à la porte interrompit leur entretien intime.

— Caramel, as-tu l'intention de passer la journée enfermée de la sorte avec ta tante ?

Joseph en avait marre de poireauter dans le logis des Moisan. Il voulait mettre un terme à cette désagréable attente. Carmel et Élise se firent la bise en guise de pacte.

— Je ferais mieux d'y aller avant que Jos enfonce la porte, il est assez tenace, je peux vous l'assurer.

— Oh, pour mon collier, qu'allons-nous faire ? s'empressa de dire Élise.

— Je vais voir ce que Jos en pense. Vous savez, nous ne sommes à Québec que quelques jours. J'espère avoir le temps de vous aider.

Carmel mit le bras autour du cou de sa tante. Elle ouvrit la porte pour y apercevoir un Joseph assez impatient. Les deux femmes n'avaient même pas entrepris de recherches. Les confidences avaient englouti tout leur temps de façon inouïe.

— Enfin, te voilà ! Nous avons une tonne de choses à faire, *so let's go, my dear !* Les grands magasins nous attendent, ils seront bondés en cette veille de Noël.

Chapitre 19

Carmel et Joseph se vêtirent chaudement pour affronter la tempête qui sifflait derrière les fenêtres mal isolées. Les météorologistes prévoyaient que Québec serait épargnée, mais, encore une fois, ils s'étaient trompés. L'hiver semblait saisir la ville entre ses griffes.

En mettant les pieds dehors, Carmel respira un bon coup. Un sentiment qu'elle tentait de réprimer s'était immiscé en elle : était-ce de la honte ou de la gêne qu'elle ressentait à l'égard de sa famille ? Joseph la prit par le bras, et ils marchèrent en direction de la rue Saint-Joseph. La neige se faisait plus dense, de sorte que, lorsqu'ils poussèrent la porte tournante et entrèrent au rez-de-chaussée du Syndicat de Québec, ils ressemblaient à deux bonshommes de neige, la poudre blanche cotonneuse s'étant déposée sur eux et les ayant littéralement transformés. Ils frappèrent des mains et secouèrent leurs manteaux ; une fine couche de neige tomba alors autour d'eux.

Comme de coutume, le magasin était bondé en cette veille de Noël ; tous se pressaient pour dénicher une aubaine à la dernière minute ou le cadeau qu'ils avaient tardé à se procurer. L'ambiance était envoûtante. Trois chanteurs à la voix grave déambulaient de rayon en rayon, interprétant des cantiques. Carmel s'arrêta pour les écouter. Les yeux brillants d'admiration, elle pressa le bras de Joseph.

— Que c'est beau ! Je suis émue. C'est étrange, mais la musique du temps des fêtes m'impressionne davantage cette année, je ne sais pas pourquoi.

Joseph la regarda, un sourire attendri aux lèvres.

— Moi, je le sais. Tu imagines, à Noël prochain, nous aurons un enfant. J'ai envie d'aller dans le rayon des jouets pour lui acheter une peluche, peut-être un beau *teddy bear*.

Il la tira par le bras. Elle retint sa main, se hissa sur la pointe des pieds, lui donna un baiser pudique sur la joue et lui murmura à l'oreille :

— Je t'adore.

Ils empruntèrent les escaliers mécaniques, menant aux nombreux étages. Tout en montant, ils jetèrent un coup d'œil admiratif à ce qui s'offrait à leurs yeux. Ils s'arrêtèrent au deuxième étage, dans le rayon des tissus, afin de saluer Bernard, l'oncle chéri de Carmel. Comme celui-ci était absent, ils montèrent jusqu'au rayon des jouets, au quatrième étage. Ils durent se frayer un chemin parmi les enfants, accompagnés de leurs parents, qui attendaient pour se faire photographier avec le père Noël. Les larmes coulèrent des yeux d'un petit bout de fille d'à peine trois ans lorsque sa mère la posa sur les genoux du personnage à la longue barbe blanche. Le père Noël remit une sucette à l'enfant qui la prit du bout des doigts. De sa voix vibrante, il tenta de l'apaiser.

— Le père Noël va t'apporter de beaux cadeaux, ne pleure pas, ma petite.

Carmel et Joseph s'éloignèrent de cette scène touchante, ils pointèrent en même temps du doigt une peluche et se regardèrent.

— C'est celle-là.

Ils durent faire la queue à la caisse afin de payer le premier cadeau destiné à leur enfant. Ils terminèrent leurs emplettes chez Laura Secord. Joseph s'attarda à lire à mi-voix la notice biographique de ce réputé chocolatier :

— Le nom de Laura Secord a été choisi d'après l'héroïne canadienne de la guerre de 1812. «Laura parcourt à pied les trente kilomètres qui séparent Queenston de Beaver Dams pour avertir l'officier britannique James FitzGibbon que les Américains s'apprêtent à attaquer son avant-poste. Son mari lui avait fait part qu'il avait entendu des officiers américains discuter de leur stratégie lors d'un repas chez elle. Deux jours plus tard, le 24 juin 1813, les Américains tombent dans une embuscade montée par des Amérindiens à Beaver Dams et se rendent à FitzGibbon. »

— Intéressant, dit Carmel en se tournant vers lui.

Ils sortirent sur le trottoir. La neige tombait de plus belle, accompagnée d'un fort vent.

— Nous devrions retourner à la maison avant d'être engloutis dans cette tempête, tu ne crois pas, Jos ?

En voyant toute cette neige, Joseph pensait aux problèmes que cela occasionnerait chez Sicard, s'il neigeait autant à Montréal, car les souffleuses seraient utilisées à plein rendement. Voyant son mari pensif, Carmel le ramena à l'ordre.

— Tu es en congé, n'est-ce pas ?

Joseph sourcilla.

— Tu lis dans mes pensées maintenant ?

— Ce n'est pas nouveau, je l'ai toujours fait ! Ton visage est comme un grand livre ouvert.

Les bras chargés, ils enjambèrent un remblai le long de la rue Saint-Joseph et allongèrent le pas, en direction du boulevard Langelier.

— Je suis transie, dit Carmel, qui claquait des dents.

Dès qu'ils pénétrèrent dans l'appartement, ils se rendirent compte que toute la maisonnée l'avait déserté, sauf Eugénie, affairée dans la cuisine. Carmel déposa ses paquets dans sa chambre et vint la rejoindre.

— Bonjour, maman, vous avez l'air exténué, laissez-moi vous aider.

À la grande surprise de Carmel, Joseph ne retira pas son manteau.

— Je vais aller déneiger la voiture avant qu'elle ne soit complètement ensevelie, je n'en ai pas pour longtemps.

Carmel profita de l'occasion d'être seule avec sa mère pour l'interroger sur sa santé ; elle tenait aussi à discuter de la disparition du collier de tante Élise. Elle tergiversait, ne sachant par où commencer.

— Maman, je suis inquiète pour vous, dit-elle finalement sans ambages.

Eugénie se sentait lasse et à bout de nerfs. Elle avait souffert d'un manque de drogue pendant plusieurs jours, Alfred n'ayant pu mettre la main sur la marchandise que le jour de l'arrivée de Carmel et Joseph. Elle en avait abusé, en plus des deux somnifères que son fils lui avait suggéré de prendre la veille, pour se préparer à la venue du couple.

— Ne t'inquiète donc pas pour moi, c'est juste un peu de fatigue.

C'était l'excuse classique, Carmel le savait.

— Je vous en prie, dites-moi ce qui ne va pas.

Eugénie était rétive. Elle gardait fermée la porte de son jardin secret. Elle redoutait que Carmel l'enjoigne de cesser sa consommation. Elle avait commencé à s'injecter de la morphine pour calmer sa douleur à la suite d'une intervention chirurgicale à la colonne vertébrale. Son médecin lui en avait prescrit le temps de sa convalescence, qui était terminée depuis belle lurette. Elle avait continué de consommer la drogue avec la complicité de son fils et n'avait pas cessé depuis, sauf les rares fois où Alfred avait eu des problèmes d'approvisionnement. Elle était devenue dépendante.

— Puisque je te dis que tout va bien, cesse donc de me tanner avec cela. Tu es à la maison si peu de temps, profites-en donc pour me parler de toi, de ta vie à Montréal. Décris-moi ton appartement.

Carmel se troubla, elle poussa un long soupir. Elle n'aurait jamais le dernier mot avec sa mère et elle le savait. Elle ne lui confia pas qu'elle trouvait son adaptation difficile, ni que les journées étaient longues. Elle garda l'annonce de sa grossesse pour le lendemain matin, jour de Noël. La venue de cet enfant allait, croyait-elle, changer les choses. Carmel espérait que Joseph serait plus présent, quoique son absence serait comblée par les soins à donner au nouveau-né. D'ici la naissance de l'enfant, elle avait l'intention d'achever de tricoter sa layette, de confectionner les enjolivures du moïse ainsi que les rideaux de la chambre. Elle avait des projets plein la tête. Tout en aidant sa mère à la préparation du souper du soir de Noël, Carmel lui décrivit son appartement, lui parla des alentours, de ses voisins, les Desmeules, avec lesquels elle avait l'intention de nouer des liens. Eugénie l'écoutait sans l'interrompre, elle examinait sa fille du coin de l'œil et lui trouvait l'air plutôt radieux. Carmel était volubile, elle lui parla même du grand amour qu'elle vivait avec Joseph.

— Vous pouvez être certaine que je suis très heureuse et Jos y est pour beaucoup. Vous avez lu ma lettre ?

Elle avait rougi légèrement.

Eugénie, dans un élan d'amour qu'elle manifestait rarement, prit Carmel dans ses bras.

— Oui, tu as la preuve que Jos t'a épousée par amour.

Elle n'en dit pas davantage sur la révélation de la lettre, après quoi elle ajouta :

— Même si tu t'es éloignée de nous, ma fille, en te mariant et en t'expatriant à Montréal, je suis contente pour toi. Finis le travail à la manufacture, les ordres des *foremen* qui ambitionnent sur le pain bénit, j'en sais quelque chose. Élise et Mathilde en parlent assez souvent, je ne suis pas sourde, je les entends se plaindre régulièrement, en rentrant du travail.

— Justement, en parlant de tante Élise, que pensez-vous de son collier de perles qu'elle s'est fait voler ?

Eugénie se renfrogna.

— Je ne sais pas qui aurait pu lui prendre son collier, mais une chose est certaine : je ne veux pas qu'elle mêle la police à cette histoire. Porter plainte pour un vol de collier, ça n'a pas de bon sens, tu ne trouves pas, toi ? Elle t'aime beaucoup, ta tante, tu pourrais la persuader d'oublier tout cela, elle va peut-être le retrouver dans un endroit qu'elle ne soupçonne pas. Si elle invoquait saint Antoine de Padoue, le patron des objets perdus, tu sais qu'avec saint Antoine le nez fourré partout, comme on dit, elle aurait une chance de le retrouver, son fameux collier.

Le ton d'Eugénie avait monté d'un cran, elle était visiblement apeurée par la possibilité d'une intervention policière. Carmel, abasourdie par cette révélation, voulut connaître la raison de son angoisse.

— Oui, je sais, mais qu'est-ce qui vous dérange tant avec les forces de l'ordre ? Est-ce que les agents sont revenus ici depuis la dernière fois, vous vous en souvenez, la veille de mon mariage ? Alfred devait se présenter au poste le lendemain ; est-il allé ?

— Je n'aime pas voir les policiers se mêler de nos affaires, ils devraient s'occuper des vrais criminels plutôt que de harceler mon pauvre Alfred. C'est un bon gars, seulement il n'a pas de chance. Les *boss* chez Boswell sont constamment sur son dos, ils ne lui pardonnent rien. Ils le congédient à tout bout de champ pour des niaiseries ; à cause d'eux, il n'a pas d'emploi régulier. Ton père a beau prendre sa défense, ils ne veulent rien entendre. Ils l'ont pris en grippe, je te le dis, ma fille, tu peux me croire. Ton père n'est pas suffisamment insistant non plus, on dirait qu'il ne le défend pas assez, c'est son fils, après tout. Il devrait le protéger davantage, tu ne trouves pas, toi?

C'en était trop, Carmel connaissait son frère. Il n'était pas plus vaillant qu'il le fallait et il était vicieux, en plus de cela. Un paresseux et un vicieux. «L'oisiveté est mère de tous les vices.» Telle était son appréciation de son frère.

— Mais voyons donc, maman, c'est à croire que si Alfred avait une bonne conduite et était productif les *boss* chez Boswell ne le garderaient pas!

Eugénie rua dans les brancards.

— C'est ça, défends-les, toi aussi. Un incompris, c'est ce que je pensais, tout le monde est contre lui, même toi, sa propre sœur!

Carmel voulut calmer sa mère. Elle lui frotta doucement le haut du dos.

— Ne vous emportez pas comme ça, vous allez avoir une attaque.

Carmel ne voulut pas aller plus loin dans son raisonnement afin de ne pas envenimer les choses. En désespoir de cause, elle conclut:

— Je crois que nous avons terminé pour aujourd'hui. À moins qu'il y ait autre chose à faire, je vais aller me reposer, car je n'ai pas très bien dormi la nuit dernière. J'ai du sommeil à rattraper, vous comprenez, le voyage et le changement de lit.

— Va, va, ma fille, je n'ai plus besoin de toi.

C'en était assez pour les manifestations d'affection. Eugénie faisait maintenant la moue, ce qui peina Carmel. Elle l'embrassa tout de même sur la joue. Sa mère eut un léger mouvement de recul, elle était fâchée contre sa fille, qui n'avait pas pris la défense d'Alfred. Carmel se sentait fourbue, elle avait des nausées qu'elle essayait de cacher avant d'annoncer la nouvelle. Elle préféra se retirer dans sa chambre. Elle était lasse aussi de ces conversations arides, en boucle, autour de ce frère. Depuis son retour, elle constatait encore plus à quel point sa mère le protégeait. Elle n'approuvait pas l'amour malsain qu'Eugénie portait à son fils.

Cette conversation la fit réfléchir. Maintenant qu'elle allait être maman, elle voulait tout oublier et ne penser qu'à la naissance du bébé. Elle se posait toutes sortes de questions quant au rôle qu'elle aurait à jouer auprès de ses enfants. Comment les aimer, mais pas trop, juste assez ? Jamais elle ne s'était interrogée sur cette question auparavant. Elle prenait conscience de l'importance des gestes et des manifestations d'amour à cet égard. Tout cela l'effrayait. Comment allait-elle faire pour ne pas imiter les gestes de sa mère ? Elle se rendit compte pour la première fois qu'elle ne devait pas la juger. Quelle serait sa propre réaction dans une situation semblable ? Elle tenterait d'être plus conciliante, plus compréhensive à l'égard de la conduite d'Eugénie. Et le collier de perles de tante Élise ? Tant de problèmes semblaient surgir dans sa famille. Allongée sur son lit, elle mit sa main sur son ventre, la présence de ce petit être qu'elle aimait déjà sans le connaître la calma. Elle tomba dans un sommeil réparateur.

Joseph revint à l'appartement, soulagé d'avoir déneigé sa voiture. Aussitôt entré, il vint se lover contre sa femme dans le lit à une place. Il se sentait bien, son corps avait besoin de la chaleur de Carmel, qui ronronna à ce contact. Joseph glissa sa main le long de son dos, lentement. Elle se tourna alors vers lui, et il déboutonna son corsage.

— Pas ici, on pourrait nous entendre.

Il fit abstraction de cette remarque et continua à la caresser.

— Si tu ne t'arrêtes pas maintenant, je ne sais pas combien de temps je pourrai te résister.

— Justement, laisse-toi aimer.

Au moment où Joseph déboutonnait le dernier bouton, on frappa à la porte. Carmel se mit à rire. Joseph lui susurra à l'oreille et l'embrassa goulûment.

— Tu ne perds rien pour attendre.

Carmel eut du mal à reprendre son sérieux et répondit après le troisième coup tout en tentant de se reboutonner.

— Oui, oui, j'arrive.

Elle se leva et alla ouvrir. Sa mère l'attendait, le poing en l'air, prête à frapper de nouveau. La situation lui sembla risible.

— Qu'y a-t-il, maman?

Eugénie jeta un regard indiscret vers le lit de sa fille, le seul dont les couvertures avaient été retirées. Elle ne mit pas longtemps à comprendre. Le corsage déboutonné de Carmel en disait aussi long que le rose à ses joues.

— Je vous dérange? Bon, je n'avais pas le choix.

Puis elle dit d'un ton plein d'interrogations:

— Téléphone, c'est pour Joseph!

Carmel n'était pas certaine d'avoir compris.

— Un appel pour Joseph?

Eugénie précisa alors.

— Oui, c'est un *longue distance*.

Joseph bondit du lit et se dirigea vers le salon avec un mauvais pressentiment. La température du sang qui coulait dans ses veines descendit de plusieurs degrés. Dès qu'il avait vu que le téléphone avait été installé chez sa belle-famille, il avait appelé son ami Jacques pour lui donner le numéro au cas où il aurait besoin de le joindre. Il prit le combiné posé sur la table basse. La voix de la téléphoniste de Bell se fit entendre.

— *Mister Joseph Courtin ?*

— *Yes, speaking.*

— *I have a long distance call for you, please hold the line.*

Joseph tenait le combiné collé contre son oreille en attendant son interlocuteur. Au bout d'un moment, il reconnut la voix de son patron, Arthur Sicard. Après s'être poliment et brièvement informé de son voyage et de son épouse, Sicard entra dans le vif du sujet. Comme la conversation se déroulait autant en anglais qu'en français, les membres de la famille de Carmel présents dans le salon ne savaient pas trop ce qui se passait. Joseph répétait à tout bout de champ :

— *Oh no, you are not serious, my God !*

L'expression de désolation qui se lisait sur son visage n'augurait rien de bon. Lorsque Joseph raccrocha le combiné après une longue conversation, il se prit la tête entre les mains. Personne n'osa le ramener à la réalité. Un moment passa. Il leva enfin les yeux vers sa femme qui osa le questionner :

— Qui était-ce ? Que se passe-t-il, Jos ?

Joseph était manifestement secoué.

— Il est arrivé une catastrophe, parvint-il à articuler.

Carmel blêmit, ses yeux s'assombrirent, Eugénie posa sa main sur son cœur. Le jumeau de Mathilde, qui cuvait sa bière allongé sur le divan devant Joseph, sursauta.

— Mais qui était-ce ? lui demanda de nouveau Carmel.

Joseph avait la voix éteinte.

— C'était Arthur Sicard, mon patron.

Eugénie s'exclama :

— Au moins, il ne s'agit pas d'un malheur qui touche un membre de la famille !

Joseph la regarda de travers. Louis prit une lampée de bière.

— En effet, mais le malheur qui vient d'arriver frappe atrocement une autre famille.

Carmel vint s'asseoir près de Joseph. Elle glissa sa main dans la sienne et la pressa très fort.

— De quoi s'agit-il au juste ? Il est arrivé quelque chose chez Sicard, je présume.

Joseph tapota nerveusement les mains de sa femme.

— Non, non.

Il savait que Carmel s'inquiétait des accidents de travail qui menaçaient les employés affectés à la réparation de la machinerie lourde. Joseph lui en avait quelquefois fait mention, mais dès qu'il avait perçu son inquiétude il avait cessé de lui en raconter afin de ne pas l'alarmer.

— Mais alors ? dit-elle.

Joseph, après s'être raclé la gorge, leur confia :

— Il y a eu une tempête de neige à Montréal. Elle a commencé vers la fin de l'avant-midi d'hier. Les souffleuses n'ont pas tardé à déblayer les rues. Les directives du conseil municipal de la Ville stipulaient que les rues devaient être dégagées pour le jour de Noël. Les conducteurs de souffleuses se sont donc mis à l'œuvre même s'il neigeait encore à plein ciel.

Joseph reprit son souffle avant d'ajouter :

— Il s'est produit une véritable tragédie.

Personne dans le salon n'osait l'interrompre.

— Une souffleuse à neige a littéralement englouti un enfant.

Le silence se fit dans la pièce. Louis faillit s'étouffer en retirant promptement le goulot de sa bouteille de bière de sa bouche grande ouverte.

Joseph se remit à parler.

— Il neigeait encore abondamment et il semble que… Enfin, selon les premiers rapports de la police et les déclarations du conducteur qui est à l'hôpital, il souffre d'un choc nerveux…

Joseph avait peine à s'exprimer, il prit une grande respiration.

— Mais c'est épouvantable ! s'écria Carmel.

Eugénie intervint :

— Ces foutues inventions ! On ne pourrait pas passer la gratte comme avant, non ? Il n'y avait pas d'accident dans ce temps-là.

Joseph n'avait pas envie de débattre de la question de l'utilisation des souffleuses à neige avec sa belle-mère. Celle-ci ajouta :

— Et l'avant-veille de Noël, en plus ! C'est effrayant !

Tous prirent conscience du drame qui frappait la famille de cet enfant. Il y eut encore un moment de silence. Carmel s'informa :

— Quel âge avait l'enfant ? Était-il seul dans la rue et est-ce que ?…

Joseph l'interrompit.

— *Sorry*, mais je n'en sais pas plus pour le moment.

Joseph avait l'air soucieux, Carmel le soupçonna de ne pas avoir tout dit, peut-être pour la ménager. Elle ressentit une grande émotion.

— Perdre son enfant dans de telles circonstances, c'est atroce, j'en suis toute retournée.

Elle mit ses mains sur son ventre comme pour protéger l'enfant qu'elle portait. Joseph comprit aussitôt son angoisse, se leva et la prit dans ses bras. Carmel se mit à pleurer. Entre deux sanglots, elle articula :

— Je me mets à la place de cette mère, c'est absolument abominable. Un enfant déchiqueté vif, c'est effroyable. Si jamais il m'arrivait de perdre un enfant, je deviendrais folle.

Louis, qui avait suivi la conversation, d'une bouche pâteuse, ajouta :

— Ça ne devait pas être beau à voir quand le corps est ressorti…

Carmel l'interrompit :

— Tais-toi, Louis, c'est assez horrible comme ça, tu ne trouves pas ?

Carmel observa son mari dont le regard scrutait le vide. Un silence s'abattit, Carmel le rompit :

— Tu ne me caches rien, j'espère, Jos.

Joseph, encore sous le choc, amorça un mouvement en direction de sa femme.

— Viens avec moi dans la chambre, nous avons à discuter.

Carmel le suivit, les jambes molles. Elle avait du mal à réprimer son inquiétude. Ils s'enfermèrent dans la pièce et s'assirent tous les deux au bord du lit.

— Il y a plus que ce que tu viens de nous raconter, n'est-ce pas, Jos ?

Joseph était en effet assez secoué. Il voulait lui donner plus de détails dont il ne tenait pas à discuter avec les autres membres de la famille.

— À Montréal, les journaux se sont emparés de la nouvelle, comme tu peux sans doute l'imaginer. Ils font grand écho de cette tragédie. Ce matin, le nom de Sicard était à la une de tous les quotidiens. Le grand public rejette la responsabilité sur l'entreprise pour son manque de sécurité. Certains journaux ont même écrit en grands titres : « Ces machines, mangeuses d'enfants ».

— Ah non ! Ce n'est pas vrai ! s'empressa de dire Carmel.

Joseph voulut être clair :

— Mon patron est très affecté par tout cela, la mort de cet enfant le touche profondément, comme tout le monde, et peut-être encore plus. Il a lui aussi un enfant, tu peux imaginer ce qu'il ressent. Les parents du défunt doivent être au désespoir. Mon Dieu, perdre un enfant, son enfant, c'est le pire malheur qui puisse arriver.

Carmel écoutait son mari avec tendresse, il avait un air bienveillant. Son empathie envers la famille éplorée la toucha. Joseph ferma les yeux. Lorsqu'il les rouvrit, il alla directement au but.

— Je crois qu'Arthur Sicard aura à rendre des comptes à la famille. Il tient à faire tout ce qui sera en son pouvoir pour que cela ne se reproduise plus. Il vient de m'en faire part.

Carmel comprit que son mari avait d'autres préoccupations.

— Mais qu'est-ce que cela implique pour Sicard et pour le conducteur ?

Joseph réfléchit un moment.

— C'est Sicard qui est l'inventeur des souffleuses à neige. En conséquence, les gens pensent que si la souffleuse à neige n'avait pas existé, rien de tout cela ne serait arrivé.

— Et alors, y a-t-il une solution, selon toi?

— Justement, c'est à ce propos que mon patron vient de m'entretenir. Il est en train de mettre sur pied un comité d'enquête composé d'ingénieurs, d'un représentant des conducteurs de souffleuses ainsi que d'un membre du conseil municipal. Je t'épargne les détails.

Carmel se doutait où Joseph voulait en venir en lui parlant de ce comité. Elle lisait entre les lignes.

— Et j'imagine que tu dois en faire partie.

Joseph hocha la tête en signe d'approbation.

— Oui, Sicard tient à ce que nous agissions rapidement et il veut que je préside ce comité.

Carmel l'interrompit.

— Ça va, je comprends, tu seras absent encore plus souvent.

Il lui fit part de sa décision avec appréhension et désolation.

— Nous devons repartir pour Montréal dès demain.

Carmel réagit vivement.

— Demain! C'est Noël! Ce n'est pas possible, personne ne travaille le 25 décembre!

Joseph savait que sa femme était extrêmement déçue, il chamboulait tous ses plans, mais il n'avait pas le choix. «L'homme propose et Dieu dispose.»

Carmel ne put s'empêcher d'exprimer sa déception.

— Mais nous venons tout juste d'arriver, nous n'avons même pas annoncé ma grossesse à ma famille, ni à la tienne. Ne pourrions-nous pas repartir le lendemain de Noël ?

Joseph n'avait qu'un but pour l'instant : retourner à Montréal et travailler pour résoudre ce grave problème. Il usa de persuasion pour convaincre sa femme de prendre la route le jour de Noël. Quelle déception ! Il lui prit tendrement les mains dans les siennes.

— Ma douce, tu sais que ce n'est pas par caprice que je te demande un tel sacrifice. Je sais combien tu as hâte d'annoncer la nouvelle à tes parents, et moi aussi.

Il la regarda intensément et poursuivit :

— Tu es une femme intelligente, tu dois comprendre que le temps presse, l'hiver commence à peine. Je t'en prie, sois compréhensive, j'ai besoin que tu me soutiennes.

— D'accord, nous partirons demain, à la condition que le temps le permette.

— Oui, sois sans crainte, je ne mettrais pas nos vies en danger. Je vais téléphoner à mon père pour l'aviser que nous devons changer nos plans. Nous prendrons tout de même le temps de passer le saluer avant de rentrer chez nous.

— Tu as raison, même si nous ne restons pas longtemps, nous devons y aller.

Joseph et Carmel sortirent ensemble de la chambre. Ils étaient attendus. Tante Élise était, entre-temps, revenue avec Mathilde d'une visite chez une amie. Toutes deux venaient d'apprendre la tragédie par Eugénie. Elles étaient encore envahies par l'émotion. Mathilde tendit les bras à sa sœur.

— C'est terrible ce qui est arrivé à Montréal.

Élise compatissait elle aussi. Joseph prit la parole.

— Nous devons repartir dès demain, le plus tôt possible, je dois être au travail le 26 décembre.

Carmel précisa :

— Joseph aura à travailler afin de trouver une solution pour qu'il ne se produise plus de malheur de ce genre. Son patron lui a confié une lourde tâche.

Les femmes s'exclamèrent :

— Vous ne serez pas avec nous pour Noël, ni pour fêter le jour de l'An.

— Nous en sommes désolés, mais Joseph doit absolument être à Montréal.

Tant de questions demeuraient en suspens. Carmel n'avait pas eu l'occasion de parler avec sa sœur Mathilde.

Joseph s'empressa de se rendre au kiosque à journaux afin de se procurer les quotidiens. Carmel en profita pour préparer les bagages afin d'être prête à quitter tôt le lendemain. Elle se dirigea vers la cuisine avec un paquet enveloppé dans du papier journal qu'elle déballa.

— Mais que fais-tu avec des briques emballées ? Est-ce le cadeau que tu as l'intention de m'offrir pour Noël ? la taquina Mathilde en riant.

— Mais non, je les place près du poêle, car je ne veux pas les oublier demain.

Mathilde se demandait à quoi serviraient ces briques.

— Commences-tu à amasser les briques pour construire votre maison ? Si c'est le cas, à ce rythme, cela te prendra toute une vie pour en avoir suffisamment.

Carmel était ravie d'entendre ce rire, si rare chez sa sœur. Elle lui expliqua que les briques chaudes lui réchaufferaient les pieds pendant le voyage. Mathilde fut surprise.

— Excuse ma naïveté, chère sœur, mais comme tu sais, je n'ai jamais voyagé, je n'ai pas autant de veine que toi.

— Je me considère comme chanceuse et je te souhaite de rencontrer un homme qui pourra te rendre heureuse toi aussi.

— Et me tirer d'ici ? Mais tu rêves en couleur, mon destin est déjà tracé. Jamais une telle chance ne m'arrivera, je suis prisonnière. J'ai le pressentiment que je ne partirai jamais.

Carmel avait de la peine pour sa sœur. Elle aurait voulu la consoler et l'encourager, mais elle voulait par-dessus tout savoir comment sa vie se déroulait depuis son départ. Elle posa la question qui lui brûlait les lèvres.

— Comment se comporte Alfred avec toi, est-il toujours aussi déplacé ?

Les yeux de Mathilde brillaient de larmes qu'elle se retenait de verser.

— Le mot est faible.

Carmel voulut la faire parler.

— Je veux que tu me racontes ce qui se passe exactement ici. Ne me cache rien, je ne tolère pas de te savoir menacée par lui.

Mathilde confia ses craintes à Carmel. Elle lui avoua qu'elle avait peur de ce qui aurait pu se passer sans l'intervention de tante Élise. Carmel en fut bouleversée.

— Tu ne dois plus tolérer ses agissements, Mathilde, il faut en parler à maman.

Mathilde manifesta son désarroi.

— Tu connais mal notre mère si tu crois qu'elle peut m'aider.

Carmel bondit. Les révélations de sa sœur firent jaillir en elle une révolte incontrôlable. Elle éprouva du dégoût pour son frère.

— C'est moi qui vais lui parler, à notre mère, elle devra ouvrir les yeux une fois pour toutes sur le comportement de son cher fils. Il faut agir avant qu'il ne soit trop tard, notre frère me dégoûte.

Mathilde, d'une voix éteinte, lui débita des arguments irréfutables.

— Même tante Élise n'arrive pas à la convaincre. Peux-tu imaginer ce qui va se passer lorsque tu seras repartie à Montréal? Il se moquera de toi et il en profitera pour se venger. Je préférerais que tu n'interviennes pas. Maman va encore m'accuser de provocation, et cela, je t'assure que je ne le supporterai pas.

Carmel ne voulait pas s'en aller sans avoir essayé d'aider sa sœur. Elle lui proposa:

— Je veux en parler à tante Élise, nous trouverons sûrement une solution. Il y a aussi cette histoire de collier volé à éclaircir, mais j'ai ma petite idée là-dessus.

Carmel réfléchit à la façon de venir en aide à Mathilde. Décidément, sa visite à Québec ne lui apportait que des déceptions. La joie de retrouver les siens était assombrie par tous les problèmes qui étaient le lot quotidien des personnes qu'elle aimait. Son départ étant prévu pour le lendemain, comment trouverait-elle le temps de discuter de tout cela avec sa tante?

— Si je parlais à Alfred? dit Carmel d'un ton autoritaire. Mais pourquoi n'y ai-je pas pensé avant?

Mathilde la ramena à la réalité.

— Et qu'est-ce que tu lui dirais? Mais réfléchis, voyons, cela ne marchera pas. Après ton départ, il recommencera et il rira dans sa barbe. Il est très malin, notre frère, tu dois le savoir, constate comme il a *enfirouapé* notre mère.

— Pourtant, il doit y avoir une solution !

Carmel regrettait que son mariage ait exposé sa sœur à tant de malveillance. Elle avait envie de confier son problème à Joseph, mais elle ne voulait pas qu'il sache dans quelle famille elle avait été élevée, ni quel drame se vivait entre les murs de l'appartement. Elle désirait le tenir loin de tous ces tracas. Elle craignait que Joseph, en apprenant le vice de son frère, lui interdise de rendre visite à sa famille. Elle savait aussi qu'il serait scandalisé par l'existence de l'amant de sa tante. Non, elle ne dirait rien, c'était trop risqué de compromettre les relations entre son homme et les siens. Émergeant de sa mélancolie, elle décida d'abdiquer pour le moment.

— Tu as sans doute raison, Mathilde, mais je me sens ingrate. Je nage dans le bonheur alors qu'ici je ne vois que détresse, et cela m'attriste. Jos et moi vivons des moments merveilleux alors que toi… Je regrette de devoir partir demain.

Mathilde, qui se sentait défaitiste, lui dit :

— Ne t'inquiète pas pour moi et profite donc de ce que la vie t'apporte.

Elle avait prononcé cette phrase en y mettant beaucoup de persuasion, ce qui préoccupa Carmel, qui se retira dans son ancienne chambre à coucher, une tasse de thé à la main.

Elle entendit claquer la porte d'entrée. Joseph venait d'arriver. Il avait l'air abattu. Elle l'aida à enlever son paletot et prit son chapeau qu'elle suspendit à la patère. Il déposa sur le lit les journaux qu'il avait réussi à se procurer. Un frisson de stupéfaction lui parcourut l'échine en lisant la une de *La Presse*. L'accident fatal survenu à Montréal la veille avait retenu l'attention de plusieurs journalistes. Le titre ronflant, *Enfant déchiqueté par une souffleuse*, ramena

Carmel à d'autres inquiétudes et la fit frissonner. Tout le monde serait consterné par cette nouvelle qui aurait un effet négatif sur la population. Carmel imagina le choquant tapage médiatique qui s'ensuivrait.

Joseph, pour sa part, se préparait mentalement à affronter les critiques. Il aurait à défendre la renommée de l'entreprise Sicard ; son avenir en dépendait. Il se souciait aussi du conducteur de la souffleuse. Le défi était de taille. C'était sa première lutte professionnelle et il entendait la gagner. Cette terrible histoire alimenterait les conversations durant la période des fêtes et longtemps par la suite.

Carmel regarda tendrement son époux, son inquiétude était évidente.

— Je comprends que tu sois impatient de te retrouver à Montréal.

Que cette terrible nouvelle soit colportée à grands cris par tous les médias ne surprenait pas Joseph. En période de guerre où chaque mère tremblait pour sa progéniture, perdre son enfant dans de telles circonstances dépassait l'entendement. La photo du jeune garçon, en médaillon sur la page frontispice du journal, donnait envie de pleurer : un garçonnet de dix ans qui revenait de chez un ami durant la tempête. Les policiers n'avaient pas encore obtenu le témoignage du conducteur, toujours hospitalisé. C'était un homme de quarante-trois ans, père de quatre enfants, qui travaillait pour la Ville de Montréal depuis plus de quinze ans.

Joseph et Carmel s'échangèrent des sections de *La Presse*. Ils relurent l'article plusieurs fois, des mots leur échappant tellement ils étaient bouleversés. Leurs yeux se brouillaient.

Joseph replia le journal et releva la tête, il avait l'esprit agité. De petites rides apparurent aux coins de ses beaux yeux bleus qu'il plissait. Il réfléchissait ardemment.

Carmel se voulut coopérative.

— Je m'occupe des bagages, d'ailleurs ils sont presque bouclés. Je vais aller à l'épicerie acheter tout ce qu'il nous faut pour faire un lunch. Je vais demander à Mathilde de m'accompagner. Nous te laisserons seul afin que tu puisses mieux te concentrer. Je vais avertir les autres de ne pas te déranger.

Elle demeura un moment près de lui. Le couvant des yeux, elle glissa la main le long de son cou et lui dit à voix basse :

— Je t'aime, j'ai confiance en toi.

Joseph lui baisa le bout des doigts en murmurant :

— Merci, ne t'inquiète pas pour moi, je vais me débrouiller.

Carmel en profita pour passer un moment avec sa sœur en espérant lui soutirer d'autres confidences.

Joseph ferma la porte de la chambre. Il se mit à l'œuvre en se préparant à noter les questions qui lui trottaient dans la tête. Il retira le vieux couvre-lit de chenille et installa un oreiller dans son dos. Il se déchaussa et allongea les jambes. Il n'était pas à l'aise pour écrire ; il se releva et prit l'oreiller sur le lit voisin. En le soulevant, il aperçut un superbe rang de perles. Il se demanda ce que faisait un si beau collier sous l'oreiller de Mathilde. Il le prit dans ses mains, l'examina, tâta la rondeur des perles, leur couleur, puis le posa sur la table de chevet. Il plaça le deuxième oreiller contre la tête du lit et s'y adossa. Il reprit le collier et l'examina encore une fois, puis le replaça. Il demeura fort intrigué par ce bijou qui pouvait peut-être appartenir à tante Élise.

Il commença à noter les sujets dont il avait l'intention de discuter avec les membres du comité. Le premier consistait à déterminer les circonstances de l'accident. Il ne négligea pas l'aspect mécanique de la souffleuse. Serait-ce possible que le conducteur ait vu l'enfant, mais qu'il n'ait pas pu freiner pour l'éviter à cause d'un problème mécanique ? Il s'interrogea aussi sur la conduite du chauffeur, car il ne voulait rien laisser au hasard. La fatigue, le manque d'attention ou l'alcool étaient des points sur lesquels il devrait également s'attarder. L'enfant marchait-il dans la rue ou sur le trottoir ? Voilà qui expliquerait peut-être le malheureux événement. Comment avait-on fait la macabre découverte, y avait-il des témoins ? Joseph, obsédé par ce drame, avait hâte de rentrer à Montréal.

Chapitre 20

La tempête de neige s'essoufflait; Carmel et Mathilde prirent le chemin de l'épicerie. Les deux jeunes femmes hésitèrent avant d'ouvrir la porte du magasin. Carmel mit la main sur celle de sa sœur, qui tenait la poignée, prête à la pousser.

— Tu te souviens du jour où nous avons prétexté faire une commission à maman, ici même, afin que je puisse parler à Joseph?

Mathilde regarda sa sœur tendrement.

— J'ai eu raison de t'entraîner ici l'année dernière, n'est-ce pas? Constate où cette bravoure t'a conduite, ma chère sœur.

Le visage de Carmel s'irradia.

— C'est grâce à toi si Jos et moi avons pu faire connaissance, si nous nous sommes retrouvés. Tu as eu du flair, je t'en suis très reconnaissante.

Carmel tenta en vain d'amener sa sœur à se confier, mais celle-ci se dérobait. Les deux femmes avaient terminé leurs achats et revenaient vers le logis lorsqu'elles aperçurent Alfred les épier de l'autre côté de la rue. Il les observait bizarrement.

Il se manifesta lorsqu'il se rendit compte qu'elles l'avaient repéré.

— Salut, les sœurs!

Mathilde ne lui répondit pas. Carmel le défia.

— Salut, le frère, toujours aussi occupé à traîner dans les rues au lieu de travailler, à ce que je vois!

— Arrête-moi donc ça, la sœur, c'est la veille de Noël, personne ne travaille!

Carmel se pencha vers Mathilde et lui dit à voix basse :

— C'est le moment de lui parler, ce n'est pas par hasard si nous le rencontrons, je vois là un signe. C'est le destin qui a placé Alfred sur notre chemin.

Mathilde était plus réaliste.

— Il n'y a rien de surnaturel là-dedans, il me suit partout.

Carmel insista.

— Laisse-moi lui parler, je t'en prie, c'est ma dernière chance. Je repars demain, on doit battre le fer tandis qu'il est chaud.

Mathilde était nerveuse ; elle avait peur de lui, peur de sa réaction.

— Non, abandonne ! Autrement il pourrait s'en prendre à moi davantage et se venger. Je sais qu'il va me faire payer le fait que je t'ai parlé de lui, je préfère que tu t'abstiennes.

Alfred, qui les observait sournoisement, mit un terme à ce chuchotement.

— Vous avez des petits secrets, les filles ?

Elles poursuivirent leur chemin, Alfred les suivant de près, la lèvre supérieure relevée par le mépris.

— Heille ! Les sœurs, ce n'est pas bien d'avoir des secrets pour son frère.

Il était devenu agressif et insistant. Il avait bu. De sa voix éraillée, il dit en toisant méchamment Carmel :

— Et toi, la Montréalaise, un secret de guerre, je suppose !

Mathilde et Carmel se regardèrent sans comprendre. Carmel se retourna et l'affronta :

— Mais que veux-tu dire ? Explique-toi !

Alfred titubait. Il tenta de les dépasser, mais elles accélérèrent le pas. Les filles avaient maintenant peur de lui.

— Sauvez-vous pas, je vais vous le dire, car je le connais, moi, ce grand secret.

Carmel s'arrêta brusquement et lui fit face. Elle était furieuse.

— Fiche-nous la paix ! Tu es ivre.

Il avait la bouche pâteuse, il articulait difficilement.

— Tu salueras P'tit bras pour moi. P'tit bras ! P'tit bras !

Il se remit à marcher en chantonnant ces mots chargés de fiel : « P'tit bras ! P'tit bras ! »

Carmel était atterrée, Mathilde la vit blêmir.

— Ça ne va pas ? Mais qu'est-ce que cela veut dire ? Que raconte-t-il ?

Alfred était parti en courant, il se retournait de temps à autre en s'exclamant : « P'tit bras, P'tit bras ! »

Carmel avait tout de suite saisi l'insinuation. Elle serra les mâchoires pour retenir ses larmes. Elle méprisait davantage son frère pour avoir glapi de telles insultes.

— Je le déteste, une vraie crapule.

Mathilde fronça les sourcils, elle ne comprenait rien aux insinuations de son frère ni à la réaction de sa sœur.

— Peux-tu m'expliquer ? La pointe de méchanceté que j'ai perçue dans ses yeux me révolte. Je ne comprends pas pourquoi il s'en prend à toi. Mais toi, tu sais ce qu'il a voulu dire, n'est-ce pas ?

Carmel regarda à droite et à gauche, Alfred avait déguerpi. Des trémolos dans la voix, elle résuma :

— C'est une longue histoire compliquée. Je le soupçonne d'avoir lu la lettre que j'ai écrite à maman dans laquelle je lui révélais la légère infirmité de Joseph.

Mathilde répéta en arquant les sourcils :

— L'infirmité de Joseph ?

Carmel lui raconta les faits, sa sœur l'écoutait attentivement, très surprise de cette révélation.

— J'ignorais que Joseph avait un bras plus petit que l'autre, cela ne se voit pas. Je peux aussi imaginer comment il se sent par les temps qui courent.

— Oui, en effet, il craint d'être jugé et que certains pensent qu'il s'est infligé cette blessure lui-même pour ne pas aller à la guerre.

Mathilde était outrée.

— Jamais je ne croirais qu'il ait pu commettre un tel geste !

Carmel regrettait amèrement de s'être confiée à sa mère par écrit. Elle n'aurait jamais pensé que son frère irait jusqu'à mettre la main sur sa lettre. Elle lui demanderait d'être plus discrète à l'avenir. En fait, jamais plus elle ne lui confierait de secret. Elle pouvait facilement imaginer Eugénie endormie si profondément après la lecture de la lettre qu'il avait été facile pour Alfred de la lui dérober, de la lire et de la remettre à sa place sans qu'elle s'en aperçoive.

— Rentrons vite, j'ai hâte de retrouver Joseph.

Elles marchèrent tête basse, bras dessus, bras dessous, soudées l'une à l'autre par les liens de filiation qui les unissaient, jetant des coups d'œil pour s'assurer que leur maudit frère ne les suivait pas.

À un moment donné, Carmel ralentit sa cadence, imitée par Mathilde. Puis, au bout de quelques pas, elle s'immobilisa.

Mathilde s'arrêta elle aussi, croyant que sa sœur avait revu Alfred, car son regard s'était durci.

— Qu'est-ce qui se passe, as-tu eu une apparition ou est-ce encore lui?

— Non, mais j'ai eu une idée géniale.

— Peux-tu la partager avec moi?

— Justement oui, cela te concerne.

Mathilde cala son chapeau tout en se grattant la tête.

— Là, tu m'intrigues, parle donc, je suis assez nerveuse comme ça!

Carmel dévoila sa pensée par bribes.

— Écoute-moi, je crois avoir trouvé la solution à ton problème.

Mathilde attendait la suite en fronçant les sourcils. Carmel gesticulait, son cerveau était en ébullition.

— Je me demande pourquoi nous n'y avons pas pensé avant!

Mathilde se mit à trépigner d'impatience. Carmel exposa peu à peu son idée.

— Tu ne dois plus dormir seule dans ta chambre, c'est trop risqué.

— Comment faire autrement? J'ai déjà demandé à tante Élise de déménager Gilbert avec moi, mais elle a refusé catégoriquement.

Carmel lança cette phrase:

— Et Céline, qui passe encore ses nuits avec nos parents? C'est insensé!

Mathilde écoutait maintenant sans rompre le fil des propos de sa sœur.

— Veux-tu m'expliquer pourquoi Céline, qui est assez vieille pour fréquenter un garçon, ce Léon, partage encore la chambre de nos parents ? Où est donc la logique ?

Mathilde n'eut pas à réfléchir longuement.

— Tu sais aussi bien que moi que notre mère a toujours eu ses préférés, un garçon et une fille, Alfred et Céline. Toi et moi sommes témoins que maman n'a jamais coupé le cordon ombilical avec eux.

Carmel insista.

— Laisse-moi aller au bout de mon idée. Il faut approcher maman avec des gants blancs et surtout ne pas lui dire que tu veux partager ta chambre avec notre sœur à cause des menaces d'Alfred. Il faut trouver un autre motif.

Carmel semblait lire dans les pensées de son aînée.

— Je sais que tu n'affectionnes pas particulièrement Céline, mais il me semble qu'elle représente ta bouée de sauvetage !

Carmel attendait la réaction de Mathilde.

— Je rêve de ne plus me retrouver seule le soir, ton idée vaut la peine d'être approfondie. Différents obstacles peuvent se présenter. Premièrement, est-ce que Céline accepterait de dormir dans ma chambre ? Deuxièmement, comment aborder le problème sans écorcher ce cher Alfred ? Troisièmement, maman serait-elle d'accord pour couper le cordon ? Et, quatrièmement, qui va aborder la question ?

Carmel était satisfaite, son idée ferait son petit bonhomme de chemin. Il y avait de l'espoir si son plan fonctionnait.

Elles rentrèrent silencieusement à la maison. À son arrivée, Carmel alla retrouver Joseph. Il était concentré sur son travail. Il leva la tête en entendant les pentures grincer et posa des yeux fatigués sur elle. Carmel devina qu'il avait travaillé ardemment. Les feuilles de papier sur le lit ainsi que celles jetées en boule dans la poubelle étaient révélatrices. Carmel enleva son manteau et s'assit sur le lit voisin. Elle avait une triste mine.

— Tu as l'air épuisé, viens donc t'allonger près de moi.

Joseph rangea ses papiers et lui fit une place. Carmel retira ses chaussures et se lova contre lui. Elle lui dit au creux de l'oreille :

— J'ai hâte de retourner chez nous.

Joseph, étonné, perçut de la mélancolie dans sa voix.

— Tu n'as pas l'air en grande forme, toi.

Carmel ne lui dit mot de ses frustrations à la suite des propos de son frère, car elle en était gênée. Elle ne tenait pas à lui révéler qu'elle avait écrit à sa mère pour lui raconter l'histoire de son bras. Elle lui répondit sur un ton neutre :

— J'imagine que je suis fatiguée, c'est tout. Je vais me reposer un peu, j'irai ensuite aider maman à préparer le souper. Tu peux continuer à travailler.

Joseph plaça un oreiller sous sa tête. Il déposa un baiser sur son front et lui caressa la joue.

— Repose-toi, je vais te réveiller vers cinq heures trente. Est-ce que cela te convient ?

Carmel répondit par l'affirmative, le sommeil la gagnait déjà. Elle avait besoin de repos ces derniers temps. Joseph peaufina ses notes en revoyant certains détails. Il ajouta des commentaires et rangea le tout soigneusement. Cinq heures déjà ! Le temps avait filé. Il contempla sa femme, qui dormait paisiblement. Il ferma lui aussi les yeux. Après un petit somme réparateur, il la réveilla.

Carmel remua, elle se sentait perdue. La noirceur avait gagné la chambre. Elle avait dormi profondément. Elle tenta de se lever, mais un léger étourdissement l'obligea à s'asseoir.

— Prends ton temps, ne te lève pas trop vite. Je t'apporte un verre d'eau.

Joseph se rendit à la cuisine. Carmel promena son regard dans la pièce. Ses yeux se posèrent sur la table de chevet. Elle émit un « Oh ! » de surprise, croyant y voir le collier de sa tante. Une hallucination ! Elle ferma puis rouvrit les yeux et constata qu'elle n'avait pas rêvé ; il s'agissait bien du collier de tante Élise, là, sur la table de chevet. Elle le prit dans ses mains et l'examina attentivement. Elle le reconnut facilement puisqu'elle l'avait déjà porté. Mais que faisait ce collier dans la chambre de Mathilde ? Il n'y était pas hier, elle l'aurait remarqué. Que faire ? Le remettre immédiatement à tante Élise, qui se réjouirait de l'avoir retrouvé ? Carmel cogitait, le collier dans les mains, lorsque Joseph revint.

— Tu as vu le collier, Jos ?

— Je l'ai trouvé lorsque tu étais partie faire des commissions.

— Il était où exactement ?

— Sous l'oreiller de Mathilde. J'ai d'abord pensé qu'il s'agissait du collier de ta tante, mais il appartient peut-être à ta sœur.

— Qu'est-ce qui te fait croire cela ?

— Il était rangé sous l'oreiller que j'ai pris pour m'appuyer dans le lit.

Carmel réfléchissait.

— Tu es en train de me dire que ce collier était sous l'oreiller de Mathilde, ici même, c'est exact ?

— C'est ce que je viens de te dire.

— Il n'appartient pas à Mathilde. C'est le collier de tante Élise et elle y tient beaucoup.

— Je la comprends, ce collier de perles a beaucoup de valeur, on l'appelle « Les larmes des dieux ». Selon moi, ce sont des perles véritables et de bonne grosseur. Je ne peux toutefois pas te dire si elles sont naturelles ou de culture, mais selon leur taille et leur forme parfaite ce collier vaut un bon prix. Je sais que les perles d'Akoya sont le plus souvent utilisées dans la fabrication de colliers. Elles sont généralement blanches ou crème, et ont des reflets de rose, de jaune ou de vert. Je m'intéresse beaucoup aux bijoux, j'y ai pris goût chez Macy's. De plus, j'ai dû me renseigner lorsque j'ai acheté le tien. Sais-tu de quelle façon ta tante se l'est procuré ?

Joseph se demandait comment une travailleuse de chez John Ritchie pouvait se payer une parure de si grand prix.

Carmel était très mal à l'aise et Joseph s'en aperçut.

— Qu'y a-t-il, ma douce ? Une énigme semble entourer ce bijou…

Carmel ne se sentait pas capable de mentir à son mari, mais avait promis à sa tante de garder son secret. Elle réfléchit avant de répondre. Elle prit un détour féminin.

— Je me demande comment le collier a pu se retrouver dans la chambre de Mathilde. Je crois que je devrais parler avec elle avant de le remettre à tante Élise, qu'en penses-tu ?

— Ta tante Élise croit s'être fait voler son collier qui, je ne sais par quel hasard, se retrouve ici. Il y a quelque chose qui cloche là-dedans. Tu vas m'excuser, mais nous avons autre chose à faire que de jouer aux détectives. Tu devrais lui remettre ses perles et le sujet sera clos.

— Je te comprends, mais je suis inquiète pour ma sœur. Je crains qu'on l'accuse de l'avoir volé. Je suis certaine qu'il y a une explication à tout cela. Je vais lui parler, nous aviserons par la suite.

Joseph hocha la tête en signe d'acquiescement.

— Si tu veux savoir la vérité, tu dois y aller directement : montre le collier à Mathilde, nous verrons sa réaction.

Carmel se doutait qu'il s'agissait d'un coup monté contre son aînée, et elle savait qu'une seule personne aurait été assez abjecte pour faire une chose pareille. Elle se garda de confier ses appréhensions à son mari, elle tirerait elle-même cette situation au clair.

— Tu as raison, c'est ce que je vais faire.

Carmel agit promptement. Elle se dirigea vers la cuisine et demanda à Mathilde, comme si de rien n'était, de la suivre.

Mathilde était nerveuse, continuellement en proie à la peur de l'annonce d'une mauvaise nouvelle. Elle n'hésita pas à accompagner sa sœur. En voyant le collier dans les mains de Joseph, elle fronça les sourcils, puis ses yeux se durcirent. Carmel ne savait comment interpréter sa réaction. Mathilde rompit brusquement le silence.

— C'est le collier de tante Élise. Où l'as-tu trouvé ?

Carmel lui répondit sur un ton nullement accusateur.

— Ici même.

Mathilde était stupéfaite.

— Tu veux dire qu'il était ici, dans ma chambre ?

Décelant de l'amertume dans la voix de sa sœur, Carmel précisa.

— C'est Joseph qui l'a trouvé.

Elle poussa un grand soupir.

— Je ne comprends pas. Où était-il exactement ? demanda-t-elle à son beau-frère.

Joseph pointa l'endroit du doigt.

— Sous mon oreiller, c'est ce que tu es en train de me montrer, Joseph ? Comment ce collier a-t-il pu s'y trouver ?

Mathilde était défaite. Elle avait l'air misérable, Carmel crut bon d'intervenir :

— C'est sans doute quelqu'un qui aura voulu te mettre dans l'embarras.

Mathilde fondit en larmes. Elle craignait d'être accusée du vol de ce bijou. Elle mesurait toute l'ampleur d'une telle manigance. Intérieurement, elle redoutait les moqueries de ses frères et la perte de la confiance de sa tante. De plus, elle était certaine que sa mère mettrait tous les torts sur son dos, ne pouvant admettre les agissements d'Alfred.

— Je n'ai qu'une chose à faire, je vais quitter cette maison, je suis fatiguée de vivre ici.

Joseph lui mit affectueusement la main sur l'épaule.

— Si tu fais cela, tu vas soulever les soupçons. Essayons plutôt d'éclaircir cette affaire.

Carmel intervint, la sagesse de son mari la ravissait.

— Joseph a parfaitement raison, ton départ sera interprété comme un aveu. Je crois que nous devrions parler tout de suite à maman.

Mathilde bondit.

— Non, jamais, je suis certaine qu'elle ne prendra pas ma défense.

— Qui aurait intérêt à te faire passer pour une voleuse ? Il faut que ce soit une personne qui habite ici, à mon avis.

Les deux sœurs inclinèrent la tête en même temps en signe d'approbation.

Joseph semblait réfléchir, Mathilde intervint :

— Ce ne peut être Gilbert, en tout cas, c'est un bon p'tit gars. Depuis qu'il vit avec nous, il ne dit jamais un mot plus haut que l'autre. Il ne ferait pas de mal à une mouche.

Joseph ne voulut ni l'accuser ni prendre sa défense et expliqua son point de vue :

— Si quelqu'un l'avait forcé, crois-tu que, sous la menace, il aurait pu céder ?

Mathilde devint moins certaine de l'innocence du garçon, Joseph ayant apporté un argument de taille.

Il poursuivit :

— Voyons maintenant quel pourrait être le motif de ce geste. Sais-tu pourquoi quelqu'un prendrait plaisir à t'accuser, Mathilde ?

Mathilde n'aimait pas la tournure de la discussion, elle était trop humiliée pour révéler à Joseph le comportement de son frère Alfred. Elle mentit :

— Je ne sais pas.

Carmel faillit prendre la parole, mais elle préféra respecter le mensonge de sa sœur. Joseph, qui n'était pas né de la dernière pluie, se doutait, juste à voir la mine empruntée de Mathilde, qu'elle ne lui disait pas la vérité.

— Si tu veux que nous t'aidions, Mathilde, il va te falloir collaborer, car nous repartons demain et tu risques de devoir te défendre toute seule.

Un moment de silence régna dans la pièce. Joseph ne semblait pas comprendre cette hésitation. Sur un ton déterminé, Mathilde leur annonça :

— Je sais ce qui me reste à faire. Je vais remettre le collier à tante Élise et lui dire exactement ce qui s'est passé. Joseph, si tu veux confirmer que tu l'as trouvé sous mon oreiller, je vais essayer de la convaincre que ce n'est pas moi qui l'ai mis là. Je tente ma chance qu'elle me croie et nous n'en parlerons plus. Finie l'histoire du collier volé. Affaire classée.

Haussant les épaules, Joseph accepta. Carmel aurait voulu découvrir qui avait fait ce coup pendable. Elle savait Alfred assez méchant pour laisser Mathilde en porter le blâme. Il s'en servirait sûrement contre elle, mais comment ? Elle dit :

— Faisons comme le désire Mathilde, je pense qu'elle a de bons motifs pour agir ainsi.

Mathilde s'apprêta à sortir.

— Je vais immédiatement voir tante Élise. Je sais qu'elle est seule, j'ai vu Gilbert quitter le logement. Soyons discrets, je ne tiens pas à déclencher une émeute.

Carmel se voulut de connivence.

— Nous irons discuter avec maman dans le salon afin de la garder loin de la chambre de tante Élise.

Lorsque Mathilde frappa à la porte de la chambre de sa tante, Élise était assise dans sa berçante dans un coin de la pièce. Elle se leva pour aller ouvrir. Mathilde pénétra dans la chambre et ferma la porte doucement derrière elle. Elle se pencha vers sa tante et, sans prononcer un mot, sortit le collier de sa poche et le lui tendit. Élise demeura interdite un court instant. Elle prit les perles des mains tremblantes de sa nièce. Un sourire radieux illumina son visage.

— Ma chère Mathilde, tu l'as trouvé !

Mathilde ne répondit pas.

— Merci, si tu savais comme je suis contente !

Elle palpa les perles du bout des doigts.

— C'est un bijou très précieux pour moi, je ne sais pas comment te remercier. Je ne pensais jamais le revoir.

Mathilde ne disait toujours rien. Il était plus difficile qu'elle le croyait de mettre son plan à exécution. Maintenant qu'elle était devant Élise, elle s'interrogeait sur sa façon d'agir.

— Je le récupère la veille de Noël en plus. C'est un cadeau inespéré.

— Je suis contente pour vous, ma tante.

— Mais où était-il ?

— On l'a trouvé, ma tante.

— Tu sembles mystérieuse, toi.

Mathilde saisit les mains de sa tante dans les siennes et prit une grande respiration. Elle lui apprit d'une voix mal posée.

— Il était sous mon oreiller ; en fait, Joseph l'a découvert cet après-midi, il vient de me le remettre.

Elle donna tous les détails.

Élise ne savait plus quoi penser, son regard se durcit.

— Une minute ! Peux-tu me répéter ce que tu viens de me dire ? Je ne suis pas certaine d'avoir compris.

Mathilde crut défaillir. Sa tante n'accepterait peut-être pas si facilement cette simple version des faits. Elle s'assit sur le bord du lit et lui répéta toute l'histoire.

Des trémolos dans la voix, elle conclut :

— N'allez surtout pas croire que je vous l'ai volé.

Élise enlaça sa nièce.

— Chut, chut, chut. Comment as-tu pu te mettre une telle idée dans la tête ? Jamais je ne te soupçonnerais d'un tel acte, je te connais trop pour cela. De plus, j'ai ma petite idée sur ce qui a pu se passer. Ah celui-là ! Je savais qu'il allait se venger. Peu importe, j'ai récupéré mon collier, pour le moment c'est tout ce qui compte. Sèche tes beaux yeux et allons rejoindre les autres.

Mathilde avait le visage défait.

— Mais qu'allons-nous leur dire ?

— C'est très simple, laisse-moi faire, je vais démasquer ce voleur. Ne dis rien à personne pour le moment. Demande à Carmel et à Joseph d'en faire autant.

Mathilde embrassa Élise sur les deux joues. Soulagée, elle la remercia sincèrement.

— Vous ne savez pas à quel point votre confiance me touche, ma tante ! J'avais si peur que vous me preniez pour une voleuse. Merci, merci encore.

Mathilde se composa un visage plus serein. Elle fit part à Carmel et Joseph de sa conversation avec sa tante tout en s'assurant de leur discrétion. Joseph était satisfait de la tournure des événements.

De la cuisine, la voix d'Eugénie se fit entendre.

— À table, tout le monde ! Le souper est prêt !

L'astucieuse Élise avait peaufiné un plan des plus stratégiques. Elle prit sa place habituelle, près d'Eugénie. Elle portait fièrement son rang de perles ; ce n'était certes pas une parure de circonstance pour un simple souper. Eugénie remarqua immédiatement le collier au cou de sa sœur. Joseph avait déjà deviné le plan de tante Élise et admira la ruse : elle allait affronter le voleur.

Eugénie ne put s'empêcher de s'exclamer de surprise :

— Tiens donc, tu as retrouvé ton collier, j'avais raison alors, tu t'es affolée pour rien !

Élise ne répondit pas immédiatement. Elle se contenta de faire rouler les perles entre ses doigts. Alfred se dirigea d'un pas traînant vers sa place à table. Il était dans un état d'ébriété trop avancé pour avoir entendu les dernières paroles de sa mère. Louis flânait toujours dans le salon.

— Louis, viens manger tout de suite, sinon tu vas te passer de souper.

Chacun commença sa soupe. Les yeux d'Alfred se fixèrent sur le décolleté de sa tante, qui attendait ce moment avec impatience. À peine eut-il avalé une première gorgée qu'il faillit s'étouffer.

— Ne t'étouffe pas avec ta soupe, Alfred ! lui lança-t-elle.

Carmel et Joseph se regardèrent. Louis essayait de suivre la scène. Eugénie observait son fils sans souffler mot. Élise bondit sur l'occasion.

— Tu sembles surpris. Est-ce la vue de mon collier qui t'étrangle ?

Alfred ne savait pas trop quoi dire. Il tenta de se sortir de cette situation.

— Non, ma tante, je ne suis pas surpris que vous l'ayez retrouvé. Mathilde vous l'a remis, j'imagine !

Le silence s'installa autour de la table.

Alfred venait de se mettre la corde au cou. Il était immédiatement tombé dans le piège. Élise se doutait qu'il réagirait à la vue du collier et qu'avec les nuées d'alcool qui embrumaient son cerveau il se vendrait lui-même. C'était arrivé plus vite qu'elle ne l'avait imaginé. Elle darda sur lui un œil accusateur.

— Comment sais-tu que c'est Mathilde qui me l'a remis, cher Alfred?

Le pauvre était trop gris pour deviner l'astuce de sa tante Élise. Gilbert écoutait avec une expression indéfinissable.

— C'est vrai, ça! dit l'enfant. Comment sais-tu que le collier a été trouvé par Mathilde? Tante Élise ne l'a même pas mentionné.

Tout le monde comprit que le coupable était démasqué. Alfred était rouge de colère. Élise et lui se regardèrent en chiens de faïence. On aurait dit qu'il avait dégrisé d'un coup. Même Eugénie ne put prendre sa défense, car les faits étaient trop évidents. Élise n'attendit pas l'intervention de sa sœur pour vider son sac. Elle se leva.

— Eugénie, tu vas sévir maintenant! ordonna-t-elle. Nous en avons tous assez dans cette maison des manigances de ton cher fils.

Le souper tourna au vinaigre. Le délinquant quitta la table en fusillant Gilbert du regard, empoigna son manteau, enfila ses couvre-chaussures et sortit en claquant la porte. Manouche se coucha en boule et grogna sous la table. Eugénie prétexta une fatigue extrême et se réfugia dans sa chambre sans terminer son repas. Le jeune Gilbert était ébranlé. Une expression de crainte apparut sur son visage. Il cessa de manger et posa négligemment sa fourchette sur la table. Il prit la parole, alors qu'il s'exprimait peu d'habitude.

— Qu'est-ce qu'ils ont tous ce soir? Après tout, c'est la veille de Noël!

Il avait des sanglots dans la voix. Les disputes le perturbaient, et pour cause. Mais il craignait peut-être autre chose. Mathilde le rassura:

— Ne t'inquiète pas, Gilbert, tout va bien aller maintenant. Demain, le père Noël aura peut-être des surprises, si tu as été un bon garçon, naturellement.

Envahi par l'émotion, l'enfant inclina la tête sans répondre.

Tante Élise rapprocha la fourchette de la main de l'enfant.

— Termine ton repas, jeune homme, le pria-t-elle.

Le souper s'acheva dans une atmosphère assez triste. La place laissée libre au bout de la table par Eugénie, l'âme de la maison malgré son caractère difficile, était déplorable. Après s'être sucré le bec de pouding chômeur, chacun trouva un prétexte pour quitter la cuisine.

Élise se retira dans sa chambre avec une mine de contentement. Elle marchait la tête haute, une tasse de thé à la main. Elle en profiterait pour terminer la lecture du roman d'amour qu'elle avait commencé en pensant à son amant. Elle se prenait pour l'héroïne, l'histoire ressemblait à celle de sa propre vie. Louis passa le reste de la soirée allongé dans le salon à cuver sa bière. Le jeune Gilbert sortit s'amuser avec les garçons du voisinage, ce fut du moins ce qu'il prétendit en claquant la porte du logement sans que personne ne se préoccupe de vérifier ses dires. Le mensonge était-il un refuge pour cet enfant?

Mathilde demanda à Élise si elle pouvait passer le reste de la soirée avec elle. Un peu contrariée de devoir abandonner sa lecture, mais acceptant sa compagnie, elle l'invita à entrer. Céline brillait par son absence, la famille de son fiancé l'attirant plus que la sienne. Carmel s'enferma dans son ancienne chambre avec son mari. Ni l'un ni l'autre ne commentèrent les événements de la journée. Carmel en profita pour terminer les préparatifs du départ.

Joseph poursuivit la lecture de ses journaux. Il tenta de se détendre en lisant la dernière édition du *Saturday Evening Post* dans laquelle il aimait admirer les peintures de Norman Rockwell, dont le nom était associé à cette revue. Il était fasciné par l'art de l'illustration de ce peintre naturaliste. En 1935, l'artiste avait illustré les romans de Mark Twain, *Tom Sawyer* et *Huckleberry Finn*. Joseph était en train de contempler l'illustration emblématique du jovial père Noël en habit rouge, aux couleurs de la marque Coca-Cola, lorsque Carmel l'interrompit.

— Il est tard, Jos, pouvons-nous éteindre?

Carmel voulait se reposer. Elle tenait à être en forme pour la longue journée qui l'attendait le lendemain. Ils s'agenouillèrent, l'un en face de l'autre, de chaque côté du lit, leurs mains se rejoignirent. Carmel inclina la tête et ferma les yeux. Ils récitèrent leur prière, fidèles à l'engagement mutuel de la faire ensemble, quoiqu'il advienne, tous les soirs avant de se mettre au lit.

Carmel n'avait en tête que cette image atroce qu'elle se faisait de l'enfant englouti par la souffleuse. Elle avait la ferme conviction qu'il était inutile de prier pour l'âme de ce gamin qui était entré au paradis par la grande porte et occupait sûrement une place privilégiée auprès du Créateur. Elle invoquait plutôt le Seigneur pour qu'il apaise la douleur de ses parents.

De l'autre côté du lit, Joseph implorait le Père céleste pour les mêmes raisons. Ils se signèrent et se rejoignirent dans le lit trop étroit pour offrir le confort à deux personnes, mais ni l'un ni l'autre n'avait envie de dormir seul en cette veille de Noël.

Chapitre 21

Le matin de Noël, au petit jour, le son du réveil mit fin à la nuit agitée du couple Courtin. Joseph n'avait presque pas fermé l'œil. Au milieu de la nuit, se sentant trop à l'étroit, il avait déserté le lit et s'était glissé dans l'autre.

Le sommeil l'avait fui, il était trop anxieux. Il avait révisé mentalement son plan d'action pour sa réunion chez Sicard. Carmel s'était également réveillée en pleine nuit. Désolée d'être seule dans son lit, elle avait réfléchi aux nombreux événements survenus en si peu de temps. Le sort de sa sœur Mathilde la tracassait, l'éloignement n'avait pas modifié ses sentiments pour elle, au contraire. Elle en voulait de plus en plus à Alfred. Joseph bondit du lit et alluma la lampe sur la table de chevet.

— Tu n'as pas bien dormi?

Carmel s'étira. Il enchaîna immédiatement.

— Attends, je ne t'ai pas encore dit que je t'aime.

Carmel esquissa un sourire et lui répondit:

— Moi aussi, je t'aime. J'ai passé une mauvaise nuit. Tu sais, ce qui se passe ici me perturbe. Je suis triste que tu sois témoin de tout cela. Tu dois certainement penser que ma famille est cinglée. Je me demande pourquoi tu m'aimes.

Joseph l'embrassa tendrement, sa voix se perdit dans un murmure:

— *Because*, je suis fou de toi. Joyeux Noël, ma douce.

— Joyeux Noël à toi aussi, mon amour. Tu sais que je t'aime à en mourir… Mais, Jos, que faire avec tous ces problèmes?

— J'ai d'autres chats à fouetter pour le moment. Ne perdons pas de temps, il faut partir pour Montréal le plus tôt possible. Il fera beau pour voyager. Nous ne serons pas retardés par la neige, cela me rassure.

— J'ai entendu du bruit dans la cuisine, je crois que maman est déjà levée. Pauvre maman ! Je la plains, prise avec ses gars à la maison, des paresseux. Heureusement qu'elle a les femmes et Gilbert pour compenser.

Elle avait oublié de mentionner son père.

Joseph ne lui dit pas sa façon de penser. Carmel, détectant des odeurs familières, se leva et se dirigea vers la cuisine. Mathilde, qui avait passé la nuit sur le divan du salon, était elle aussi réveillée. Elle tendit le bras et attrapa sa sœur au passage. Carmel se pencha vers elle pour l'embrasser.

— Joyeux Noël, sœurette.

Mathilde se redressa et prit sa sœur par le cou.

— Je suis triste que vous deviez partir en ce jour de Noël.

Carmel retint ses larmes.

— Viens donc prendre ton déjeuner avec nous, maman est dans la cuisine, je crois.

Mathilde suivait depuis un bon moment le va-et-vient de sa mère.

— Oui, elle est debout depuis longtemps. Je crois qu'elle nous prépare des toasts dorées, elle sait que tu en raffoles. De plus, c'est sa spécialité pour les grandes occasions. Elle a aussi fait cuire du bacon, ça sent bon, ce sera un vrai délice, le tout arrosé de sirop d'érable.

Carmel la corrigea.

— Du sirop de poteau, tu veux dire.

Cette simple réplique dérida sa sœur.

— En effet, le sirop d'érable est trop cher. Nous nous rattraperons avec de la cassonade.

Au même moment, Joseph, déjà tout habillé, fit son apparition. Il souhaita lui aussi un joyeux Noël à Mathilde. Eugénie, qui avait entendu les voix provenant du salon, s'y dirigea. Mathilde fut la première qui la croisa. Elle embrassa sa mère sur les deux joues et lui offrit ses bons vœux. Eugénie s'écarta d'elle pour serrer la main de son gendre et lui transmettre ses souhaits.

— Joyeux Noël, Joseph, et bonne chance avec vos problèmes chez Sicard.

Carmel serra sa mère dans ses bras et prononça ses vœux d'un air espiègle.

— Je souhaite que ce Noël soit spécial pour vous, maman.

Eugénie, intriguée, demeura un moment sur ses gardes. Sa misérable vie était ponctuée de peu de moments agréables.

— Je me demande ce qui pourrait m'arriver de si spécial.

Espérant la présence de son père pour commencer la distribution des cadeaux, Carmel demanda :

— Pourrions-nous réveiller papa ? Jos et moi ne voulons pas partir trop tard. Nous devons rendre visite à sa famille avant de prendre la route pour Montréal. Et j'aimerais bien offrir à Gilbert le cadeau que nous lui avons déniché.

Eugénie pénétra dans sa chambre où dormait encore son époux. Elle ouvrit la porte avec fracas, puis alluma. Arthur dormait du sommeil du juste et ne broncha pas. Eugénie s'avança bruyamment vers le lit et lui tapota l'épaule.

— Réveille-toi, son père, Carmel et Joseph doivent bientôt partir, comme tu le sais. Tu pourras te recoucher cet après-midi si tu en as envie.

Arthur marmonna des paroles inaudibles. Eugénie s'impatienta.

— Veux-tu te réveiller, Arthur !

Céline grogna :

— Pas si fort, je dors, moi !

Arthur ouvrit les yeux.

— Mais veux-tu me dire, sa mère, ce qui te prend pour me vouloir debout de si bonne heure ? Il fait encore noir.

Arthur était un peu perdu. Eugénie durcit le ton.

— Lève-toi ! Tu sais que c'est Noël !

Arthur, qui se levait d'habitude aux aurores, avait envie de traîner au lit ce matin-là, mais il se souvint tout à coup que sa fille devait rentrer à Montréal.

— J'arrive. Donne-moi au moins le temps de m'habiller, si tu veux que je sois présentable.

Bientôt, tous deux entrèrent dans la cuisine. Tante Élise, éveillée par les bruits, contempla dans la pénombre l'enfant qui dormait dans l'autre lit. Son premier regard, en ce jour de la nativité, fut réservé à Gilbert, qui dormait à poings fermés. Elle enfila sa robe de chambre, se donna un coup de brosse et rejoignit sa famille. Dans la cuisine, les «Joyeux Noël !» se répétaient.

Carmel, debout près de la table, demanda :

— Maman, devrions-nous réveiller Gilbert maintenant ?

Élise intervint :

— Je m'en charge.

Carmel brûlait d'envie d'annoncer à sa famille l'heureuse nouvelle. Elle était si excitée qu'elle en avait le vertige. Elle se laissa tomber sur une chaise. Joseph, qui observait sa femme, se précipita vers elle et lui prit la main.

— Ça va bien?

Carmel se ressaisit.

— Oui, ne t'inquiète pas, un simple petit étourdissement, lui chuchota-t-elle.

Eugénie fut catégorique :

— Nous distribuerons les cadeaux après le déjeuner, cela permettra à Gilbert, Louis et Alfred de se joindre à nous. Marcel a encore découché. Je doute que Céline se lève, il est trop tôt pour elle.

En entendant évoquer le nom d'Alfred, Mathilde fit une grimace. Carmel faillit l'imiter, mais se retint.

— Comme vous le voulez, mais Joseph et moi partirons à huit heures, au plus tard, et il est déjà six heures et demie. J'ai peur qu'il ne nous faille faire la distribution sans mes frères, mais je tiens à voir Gilbert avant de partir. J'insiste pour lui offrir person- nellement son présent. Pour ce qui est de Céline, vous pourrez lui remettre le tricot que j'ai fait pour elle.

Eugénie, aidée de ses deux filles et de sa sœur, s'activa afin de servir toute la tablée le plus rapidement possible. Une porte claqua et Gilbert apparut, les plis de l'oreiller encore imprimés sur son visage angélique. Tous les membres de la famille se tournèrent vers lui. À l'unisson, ils dirent :

— Joyeux Noël, Gilbert !

L'enfant se dirigea à pas traînants vers Eugénie et se jeta dans ses bras. Eugénie ébouriffa sa belle chevelure blonde et bouclée et lui dit :

— C'est Noël, mon garçon.

Le gamin se mit à sangloter. Tous furent saisis par cette réaction. Élise l'attira vers elle et lui répéta tendrement :

— C'est Noël, tu ne dois pas être triste.

Gilbert renifla.

— Je veux voir maman et ma petite sœur Solange.

— C'est donc cela, constata Élise, attristée.

La scène était touchante. En ce matin de Noël, un petit bonhomme de huit ans réclamant sa mère et sa sœur émut tout le monde. Depuis que la famille Moisan avait accueilli Gilbert, ses parents n'étaient venus le voir qu'une seule fois. Il était clair qu'ils se désintéressaient totalement de lui. Ils déversaient leur amour sur leur fille Solange, plus jeune que Gilbert. Ils l'entraînaient à devenir chanteuse, car elle avait, selon eux, une voix de rossignol. Gilbert, cet enfant battu par son père sous les yeux de sa mère impuissante, avait été retiré de cette famille. La sentence était claire : le père et la mère de Gilbert ne devaient jamais se retrouver seuls avec lui. Le père avait été reconnu coupable de cruauté envers lui et la mère, de complicité, faute de l'avoir protégé.

Carmel tenta de l'attirer vers elle afin de le réconforter, mais le garçon était inconsolable. Joseph intervint à son tour.

— Est-ce vrai que tu aimes beaucoup la musique ?

Gilbert réagit à peine.

— J'ai entendu dire que le père Noël était passé ici la nuit dernière, j'ai même vu des cadeaux dans le salon, je crois qu'il y en a un pour toi. Veux-tu venir voir avec moi ? Nous allons essayer de trouver celui qui t'est destiné.

L'enfant tendit l'oreille. Joseph continua de parler sous le regard admiratif de Carmel, qui était convaincue que son bébé aurait un très bon père. Elle appuya sa tête sur l'épaule de Joseph qui insista :

— Qu'as-tu demandé au père Noël, cette année ?

Gilbert ne répondit pas. Joseph se leva et se dirigea vers lui. Il lui fit un clin d'œil et le prit par la main.

— Viens donc avec moi.

L'enfant était un peu moins rétif. Des sanglots dans la voix, il déclara :

— Je ne crois plus au père Noël.

Il fit une pause avant d'ajouter :

— C'est maman que j'aimerais voir, ce serait le plus beau cadeau de Noël.

Le garçonnet étouffa dans un long sanglot. Élise se mit la main devant la bouche. Joseph l'attira à lui en prenant fermement sa menotte.

— Excusez-nous, mais Gilbert et moi avons des choses à nous dire. Viens avec moi dans le salon, je vais te raconter une histoire.

Le petit, qui n'avait manifestement pas le goût d'entendre une histoire, se laissa pourtant amadouer par cet homme au regard pénétrant et à la voix rassurante. Il se calma lentement. Joseph voulait lui relater le récit qu'il avait en tête.

Tous les yeux se tournèrent vers le salon. Toutes les oreilles étaient tendues. Joseph s'assit sur le divan et invita Gilbert à faire de même. D'un geste paternel, il fourragea dans les cheveux du gamin.

— Assieds-toi ici, je vais te raconter l'histoire d'un autre garçon qui ressentit beaucoup de tristesse, un certain jour de Noël.

Gilbert fixa Joseph intensément. Cette première phrase avait capté son attention, piqué sa curiosité. Il ne dit pas un mot. Toutefois, ses yeux manifestaient de l'intérêt. Joseph fut encouragé par cet assentiment passif.

— Voici l'histoire d'un garçon qui vivait dans une belle maison avec ses parents. Chaque jour, en rentrant de l'école, sa maman l'attendait avec un merveilleux sourire. Elle lui chantait de belles chansons. Le garçon aimait beaucoup sa mère, mais un jour, lorsqu'il revint de l'école, elle n'était pas là pour l'accueillir comme elle avait l'habitude de le faire. Le garçon l'appela, mais personne ne répondit. Il monta à l'étage et se dirigea vers la chambre de ses parents. Son père vint à sa rencontre et l'intima de ne pas parler trop fort. Étonné, le garçon demanda à son père ce qui se passait. Il lui répondit que sa maman était très fatiguée et qu'elle avait besoin de repos. Le garçon était un peu triste, il fit ses devoirs sans faire le moindre bruit. Ce soir-là, il alla se coucher sans pouvoir souhaiter bonne nuit à sa mère.

Gilbert prit une grande respiration et ouvrit la bouche pour la première fois depuis le début du récit de Joseph.

— Pourquoi sa maman n'est pas allée lui souhaiter une bonne nuit ?

Joseph, satisfait de la réaction de l'enfant, poursuivit en mettant son bras autour de ses épaules. L'histoire commençait à captiver Gilbert.

— Parce qu'elle était trop fatiguée pour se lever.

— Pourquoi elle était trop fatiguée ?

Joseph prit soin de ne pas trop dramatiser, sachant que la fin de son histoire serait touchante.

— Sa maman était très malade et, quelques jours plus tard, le médecin vint à la maison l'examiner. Il lui donna des médicaments et lui recommanda de continuer de se reposer. Tous les jours, lorsque le garçon revenait de l'école, il montait à l'étage et se rendait devant la porte de la chambre de ses parents. Sa mère se reposait constamment. Elle était tellement fatiguée qu'elle tournait péniblement la tête pour l'admirer.

Carmel s'était levée, elle était maintenant appuyée contre le chambranle de la porte du salon. On aurait pu entendre une mouche voler. Joseph se demandait s'il devait abréger ou continuer à donner des détails. Il évaluait l'attitude à prendre selon les réactions de son jeune auditeur.

— Plusieurs semaines s'écoulèrent, et la maman du garçon souffrait de plus en plus.

Gilbert prêtait un intérêt encore plus vif à l'histoire de Joseph. Il suivait le récit avec une curiosité croissante.

— Mais qu'est-ce qu'elle avait donc, la maman du garçon ?

— Elle avait une maladie pulmonaire très grave.

— Ah !

— Un soir, le papa emmena son fils dans la chambre de la malade, qui respirait difficilement. Le garçon demanda alors à son père si sa mère allait mourir. Son père, très peiné lui aussi, serra son fils contre lui et lui permit d'aller embrasser sa mère en tentant de le consoler. Il dut lui dire que Minny irait se reposer au paradis, qu'elle n'aurait plus de problèmes à respirer là-haut. Le garçon s'obstina en criant et en pleurant qu'il ne voulait pas qu'elle s'en aille au ciel. Le papa lui dit de se consoler, étant donné que sa maman ne souffrirait plus. Tous les soirs, le garçon priait pour que sa maman guérisse, mais elle respirait si difficilement qu'à bout de souffle, au milieu de la nuit, elle partit au ciel.

Joseph, qui tenait à garder l'attention de Gilbert, lui dit :

— Écoute attentivement la suite.

Carmel savourait ses paroles, la vue voilée par les larmes.

— Les jours suivants, voyant la peine de son fils, le père lui dit de ne pas être triste parce que Minny était à tout jamais avec eux, qu'elle les protégeait de là-haut, qu'ils pouvaient même lui parler et qu'elle leur répondrait. Depuis ce jour, le garçon fut moins triste, sachant qu'il pouvait parler à sa maman au ciel et qu'elle l'écoutait.

Gilbert avait les yeux ronds. Il demanda :

— Même si ma maman n'est pas morte, est-ce que je peux lui parler quand même ?

Joseph réfléchit un court instant, il n'avait pas prévu une telle question. Il ne voulait pas perdre la confiance de Gilbert, alors il lui répondit franchement :

— Je ne sais pas si nous pouvons parler aux personnes qui sont encore sur terre, mais tu peux essayer, cela te permettra de moins t'ennuyer de ta maman.

— Et ma petite sœur Solange, est-ce que je peux lui parler aussi ?

La détresse qui se lisait sur le visage de l'enfant prit Joseph au dépourvu. La situation était émouvante.

— Certainement ! Veux-tu connaître le nom de celui qui parlait avec sa mère au ciel ?

Gilbert réfléchit un court instant.

— Mais oui ! Comment s'appelle-t-il ?

Carmel avait les yeux brumeux. Dieu qu'elle aimait cet homme qui l'avait prise pour femme. Elle mit les deux mains sur son ventre. Joseph l'invita à se joindre à eux.

— Viens donc t'asseoir avec nous, ma douce.

Gilbert se serra davantage contre Joseph, qui l'enlaça tendrement.

La réponse vint de Carmel. Elle lui apprit d'une voix conspiratrice :

— Il s'appelait Joseph.

Gilbert réagit promptement.

— Le nom du garçon de l'histoire est Joseph ?

Gilbert demeura silencieux, figé. Il réfléchissait. Personne n'osa le sortir de ses pensées. Au bout d'un moment, il se leva. Il arpenta le salon de long en large. Chacun attendait, curieux de voir ce qu'il allait faire. L'enfant s'immobilisa devant Joseph et plongea son regard dans le sien, presque du même bleu. La chimie venait de passer entre ces deux êtres.

— Je crois que le garçon de l'histoire, c'est toi, Joseph.

Joseph acquiesça d'un signe de la tête.

— Peux-tu m'aider à parler avec maman ?

— Lorsque tu doutes de ce que tu dois faire ou que tu as besoin d'un conseil, pense intensément à ta maman, demande-lui son aide.

— Et ça marche ?

Joseph, sur un ton révérencieux, confirma :

— J'ai essayé à plusieurs reprises et ma maman m'a aidé chaque fois. Ses conseils m'ont été d'une grande utilité. C'est elle qui m'a recommandé d'épouser Caramel, tu crois qu'elle a eu raison ?

Les lèvres du petit esquissèrent un sourire angélique. Il semblait apaisé, le récit de Joseph avait eu un effet calmant sur lui. Joseph, en relatant sa propre histoire à Gilbert, voulait lui donner le courage nécessaire pour vivre sa difficile vie d'enfant. Il était tout à fait conscient que les circonstances étaient différentes, mais il savait aussi que les conseils d'un adulte à un jeune avec qui la communication était établie pouvaient porter ses fruits. Somme toute, Joseph était satisfait de la tournure des événements, la joie se lisait sur son visage, toutefois le temps filait. Il avait hâte de prendre la route.

— Allons maintenant rejoindre les autres. Tu pourrais peut-être aider Caramel à faire la distribution des cadeaux.

Gilbert acquiesça, il entoura le cou de Joseph de ses petits bras et lui plaqua un bec sonore sur la joue :

— Merci, Joseph, je t'aime beaucoup et ta maman a eu raison de te faire épouser Carmel. Je l'aime beaucoup aussi.

Ces simples paroles empreintes de naïveté émurent Joseph, qui n'en laissa rien paraître pour autant. Un homme ne devait pas exprimer ses émotions, et surtout pas devant un enfant, selon lui.

— Pouvons-nous procéder à la distribution des cadeaux, Caramel ?

Eugénie répondit avant que Carmel n'ait le temps d'ouvrir la bouche.

— Attendez que j'aille chercher les autres avant de commencer.

Pesamment, Eugénie se dirigea vers la chambre des garçons. Personne ne dit un mot. Carmel et Mathilde se lancèrent un regard. Tante Élise, qui le vit, poussa un soupir d'impatience. Eugénie revint seule. Elle avait tenté de réveiller ses fils. Un grognement singulier lui avait signifié qu'il était trop tôt pour les tirer de leur lourd sommeil. Elle avait abdiqué. Elle n'avait même pas essayé de réveiller Céline, car elle savait que la jeune fille rouspéterait, même en ce jour de Noël. Manouche, qui semblait elle aussi avoir écouté attentivement l'histoire de Joseph, quémanda une caresse.

— Nous pouvons distribuer les cadeaux, dit Eugénie sur un ton bourru.

Carmel s'en chargea, aidée de Gilbert, qui ne se fit pas prier pour s'approcher du modeste sapin artificiel. Carmel choisit un premier cadeau et le tendit à Gilbert, qui lut à haute voix le nom écrit sur l'étiquette.

— C'est pour tante Élise.

Tante Élise avait déjà déballé le présent que lui avait offert son amant quelques jours auparavant. Un objet unique fabriqué par un artisan québécois : un beau bijou, une broche en argent dans laquelle un papillon était incisé. Il avait les ailes déployées, les couleurs étaient magnifiques. Elle avait pris le soin de l'épingler sur le revers du collet de sa robe. Elle appréciait qu'un membre de la famille ait pensé à lui offrir un cadeau.

— Merci, mon petit.

Élise défit minutieusement l'emballage en prenant soin de ne pas déchirer le papier qu'elle réutiliserait. Elle fut ravie de découvrir une belle paire de bas tricotés à la main. Elle reconnut le talent de sa nièce Carmel qu'elle remercia affectueusement. En fait, le couple s'était mis en frais d'offrir des cadeaux à Gilbert, à tante Élise, à Mathilde ainsi qu'aux parents de Carmel, mais ils s'en étaient tenus à eux. Cependant, à la dernière minute, Carmel avait dit à Joseph qu'elle offrirait un présent à sa jeune sœur aussi puisqu'il lui restait de la laine. Elle avait décidé de lui tricoter une paire de mitaines avec de belles torsades de couleurs différentes qui s'harmonisaient agréablement. Carmel et Joseph avaient convenu d'attendre leur retour à Montréal pour déballer leurs propres cadeaux.

Gilbert prit un autre paquet sous l'arbre, destiné à Arthur. Joseph lui avait acheté une belle boîte pour conserver les feuilles de tabac. En plus de la boîte de chocolats qui seraient partagés, Carmel avait déployé beaucoup d'énergie pour coudre à Eugénie un beau tablier fleuri. Elle l'avait confectionné dans une toile plastifiée et en avait bordé le contour d'un beau liséré de couleur fait avec les chutes de tissu, assorti aux motifs des fleurs. Lorsqu'Eugénie découvrit son cadeau, Carmel s'empressa de souligner :

— C'est facile d'entretien, vous verrez ! Vous pourrez laver les taches sans le tremper dans l'eau.

De toute évidence, Eugénie était contente.

— Tu as même pensé à coudre une poche, que c'est pratique ! Tu as des doigts de fée, ma fille.

Lorsque Gilbert s'apprêta à prendre un autre cadeau, Joseph lui dit :

— Ramasse donc cette toute petite boîte tout de suite.

Des oh ! et des ah ! retentirent alors dans la pièce. Gilbert avait maintenant en main un harmonica. Lui qui aimait la musique porta machinalement l'instrument à ses lèvres. Il souffla aussitôt quelques notes avec succès.

Carmel et Joseph crurent le moment venu d'annoncer l'heureux événement. Le couple, planté au milieu du salon, était enveloppé d'un voile de bonheur.

— Il manque un cadeau sous l'arbre et c'est normal, puisque c'est la Providence qui nous l'offre.

Carmel fit une brève pause avant d'ajouter avec orgueil :

— Je le porte en moi.

Joseph enchaîna en mettant son bras protecteur autour des épaules de la future maman :

— Nous attendons un enfant !

Mathilde bondit et se précipita vers les futurs parents. Elle les enlaça tous les deux. Tante Élise en fit autant. Eugénie, dont les pas étaient ralentis par son surplus pondéral, se jeta à son tour dans les bras de sa fille, suivie de son mari Arthur.

— Un enfant! Ma fille me donne mon premier petit bébé, dit-elle.

Arthur intervint :

— Notre fils nous a donné Cathleen !

Eugénie ne recevait pas très souvent la visite de sa petite-fille. Elle vivait les conséquences des relations à couteaux tirés qu'elle entretenait avec sa belle-fille, Maureen. Par le fait même, elle ne voyait pas très souvent son fils aîné, Alexandre.

Arthur, qui était fier d'avoir une petite-fille, aurait pourtant préféré qu'Alexandre lui donne un petit-fils, car c'était son seul espoir de perpétuer le nom des Moisan, sachant que ce petit garçon ne lui viendrait pas de ses autres fils.

— Félicitations à vous deux, déclara Arthur.

Les questions fusèrent de toutes parts.

— Pas tous en même temps, dit Carmel. Tout d'abord, je me sens très bien, quelques nausées le matin, mais rien de dérangeant.

Carmel ne voulait pas entrer dans les détails ni énumérer ses malaises et encore moins partager sa crainte de devoir accoucher seule à Montréal.

Mathilde prit la parole.

— Joseph, je devine que tu désirerais avoir un fils, n'est-ce pas ?

En effet, Joseph espérait ardemment avoir un fils. Il ne se gêna pas pour le dire.

— *Of course*, si cet enfant était par bonheur un garçon, un fils qui porterait mon nom assurerait la descendance de la famille, tu imagines !

— Mais une fille serait aussi la bienvenue, d'ajouter Carmel.

— C'est pour quand ? s'enquit Eugénie, toujours aussi terre à terre.

— Selon mes calculs, je devrais accoucher au début du mois de juillet. Je vais consulter le médecin en janvier.

Eugénie reprit.

— Accoucher en plein été, avec cette chaleur à Montréal, y as-tu pensé, ma fille ?

Joseph mit fin à la discussion.

— Il ne fait pas si chaud que cela à Montréal. *But, never mind.* Il nous faut partir maintenant. Il faut se presser, Caramel, je mets tous nos bagages dans la voiture pendant que tu fais tes salutations. J'en ai pour une quinzaine de minutes, *all right ?*

— Apportez quelques beignes, une femme enceinte doit avoir un bon appétit !

Tous se mirent à rire. Mathilde embrassa sa sœur et lui dit tout bas en lui mettant la main sur le ventre.

— Prends soin de mon futur neveu.

— Ou de ta future nièce. Toi aussi, sois prudente.

Une brume de tristesse passa dans les yeux de Mathilde.

— Je vais essayer.

Carmel embrassa son père ainsi que sa tante Élise. Sa mère l'attendait près de la porte ; Carmel se doutait qu'elle avait des recommandations de dernière minute à lui faire. Elle enfila son manteau, cala son chapeau, passa son écharpe autour de son cou avant de glisser ses pieds dans ses bottillons neufs dont le haut était recouvert de fourrure. Ses gants de cuir dans la main gauche, son sac à main dans l'autre, elle était fin prête à partir. Eugénie la saisit par le coude et lui dit :

— Écoute-moi, ma fille, il n'est pas question que tu accouches toute seule à Montréal. Tu dois convaincre ton mari de t'accorder la permission de venir accoucher ici, nous sommes trois femmes pour t'aider. Nous prendrons soin de toi et de ton enfant.

La porte avant du logement s'ouvrit sur ces entrefaites.

— *Ready, my dear?*

Carmel n'eut pas le temps de répondre à sa mère. Elle mit ses bras autour de son cou et lui dit :

— Je vais vous écrire.

Eugénie resta sur son appétit, elle serra la main de son gendre, qui se voulut rassurant.

— Ne vous inquiétez pas, madame Moisan.

Quant à Gilbert, il suivait Joseph de près. Il l'avait aidé à mettre les bagages dans la voiture et attendait dehors. Il voulait profiter jusqu'à la dernière minute de cette présence. Joseph lui tendit la main, comme on le fait avec un homme ; Gilbert, du haut de ses huit ans, lui tendit la sienne. Il semblait avoir vieilli dans l'espace d'à peine une heure.

— Prenez soin de ma Carmel, lui cria Arthur.

— Vous pouvez compter sur moi, monsieur Moisan.

Le cadeau de Mathilde était resté sous l'arbre, elle le prit et se retira dans sa chambre. L'avenir ne serait pas rose pour elle. Carmel lui manquait déjà. Elle admira le fichu de teinte neutre sur lequel sa sœur avait brodé les lettres « M. M. », ses initiales. Elle ferma les yeux et caressa sa joue de sa main recouverte de soie en vantant intérieurement les nombreux talents de sa sœur.

Le couple, malgré les événements de la veille, s'empressa de prendre la route pour rendre une courte visite à la famille de Joseph.

Chapitre 22

Le trajet pour se rendre à Montmorency, municipalité située à l'est de Québec, se fit assez rapidement. Cette route pittoresque, qui longe le fleuve Saint-Laurent, était indubitablement agréable à parcourir. Carmel était perdue dans ses pensées et Joseph dans les siennes, mais pour une tout autre raison. L'horrible tragédie survenue à Montréal le hantait.

En approchant de Montmorency, il sentit la mélancolie l'envahir. De beaux souvenirs de son enfance dans un autre village tourbillonnaient dans sa tête. Sa rêverie s'amplifia, il se revoyait à Stanstead, dans la maison de ses parents, alors que son père apparaissait, un sourire aux lèvres, une canne à pêche dans chaque main, sans même l'avoir prévenu. C'était sa manière de l'inviter à partager avec lui des moments d'intimité au bord de la rivière.

Joseph ne se faisait jamais prier. Il abandonnait tout jeu et saisissait la canne à pêche. Il s'empressait d'aller soulever quelques pierres et attrapait de gros vers, les plus dodus, qu'il plaçait dans une boîte de conserve remplie de terre. Il pouvait pêcher des heures dans la rivière Tomifobia sans qu'aucun poisson ne morde à l'hameçon, mais cela lui était égal puisqu'il passait du bon temps en compagnie de son père. Il se régalait des histoires d'hommes que celui-ci racontait de la carrière de granit de Stanstead où il était responsable d'une équipe de tailleurs de pierre. Le père en profitait pour prodiguer en douce, très adroitement, des conseils à son fils qui, peu importe le sujet, ne cessait de l'écouter. Ses mots résonnaient encore dans les oreilles de Joseph :

— Il faut prêter attention où nous nous dirigeons, fiston, quelques pas égarés et nous nous retrouvons dans le Vermont… aucune barrière ne délimite les frontières des États-Unis autour d'ici.

— Parlez-moi donc encore des États-Unis, papa. D'après vous, quelle en est la plus grande ville ?

— Oups, ça mord !

— Une belle prise, papa.

— New York, mon fils.

Sur le parcours, il n'était pas rare que Joseph rencontre un jeune qui fréquentait aussi le collège de Stanstead, qui tentait de l'inviter à se joindre à leur équipe de softball.

— Plutôt que de perdre ton temps à taquiner la truite ! lui criait-il.

La truite, qui se faisait d'ailleurs si difficile à attraper ! Mais pour rien au monde Joseph n'aurait échangé ces moments en compagnie de son père.

Joseph sortit de ses souvenirs et regarda autour de lui. Il se replongea dans le moment présent. Ils étaient maintenant arrivés tout près de la maison paternelle. Il se tourna vers sa femme en lui disant :

— Comme nous avons peu de temps, je crois que nous devrions annoncer simplement à ma famille la venue de notre enfant.

— Tu as sans doute raison.

— Nous y voilà, attends, je vais t'aider à descendre.

Carmel sortit son petit miroir de son écrin et glissa ses doigts dans sa chevelure pour y replacer une mèche rebelle. Elle rafraîchit son rouge à lèvres.

Joseph, tenant la portière grande ouverte, lui fit un salut révérencieux.

— Viens donc, ma douce, tu es resplendissante.

Carmel rit fièrement. Sa candeur troublait toujours Joseph.

— Merci, mon chevalier servant, je suis prête.

Elle prit appui sur son bras. Le couple monta prudemment les marches, car la galerie, peinte à l'huile, luisait comme un miroir. La porte de la demeure s'ouvrit avant que Joseph ait eu le temps d'actionner la sonnerie.

— Entrez vite, les invita George James, il fait un froid de canard.

Joseph fit l'accolade à son père et lui serra la main d'une poigne franche.

— Bonjour, mon fils, je vous souhaite un joyeux Noël malgré tout. Carmel, approchez que je vous embrasse.

Carmel s'avança fièrement vers son beau-père, qui lui fit la bise sur les deux joues, puis l'enlaça tendrement. Elle aimait beaucoup cet homme qu'elle embrassa également.

— Et à vous de même, monsieur Courtin.

Emma se manifesta, Jacques et Julien sur les talons. Georgette et son mari Eugène étaient aussi à la maison. L'échange des bons vœux terminé, George James invita ses visiteurs à se débarrasser de leurs manteaux et à le suivre au salon.

— Malgré le peu de temps que tu m'as dit pouvoir passer avec nous, Jos, je tiens à ce que nous prenions un moment pour porter un toast à la nouvelle année qui s'en vient.

Emma fit son entrée dans le salon en présentant un beau plateau d'argent sur lequel se trouvaient des flûtes remplies d'un breuvage ambré. Elle en offrit une à Carmel.

— Qu'est-ce que vous nous servez donc, madame Courtin ?

Emma s'empressa de répondre, un brin de fierté dans les yeux :

— C'est un mimosa, Carmel.

Carmel n'était pas plus avancée, elle n'avait jamais entendu parler de ce genre de boisson. Un pli barra son front, elle ne dit pas un mot. À ses yeux interrogateurs, Emma comprit que la jeune épouse de Joseph n'était pas habituée à ce rituel.

— C'est du champagne allongé avec du jus d'orange. Voici pour vous.

— Je préfère ne pas boire d'alcool, si cela ne vous dérange pas.

Joseph, qui observait sa femme, vint à sa rescousse. Lorsque leurs regards étincelants se croisèrent, il lui fit un clin d'œil complice. Il se leva et alla se placer près de son père. Emma, qui avait suivi leur manège, constata :

— Vous avez l'air mystérieux, vous deux, aujourd'hui !

Ce fut pour Joseph l'occasion rêvée de faire la grande annonce.

Emma, un sourire enfantin au coin des yeux, avait deviné le trouble de son beau-fils.

— Vas-y, Jos, nous sommes tout ouïe.

George James finit lui aussi par comprendre et l'encouragea à parler.

— Caramel et moi allons avoir un enfant…

Il n'eut pas le temps de continuer sa phrase qu'Emma, qui avait tout deviné, dit en visant Carmel :

— Bravo ! Vous êtes enceinte ! Mais quel événement merveilleux, félicitations à vous deux, je suis enchantée pour vous et pour ton père, Joseph.

Emma mesurait toute l'ampleur de cette nouvelle.

— Chéri, tu seras grand-père ! Carmel porte en elle ton premier petit-fils ou ta première petite-fille.

L'homme redressa la tête, irradiant de fierté. Il se tenait droit, le menton relevé. Il était aux anges, le ravissement se lisait sur son visage. Il tendit la main à son fils, puis lui fit une chaleureuse accolade.

— Félicitations, mon fils, tu me combles de bonheur.

Il avait prononcé ces mots la voix tremblante. Joseph savait que la nouvelle le réjouirait, mais pas à ce point. Il se demandait si les pensées de son père allaient vers sa chère Minny. Lui, il y songeait. Il aurait aimé qu'elle soit là, près de son père, pour accueillir cette nouvelle, elle aurait fait une grand-mère merveilleuse, il en était certain. George James enlaça sa bru et la félicita chaleureusement. Emma serra les deux mains de Carmel dans les siennes. Il n'y avait pas d'équivoque dans ses paroles.

— Je vous félicite, Carmel, je suis sincèrement très heureuse pour vous, je veux dire pour vous deux, vous nous comblez de joie.

Les deux garçons l'embrassèrent sur les deux joues. Georgette, qui affectionnait Joseph, lui souhaita le plus beau poupon du monde. Eugène, son mari, lui tendit une poignée de main chaleureuse.

— Il est prévu pour quand, ce bébé? demanda Emma.

— Il devrait naître au début du mois de juillet.

Après avoir épuisé le sujet du poupon, George James aborda la nouvelle de l'accident survenu à Montréal. Joseph ne donna que quelques détails:

— C'est atroce ce qui est arrivé, vous pouvez l'imaginer. J'ai été mandaté par M. Sicard pour présider un comité afin de faire toute la lumière sur cette affaire. Je ne dois pas le décevoir, ma carrière en dépend. Dès demain, nous nous réunirons.

Georges James sentait son fils inquiet, mais ignorait comment lui venir en aide.

— Tu sais, je crois que ton patron a confiance en toi puisqu'il t'a confié ce poste, et cela devrait te rassurer.

— Merci, père, nous devons reprendre la route, je prendrais bien un café avant de partir.

Georgette lui en servit un. Après avoir porté la tasse à ses lèvres, Joseph en profita pour s'informer d'elle. Elle lui parla de son quotidien. Elle trimait dur à une époque où il était difficile de se procurer les aliments de base. Les conserves représentaient une activité considérable sur la ferme. Pour les préparer, il fallait ajouter aux ingrédients sel, vinaigre ou sucre, selon le cas. Or le sucre était un produit rationné.

En l'entendant partager avec lui ses soucis, Joseph s'en voulut de ne pas s'en être informé plus tôt. Georgette ajouta :

— Je suis contente que tu puisses fonder ta propre famille, Joseph.

« Ta propre famille », ces paroles étaient sincères, mais aussi pleines de sous-entendus. Fonder sa propre famille, pour Joseph, avait une signification que Georgette comprenait. Elle savait que Joseph se sentait mal à l'aise auprès du couple que son père formait avec Emma. Pour sa part, elle avait approuvé ce mariage et avait tenté de convaincre Joseph d'en faire autant. Mais il ne semblait pas prêt. L'était-il aujourd'hui ? Georgette n'en savait rien.

Eugène se mêla à la conversation.

— C'est tranquille aux postes, comparativement à ce que vous vivez à Montréal. À Château-Richer, personne n'utilise ces fameuses *snogos* dévoreuses d'enfants, alors il n'y a pas de problème !

Eugène en remettait et répétait mot pour mot ce qu'il avait entendu à la radio. Joseph eut un mouvement d'humeur en entendant de telles paroles sortir de la bouche d'un membre de sa famille. Il fut choqué par ces commentaires acerbes et crus. Carmel trouva ces propos un peu simplistes.

Un silence de plomb tomba sur l'assemblée. Joseph jeta un regard mauvais à Eugène ; il lui en voulait d'utiliser un tel langage. Il voulut couper court à cette discussion inutile.

— Nous vous demandons de nous excuser, nous devons partir. La route est longue de Montmorency à Montréal. Vu l'état de Caramel, je crois que nous devrons nous arrêter assez souvent.

La tension se relâcha un peu, un petit fou rire dérida les membres de la famille. Eugène, peu conscient de ses propos incendiaires, opina du bonnet.

— Tu as raison, Joseph, la route est longue de Montmorency à Montréal.

Il avait dit cela machinalement ; en fait, il n'était jamais sorti de Château-Richer, sa paroisse natale dans laquelle il avait grandi et obtenu, sans trop d'efforts, l'emploi de maître de poste que son père avait occupé avant lui.

Les « bonne route » et les embrassades libérèrent le couple. Dans la voiture, Carmel dit à Joseph :

— Bah ! N'attache pas d'importance aux propos d'Eugène.

Joseph ne répondit pas. Il savait que son beau-frère n'était que le porte-voix de la population. Il inséra la clé dans le contact ; le moteur émit immédiatement un vrombissement agréable à ses oreilles. Il démarra.

Chapitre 23

Sous un ciel cristallin, Carmel et Joseph prirent la route pour Montréal. Le gros pain de sucre commençait déjà à se former au pied de la chute Montmorency, faisant l'émerveillement de Carmel, qui admirait la magnificence du paysage. Joseph immobilisa son véhicule, ébloui par tant de beauté, puis repartit. Une deuxième chute suivait le long de la route, puis une troisième, plus petite, un mince filet descendant la colline.

— Trois chutes de suite sur la même route, c'est assez unique, tu ne trouves pas, Jos ?

Ces propos sortirent Joseph de ses rêveries.

— C'est impressionnant, en effet, cela m'a toujours intrigué. Surtout la formation du pain de sucre au pied de la chute principale. Il apparaît en hiver après le gel de la rivière Montmorency, quand les embruns produits par la chute gèlent sur la couche de glace. Cette chute est une fois et demie plus haute que les chutes Niagara. Elle a été nommée ainsi en l'honneur de l'amiral Charles de Montmorency par Samuel de Champlain en 1603.

— Tu m'en diras tant ! Tu parles comme une encyclopédie, quand tu t'y mets ! Moi, tout ce que je connais de la chute Montmorency, c'est que beaucoup de gens l'appellent « La Dame blanche » et tu sais pourquoi, je suppose.

Joseph était surpris.

— Euh ! Je l'ignore, mais j'ai l'impression que je suis sur le point de l'apprendre.

Carmel éclata de rire, très fière. Enfin, elle allait apprendre quelque chose à son mari qui semblait tout savoir.

— Eh bien, mon très cher ! Selon la rumeur, deux amoureux se donnaient des rendez-vous aux abords du sommet de la chute. Ils s'aimaient, ils se sont fiancés, mais l'homme est mort à la guerre.

— Quel rapport avec la chute ?

— Figure-toi donc que la malheureuse fiancée a enfilé sa robe de mariée puis, dans un profond désespoir, s'est jetée dans le vide depuis le sommet de la chute.

Joseph haussa les épaules.

— C'est une histoire vraie ou une simple légende ?

Carmel répondit sur un ton catégorique :

— Pour ma part, j'y crois dur comme fer. Encore de nos jours, principalement en été et en automne, les habitants des environs disent voir une forme blanchâtre courir et se jeter dans les remous.

Son père vivant à proximité, Joseph avait vaguement entendu parler de cette légende.

— D'accord, nous appellerons dorénavant la chute Montmorency « La Dame blanche ». Je sais que la deuxième chute s'appelle « Le Voile de la mariée » en raison de son aspect qui ressemble à un voile de mariée. Je ne connais pas le nom de la troisième, j'ignore même si elle en a un.

Carmel intervint :

— J'aimerais les voir en été. Le décor doit être différent, mais tout aussi enchanteur. Ce sera agréable d'y revenir avec notre enfant. Notre enfant... Je suis au comble du bonheur !

Ils avaient roulé un bon moment et s'étaient éloignés des trois chutes.

— Tu peux t'assoupir si tu te sens fatiguée, nous avons un long chemin à parcourir.

Joseph se concentra sur sa conduite alors que Carmel se couvrit jusqu'au cou avec la couverture de laine grise qu'elle avait tenu à apporter au départ de Montréal. Joseph, qui adorait habituellement conduire, trouvait le voyage long. Il y avait toutefois peu de circulation en ce jour de Noël. Il appuya pesamment le pied sur l'accélérateur, ce qui fit réagir Carmel. Elle ouvrit les yeux et regarda autour d'elle. Les champs des grandes campagnes étaient recouverts d'une neige immaculée. Aux limites des terres des fermiers, quelques piquets de perche pointaient vers le ciel.

— Où sommes-nous rendus, Jos ? demanda-t-elle d'une petite voix endormie.

Joseph, les yeux fixés droit devant lui, tenait le volant de ses mains gantées.

— Nous arriverons bientôt à Drummondville.

Carmel se tortillait sur son siège.

— Pourrions-nous nous arrêter ? J'ai un besoin urgent.

Joseph se tourna vers sa femme.

— Je dois mettre de l'essence, tu pourrais aller aux toilettes du garage. Peux-tu attendre encore une dizaine de minutes ?

— Oui, si tu ne me fais pas rire.

— *All right*, je vais accélérer encore un peu.

— Pas trop quand même, si tu tiens à voir naître ton enfant avec tous ses membres.

Joseph avait l'impression d'avoir le contrôle absolu de sa voiture, il était un conducteur expérimenté. Une plaque de glace la fit pourtant zigzaguer. Il releva légèrement le pied de la pédale d'accélération et redressa son véhicule d'un léger coup de volant. Carmel retint son souffle.

— Ça va, Jos ?

Son mari prit conscience de sa témérité. La chaussée étant glissante par endroits, il ralentit. Il devrait être beaucoup plus prudent, il tenait la vie de sa femme et celle de leur enfant entre ses mains. Joseph avait emprunté la sortie de Drummondville dans l'espoir d'y trouver un garage ouvert. Un pli d'étonnement lui barra le front lorsqu'il constata que la station-service devant laquelle il s'arrêta était fermée. Le vaste terrain de stationnement était tout à fait désert. Il hésita un moment. Il frappa avec impatience sur le volant pour mater sa colère.

— Que je suis bête, le garage est fermé, et pour cause, c'est Noël…

— Qu'allons-nous faire, Jos ? Il m'est impossible de me rendre à Montréal sans me soulager.

— Ne te tracasse pas, il y a un restaurant de l'autre côté de la rue, je m'y rends immédiatement.

Par chance, ce petit restaurant familial était ouvert. Dès que la voiture fut immobilisée, Carmel s'y précipita, suivie de Joseph, qui s'adressa à la serveuse :

— Le garage est fermé aujourd'hui ?

— Eh oui, le propriétaire a une grosse famille ; tout le monde est venu à Drummondville pour Noël. Il a donc décidé de célébrer avec eux. Pour mon mari et moi, c'est différent, on n'a personne dans le coin. On a ouvert le restaurant. On s'est dit que ça allait nous faire de la compagnie. Le menu est assez frugal, mais nous pourrions vous servir un bon *hot chicken* avec des frites. Je devrais plutôt dire un *hot turkey,* car nous avons fait cuire une dinde dodue et l'avons découpée pour la circonstance.

Joseph l'interrompit. Carmel venait vers lui, un sourire de soulagement sur les lèvres.

— Merci, nous sommes de passage, nous continuons vers Montréal. Savez-vous où l'on pourrait trouver un garage ouvert ?

— Si j'étais vous, je ne perdrais pas mon temps dans le canton, ils sont tous fermés, j'en mettrais ma main au feu.

— Caramel, aimerais-tu manger quelque chose avant de poursuivre la route ?

— Non merci, ça va pour moi, je suis prête à partir.

Joseph et Carmel saluèrent la serveuse en lui offrant leurs meilleurs vœux.

Joseph semblait soucieux lorsqu'il consulta encore une fois la jauge d'essence. Carmel l'interrogea :

— En avons-nous assez pour nous rendre à Montréal ?

Joseph s'était déjà posé la question ; il répondit aussitôt :

— J'aurais préféré reprendre la route avec un réservoir plein, par prudence, mais nous pouvons nous rendre à destination avec l'essence qu'il me reste. Je ferai le plein en entrant en ville, il y aura sûrement une station ouverte.

Carmel admirait les belles décorations qui ornaient majestueusement les maisons de campagne, qu'elles soient cossues ou modestes, tout le long de la route. Elle ne parlait plus à Joseph de peur de le déconcentrer. Soudain, en voyant une affiche, elle s'écria :

— Là, il y a un poste d'essence !

Joseph hocha la tête, mais ne risqua pas de sortir de la route principale pour se rendre au village. Il tenait à économiser l'essence.

— Ne te tracasse pas, nous pourrons nous rendre à Montréal.

Il venait de passer la ville de Saint-Hyacinthe et avait décidé de continuer.

Ils entrèrent dans la métropole à la brunante. Joseph put alimenter son véhicule dès qu'il eut traversé le pont Jacques-Cartier. Le couple se retrouva dans leur appartement de la rue Sicard deux jours seulement après l'avoir quitté.

Joseph était très content d'être arrivé à destination, prêt à prendre en charge ses nouvelles responsabilités. Son avenir se jouerait dans les semaines à venir, il en était pleinement conscient. Cependant, il en était tout autrement pour sa femme. Elle envisageait avec morosité les semaines qui éloigneraient son mari de la maison.

— Nous devrions aller frapper à la porte du logement des Desmeules. Ils sont à la maison, j'ai vu de la lumière en montant.

Carmel réagit promptement :

— Mais voyons, Joseph, cela ne se fait pas. Ils viennent certainement de terminer leur souper de Noël à l'heure qu'il est.

Elle soupira bruyamment. Joseph prit conscience une fois de plus de l'effort que cela demandait à Carmel pour socialiser avec ses voisins ; cela était surprenant, car elle s'était montrée plus avenante avec eux avant leur départ. Était-ce par gêne ? Joseph n'aurait su le dire.

— J'irai seul, je n'en ai pas pour longtemps, je vais t'excuser auprès d'eux.

Carmel s'efforça d'être raisonnable. L'expression «t'excuser auprès d'eux» lui fit se rendre compte que son attitude était mesquine, elle qui s'était promis de mieux connaître sa voisine, Rita. Une petite voix lui dictait d'accompagner Joseph et qu'elle ne le regretterait pas.

Elle prit son manteau qu'elle venait à peine de suspendre à la patère et enveloppa son mari d'un regard tendre. Il comprit qu'elle allait l'accompagner. Il l'aida à se vêtir. Il la prit dans ses bras en lui disant simplement :

— Je t'aime.

Carmel insista tout de même pour qu'ils soupent tous les deux en tête à tête.

— Nous ne resterons pas longtemps, nous échangerons nos présents au retour.

Ils quittèrent leur logis, qui n'affichait nullement la magie des fêtes. Ils n'y avaient fait aucune décoration puisqu'ils devaient être absents pendant cette période. Une belle couronne garnie d'une guirlande électrique aux ampoules multicolores scintillait cependant à la fenêtre du salon des Desmeules et projetait une lueur invitante. Joseph frappa à la porte principale, circonstances obligent, c'était Noël. Agréablement surpris, Jacques et Rita ouvrirent à leurs visiteurs inattendus.

— Par tous les dieux, que faites-vous ici? Vous étiez partis pour Québec, si je ne me trompe pas, c'est cela, Rita? Vous êtes même venus nous saluer avant de partir. Je ne suis pas ivre. J'ai ingurgité quelques bières, mais…

Tout en parlant, Jacques eut un déclic. Il baissa le ton en s'adressant à Joseph:

— Tu es revenu à cause de l'accident?

Joseph inclina la tête en signe d'approbation.

— Quel malheur! dit Rita, tout en invitant le couple à entrer.

— On est juste venus vous saluer, nous arrivons à peine.

— Avez-vous soupé? demanda Rita, d'un ton des plus affables.

Sophie venait de se joindre à eux, elle portait le beau *twin-set* qu'elle avait reçu en cadeau.

— Ne vous dérangez pas pour nous, j'ai ce qu'il faut à l'appartement.

— Nous n'avons pas encore terminé notre repas. Il me reste assez de dinde, de farce et de pommes de terre pour deux. Vous savez ce que c'est, on en fait toujours trop. Comme dirait l'autre, pour en avoir assez, il faut en faire trop. Mangez donc avec nous !

Joseph avait envie de rester, cela se lisait sur son visage. Carmel acquiesça.

— Ce n'est pas de refus !

Tous manifestèrent leur joie. La conversation bifurqua inévitablement sur le malheur qui s'abattait sur la famille du garçonnet décédé accidentellement. Joseph écoutait attentivement les propos de Jacques ; l'opinion de son ami et collègue lui importait. Ses remarques étaient pleines de logique. Il se disait que les gens d'une grande ville comme Montréal pensaient différemment de ceux de Québec. Toutefois, il reconnaissait que la perte d'un enfant était aussi atroce en ville que partout ailleurs.

— Une bière, Joseph, pour célébrer Noël ?

Jacques savait que Joseph ne buvait pas. Il insista tout de même.

— Ça va te détendre.

— Non merci, Jacques, répondit Joseph, je tiens à être en forme pour la réunion de demain.

Jacques sursauta.

— Quoi ? Une réunion le lendemain de Noël ? Les bureaux sont fermés chez Sicard. Seuls quelques employés sont de garde dans l'atelier de mécanique.

Rita les interrompit :

— Prenons place, j'ajoute deux couverts. Carmel, raconte-moi ton voyage écourté à Québec pendant que je vous sers une assiettée convenable.

Carmel mit un moment avant de répondre. Elle ne se sentait pas prête à confier à Rita les préoccupations qui la tracassaient depuis son départ de Québec. Plus tard peut-être, mais pas ce soir.

— Un peu rapide, mais au moins Jos et moi avons pu annoncer la bonne nouvelle à nos familles.

— Merveilleux! J'imagine la joie qu'ils ont tous ressentie en te sachant enceinte.

Une pointe d'inquiétude s'immisça dans l'esprit de Carmel.

— J'ai l'intention de consulter un médecin le plus tôt possible. Je suis un peu inquiète, j'espère ne pas m'être trompée, ce serait décevant.

Rita mit ses deux mains sur les épaules de Carmel et la regarda directement dans les yeux.

— Tu dois cesser de t'inquiéter de la sorte. Soyons réalistes : ton mariage remonte à la fin de septembre, nous sommes à la fin de décembre, et, depuis septembre, tu n'as pas eu de menstruations et tu as tous les symptômes dont Joseph et toi m'avez parlé. Rassure-toi, tu vas donner naissance à un beau bébé l'été prochain, je le sais, car tu es resplendissante! Et ça se voit dans tes yeux!

— Mais voyons donc, Rita, comment cela est-ce possible? Tu parles comme une vraie sorcière.

Les deux femmes pouffèrent de rire en se dirigeant vers la table où discutaient sérieusement Jacques et Joseph.

— En ce jour de Noël, j'ai une nouvelle rassurante à t'annoncer, Carmel.

Rita alla chercher le journal de la veille et l'ouvrit d'un air mystérieux.

— Écoutez ceci!

Curieuse, Carmel prit place à table devant sa voisine, les deux hommes se turent. Rita pointa l'index sur le titre d'un bref article.

— Jette un coup d'œil à cela, Carmel.

Celle-ci consulta l'article, puis à l'unisson les deux femmes se mirent à lire à voix haute :

« Un individu a été appréhendé alors qu'il rôdait sur les galeries d'un immeuble de la rue Sicard. Plusieurs résidants du secteur avaient porté plainte… »

— C'est lui, c'est bien lui, c'est mon rôdeur. Enfin, plus personne n'aura à passer de nuits blanches à cause de ce voyou. Je suis tellement soulagée qu'on lui ait mis la main au collet.

Carmel aurait été plus rassurée si elle avait vu la photo de l'homme, mais, si cela avait été le cas, son visage aurait continué de la hanter.

Joseph, enchanté de la nouvelle, s'empressa d'ajouter :

— Enfin, le cas est réglé, tu peux dormir sur tes deux oreilles et ne penser qu'à la venue de notre enfant.

Rita, également ravie de ce dénouement, replia le journal et allait le ranger lorsque Carmel mit une main dessus.

— Puis-je le garder, Rita ?

Elle le lui tendit, un sourire de satisfaction au visage, et s'empressa de servir ses invités.

— Un vrai festin ! s'écria aussitôt Joseph en voyant la généreuse assiettée devant lui.

Ils mangèrent avec appétit tout en discutant allègrement. Sophie avait émis son opinion, sur la guerre en particulier, qu'elle désapprouvait tout en avouant n'y rien comprendre. Dès le repas terminé,

Carmel se sentit repue et lasse. Elle ne suivait plus la conversation depuis un bon moment et s'excusa auprès de ses hôtes.

— Merci, Rita, pour ce savoureux souper; grâce à vous, nous avons pu déguster un vrai repas de Noël. Nous devons toutefois prendre congé, veuillez ne pas nous en tenir rigueur.

Carmel se leva et offrit à sa voisine de l'aider à tout ranger, mais Rita refusa catégoriquement, sachant la jeune femme fatiguée.

— Allez vous coucher, tous les deux, votre présence nous a comblés. J'espère vous revoir bientôt. Si tu as besoin de quoi que ce soit, chère voisine, viens frapper à ma porte ou téléphone-moi, cela me fera plaisir de te rendre service ou tout simplement de passer un moment en ta compagnie.

Aussitôt rentrée, Carmel brandit le journal sous les yeux de Joseph.

— Voilà enfin la preuve que je disais la vérité, je n'avais rien inventé.

Joseph la tint à bout de bras en l'observant intensément :

— Je n'en ai jamais douté, ma douce, sois-en certaine. Je suis surtout soulagé que tu n'aies plus à te soucier de ce voyeur.

Carmel ne fit aucun commentaire et rangea le journal dans un tiroir de la commode. Elle ne tarda pas à se mettre au lit. Joseph n'avait nullement sommeil, une montée d'adrénaline l'avait assailli en franchissant le pont Jacques-Cartier. Il se pencha vers sa femme et l'embrassa dans le cou. Carmel roucoula. Ils étaient enfin seuls.

— Viens te coucher, une grosse semaine t'attend.

Il se sentait déchiré entre l'appel de sa femme et le besoin qu'il éprouvait d'aller retrouver Jacques. Il brûlait d'envie de discuter avec lui, seul à seul, de parler avec quelqu'un à qui il pouvait faire part de ses projets au sein du comité d'enquête. Ce besoin surpassa celui de se retrouver dans la chaleur de son lit.

— Si tu permets, il me faut parler à Jacques en privé avant demain, il…

Carmel était trop épuisée pour argumenter. La journée avait été terriblement longue et lourde d'émotions diverses. Elle se sentait au bout du rouleau. Elle lui mit les doigts sur la bouche et le fit taire. Il lui baisa les doigts.

— Merci, ma douce, je ne tarderai pas.

Joseph dévala les marches pour retourner chez Jacques. Il frappa cette fois-ci à la porte arrière. Rita écarta le rideau et lui fit signe d'attendre. Elle déverrouilla. Jacques posa avec plaisir son linge à vaisselle sur le comptoir et accueillit son ami.

— Entre donc, Joseph, viens t'asseoir dans le salon, tu permets, Rita ?

Sa femme et leur fille Sophie finiraient de tout nettoyer et de ranger.

— Caramel est couchée, la route a été longue pour elle, tu comprends.

— Bien sûr, mais parlons maintenant de ce fameux comité qu'Arthur Sicard a mis sur pied. En quoi es-tu concerné, Jos ?

Les longs doigts de Joseph pianotaient sur ses genoux. Il était manifestement nerveux. Il en était à sa première expérience à la tête d'un comité. Son patron lui en avait confié la présidence. Il devait exceller dans ce rôle. Travailler avec acharnement ne lui faisait pas peur ; sa carrière en dépendait. Il confia ses inquiétudes à son meilleur ami.

— Justement, c'est à ce propos que mon patron vient de m'entretenir. Il est en train de mettre sur pied un comité d'enquête. Je t'épargne les détails.

Jacques, simple mécanicien dans l'entreprise, n'enviait nullement la place de son ami.

— En quoi puis-je t'être utile ? C'est un mandat important que
t'a confié le patron, je te souhaite bonne chance. Je ferai tout pour
te venir en aide.

En fait, Joseph n'avait besoin que d'une écoute amicale. Jacques
le devina, il avait eu écho de toute la hargne que la population
entretenait à l'endroit de ces machines infernales. Ces souffleuses
à neige dont la compagnie Sicard vantait tant les mérites. Joseph et
le comité d'enquête devaient faire toute la lumière sur cette affaire :
l'avenir de l'entreprise et, par conséquent, son emploi et celui de
Joseph en dépendaient. Jacques avait entendu les reportages à la
radio et lu les journaux. Les accusations qui s'abattaient sur Sicard
étaient sans équivoque. Joseph aurait du fil à retordre, il le savait.
La mort atroce d'un enfant accablait la population tout entière.

Lorsque Joseph revint à l'appartement, il était presque minuit. Il
vit les deux cadeaux emballés sur le plancher du salon, Carmel et
lui les avaient oubliés.

Joseph ne dormit pas beaucoup en ce soir du 25 décembre 1940.
Cette catastrophe le hantait et il devait être à la hauteur des
attentes de son employeur dans cette affaire. La mort de cet enfant
le fouetterait à prendre les bonnes décisions. Il avait l'impression
que ce drame était plus réel maintenant qu'il était de retour dans
la ville même où cela s'était produit. Le pouls de la population était
palpable, selon les dires de son ami.

Tôt ou tard, où que l'on vive, le destin nous met au défi. Joseph
saurait-il le relever ?

***

Bien qu'exténuée, Carmel eut du mal à trouver le sommeil
après le départ de Joseph. La participation de son mari au comité
d'enquête l'inquiétait, elle s'interrogeait sur les répercussions d'un
tel engagement dans sa vie personnelle et amoureuse. Comment

Joseph allait-il s'en tirer? Ce mandat était de taille et le tiendrait très occupé, mais ses absences offriraient peut-être à Carmel l'occasion de grandir et de s'affirmer.

L'année qui s'achevait fit surgir en elle bien des interrogations. Les révélations étonnantes et inattendues de sa tante Élise lui revenaient en mémoire et la troublaient.

De plus, elle espérait que Mathilde suivrait les recommandations de prudence qu'elle lui avait adressées pour échapper aux griffes de leur frère pervers.

Carmel avait aussi constaté que Gilbert avait beaucoup changé depuis l'automne, cela était peut-être attribuable à une prise de conscience de la négligence de sa propre famille dont il s'ennuyait beaucoup. Elle pria pour qu'il trouve enfin sa place chez les Moisan sans se laisser entraîner dans le vice par Alfred.

Elle tenta de chasser de ses pensées cette effroyable guerre qui risquait de faucher la vie de son grand frère Alexandre, si fier d'appartenir au Royal 22e Régiment.

Son cœur se gonfla en imaginant le visage de son enfant. Elle se promettait de le protéger envers et contre tous, de le chérir de tout son cœur. Elle tenterait de ne pas faire les mêmes erreurs que sa mère en idolâtrant à outrance un fils pervers au détriment d'une fille négligée et abusée. Elle cligna des paupières et l'image d'un enfant aux traits fins et délicats s'envola avant qu'elle ne puisse distinguer s'il s'agissait d'un garçon ou d'une fille.

Son esprit se perdit dans le vague. Elle se sentit fléchir sous le poids de la fatigue mais eut la prémonition des grandes joies que lui apporterait malgré tout l'année 1941.

Remerciements

Ayant d'abord voulu situer cette œuvre de fiction dans un contexte réel de conflit mondial et historique, j'ai inventé des personnages et dramatisé certains événements afin de créer un récit qui puisse séduire le lecteur.

De nombreux collaborateurs m'ont aidée dans mes recherches afin que les événements véridiques soient conformes à la réalité. J'exprime ainsi toute ma gratitude aux personnes suivantes pour leurs judicieux conseils : Jacques Laflamme, M. D., Réal Coulombe, Paul Savard et les archivistes de la Ville de Québec et de Stanstead.

Ma reconnaissance va aussi à mon éditeur, Daniel Bertrand, ainsi qu'à Robin Kowalczyk, membre de son équipe.

Chapeau à mes deux réviseures linguistiques et fidèles collaboratrices Francine Saint-Martin et Dominique Johnson.

Enfin, merci à ceux qui m'ont donné généreusement de leur temps : Pierre Boutet, Monique LaSalle, Frances Higgins, Lili LaRue, Nicole Durand et Françoise Périnet.